소수의견
少數意見

소수의견

초판 1쇄	2010년	4월	26일
초판 8쇄	2015년	4월	10일
중판 1쇄	2015년	6월	1일
중판 10쇄	2024년	3월	15일

지은이　　손아람

출판책임	박성규	펴낸이	이정원
편집주간	선우미정	펴낸곳	도서출판 들녘
기획이사	이지윤	등록일자	1987년 12월 12일
편집	이동하·이수연·김혜민	등록번호	10-156
디자인	하민우·고유단		
마케팅	전병우	주소	경기도 파주시 회동길 198
경영지원	김은주·나수정	전화	031-955-7374 (대표)
제작관리	구법모		031-955-7381 (편집)
물류관리	엄철용	팩스	031-955-7393
		이메일	dulnyouk@dulnyouk.co.kr

ISBN　　　978-89-7527-699-6 (03810)

소수의견
少數意見

손아람 지음

사건은 대한민국 법률 및 학설과 판례를 따른다.
사건은 실화가 아니다.
인물은 실존하지 않는다.

나는 고발한다(J'accuse).
1898년 1월 13일 작가 에밀 졸라는 〈오로로〉 신문에 공개서한을 보냈다.
한 통의 편지로부터 시작된 한 건의 재판이 프랑스 내각 전체를 갈아치웠다.
이야기는 '드레퓌스 사건'의 애널로지이다.

| 차례 |

기산일(起算日)

1.

공소시효
公訴時效

사체는 은평구 뉴타운의 기초공사 현장에서 발견됐다. 3개월 전이
다. 시공업자에게는 현실이 악몽으로 다가왔을 터다. 파일을 설치
하려고 땅을 파고들던 굴삭기가 사람의 정강이뼈를 파냈다. 굴삭기
들통이 하늘로 솟았다가 누군가의 다리였던 것을 마른 흙과 함께
땅 위에 쏟았다. 현장에 있던 모든 인부들이 그걸 봤다. 즉시 경찰
이 들이닥쳤다. 공사는 기한 없이 중단됐다.

검시관은 사체 분석을 국립과학수사연구소에 의뢰했다. 경찰은
실종신고 기록과 사체 분석결과를 대조하여 신원을 밝혀냈다. 죽은
자는 폭력조직에 소속되어 있었다. 담당 검사는 과거 수사기록으로
부터 죽은 자를 죽였다고 자백한 자를 찾았다. 그 역시 같은 폭력
조직에 소속되어 있었다. 조사관은 사체가 발견된 대지의 소유권
이전 기록을 추적해 조구환이라는 이름을 얻었다. 같은 폭력 조직

두목의 이름이다. 검사는 조구환을 살인 교사 혐의로 기소했다.

내가 지금 법정에 서 있는 이유다. 나는 조구환의 변호사다.

법정의 공기는 지나치게 찼다. 나는 오한을 느꼈다. 법정 바깥의 세상은 한여름이었다. 공판 법정 뒤 문에는 유리로 된 창이 달려 있었는데 불투명해서 시야가 들고 날지 못했다. 그런데 왜 유리창을 달아놓았는가 하면, 나는 그 이유를 몰랐고 궁금해본 적도 없다. 나는 그저 법정 바깥에서 무슨 일이 일어나고 있는지가 궁금했다. 일기예보에서는 비가 온다고 했다.

내 변론의 요지는 간단했다. 맞다. 피고 조구환은 살인을 교사했다. 피고 조구환은 사체를 은닉했다. 1992년에. 사건 당시의 개정 이전 형사소송법에 따르면 이 죄목의 공소시효는 15년이다. 공소시효가 만료되었으므로 이 공소는 이유 없다. 그러자 법의 규정에 따라 입증책임은 검사에게로 넘어갔다.

낡고 해진 증거들은 검사의 손 사이로 새어 나갔다. 사체는 부패가 완료되어 남은 뼈마저 풍화단계에 접어들었다. 피해자를 살인한 조구환의 조직원은 몇 년 전에 범죄 사실을 자백했으나 당시 경찰이 사체를 비롯한 증거를 찾지 못했기에 기소조차 되지 않았다. 그는 사건이 종료된 지 얼마 안 돼 종적을 감췄다. 그 후로 누구도 그를 보지 못했다. 누구도 보지 못한 자를 증인으로 세울 수는 없다. 검사도 추측은 하고 있겠지만, 나는 그 불쌍한 살인범이 어떻게 됐는지 잘 안다.

검찰이 본 사건의 피해자를 실종신고한 때는 1998년입니다. 피

11

고가 사체를 매립한 대지를 소유한 건 1997년부터입니다. 범행은 그 사이에 일어난 게 분명합니다. 1992년일 리가 없습니다. 1992년 이후 피해자를 본 사람이 분명히 있을 겁니다.

검사의 주장은 옳게 들린다. 하지만 생명이 없었다. 검사는 아무것도 입증하지 않았다. 1992, 1997, 1998. 법정에서는 네 자리 숫자들이 수십 번 오고갔다. 범죄가 있었다. 사람이 죽었다. 법전이 죽음의 경건함에 대해서는 말하거나 가르쳐주지 않았으므로, 우리는 그저 공소시효의 성립을 두고 추상적인 논리와 숫자를 다퉜다. 그게 법률가의 직무였으므로 우리에게는 거리낌이 없었다. 네 자리 숫자를 말하는 동안 나는 세상 위에 누군가의 죽음이 있었음을 기억하지 못했다. 검사는 흥분했다. 그의 고독한 주장이 곧 법정을 뒤덮었다. 판사는 오래도록 말을 아꼈다. 나는 판사가 내 쪽으로 기울었다는 것을 눈치 챘다.

나는 변론을 그만두고 검사가 조용히 지쳐 무너지기를 기다렸다. 검사는 미련을 버리지 못했다. 1997년, 1998년······. 그가 가진 숫자들은 언제까지도 계속될 것처럼 길고 멀었다. 그 숫자들이 차가운 공기를 타고 떠돌다 불투명한 유리창에 부딪혀 법정 바닥에 흩어졌다. 유리창 너머로는 여전히 아무것도 보이지 않았다. 일기예보가 맞는다면 오후에 비가 내리고, 퇴근길은 악몽이 된다. 내가 가진 건 소수 의견이다. 나는 차를 가지고 나왔다. 지금까지는 내 쪽이 유리했다. 난 그렇게 생각한다. 정말 비가 내릴까? 창이 불투명해 아무것도 보이지 않는다. 아무것도 볼 수가 없다. 검사의 언어는 여전히 1997년과 1998년을 벗어나지 못했다. 그건 정말이지 지긋지긋한 시기였다.

1997년. 겨울은 더럽게 추웠다. 그때 나는 변호사가 아니었다. 나는 고민 없이 법대에 진학하여 의미 없이 법대를 졸업했고, 중견 건설회사에 들어가면서 똑같은 짓을 반복하고 있었다. 회사는 자금난에 처해 있었고, 부도설이 떠돌았다. 일도, 벌이도 만족스럽지 않았다. 나는 작은 빌라에서 나이 든 형, 그리고 아버지와 함께 살았다. 그 집 역시 마음에 들지 않았다. 돈이라고 할 만한 걸 버는 사람은 나뿐이었다.

아침이면 집 앞의 가파른 언덕길 위로 늘 살얼음이 깔렸다. 해가 오르면 습한 빌딩 그늘이 동네 전체를 깔고 드러누웠다. 골판지에 배를 댄 아이들이 킬킬대며 골목 아래까지 미끄럼을 탔고, 언 길에 소금을 뿌리러 나온 어른들이 수다를 떨었다. 아버지가 쑥덕대는 이웃들 사이에 서기도 했다. 갓 난 고양이 세 마리를 담은 두 손. 기억난다. 아버지는 출근하던 나를 향해 그 소름끼치는 현실을 내밀었다.

"어미는 쓰레기수거함에서 얼어 죽었어. 그것도 모르고 젖을 물고 있더라."

새끼의 처분을 두고 바쁘게 오고가는 의견들이 이웃들의 일과를 밀어냈다. 어미의 극적인 죽음 덕에 남은 것들의 생명은 후하게 값이 매겨졌다. 아버지는 검은 점박이를 맡았다. 나는 출근했다. 모여 사는 사람들까지 하나같이 별 볼일 없는 동네였다. 지역의 노동을 부양하는 삶은 자랑스럽지도, 만족스럽지도 않았다. 다들 그걸 알았다. 나처럼.

나는 주행거리가 20만 킬로미터에 육박하는 중고 소나타2를 타고 주 6일 반을 회사에 나갔다. 출근길에 집 앞 언덕길에서 미끄러져 전봇대를 들이박기 전까지는. 보닛 앞면이 반원을 그리며 우그러들었다. 코트주머니에 두 손을 쑤셔 넣은 뻣뻣한 자세로 버스가 제발 사거리 좌측을 돌아 나타나주기를 기다리는 동안, 나는 겨울이 지나가는 자리에 눌러앉은 선조와 조국을 저주하게 됐다. 그렇게 몇 번 지각했다. 몇 번. 아마 두 번 아니면 세 번이다. 회사는 단칼에 날 정리하더니 그로부터 2주 뒤에는 법원에 파산 신청을 냈다. 2주를 못 참고 날 잘라낸 거다. 그 2주 때문에 나는 명예와 충성심을 간직한 채로 회사의 파멸을 애도해줄 수가 없었다.

연쇄부도. 국가 파산위기. 국제통화기금에 손을 벌린 구제금융 신청. 그해 겨울 텔레비전은 매일같이 급박한 소식을 쏟아냈다. 나는 소파에 모로 누워 앵커의 격한 목소리를 감상하면서 축제의 흥취를 느꼈다. 고양이가 창턱에 올라 밖을 보며 울었다. 창밖으로 진눈깨비가 휘날렸다. 아버지는 매끼 먹이면서 이름은 내리지 않았다. 얼어 죽을 사계절의 나라. 그 후로 쭉 겨울이 싫었다.

판결이 나왔다. 재판장은 내 주장을 받아들여 면소를 선언했다. 방청석에서 짧은 법정모독이 있었다. 아주 짧게. 판사가 미처 대응하지 못할 정도로 짧았다. 조구환은 나를 보았다. 그는 웃고 있었다.

"정의의 승리로군."

"정의의 승리라고요?"

"고맙수다. 내 꼭 사례하지."

"그러지 마세요. 부탁입니다."

"연락하리다."

나는 변호인석에서 일어났다.

14

"부디 좋은 일로만 연락 주십시오."

"참 재미있는 사람이라니까. 대체 왜 변호사가 된 거요?"

그는 내 등에 대고 말했다.

만약 조구환이 단지 살인교사 혐의를 부인했다면, 끝까지 자신의 무죄만을 주장했다면 검사의 수중에 내가 모르는 증거가 하나만 있었어도 살인교사의 유죄판결이 떨어졌을 것이다. 살인교사의 법정최고형은 사형이다. 하지만 조구환은 먼저 살인교사를 인정했다. 조구환은 범죄를 저질렀다. 범죄를 저질렀으므로 그때가 1992년이라고 말할 수 있었다. 그러자 공소시효가 쟁점으로 떠올랐다. 새로운 쟁점이 죽은 자와 죽인 자에 대한 판단을 법의 영토에서 밀어냈다. 처음 내가 변론전략을 설명했을 때 조구환은 그게 '될 법'이나 한 이야기냐고 되물었다. 그게 됐다.

버러지 같은 놈.

방청객 중 한 사람이었다. 죽은 피해자는 고아였으므로 피해자의 친인척은 아니다. 남자는 변호사를 노려보고 있었다. 조구환을 바라보는 게 아니다. 남자는 똑바로 나를 노려봤다. 그는 말했다. 버러지 같은 놈. 나는 서둘러 법정을 빠져나왔다.

창밖에 비가 내린다. 일기예보가 이겼다. 사무실로 돌아가 저녁을 먹어야겠다. 느지막이 도로가 풀리고 나서 퇴근하는 게 좋겠다. 같이 식사하자고 대석을 졸라볼 생각이다. 대석과 이야기도 좀 해볼 수 있겠다. 그런 이야기를 좋아할 사람은 아니지만 오늘은 꼭 이야기를 해야만 한다. 변호사들은 대체 왜 변호사가 되었는가. 정말 원해서일까. 지금이라도 그만둘까.

빗발이 하늘 가득 엉켰다. 정말이지 지긋지긋하다.

기산일로부터 7개월 전

2.
사법연수원
司法研修院

진리가 아니라 권위가 법을 만든다.
_토머스 홉스, 「리바이어던」

사법연수원에 들어와서 제일 먼저 배운 건 원가(院歌)였다. 입소식에서 단 한 사람의 연수원생도 웃지 않고 그 노래를 따라 불렀다. 2천 개의 진지한 눈. 나는 적잖이 놀랐다.

자유 평등 정의 영원한 가르침 꾸준히 배우고 익혀 바른 법조인 되리. 샘솟는 지혜와 용기 불타는 법치의 신념 익어가는 사랑과 봉사. 고동치는 겨레의 양심 희망찬 나라의 미래 가슴 가득 세계를 품은 우리 사법연수워어어어언

노랫가락 사이에서 잠시 환희를 맛본 건 사실이다. 연수원생들은 거의가 나보다 어렸고 최연소 합격자는 열 살 넘게 차이가 났지만, 괜찮았다. 그때는 정말 아무렇지도 않았다. 마이너스 통장의 잔고와 동기들의 얼굴을 똑바로 바라보기가 어려워진 건 시간이 더 지

나서다. 네 번째 학기까지의 비참한 성적을 마주하여 졸업을 앞둔 마당에 진로를 고민하면서, 나는 드디어 동기들의 등 뒤쪽에 둘러진 투명한 장벽을 존재하는 실체로 간주하게 됐다. 모두가 내 위에 있었다. 그 사이에서도 더 낮은 곳과 높은 곳이 있다면, 가장 높은 곳에는 원생 여섯 명당 한 명의 비율을 유지하는 서울대학교 법과대학 출신이 자리한다. 하지만 그들이 천장은 아니다. 예를 들어 수강생들이 지금 강의 중인 염만수 교수로부터 불과 10미터 뒤에 앉아 있지만 그의 코르덴바지 뒷주머니에 선명하게 수놓인 'Harvard University'라는 고유명사로부터는 한평생을 뒤처졌다고 느끼는 것처럼 말이다. 그 자수된 코르덴바지까지의 좁힐 수 없는 거리감과 염 교수가 학기 내내 그 바지만을 입는다는 사실에 특히 서울대 법과대학 출신들이 상처를 입었다. 나는 그렇지 않다. 질주하는 염 교수의 경력을 잠시 낭비시키는 수강생의 자격에 만족한다. 그런 자격을 가진 사람조차 이 나라에는 드물다. 염만수는 서울대 법과대학과 사법연수원을 수석으로 졸업했다. 대법원 재판연구관을 사직한 후에는 하버드 로스쿨 연구원을 지냈으며, 한국에 돌아와 모교의 민법학 교수로 채용됐다. 그가 쓴 2,800페이지짜리 논문 한 편이 개정 및 신설 법조항 200여 개의 근거가 되고 있다. 그는 대한변호사협회 산하 변호사징계위원회의 위원장으로도 선출되었다. 변호사들의 추대를 받아. 염만수는 임기가 시작되자 불법을 행한 변호사에 대한 통상의 징계 수위를 벌금에서 정직으로 단숨에 끌어올렸다. 협회는 공황상태에 빠졌다. 작년부터 강사로 초빙된 염만수는 이제 연수원을 휘젓고 다닌다. 흰머리를 곱게 빗어 단정하게 넘겼지만 사람은 여전히 사납다. 비대한 몸집은 100킬로그램을 훌쩍 넘었고, 살이 오른 손등은 곰의 발처럼 묵직했다. 그 커다란 손이 자기가 쓴 두터운 논문집을 잡아 부욱 두 쪽으로 찢어 내리는 모습을 여러 번 상상했다. 그의 강의를 듣는 도중에.

원생들은 몇 가지 이유로 염 교수를 좋아하지 않았다. 첫째는 연수원 정교수도 아닌 그가 너무 잘난데다가 그 사실을 감출 만큼 겸손한 사람이 아니기 때문이었고, 둘째는 그의 강의가 실무 분야를 건너뛰기 일쑤였기 때문이다. 그는 강의의 절반을 어딘가 묻혀 있는 소수의견을 소개하는 데 할애했다. 수강생 모두는 법대생이 아니었다. 수강생 대다수는 그런 강의를 바라지 않았다. 현행 사법 제도와 판시된 다수의견에 무지의 소산이라는 평석을 다는 일이 교수 스스로에게 짜릿한 지적 충족을 주긴 할 거다. 이 부분에 대해서는 강의 도중 확고한 의견을 밝힌 적이 있다.

"판례를 훔쳐보며 승소가능성을 점치는 변호사처럼 하찮은 직업이 세상에 어디 있겠나."

교수는 태연히 수강생들을 둘러보며 물었다. 안 그런가? 강의실에는 찬바람이 돌았다. 하지만 교수가 얻은 악명의 주된 진원은 내용이 아닌 방식에 있다. 난 그냥 누구에게든 오늘 강의를 한번 보여주고 싶을 따름이다.

"자, 지금까지 절차적 적법성에 관한 쟁점들을 살펴보았다. 다음은……."

교수가 고개를 들어 선언한다. 수강생 여러 명이 동시에 갸우뚱거린다. 책장을 되넘겨보는 소리도 들린다. 왜냐하면 교수가 백 년 전에 세상을 뜬 법학자들의 논문 몇 편을 언급하고 또 입맛에 맞는 소수의견을 늘어놓았기 때문이다. 더 나아가 나는 그가 '유효 소송 전략'이라 칠판에 적고 강의를 시작한 것까지 기억한다. 강좌 제목이 '현대 계약법 연구'였다는 사실도 혼란스럽다. 교수의 말은 멈추지 않는다. 교수의 머릿속에서 앞서 말한 모든 개념이 우아한 논리로 엮여 있는 것은 분명했다. 교수의 방대하고 배려 없는 지식을 주워 담아 체계라는 걸 한번 세워 보기 위해 볼펜들이 다시 바쁘게 굴러다닌다. 법대 시절부터 우리는 배웠다. 체계는 좋은 것이다. 체계 없는 법은 무법보다 나쁘다. 그러니 체계를 무능한 자들의 암기기법으로 여기는, 머릿속에 모든 걸 집어넣고 다니는 학자의 강의를 원생들이 받아들이기는 힘들었다. 뒤에서 모진 한숨 소리가 들렸다. 옆자리에선 방금 노트가 덮였다. 교수는 아랑곳 않고 몰아붙이더니, 자기의 시간들이 다 지나가자 두 손을 넓게 벌려 교탁을 짚고 육중한 몸을 기댔다.

"여기 혹시 졸업하고 공부 계속하려고 하는 사람 있나?"

강의실은 조용했다. 두 번째 줄에 앉은 박시환이 성급하게 고개를 내리깔았다. 교수는 놓치지 않고 그를 지목했다.

"박시환이. 자네 교수 해봐."

웃음소리가 들렸다. 박시환은 법률 서비스의 질적 저하를 막기 위해서는 연수원 입학 정원을 200명으로 감축해야 한다고 주장하던, 좋지 못한 녀석이다. 그가 좋지 못한 녀석인 이유는 194등으로 입학했다는 사실이 밝혀졌기 때문이다. 그때까지는 항상 "200명"을 입에 붙이고 다녔다. 다른 이유도 있다. 서울대 법과대학에 합격했을 때, 아직 고등학교도 졸업하지 않은, 미성년인 그가 아버지의 선물인 뚜껑 없는 메르세데스 벤츠를 타고 경기고 운동장을 뱅뱅

돌았다는 이야기를 들어서다. 이 이야기는 박시환 스스로의 입을 통해 퍼졌다. 그는 창틀에 앉은 여고생들이 내지르는 비명까지 흉내 냈다. 10년 전 고등학교 운동장에 묻었어야 할 그 이야기가 앞으로 몇 십 년이나 더 주인을 따라다니며 증오와 경멸을 퍼뜨리게 될지 모를 일이다. 내가 아는 건 경멸이 부러움과 유사한 감정이라는 사실이다. 나는 그를 진심으로 경멸했으니까. 박시환이 대답했다.

"교수요? 글쎄요, 책보다는 법정 변호 쪽이 저한테 맞는 것 같습니다."

"법정 변호 경험이 그렇게 풍부한가?"

조금 전보다 웃음소리가 더 커졌다. 이번엔 나도 그 무리에 꼈다.

"중훈이. 자넨 어떤가?"

눈길이 한곳으로 모였다. 김중훈은 연수원을 열 손가락 안으로 졸업할 게 거의 확실한 우등생이며, 아버지는 고려대 법과대학 교수다. 이 강의실에서 당장 법대 교수 한 명을 선거로 뽑아야 한다면 나는 저 친구에게 표를 줄 생각이다.

"죄송합니다. 전 김앤장에 가게 되어 있습니다."

"그 말의 저의는 '되어 있다'는 부분에 잠복해 있는 거겠지."

"아닙니다."

"그러니까 김앤장이 온갖 수단을 써서 자네를 징병할 것이고 자네는 그 부름을 피할 수 없다는 말로 들리는데."

김중훈은 실무수습을 김앤장에서 수료했다. 그가 법원 판사실에 눌러앉는 걸 막기 위해 김앤장이 판사 초봉의 세 배를 제시했다는 소문이 돌았다. 이 경우에는 대답이 좀 틀렸다. 염만수 류의 고고한 선비는 김앤장 같은 대형 법인을 좋아하는 법이 없다.

"평생 거기 있을 텐가? 10년 후에는?"

"아마 개업해 있지 않을까요?"

"법정이라면 그런 대답이 바로 위증이야. 자네가 기어들어가는 곳은 늪이고, 자넨 잘릴 때까진 거기서 못 벗어나. 내가 장담하지. 자네는 결국 환갑 때까지 집보다 회사에서 더 많은 시간을 보내게 돼 있어."

김중훈은 '그게 뭐 어떠냐' 하고 생각하는 것 같았다.

교수의 말투는 시비조였다. 그는 이어서 법학자의 중요성에 대해 연설했다. 배심원이라도 세운 것처럼 간간히 소리를 지르고 두 팔을 들어올렸다.

야구에 비유하자면 변호사는 타자다. 타석에 들어서면 공격을 하고, 공수가 바뀌면 필드에서 수비도 한다. 팀을 마구 이적해 다니면서 어제까지 자기편이던 팀을 상대로 싸우기도 한다. 검사는 투수다. 타석에 누가 들어오든 상관없이 닥치는 대로 공을 던진다. 투수의 몸값이 대체로 타자보다 비싸긴 하지만, 최고의 홈런타자가 최고의 대우를 받는다는 점은 야구에서나 법정에서나 같다. 물론 이 게임의 심판은 판사가 본다. 쥐꼬리만 한 연봉을 받고 절대적인 권력을 휘두르면서. 그러면 여기서 법학자는 뭘 하는가. 법학자에 해당하는 역할은 야구에 없다. 법학자와 같은 역할이 야구에 있다면, 그는 어느 날 이렇게 말할 수 있다. 스트라이크 일곱 개부터 아웃으로 하는 게 더 합리적이다. 2루와 3루 사이에는 휴게실이 필요하다. 오늘의 시합 결과는 인정할 수 없다!

그러면 그게 곧 새로운 시합의 규칙이 된다. 인간이 법을 만든다. 바로 법학자가 대한민국의 법을 만든다. 물론 자기 손으로 만드는 건 아니다. 헌법이 정한 대로 그건 입법부인 국회의 역할이다. 하지만 국회의 얼치기들이 법에 대해 뭘 알겠는가. 그들이 법안 발의를 위해 법대에 전화를 돌리는 정도의 수고만 해줘도 칭찬받아 마땅하다.

비유는 명쾌했고, 염만수 자신이 법학자긴 해도 설득력이 있었다. 원생들의 표정은 한결 같았다. 모두 한 가지 생각을 하는 듯했다. '하지만 정말 야구에 재능이 있는 사람이라면 왜 투수와 타자가 되길 마다하고 시합규칙이나 따지고 있겠어?'

교수는 진짜 독설을 최후를 위해 남겨 뒀다.

"비겁한 사람들이 많아. 자네들은 법학자의 분비물을 핥을 뿐이면서 변론문서에는 별별 과시적인 문장을 다 집어넣게 될 거야. 제발 문법은 좀 틀리지 않았으면 좋겠어!"

교수가 강의실을 나서자 사방에서 욕설과 야유가 터졌다.

몸집에 비해 걸음이 빨랐다. 내가 따라잡는 동안 염만수는 복도 끝까지 나아갔다. 나는 교수를 불렀다. 그는 한 손으로 난간을 잡은 채 부푼 몸을 뒤틀었다. 얼굴에서 표정이 읽히지 않았다.

"전 공부를 더 해보고 싶은 생각이 있습니다. 졸업하고 뭘 해야 할지 아직 잘 모르겠습니다."

"자네는 형사계열을 전공하는 걸로 아네. 내 과목을 들은 걸로 방황을 끝내게."

"그냥 조언 좀 부탁드립니다."

"서른다섯?"

"서른일곱입니다."

"결혼은?"

"그럴 여유가 없었습니다."

"일단 결혼 정보업체부터 알아봐."

교수는 어깨를 돌려 벽에 붙은 게시판을 가리켰다. 압정에 매달린 채용공고들이 폭이 족히 5미터 가까이 되는 게시판 전체를 빼곡히 메웠다. 법원, 법률공단, 법무법인들, 더 작은 법무법인들, 아주 작은 법무법인들.

"그다음에는 저기서 일을 알아보게. 지원은 해봤나?"

"법인 몇 군데에 넣어봤는데 결과가, 그냥 별로였습니다. 사내변호사도 조건은 매력적이지만 첫 직장으로 기업에 들어가면 평생 법정 구경 못한다는 얘길 들어서요. 차라리 공부를 더해야겠다는 생각이 듭니다."

"자네 우선순위에서 법학이 그 정도 위치로군. 대기업 법무팀도 나쁘지 않겠어. 나는 법을 가르쳤는데 학생들은 법이 쌓아놓은 성에서 물샐 틈을 찾는 법을 배우고 졸업하지. 자네가 기업 변호사가 돼도 난 자네를 적으로 여기진 않을 거야. 그런 사람을 전부 적으로 여길 순 없어. 그럼 변호사란 직업을 증오해야 하니까."

그럼 아직 변호사란 직업을 증오하진 않는다는 이야깁니까? 의원데요. 물론 그렇게 말해볼 기회는 없었다.

"나한테 취업상담 받을 생각은 마. 강의 중에 한 말은 다 잊고 그냥 개업이라도 해. 잘할 것 같은데 그래."

교수는 내 어깨를 두드리고 갈 길을 갔다. 커다란 몸이 계단을 두 칸씩 성큼성큼 밟더니 금세 반 층 아래 계단 모퉁이를 돌았다. 나는 염만수의 이상주의가 좋았다. 누구도 그걸 순진하다고 말할 수 없게 만드는 탁월한 지성을 존경했다. 그가 아는 것을 내가 알길 원해서가 아니라, 언제까지도 내가 도달할 수 없는 자리에 그 사람이 있었기 때문이다. 반면 나는 여전히 졸업하고 뭘 해야 할지 모른다. 서른일곱의 서른 해를 비슷하게 고민했다. 염만수는 무얼 고민해보기나 했을까. 나는 요즘 그런 것까지 고민하고 있다.

교수는 무거운 구둣발소리를 남기고 사라졌다. 벽에 매달린 채 용공고들만이 곧 떨어질 가을 잎사귀처럼 내 눈앞을 맴돌며 흔들렸다.

*

대법원 근처에는 맥주집이 많지 않다. 그 이유가 대법관들의 주류 취향과 관계가 있는지는 잘 모르겠다. 대법관은 고작 열네 명밖에 안 되니까. 내가 들어선 곳은 대법원 근처의 맥주집이었다. 술집의 출입문을 열고 첫발을 내딛자 구두가 바닥에 끈끈하게 들러붙었다. 다른 발을 내딛고, 또 한 발을 내딛자 구두 밑창이 뜯기는 소리가 났다. 변호사들이 선호할 만한 곳이 아니었다. 순전히 대석의 취향이다. 대석이 나를 향해 한 손을 흔들었다. 그렇지 않은 손은 이미 반쯤 빈 맥주잔을 들었다. 나는 대석의 맞은편에 앉았다.

대학생들이 많았다. 직장인들이 더 많았다. 세상이 변한다고들 말한다. 하지만 세상은 결코 변하지 않는다. 옆 테이블에 앉은 아이들은 내 시절과 똑같은 빛깔의 술이 담긴 잔을 기울이고 똑같은 이야기를 한다. 늙은이들이 우뚝 선 나라의 참을 수 없는 고루함, 그리고 마치 논리적 귀결인 것처럼 따르는 부조리와 부정의에 대해. 나도 한때 같은 의견을 말하고, 듣고, 또 말했다. 변하는 건 세상이 아니라 사람이다. 대석과 나는 변했다. 이제 우리는 그런 이야기를 하지 않는다. 우리가 바로 이 나라에 우뚝 선 늙은이가 됐다. 젊은이들이 그렇게 본다. 난 서른일곱이고 나 스스로 그렇게 늙었다고 생각하지는 않지만, 스무 살 아이들에게 중년의 변호사가 신입생보다는 대통령에 가까워 보인다는 사실을 이해하고 있다. 내가 한때 그랬으니까.

"결과 나왔어?"

대석이 물었다.

"잘 안됐어."

"그래도 법인에 가길 원해?"

"데려가려는 곳이 있다면야."

"안 되면?"

"대한법률구조공단에 지원서를 넣어봤는데 올해 경쟁률이 좀 셌어. 그나마 조건 나은 데는 지방이고."

"지방? 어디?"

"전주."

"멀구나. 사무실들은 요즘 얼마 주니. 제안 받은 데 있지?"

"말해야 돼?"

"그렇구나. 알겠어. 미안하다. 말하지 마라."

"연수원 졸업하면 얼마나 버는지 궁금해 하는 사람들을 피하기에 전주는 충분히 멀지 않더라. 제주도 쪽도 알아보려고."

"그래? 대체 얼마 받는데."

"말하지 않아도 된다며."

"4천도 못 받나?"

"말하지 않겠어."

"설마. 3천도 안 돼?"

"3천2백."

"건배하자. 개업해라, 그냥."

"거긴 안 갈 거야."

"알아. 그런 자리가 있다는 거겠지. 그런 자리가 많겠지. 누가 그런 델 가는지는 아무도 모르지만."

"국선전담변호인을 신청해보려고."

"그거 좋다. 하지만 거기도 경쟁률이 장난 아닐 거다. 법원이 직접 변호사한테 사건을 물어다주는 세상이 오다니. 이게 바로 내 사무장의 성경에 쓰인 세상의 종말이로구나."

"되도 다가 아냐. 전담 변호인한텐 법원에서 사무실을 제공해주지 않아. 어차피 개업해야 돼. 나한텐 돈 대신 빚이 있잖아."

"우리 사무실에 올래?"

"날 고용해주시겠다?"

"아니. 방만 빌려줄게. 월세만 보태. 직원 공유하면 경비도 줄겠지."

"아직 은행대출 남았어."

"천천히 줘도 돼. 혹시 민변에도 가입할 생각 있어? 추천서 써줄게. 종종 그쪽을 통해서도 개인변호사한테 연결되는 사건들이 있어. 국선전담변호인이 안 되면 그거라도 도움이 될 거야. 사건당 수임료야 국선전담변호인보다는 낫겠지."

"글쎄."

"글쎄?"

"떨어지는 사건을 먹으려고 민변에 가입한다. 아직 그렇게 살 만큼 힘들진 않아. 그냥 학위나 더 딸까."

"너도 곧 마흔이다. 잊어서는 안 돼. 삶은 나이의 다른 말이야. 결혼은 안 할 거니?"

"오늘 연수원에서 염만수도 같은 얘길 하더라."

"염만수가 연수원을 나간다고?"

"작년부터 강사로. 지성, 변화와 편집증적인 도덕성의 상징. 연수원의 숭배와 증오를 독점해버렸어."

"변화라고 부르나? 자신의 지적 우월성을 증명하기 위한 끝없는 도전을. 그 사람은 고시생 때 하던 짓을 늙어서까지 하는 거야. 월급도 받으니까 이제 프로가 된 거지."

"난 그분이 좋아."

"지금은 재야 변호사들한테 종교적인 존재이지만, 또 한 번 법학의 세대가 바뀔 땐 가장 완강하게 보수적인 인사가 되어 저항할 거다. 염만수가 이룩한 법체계의 관성을 바꿔야 할 때 얼마나 큰 출혈이 있을지 우린 생각해봐야 돼."

법의 수명은 법학자의 수명보다 짧다. 시대의 수명은 법의 수명보다 짧다. 살아 있는 법학자의 숙명이었다.

"그래도 난 염 교수님을 좋아해."

"그래? 강의 끝나고 쫓아가서 질문하려는 너 같은 법대생한테 염만수가 뭐라 말했을까? 내가 자네의 그 아둔한 질문에 대답하려면 먼저 대한민국 법학을 잠시 멈춰놓아야만 하네."

전에 그 일화를 들었다. 최근에는 그보다 더한 소문도 탄생했다. 법원이 6시에 끝나는 이유는 내가 6시에 퇴근했기 때문이야. 나는 거기까지는 안 믿었다. 그래서 대석에게 말하지 않았다. 우리는 염만수를 시작으로 저명한 법조계 인사들의 이름과 전설을 테이블 위에 차곡차곡 쌓아나갔다. 흔해 빠진 부장 출신 변호사들. 재벌 가문의 가솔로 합류한 검사. 사법부 판사에서 입법부 의원으로 신분을 전향한 법관. 이름들은 현실적이거나 실체적인 감각을 불러일으키지 않았다. 이름의 주인이 세상에 살아 있을 법한 느낌이 아니었다. 쌓인 이름들이 테이블 아래로 흘러넘칠 때까지 대석과 나는 법 그 자체에 대해서는 단 한 마디 언급도 하지 않았다. 이름들이 벌써 법을 소유해버렸기 때문일 거다.

대석이 자기 차로 집까지 태워주겠다고 했다. 난 거절했다. 그는 고집을 부렸다. 검은색 낡은 그랜저. 대석은 8년 전 개업과 동시에 차를 샀다. 이 검은색 낡은 그랜저는 변호사가 누려야 하는 삶의 최소한을 가르친다. 연수원 교과목 중 하나라고도 볼 수 있다. 다들 졸업 전에 차를 산다. 연수원생의 은행대출한도가 그랜저의 가격보다 높은 데는 다 이유가 있다.

"대리운전 불러. 음주운전이잖아. 형은 변호사야."

대석은 대답했다.

"이럴 때 쓰라는 말을 예전에 배웠는데. 아, 맞아. 나 하나쯤이야……."

집에 도착하기까지 20분이 좀 넘게 걸렸다. 난 조수석에서 내려 문을 열어 둔 채 차를 한 바퀴 돌아 운전석 앞에 섰다. 대석은 끝까지 차를 대리운전자에게 맡길 수 없다고 맞섰다. 차는 낡았고 소중해 보이지 않았다.

"본인은 남의 권리를 매일 같이 대리하면서 자기 차의 운전을 대리시키는 것도 못하겠다고?"

"운전하고 싶어서 그런다. 이제 곧 내 차가 아니니까."

"차 사?"

"명의가 집사람 앞으로 돼 있어. 원래 돈도 그 사람이 냈고. 나, 이혼한다."

"그냥 그렇게 바라는 거지. 처음도 아니잖아."

"그게 아냐. 나 이혼해."

"취했어? 대리운전 부를지 집에 전화할지 선택해."

"이혼한다고."

나는 한참 동안 입을 다물었다. 나는 대석이 먼저 말을 해주길 바랐다. 그가 천천히 입을 열었다. 이 나이에 사랑을 바랄 순 없지. 그 단어를 발음하는 데도 힘이 부쳐. 안 그래? 하지만 참을 수 없는 게 뭐냐면 내가 하루 다섯 건의 변론 문서를 쓰고 두 번 법정에 나가도 집에 가면 집사람이 없다는 사실이야. 난 그 여자가 일하는 병원의 응급실에서 매일 무슨 끔찍한 일이 벌어지는지 몰라. 왜 그 여자만 매일 새벽까지 거길 지켜야 하는지도 모르고. 하지만 응급실을 떠올리면 그때부터는 다른 상상을 할 필요가 없거든. 대화를 하라고? 했지. 그럼. 그 여자는 내가 맡은 노동법 위반 관련 사건을 모조리 비웃으면서 말하는 거야. 그곳 의사들은 주당 100시간 근무 사수를 위한 투쟁을 하고 있다더군. 난 집사람 얼굴에다 침을 뱉고 싶었어. 그 느낌은 설명해도 지금 넌 이해할 수가 없어. 결혼해라. 빨리 결혼해. 넌 이미 두 번쯤 이혼했어야 정상인 나이야. 내가 대답했다.

"형. 방금 이혼을 결심하고, 결혼을 권했어."

"사랑하는 사람이 있다면 말이다. 대학 시절 죽도록 서로 좋았다는 그 여자 이야기 들려줬지? 이름이 선혜다. 함께 기득권 타도를 외치고 침대도 같이 썼어. 운동을 그만두고서 선혜가 먼저 의사랑 결혼하고, 나도 따라서 의사랑 결혼했다. 난 전두환 사진을 볼 때마다 이런 생각을 해. 내가 선혜를 놓친 건 다 저 새끼 탓이야, 저 새끼 탓."

대석은 내 집에서 자고 가겠냐는 제안도 물리쳤다. 나는 대석을 떠나보내고 그를 태운 차가 사라질 때까지 지켜봤다. 그리고 집에 들어갔다. 씻고 나오니 전화가 왔다. 형이었다. 대석이 아닌 내 친형. 나는 대석을 만나고 오는 길이라고 말했다. 형은 별 관심을 보이지 않았다. 형은 연수원을 졸업하기 전에 부모님을 뵈러 함께 내려가는 게 어떠냐고 했다. 난 생각해보겠다고 대답했다. 형과 통화를 끝내고 전화를 해봤지만 대석은 받지 않았다.

2의2.
국선전담변호인
國選全擔辯護人

한쪽에는 엄연한 사실이 있었고,
다른 한쪽에는 엄연한 사법형식이 있었다.
_미셸 드 몽테뉴, 「수상록」

정확히 몇 번째 사건인지는 중요하지 않다. 국선전담변호인이 된
후 나는 한 달에 서른 건 꼴로 사건을 맡았고, 하루 다섯 통씩 늘
어나는 명함을 보관해야 했다. 처음엔 그것들을 차별 없이 책상 서
랍에 모아 두었다. 한 달이 지나고 나서는 새 명함이 많아지면 옛
명함들을 내버렸다. 차별 없이 버렸다. 그래도 여전히 명함이 너무
많았다. 그중 단 한 장도 특별하지 않았다.

남자는 감색 바탕의 줄무늬 정장을 잘 차려 입었다. 정장 깃에는
금빛 배지도 달았지만 처음 사무실로 들어왔을 때는 그걸 보지 못
했다. 그는 자리에 앉더니 불쑥 명함부터 내밀었다.

"국선 사건 때문에 찾아왔습니다. 법원에서 연락 받으셨습니까?"

그가 내민 명함을 바라봤다. 그의 지갑 속에는 같은 명함이 여러
장 있었을 터다. 내게 밀려온 명함에도 제 운명이 있구나. 명함을
넘겨받으면서 잠시 그런 생각을 했다.

김진영, 변호사. 법무법인의 변호사였다. 그 순간 명함은 특별해졌다.

법인 변호사가 국선변호사를 선임한다. 그런 말은 들어본 적이 없었다. 국선변호인 제도는 사회적 약자를 위해 마련된 것으로 엄격한 선임요건이 있다. 변호사가 이 제도를 활용한다면 그건 명백한 법률 자원의 낭비였다.

내 명함을 남자에게 건네주었다. 남자는 대강 훑어보더니 챙기지 않고 그냥 손에 들었다. 명함은 그의 검지와 중지 사이에 있었다.

"뭘 도와드릴까요, 김 변호사님."

"내 일이 아니요. 아직 연락을 못 받은 모양이군."

"무슨 일이시죠?"

"그제 검찰이 철거민 한 명을 구속기소했어요. 내가 온 목적은 피고인의 국선변호인 선임을 돕는 겁니다."

"변호사가 변호사의 선임을 돕는다니 그게 무슨 뜻이죠?"

"우리 로펌은 시민단체 두 곳을 법률 지원하고 있어요. 그중 한 곳에선 지역 철거민에 대한 지원업무를 맡고 있어서 복대리 비슷한 게 성립하게 됐어요. 하지만 우리 펌과 시민단체 사이 법률지원 협약에는 소송 대리가 포함되어 있지 않아요. 내 역할은……"

남자의 시선은 손에 들린 명함으로 옮겨 필요한 이름을 찾았다. 내 이름.

"윤 변호사와 피고인을 이어주는 데까지입니다."

"그렇군요. 사건에 대해 얘기해주실 순 있겠죠."

"아현동 철거 현장에서 철거민 한 명과 경찰 한 명이 죽은 사건, 압니까?"

"들어본 것 같습니다."

"지난 2월말 경찰이 아현동 뉴타운 재개발 사업부지의 현장을 점거하고 있던 철거민들에 대한 진압에 들어갔습니다. 철거민들은 망루를 세우고 저항했지요. 진압 중 폭력 사태로 철거민 한 명과 경찰 한 명이 사망했고. 죽은 철거민은 열여섯 살 학생이고 폭행으로 사망했는데, 현장에 같이 있었던 사망한 학생의 아버지가 진압 경찰 중 한 명을 둔기로 내리쳐 골로 보낸 모양이오. 검찰은 그 아버지를 특수공무집행방해치사 혐의로 구속기소했소. 지금 피고인은 서울 구치소에 수용되어 있어요. 가능하면 오늘 중으로 만나보세요."

"아들이 죽었다면서요. 경찰도 기소됐습니까?"

"아니. 그 아들을 폭행한 건 현장 철거용역업체 직원이라더군요."

"현장 철거용역업체는 또 뭡니까? 그럼 피고인은 왜 경찰을 죽인 거죠?"

남자는 대답 대신 양복 윗주머니에서 표면이 반들거리는 검은색 가죽지갑을 꺼냈다. 그리고 명함 한 장을 꺼내 나에게 내밀었다. 그런 다음 빈자리를 채우듯 내 명함을 지갑에 다시 끼워 넣었다.

"자세한 건 이쪽으로 전화해서 들어보세요. 철거민들을 지원하는 민생살림이라는 시민단체입니다. 사무국장과 대화해봐요. 이름이 김…… 뭐라더라. 거기 쓰여 있어요. 국선변호사라고 하면 아주 기뻐할 겁니다. 그럼, 이만. 나오지 않아도 됩니다."

그는 말을 마치자마자 자리에서 일어났다.

구치소 변호사 접견실에는 우리 두 사람만 있었다. 늦은 시간의 면회. 그건 구치소가 아니라 순전히 변호사들의 사정 때문이다. 변호사는 언제라도 수감자를 접견할 수 있다. 짙푸른 색 재소복을 입고 건너편에 앉은 남자는 40대 후반으로 보였다. 빨갛게 상기된 얼굴은 때가 이른 골 깊은 주름에 뒤덮였고, 깍지를 낀 두 손이 무릎 위에 얌전히 떨어져 있었다. 나는 구치소 앞에서 산 두터운 겨울담요를 건넸다. 그는 조용히 손을 내밀었다. 손가락 마디가 굵고 거칠었다. 그의 손이 포개진 담요를 펼쳤고, 다시 두세 번 접어 무릎 위에 올렸다. 나는 그 행동을 다 지켜보고 나서야 그가 받은 담요가 더 있을 거라 생각했다. 남자는 변호사보다 먼저 입을 열지 않았다. 아주 인상적이었다. 나는 담요 다음으로 명함을 내밀었다.

고맙습니다. 남자는 처음으로 입을 열고, 잠깐 시간을 두었다가 덧붙였다. 변호사님. 테이블 위로 명함을 끌고 간 손은 무릎 위로 돌아갔다. 남자는 명함을 오랫동안 바라봤다. 명함은 테이블 위에 남아 있었다. 내 전화번호를 외운 것 같았다.

"저는 국선변호사입니다."

"압니다."

"대리인을 통해 들었지만 본인의 의사를 한 번 더 확인하겠습니다. 형식적으로요. 국선변호사 선임을 원합니까?"

"전 무죄를 원합니다."

"박재호 씨, 유죄판결이 떨어지기 전까지 박재호 씨는 무죄입니다. 그 권리는 법에 명시되어 있습니다."

"그래서 내가 여기 갇혀 있는 거요?"

"절차적인 문제니까 이해해주십시오. 사람이 죽은 사건의 경우에는 통상적으로 보석이 허용 안 됩니다."

"그렇군. 그럼 내 아들을 죽인 놈들은 어디 있소?"

그 말을 물을 때 남자는 결코 화를 내는 태도가 아니어서 나는 놀랐다. 그는 구치소에 들어와 많은 생각을 한 듯했다.

"누가 박재호 씨 아들을 죽였습니까?"

"경찰들이."

"그 광경을 직접 목격했습니까?"

"목격하다마다. 그렇지 않았다면 내가 여기 있지 않을 거요."

"제가 들은 것하고 다르군요. 박재호 씨 아들을 구타한 건 철거 용역업체 직원이라고 들었습니다."

"그 말, 누구한테 들은 거요?"

"다른 변호사한테요."

"그곳에 변호사로 보이는 사람은 없었던 걸로 기억하는데. 이거 봐요, 그건 경찰들이 늘 하는 말이에요. 진압은 경찰이 하지만 사고는 그저 일어나지. 처음도 아니오. 용역이라고? 난 그 새끼들을 반년 넘게 봐왔어. 내 아들을 죽인 건 경찰이 맞아요."

"진압경찰과 용역직원의 복장이 눈으로 분명히 구분되나요?"

"용역 애들은 경찰하고 비슷하게 입어요. 비슷하게 굴고. 근데 그건 합법인 거요? 우리 같은 사람들은 구분할 수 있어요. 경찰이었어, 분명히. 그놈들을 잡아 여기로 데려와요."

"검찰은 진압경찰을 전원 무혐의 처리했습니다."

"죽일 놈들. 다 한통속이야. 그럼 검찰을 고소하시오."

"전 국선전담변호사입니다. 알고 계시겠지만, 제가 맡은 건 박재호 씨의 혐의에 대한 변호고요. 사망한 경찰을 폭행한 건 박재호 씨가 맞나요?"

"그 죽일 놈들을 고소하시오."

그 죽일 놈들. 그는 이해하지 못했다. 이해하려 하지 않았다. 치명적인 문제였다. 피고인들의 검사에 대한 분노를 직면한 게 처음은 아니다. 나는 그게 두려움이라는 감정의 양가적 형상이라고 생각해왔다. 그 분노는 꼭 검사를 향한 게 아닌지도 모른다. 그들은 언제나 자신만이 모든 책임을 지는 건 부당하다고 생각한다.

"검사의 판단이 착오이거나 실수일 때도 있겠지요. 하지만 그건 범죄가 아닙니다."

그는 같은 말을 했다. 그 죽일 놈들을 고소하시오. 남자의 이마에는 주름이 더 깊고 단단해졌다. 대화는 다툼으로 변질될 조짐을 보였다. 이런 상황에서는 피고인에게 불가능하다고 대답하거나, 기소편의주의를 운운하며 검사의 직무 판단과 면책범위에 대해 설명해주는 걸로 충분치가 않다. 아무 쓸데없는 짓이다. 나는 피고인의 분노를 다스리는 말을 이미 터득했다. 먼지처럼 떠다니는 변호사의 언어. 비겁함이 진동하는 부드럽고 세련된 말투.

"제 생각으로는 어렵습니다. 그래도 검사를 고소하길 원하신다면 제가 아닌 다른 변호사를 찾으시는 게 좋겠습니다."

남자는 한참 동안 말이 없었다. 나는 그에게 물었다.

"그날 사건에 대해서 좀 더 여쭤봐도 될까요? 경찰을 각목으로 가격해서 죽인 사람이 박재호 씨 맞습니까?"

"죽일 생각은 없었어요. 아니 죽을 거란 생각도 못했지. 난 아들을 구해야 했습니다."

"그럼 사망한 경찰이 박재호 씨 아들을 폭행한 사람 중 하나입니까?"

"그래요. 그놈들이 내 아들을 죽였소. 내가 그놈들 중 한 놈을 죽였고."

나는 박재호의 눈을 보았다. 그는 거짓말을 할 수 있었다. 피고인 들은 보통 거짓말을 한다. 작은 거짓말 혹은 큰 거짓말, 적은 거짓 말 혹은 많은 거짓말. 어쨌든 모든 피고인들이 조금씩은 거짓말을 한다. 만약 박재호가 거짓말을 하고 있지 않다면 경찰이 거짓말을 하고 있다는 뜻이다. 그리고 이 경우에는 엄청난 거짓말이 된다.

"목격자가 있나요?"

"살아 있는 경찰들이 목격자요."

"경찰들 말고는요?"

"아들은 죽었고, 난 여기에 있소. 그 외에는 없어요. 망루 층에는 우리 둘만 있었어요."

나는 그의 말을 모두 기록했다. 그는 내 동작 하나하나를 유심히 살폈다.

"보세요, 변호사 선생님."

"네."

"경찰이 내 아들을 죽였어요. 검찰은 그놈들한테 죄가 없다고 하 고. 근데 정말 나는 아무것도 할 수 없는 겁니까? 정말 검사를 고 소하는 게 안 됩니까?"

남자의 눈시울이 붉었다. 그가 운다고 해도 듣기 편하게 말해줄 수는 없었다. 그럴 수는 없었다. 선배이자 스승일지도 모를 형사법 원 재판관에게 배당된, 검사 후배들의 법률적 판단의 과오를 살펴 달라는 소송은 결코 가망이 없을 거라는 말을. 그렇게 말할 수는 없었다. 그는 계속 질문을 던졌고, 나는 빙빙 돌려 대답했다. 그가 듣고 싶어 하는 말은 하나였다. 내가 해줄 수 없는 말도 같았다. 곧 할 말이 떨어졌다. 나는 그를 몇 초간 바라보다가 불편함을 느끼고 시선을 돌렸다. 남자가 다시 물었다. 정말로 그게 답니까?

　민생살림의 사무국장은 접견실 바깥에서 나를 기다렸다. 나는 그를 태우고 구치소가 있는 의왕에서 서울로 돌아왔다. 이미 밤이 깊어 있었다. 서울에서 내려오는 도로는 차들로 가득 찼지만 올라가는 방향으로는 차가 거의 보이지 않았다. 차 안에서는 거의 사무국장이 혼자 말을 했다. 사무국장은 서울시의 뉴타운 개발사업에 대해 이야기했고, 이 사건이 일어난 아현동 지구의 시공기업인 오성건설에 대해 이야기했다. 그는 지난 수십 년간 반복되어 온 강제철거행정에 대해 이야기했고, 다시 오성건설을 비롯한 건축시공기업에 대해 이야기했다. 그는 세상을 얼리는 겨울의 추위에 대해 이야기했고, 주거지에서 쫓겨난 자들의 겨울에 대해 이야기했다. 그는 철거용역을 맡은 조직폭력배들에 대해 이야기했고, 그들을 비호하는 경찰에 대해 이야기했다. 그는 내가 사건을 맡아줘서 얼마나 기쁘고 고마운지 모른다고 했다. 이름을 밝히진 않았지만 자기도 법대 출신이라고 했다. 내 명함에도 출신 대학이 적혀 있지 않다. 그건 별로 말할 거리가 못 된다. 우리의 차이는 나는 사법고시에 붙었고, 그는 그렇지 못했다는 점이다. 그 차이로 그의 삶은 나보다 더 정의롭고, 더 비루해졌다. 나는 이 사건에 대해 더 자세히 아는 게 있냐고 물었다. 그는 자신은 현장에 없어서 알지 못한다고 대답했다. 나는 사당역에 그를 내려줬다. 그는 거기서 지하철을 타고 자기 집으로 갔다. 나는 어디에 사는지 묻지 않았다. 그는 조수석 창문으로 허리를 숙여 마지막으로 한 번 더 고맙다고 말하더니 몸을 돌려 지하철역으로 걸어갔다.

*

비서는 출근하자마자 나를 불러 세웠다. 모든 남자들의 취향인 여자였지만, 비서로 고용한 건 내가 아니다. 그 선택은 대석이 했다. 대석의 변호사 사무실에서 그녀의 경력은 나보다 길었다.

"어제 변호사님이 나가 계신 동안 전화가 왔어요. 기자라고 하던데요."

"기자?"

"잠시만요. 메모해 뒀는데."

그녀는 자기 자리로 돌아가 책상에 붙여놓은 노란색 포스트잇 한 장을 떼어 와서는 나에게 건넸다.

"이름이 이준형이네요. 신문사 사회부 기자래요. 이번에 맡으신 국선 사건 때문에 변호사님을 만나고 싶다고 했어요."

정수기에서 뜨거운 물을 받아 커피를 타던 대석이 휘파람을 불었다.

"기자가 국선변호사 따위를 취재한다? 스타가 되셨군."

"그냥 속마음을 말해. 싸인을 원하잖아."

대석은 커피를 두 잔 탔다. 두 손에 컵을 들고 내 쪽으로 걸어와 한잔은 비서에게 주고 나머지는 자기 입으로 가져갔다. 나는 검지에 포스트잇을 붙인 채 내 사무실로 들어왔고, 대석이 고용주와 변호사로서의 사회적 지위를 악용하고 있다고 생각했다.

블라인드를 걷고 책상을 쓸어냈다. 아침햇살을 타고 부유하는 먼지들. 산산이 흩어진 먼지는 결국 서로 자리만 바꿔 내일 아침의 일과로 가라앉는다. 빈 책상 위에 박재호 사건의 공소장 부본만을 올려 뒀다. 의자를 책상에 바싹 당겨 앉았다. 첫인상은 같다. 묻고 있는 죄목에 붙는 법정형량의 무게에 비하자면 공소장 부본 그 자체는 알 수 없이 가벼웠다. 난 자주 생각했다. 법정형량을 공소장 부본에 포함된 활자의 개수로 나눈다. 검사의 손끝에서 탄생한 활자 하나가 지탱하는 형량의 무게는 어느 정도일까? 각각의 접속사와 대명사들이 갖는 구속력은? 공소장은 응당 무거워야 할 만큼 무거운 적이 없었다. 딱 필요한 만큼만 무거웠다. 그것은 언제나 낱장과 낱장의 종이들이었다. 속박당하는 자의 삶만큼 구체적이지가 않았다. 그 모든 것이 내가 검사가 될 수 없었던 이유라고 생각했다. 연수원의 검찰실무과정 과목에 내가 제출한 모의 공소장에는 줄곧 비슷한 교수의 코멘트가 붙었다. 말이 많다. 오직 법 위에서 말하라. 불필요한 말을 줄여라. 필요와 불필요를 구획하는 문제에 마주 설 때마다 나는 두려움을 느꼈다. 검사가 된 자들의 공소장에는 그런 두려움이 없었다.

피고인1. 박재호. 특수공무집행방해치사. 적용법조 형법 144조2항.
피고인2. 김수만. 폭행치사. 적용법조 형법 262조.

기재된 공소사실은 명확했다. 피고인1 박재호는 아현동 뉴타운 재개발 사업 대지를 불법 점거했다. 또한 피고인1 박재호는 경찰의 진압작전에 물리적으로 저항하는 와중에 진압경찰 1인을 폭행하여 사망에 이르게 했다. 피고인2 김수만은 철거용역업체의 직원으로, 현장을 불법 점거하던 피고인1 박재호의 아들 박신우를 폭행했고 사망에 이르게 했다. 검사는 어떤 문장 사이에도 인과관계를 설정하지 않았다. 그 대목이 내 피고인 박재호의 주장과 달랐다. 나는 법원에 제출할 의견서의 초안을 잡아보기 위해 워드 프로세서를 열었다가 다시 공소장을 보았고, 다시 워드프로세서로 돌아왔다. 커서는 계속 깜빡였고 자리를 뜨지 않았다. 박재호는 물었다. 정말로 그게 답니까? 나는 그 말을 의견서 첫 줄에 적을 뻔했다.

정확히 오전 11시에 전화가 걸려왔다. 이준형. 어감과는 달리 여자였고, 목소리가 젊고 또랑또랑했다. 마음에 들었다. 그 사실은 내가 마침 점심시간이니 사무실 앞 식당에서 식사를 하면서 대화하자고 제안하는 데 영향을 줬다. 나는 법원 근처의 '올리브 퀼트'라는 양식당에서 그녀를 만났고, 늘 그렇게 먹는 척 미디엄 굽기의 등심 스테이크를 주문하고 후식으로는 커피를 골랐다. 그녀는 평범한 토마토소스 파스타를 시켰다. 그녀가 나를 비웃었을지도 모른다는 불안감은 커피가 나온 후에야 찾아왔다. 그건 순전히 내가 국선변호사였기 때문이다. 식사를 하는 동안 나는 사건보다는 변호사, 특히 국선변호사라는 직업에 대한 그녀의 질문에 주로 대답했고, 식탁 아래로 보이는 그녀의 발이 절반쯤 구두를 벗고 있다는 것에 신경 썼다. 종업원이 그릇들을 가져가자 그녀는 A4용지 묶음을 꺼냈다.

"제가 지금까지 조사한 바를 정리한 거예요. 대부분 아는 내용이겠지만 한번 읽어보세요. 이 사건에는 문제가 있어요."

나는 그녀의 서류를 받았다.

"사람이 두 명이나 죽었다면 '문제'라는 표현으론 부족하지요."

"피해자는 경찰이 자기 아들을 죽였다고 주장하고 있죠?"

"피해자요? 박재호 씨 말입니까? 그 사람은 피해자가 아니라 피고인입니다. 피해자는 죽은 경찰이죠. 법률적으로는요."

"네. 박재호를 피고인이라 부르는 게 입에 붙지 않네요. 그게 이 사건에서 이상한 점이고요. 전 지금까지 강제철거를 세 건 취재했어요. 경찰정보가 이렇게 폐쇄적인 건 처음이에요. 물론 사람이 죽은 것도 처음이지만. 철거당일 진압에 관계한 그 누구와도 인터뷰를 할 수 없었어요. 언론과의 접촉을 철저히 막고 있거든요. 기자가 사건에 접근하기 곤란하다면 그건 많은 걸 뜻해요. 보통은 심각한 문제가 있단 걸 뜻하죠."

"사람이 죽은 것만으로도 큰 문제입니다. 저는 아직 그 부분에 대해서는 섣불리 말할 수 없어요."

"검찰은 진압경찰 전원에 대해서 무혐의 처분했죠?"

"그런 걸로 알고 있습니다."

"철거용역 김수만을 박재호 씨의 아들 박신우에 대한 폭행치사 혐의로 기소했고요."

"네."

"철거 당일에 한 시민이 현장을 녹화한 VCR 봤나요?"

난 그 질문에 당황했다. 그런 게 있냐고 대답하고 그녀에게 그 VCR을 요구하는 게 옳았지만, 나는 아직 안 봤다고 말했다.

"사건에 대해 잘 모르시는군요."

"저는 어제 사건을 수임했습니다."

"회사로 돌아가자마자 퀵으로 보내드릴게요. 철거민들이 농성 중인 폐건물에 용역이 먼저 들어갔어요. 진압경찰이 투입된 건 15분 후고요. 진압은 그 후로 30분이 넘게 걸렸고, 경찰은 철거민 전원을 연행했어요. 만약 용역 깡패 김수만의 폭행으로 학생이 죽었다면 경찰의 진압작전은 투입 즉시 종료됐을 거예요. 김수만은 현장에서 체포됐을 거구요. 살인은 철거보다 훨씬 큰 사건이잖아요. 그런데 사건 당일, 현장에서는 김수만이 연행되지 않았죠. 경찰이 김수만의 폭행치사를 발표한 건 이틀이 지나서였고."

"하지만 박재호 씨 아들 박신우가 의학적으로 사망한 곳은 현장이 아니라 인근 병원인 걸로 압니다. 이 기자님의 의심은 합리적이지만 경찰이 박신우를 타살했다는 주장에 법률적인 증거가 되기엔 무리가 있어요. 더 조사해봐야겠지만 제 생각은 그렇습니다."

그녀는 잠시 침묵하고는 짧게 덧붙였다.

"VCR을 보세요. 꼭이요."

종업원이 다가와 커피를 더 마시겠냐고 물었고, 나는 사양했다. 그녀는 손목시계를 봤다. 수수한 메탈시계였다. 식사가 끝난 것이다. 정식 인터뷰에 응해주실 수 있어요? 그녀의 요청에 나는 사안을 정리할 때까지 일주일 정도 시간을 달라고 했다. 그녀는 일주일은 너무 길다고 했지만 더 이른 날짜를 요구하지는 않았다.

사무실로 돌아와 새로운 사건을 상담했다. 피고인은 스물두 살의 존속상해범이었다. 그는 내 눈을 똑바로 바라보면서 자기 아버지에 대해 죽어도 싼 놈이라고 말했다. 판사 앞에서도 그렇게 말할 각오가 된 듯이 보였다. 무죄 판결은 기대할 수 없었고 내가 국선

45

변호사가 아니었다면 사건 접수조차 망설였을 것이다. 비서와 사무장이 먼저 집에 돌아갔고, 나는 사무실에서 대석과 중국음식을 시켜먹다가 준형이 보낸 VCR을 퀵서비스로 받았다. 대석은 식사 내내 퇴근한 여자애에 대해 이야기하여 나를 불안하게 만들었다. 대석이 맥주를 마시자고 했지만 거절하고 집으로 왔다. 9시가 넘어 있었다. 침대에 누워 오늘 낮 준형에게 받은 사건자료를 펼쳐보았을 때는 한 시간이 더 지나 있었다.

첫인상으로 문장이 대단히 훌륭했다. 간결하지만 어휘가 풍부한 문체가 돋보였고 주장은 객관과 절제를 유지하고 있었다. 그날, 준형은 사건이 일어난 망루 바깥에서 현장을 지켜보았다. 그녀는 자신이 목격한 상황을 처음부터 끝까지 빠짐없이 기술했다. 그리고 페이지 밑단마다 의문점을 제시해놓았다. 취재자료라기보다는 수사자료에 가까운 글이었다. 전부 읽었을 때, 나는 지금 읽은 것이 이 사건과 관련하여 내가 얻을 수 있는 최상의 보고서란 걸 깨달았다. 나는 부엌으로 가서 라면 끓일 물을 냄비에 받아 불 위에 올렸다. 거실로 나와 그녀가 보내준 VCR을 2배속으로 훑어보고 나서 보고서가 지적한 의문지점으로 돌려 다시 자세히 살펴봤다. 텔레비전을 끄고 방으로 들어와 침대에 누운 다음 천장을 바라보며 스스로에게 여러 차례 물었다. 만약. 만약에.

천장에 침침한 음모를 그려봤다. 곧 벽지와 벽지가 만나는 경계에서 조악한 망루가 솟아난다. 당장 무너질 듯한. 그 안에 두 사람이 있다. 초췌한 남자와 어린 아들. 천장 왼쪽 끝을 철거용역 직원들이 비집고 들어와 망루로 진입한다. 실내에서는 공성과 수성의 실랑이가 벌어진다. 15분이 지났다. 지금이다. 천장 오른쪽 끝에서 진압경찰들이 쏟아져 들어오고 있다. 하나, 둘, 꽤 많다. 그들이 망루로 진입한다. 경찰 몇 명이 아들에게 다가간다. 아버지가 절규한다. 경찰이 아들 머리 위로 높이 곤봉을 쳐든다.

아냐, 전혀 말이 안 돼. 뭔가 놓치고 있는 게 틀림없어. 눈꺼풀을 닫아 순식간에 천장을 비워냈다. 나는 변호사였다. 수사관이 아니다. 내 전장은 법정이다. 다시 물었다. 만약에.

만약에 진압경찰이 박재호의 아들을 죽였다면 법정에선 뭐가 달라지지? 일단 정당방위의 성립을 주장할 수 있다. 하지만 이 사건에서 정당방위를 주장하기 위해서는 경찰과 검찰이 제시한 사실관계를 전면적으로 부정해야 한다. 경찰이 어떤 위험하고 더러운 음모를 꾸몄다고 가정해야 하고, 법정에서는 그 가정을 배타적인 진실로 주장해야 한다. 재판관들이 양팔저울 위에 그 주장을 올려 두고 고민해보도록 육중한 증거들을 찾아야 한다. 그런데 그 모든 과제들은 내 법률적 경험의 폭을 까마득히 넘어섰다. 나는 침대에서 몸을 일으켜 부엌으로 돌아갔다. 도대체 어디서부터 시작해야 할까. 나는 가스레인지의 불을 끄고 물이 다 증발한 후 바닥이 까맣게 타버린 냄비를 설거지통에 아무렇게나 처박아 넣었다. 시계는 새벽 1시 50분을 가리키고 있었다. 누군가의 도움이 필요했다. 절실히.

2의3.
재정신청
裁定申請

어느 곳의 부정의도 모든 곳의 정의에 대한 위협이다.
_마틴 루터 킹

영국인은 스스로 자유롭다고 크게 착각하고 있다.
그들은 의원을 선출하는 동안만 자유민이다.
선거가 끝나면 그들은 노예이다.
_장 자크 루소, 「사회계약론」

여덟 평 남짓한 넓이의 방. 책장이 한쪽 벽면을 차지하고 있어 연구실은 실제보다 훨씬 좁아 보였다. 여느 법대교수들처럼, 염만수는 평생 읽은 책들을 죄다 그 책장에 꽂아 두었다. 책은 판본의 크기 순으로 정렬된 듯했다. 그 책장 속에서 대한민국의 법과 법학이 판본의 크기 순으로 몸을 웅크리고 있었다.

"녹차 마시겠나? 아니면 커피?"

"감사합니다. 커피로 주십시오."

염만수는 느린 걸음으로 책상 쪽으로 걸어갔다. 전자식 커피포트를 꺼내 물을 끓였고, 물이 끓는 동안 나에게서 등을 보이고 서 있었다. 그의 풍채는 여전히 압도적이었고, 상상력을 자극했다. 법대 강단에 선 늙은 교수의 모습. 개강 첫날 강의 시간에 출석을 부른 후 300명의 이름을 몽땅 외워 학생들의 기를 죽여 놓는다. 염만수는 강의 중 누군가를 호명하면 항상 이름을 불렀다. 예외가 없었다.

"그거 아나? 내 강의를 들은 연수원생이 졸업을 하고 인사하겠다고 학교로 찾아온 건 처음이네. 처음이야."

"정말입니까? 그럴 것 같지 않은데요."

"법대생들은 날 좋아하지. 난 그 이유를 알아. 같은 이유로 그 아이들이 변호사가 되면 날 싫어하게 돼. 하지만 적어도 내가 그치들을 싫어하는 만큼은 아니지. 반갑네, 윤 변호사."

염만수는 다기를 직접 기울여 내 잔에 연녹 빛 액체를 따라주었다. 실처럼 떨어지는 물줄기. 품종을 알 수 없는 녹차였다. 어떻게 보아도 커피는 아니었다. 나는 두 손을 잔에 대고 그가 따라주는 차를 받았다.

"향이 좋군요."

"국선전담변호사라고. 자네는 언제나 참 어렵게 사는군. 일은 어떤가?"

"얼마 전에 철거민 사건을 하나 맡았습니다. 철거 진압 도중에 경찰 한 명과 학생 한 명이 폭력 사태로 사망했어요. 제 피고인이 경찰을 죽였는데, 사망한 학생의 아버지이기도 하고요. 흥미로운 사건이죠."

"나한테서 상담을 받겠다는 거로군. 민법학 교수와 형사 사건을 상의하려하다니 자네도 참 유별나."

"교수님은 제가 아는 최고의 법률가입니다. 이 말은 진심입니다."

그 말은 진심이었다. 염만수는 즐거워하지 않았다. 표정이 읽히지 않는 얼굴. 기억이 미치는 곳에서 그의 얼굴은 항상 같았다.

"피고인을 상담하면 시간당 얼마를 받나?"

"국선변호사는 상담비용을 안 받습니다."

"그렇군. 난 변호사를 상담해줄 때 시간당 100만 원을 받네."

"저에겐 큰돈입니다. 그냥 이야기를 드리고 싶었는데요."

"난 농담을 자주 하지 않아. 그런데 자네는 농담을 아예 이해하지 못하는군."

"진담인 줄 알았습니다. 사람들은 보통 웃으면서 농담을 하지 않습니까."

"그게 어떻게 진담이 되겠나. 변호사한테 낭비한 내 시간을 어떻게 돈으로 환산하겠어. 식사나 하면서 얘기하세."

염만수는 책상에 앉아 전화를 걸어 누군가를 식당으로 불렀다. 우리는 서울대 경영대학의 교수식당으로 걸어갔다. 동원이라는 기업이 경영대학에 그 식당을 기증했다. 복잡하고 심오한 현대 경영공학이 태평양에서 잡은 참치를 깡통에 담아 팔던 그 회사를 거대한 금융기업으로 키워주었기 때문이다.

"철거민 문제라면 딱 어울릴 친구를 알지. 공법분야의 모든 문제에 미쳐 있는 내 제자야. 지금은 형법학 교수일세. 같이 식사하면서 아까 그 이야기를 해보게. 좋아서 달려들걸."

식당으로 들어가 우리는 별실로 인도받았다. 일식 코스 요리의 전채가 준비되어 있었다. 나는 일행을 기다렸다. 염만수는 자리에 앉자마자 접시를 비우고 테이블 구석에 밀어놓았다. 염만수는 곧 합류할 사람에 대해 이야기해주었다. 칭찬이었다. 염만수가 누군가를 칭찬하는 모습을 처음 보았기에 나는 곧 만날 사람을 매우 높게 샀다.

이주민. 서른네 살이었고, 스물아홉 살에 서울대 법과대학의 형법학 조교수가 됐다. 그가 염만수의 눈에 든 건 대학교 2학년 채권각론 중간고사 때였다고 한다. 염만수는 답안에 적는 법률 개념에 독일원어를 병기하는 사람에게 보너스 10점을 주겠다고 했는데, 일곱 장 전체의 절반을 독일어로 써낸 매끈한 논리의 시험지가 나타났다. 시험이 끝난 후 염만수는 이주민을 집으로 초대해서 저녁식사를 함께했다. 나는 염만수의 아내이자 대한민국 초대헌법 제정위원의 외동딸이 유학시절 손에 익힌 케이준 요리를 내오는 모습을 상상해봤다. 그런 식탁이라면 경력 5년 이하의 변호사가 앉아 있는 것도 이상하다.

이주민이 미닫이문을 열고 들어왔다. 키가 매우 컸고 체크무늬 더플코트와 구겨진 청바지를 입었다. 기껏해야 대학원생으로 보였다. 잘생긴 얼굴. 패기 넘치는 눈빛. 그가 식탁의 맞은편에 앉을 때 나는 염만수의 식탁에서 벌어진 이상한 일을 떠올리고 속으로 웃었다.

이주민은 연수원을 졸업하고 하버드 로스쿨로 갔고, 다시 독일로 넘어가 형법학 박사학위를 밟았다. 그게 법률가가 나아갈 수 있는 최대한이다. 그 모든 것을 마치고 교수가 되기 위해 한국에 돌아왔을 때는 아직 20대였다. 지금도 나보다 어리다.

식사가 나왔다. 젊은 교수는 스승과는 전혀 다른 사람이었다. 그는 나와 대화하는 동안 젓가락을 들지 않았다. 겸손과 조심성이 몸에 뱄고, 자신의 손이 닿지 않는 세상에 관심을 기울였다. 그는 많은 질문을 던졌다. 그리고 고려해볼 만한 어떤 전략에 대해서도 불가능하다고 말하지 않았다. 대신, 판사는 도그마화된 법적 질서를 넘어 국민의 법감정과 사회적 관행을 감안하여 실정법을 보충하는 판단을 할 수 있다고 말했다. 법대 교과서에나 나올 법한 이야기다.

염만수가 말했다.

"나중에 저 친구가 쓴 불복종 운동에 관한 논문을 읽어보게. 가관이야."

제자가 웃었다. 그 웃음에서 나는 수줍음을 읽었다.

"다른 기회에 더 자세히 이야기해보고 싶군요. 윤 변호사님이 괜찮다면요."

"저야 영광이지요."

남은 식사를 할 동안 주민은 대학에 대한 이야기를 들려주었고, 염만수는 조용히 자기 접시를 비웠다. 주민은 학부생들로 구성된 공법학회를 지도하는데, 그 학회의 아이들은 미군범죄부터 철거민 문제까지 다양한 주제를 연구하며 현장 시위에까지 참여한다고 했다. 그는 법학의 미래라는 표현을 썼다. 염만수는 기름진 참치뱃살을 씹으며 그 아이들은 하나같이 성적이 형편없다고 말했다. 우리 쪽을 쳐다보지 않았다. 혼잣말이었다. 주민은 학생들에게 인기가 많을 것이다. 그 학회에는 특히 여학생들이 많을 거라는 느낌이 들었다. 그는 모든 법학도들의 꿈을 살고 있었다. 비현실적으로 이상적인 삶. 식당에서 나와 우리 셋은 법대 건물까지 걸어갔다. 두 교수를 올려 보내면서 나는 허리를 굽혀 인사했다. 주민은 다음 기회에 자세히 이야기하자는 말을 한 번 더 남겼다. 나는 주차장에 세워 둔 차를 타고 법대 교수동 건물을 한 바퀴 돌았다. 미학적이지도 경제적이지도 않은 기이한 건축물. 낡은 벽돌건물 위에 콘크리트 냄새가 날 듯한 철골구조건물을 더 쌓아올렸다. 낡은 식민지법의 뼈대 위에 급하게 살을 붙여 탄생시킨 제정법의 역사가 저기 서 있다. 함축도, 상징도 없는 물리적 형상 그대로. 사람보다 건물이 먼저 땅에 뿌리를 박았다. 세워진 건물은 이미 세워졌다. 사람은 거기 올랐을 뿐. 나는 교정을 빠져나왔다.

*

박재호를 변호하는 첫 의견서는 12포인트 더블 스페이스로 쓰였다. 그런 규격은 법률이 정하지 않았다. 판사들 중에 노안이 많을 따름이다. 총 여덟 장이 나왔다. 논지는 간단했다. 검사는 사실관계를 오인했다. 박재호의 아들 박신우를 폭행하고 사망케 한 자는 진압경찰이다. 철거용역원들이 아니다. 아들을 구하는 과정에서 박재호는 상해의 의사 없이 경찰을 사망케 했다. 나는 정당방위를 주장한다.

물론 그 모든 문장을 공손한 존댓말로 썼다. 언급할 필요도 없지만, 판사가 읽을 의견서를 존댓말로 작성해야 한다고 규정한 법률도 없다. 그런 규칙들은 법률보다 강력하고 우선적으로 작용해서 명시되어 있지 않아도 누구나 지킨다. 그 판단을 내리는 데는 판사란 게 무얼 하는 직업인지 인지할 정도의 이성만 있으면 충분하기 때문이다. 그 점에서 모든 인간이 하루 세 번씩 어기는 법률이란 것과는 결정적으로 다르다.

나는 출력한 의견서에 표지를 덧대고 스테이플러를 찍어 비서에게 넘겼다. 그녀는 한 시간 후에 법원에 제출하겠다고 말했다. 의견서에 첨부한 증거 목록은 없었다. 첨부할 증거가 없었다.

이틀 만에 주민과 다시 만났다. 오전에 그의 전화를 받고, 나는 막 사랑을 시작하는 연인처럼 모든 일을 제쳐 둔 채 다시 서울대 법과대학으로 달려갔다. 그는 연구실 책상 위에 법서들을 질서 정연하게 쌓아 두고 나를 기다렸다. 옷차림은 이틀 전과 똑같았다.

"이 사건을 몇 군데에 물어봤습니다. 한동안 민변을 유령처럼 떠돌았던 사건이더군요. 공익소송위원회에서 검토했다는데 경찰이 발표한 사실관계에 별다른 의심을 해보지 않은 모양입니다. 거기야 원체 사건이 많으니까요."

"그래서 사건이 저한테 왔죠."

"피고인이 자기 아들을 경찰이 죽였다고 주장한다고 하셨죠?"

"네. 이걸 읽어보세요."

나는 준형이 쓴 보고서의 사본을 주민에게 넘겼다. 주민은 빠른 속도로 읽어 내려갔다. 장을 넘길 때마다 날숨의 리듬으로 서걱거리는 소리가 났다. 다 읽는 데 5분이 걸리지 않았다.

"누가 이걸 썼나요?"

"현장을 지켜본 기자가 썼습니다."

"재미있군요. 그렇지만 경찰이 박재호의 아들을 죽였다는 게 사실이라고 해도 곧바로 박재호의 정당방위가 성립하지는 않습니다."

"피고인 박재호 씨는 담당 검사를 고소하길 원해요. 제 영역을 벗어난 문제지만, 솔직히 전 그게 가능한지도 잘 모르겠습니다."

"이 사건 담당인 홍재덕 검사는 악명이 높죠. 공안 출신으로 제기하는 공소마다 학계에 논란을 불러일으키고 있어요. 굳이 그 검사를 고소한다면 검사의 판단이 경찰에 대한 기소불행사이냐, 피고인에 대한 기소남용이냐를 따져봐야 할 거예요. 이 부분은 학설만이 난립하고 있습니다. 하지만 이때에도 검사를 고소할 수 있는 법률적 주체는 피고인이 아닌 피해자가 됩니다. 그냥 잊으시죠."

"박재호 씨한테도 그렇게 이야기할 수 있었으면 좋겠습니다."

"지금으로선 그보다 더 심각한 문제가 있어요. 사건이 서부지법 형사합의부 관할이죠?"

"네."

"서부지법 형사합의부장인 김준배 판사에 대해 아십니까?"

"잘 모릅니다."

"고대 법대 81학번입니다."

"어떤 의미가 있나요?"

"홍재덕 검사도 고대 법대 81학번입니다."

그건 원초적인 법이었다. 법을 뒤덮는 법.

"맙소사. 기피신청을 하겠습니다."

"받아들여질지 의문이네요. 합의부의 기피신청은 합의부에서 판단합니다. 합의법원이 스스로 재판장을 제척하는 결정을 내릴지는 의문이군요."

"이 사건을 고대 법대 모의법정에 맡길 순 없어요."

"신의 뜻에 맡겨야겠지요. 참, 홍재덕 검사가 가진 수사자료를 열람해보셨습니까?"

"어제 신청을 했습니다. 48시간 이내로 회신이 올 겁니다."

"경찰이 거짓을 주장하고 있다는 전제에서 출발합시다. 일단 그 이유는 비워 두고요. 홍재덕 검사가 그 거짓을 받아들였다면 자료는 엉망으로 기워져 있을 테죠. 약점을 감추고 싶을 테니까요. 윤 변호사님께 크게 도움이 안 될 겁니다."

"저도 그렇게 생각합니다."

"검사가 진압경찰을 무혐의 처리한 것에 대해 항고를 고려해보셨나요?"

"저는 국선전담변호사입니다. 국가가 선정한 소송만 진행할 수 있어요."

"꼭 변호사님 명의로 진행할 필요는 없을 텐데요. 어차피 고등검찰도 항고를 기각할 겁니다. 저라면 그다음에 고등법원에 재정신청을 해보겠습니다. 심리를 통과할 확률이 크진 않죠. 하지만 만약 통과한다면? 법원의 명령으로 진압경찰에 대한 기소를 강제한다면?"

"그래도 검찰은 진압경찰의 폭행치사 혐의를 조사하는 데 여전히 소극적일 텐데요. 형사소송법 개정 이후 쭉 모든 재정 사건이 그래 왔지 않습니까?"

"맞아요. 마찬가지로 형소법 개정 이후 쭉, 재정 사건의 재판관들은 불성실한 검찰의 태도에 모욕감을 느껴왔죠. 재정 사건의 재판관이 검사에게 가진 자료를 내놓으라고 윽박지르는 경우가 종종 있어요. 그건 정치적 성향과는 상관없이 판사의 자존심을 건드리는 문제거든요. 그렇게 되면 거기서 뭐가 나올지 모릅니다. 윤 변호사님이 박재호 씨의 무죄를 변호하는 현재 소송에 유용하게 쓸 수 있는 자료가 있을 수도 있죠."

"검찰이 가진 자료를 확보하기 위해서라면 굳이 두 개의 법정에서 두 개의 사건을 진행할 필요가 있나요?"

"박재호 씨가 피고인인 현재의 사건에서는, 입증요건에 따라 윤 변호사님이 진압경찰의 폭행치사 혐의를 입증해야 합니다. 하지만 재정신청을 거쳐 고등법원으로 이송된 사건에서는 검사가 경찰의 폭행치사 혐의를 입증해야 하지요. 판사의 명령을 따라 울며 겨자

먹기로요. 검찰이 공짜로 윤 변호사님의 소송증거자료를 퍼다 주는 겁니다. 그만큼 유능한 조사관을 고용할 수 있겠어요?"

주민은 나를 보고 웃었다. 그리고 덧붙였다.

"하지만 말했듯이 재정신청이 승인될 확률은 아주 작습니다. 법이론은 가끔 동화랑 비슷한 구석이 있어요."

*

홍재덕 검사의 문장은 정중했다. 답신에서 그는 정중한 태도로, 내가 신청한 자료의 열람과 등사를 모조리 거부했다. 그는 수사자료의 공개가 박재호 외 다른 철거용역 쪽 피고인의 수사에 지장을 초래할 우려가 있다 주장했고, 짧게 유감을 표명한 뒤, 내 요청을 거부하는 근거가 적시된 형사소송법 조항을 밝혔다. 검사로부터 수사자료의 열람신청을 거부당한 것이 처음이기에 나는 프로다운 자세를 쉬어 두고 고시생처럼 법전과 해설서에 침을 발라 가며 형사소송법을 들춰야 했다. 문이 잠긴 변호사의 방에서 일어나는 일과 중 하나다. 법률은 모호했다. 자주 일어나지 않는 일이 법률에 근거하여 일어난다면 그 법률의 기술은 거의가 모호하다. 이 경우도 그랬다. 형사소송법 266조 3의 2항. 나는 그 조항을 읽고 또 읽었다. 검사가 이 조항을 원용하는 것이 정당한지 고민해봤다. 결론이 서지 않았다. 법규는 묵시록의 예언처럼 피와 전쟁의 냄새를 풍겼다. 나는 그날 오후 박재호가 있는 의왕의 구치소를 다시 찾았다. 검사가 모든 수사자료의 열람등사신청을 거부했습니다. 나는 그 말이 음모의 암시처럼 들리지 않도록 애썼으나, 그 말은 그렇게 들렸다.

박재호는 담담하게 단 한 마디를 했다. 검사지 않소. 그 뜻을 헤아리기가 어려웠다.

"결국 제가 가진 사실이 하나도 없군요."

"난 변호사님께 이미 사실을 다 말했습니다."

"아드님을 경찰이 죽였다는 사실을 얼마나 확신합니까?"

옳은 질문이 아니었다. 변호사가 할 질문이 아니었다. 박재호는 망설임이 없었다.

"내 아들이 죽었다는 사실만큼 확신해요."

"만약 진압경찰이 아드님을 폭행했고, 아드님을 방어하기 위해 박재호 씨가 진압경찰을 폭행했다면 정당방위를 주장해볼 수 있습니다."

"그런데 뭐가 문젭니까?"

"여전히 제가 아는 게 너무 적습니다. 법원에 제출할 의견서를 작성하기에도 충분치가 않아요. 오늘은 처음부터 이야기해보도록 하죠."

박재호는 잠시 생각에 잠겼다가 입을 열었다. 나는 노트와 펜을 꺼내 적어 내려갔다. 이야기는 작년으로 돌아갔다. 재개발사업을 위한 특별법이 입법됐다. 서울시는 뉴타운 재개발 사업 일정과 구역을 발표했다. 철거와 이주 계획이 수립됐다. 오성건설이 시공건설업체로 선정되었다. 시에서 내세운 감정평가사가 다녀갔다. 아내가 세상을 떠난 후, 박재호는 아들을 키우며 아현동에서 12년간 작은 식당을 운영해 왔다. 시는 세입자들에게 차등적인 철거보상조건을 제시했다. 즉시 이주를 하는 조건으로 오성건설과 제소전 화해를 하면 시는 더 많은 보상금을 준다고 했다.

"시에서 제소전 화해를 유도했다고요? 오성건설과 세입자 사이의 제소전 화해를요?"

"어쨌든 난 서명은 안 했소. 어느 쪽이든 이주 보상금은 턱이 없었죠. 거기엔 권리금이 포함되지 않았소. 돈을 받아 죽을 시기를 미루란 소리나 다름없었어요."

두 귀로 들은 이야기를 믿을 수가 없었다. 제소전 화해는 학설과 판례가, 학계와 법정이, 이론과 현실이 가장 첨예하게 부딪히는 쟁점사안이었다. 법학도들이 정의와 법감정이 얼마나 무력하고 공허한가를 알아가는 관문 중 하나였다. 청구권은 헌법이 인정한 신성한 권리다. 원칙적으로 개인의 소송할 권리는 막을 수도 없고, 막아서도 안 된다. 소송은 오직 당사자의 의사에 따라 제기하고, 취하할 수 있다. 그런데 모든 이상적 논의에는 현실로 이어지는 좁지만 깊은 틈새가 있다. 여기 그 틈새를 보라. 제소전 화해란, 당사자들이 법원에서 제소와 화해의 형식적 절차를 미리 밟는 것을 말한다. 제소전 화해가 이루어지면 외관상으로 당사자들의 자발적 의사에 따라 법원에서 화해가 이루어진 것이므로 향후의 제소 권한은 종료되어버린다. 반면 제소전 화해의 내용 자체는 법원 판결과 동등한 집행력을 부여받게 된다. 화해의 내용 아래 숨어 있을 모든 불의와 불공평에 대해 법원이 영구히 소송의 문을 닫아버리는 셈이다. 당연히 일방의 힘이 압도적으로 우월할 때 이 법률적 테크닉을 강요하고 관철시킬 수 있다. 그런 면에서 제소전 화해는 소송이라는 독감을 예비하여 미리 맞아 두는 소송면역 백신과도 같다. 다른 측면에서 보는 사람들에게, 악의적인 목적의 제소전 화해는 법에 의한 불법의 정당화라고 일컬어진다. 연수원 강의에서 제소전 화해를 언급할 때 염만수는 혐오와 흥분을 주체하지 못했다. 이런 것들은 말이지, 신데렐라의 겨드랑이에 난 털뭉치에 지나지 않아.

그 말이 무슨 뜻인지 정확히 이해할 수 없었다. 아마 절대로 있어서는 안 될 것이라는 말을 하고 싶었던 모양이다. 염만수는 제소전 화해를 가장 적극적으로, 또 악의적으로 활용하는 주체가 바로 국가기관들이라고 했다. 많은 사람들이 국가가 내미는 서류에 서명해 자기 권리를 재로 소각시키고 나서야 변호사를 찾아 내가 서명한 것이 무어냐고 묻게 된다고 했다. 하지만 국가기관이 철거보상금을 미끼로 민간 건설사를 위한 제소전 화해를 주선해준다는 말은 들어본 적도 없다. 그렇다면 단연코 말할 수 있다. 그건 부도덕의 중매이다. 부정의의 알선이다.

"오성건설이 재개발업체로 선정된 다음에 철거민연합 쪽 사람들이 나타났어요. 철거반대 투쟁을 하려면 죽음을 각오해야 한다고 합디다. 오성건설은 철거현장에 피를 뿌리고 다니는 회사라고 하더군. 조직적으로 도와줄 수 있다고 했소. 이미 오성건설과 맞붙은 경험이 여러 차례 있다면서요. 사실 그 사람들 덕분에 반년 넘게 버틸 수 있었지요."

"거래 같은 게 있었습니까?"

"철거지역 상인들이 돈을 모아 약간의 수고비를 줬어요. 일당으로 지급했죠. 많지 않은 돈이었습니다. 근데…… 그게 문제가 됩니까?"

"아니요. 아니, 잘 모르겠습니다. 철거용역을 고용한 건 오성건설입니까?"

"네."

"경찰이 철거용역들을 제지하진 않습니까?"

"그놈들을 제지하는 누군가를 제지했을지는 모르지. 그쪽은 다 한통속이니까요."

"사건 당일에도 마찬가지였겠군요."

"손발이 잘 맞았지요. 볼 만했소."

"현장을 기록한 VCR을 봤습니다. 철거용역이 경찰보다 먼저 망루에 진입했더군요. 경찰이 진입하기 전까지 어떤 일이 있었습니까?"

"늘 벌어지는 일들이 벌어졌지요. 그놈들이 쇠파이프를 휘두르며 망루로 진입해서 우리들은 망루 위로 도망쳤어요. 나하고 신우는 2층에서 그놈들한테 붙들렸지요. 한 놈이 신우를 때리기 시작했고, 나는 몸에 휘발유를 붓고 불을 붙이겠다고 소리쳤습니다. 사상자가 나오면 그쪽도 입장이 곤란해진다는 걸 알고 있었거든요. 우리도 그건 잘 압니다. 그놈들은 우릴 두고 옥상에 올라갔죠."

"망루를 짓고 들어간 이유는 뭡니까?"

"높으니까. 높으면 사고가 날 가능성이 높거든요. 그럼 철거용역 애들이 겁을 먹고 함부로 못해요. 철거민 연합 사람들이 가르쳐줬어요."

"그렇군요."

"얼마 안 있어서 경찰이 들어왔고, 나하고 신우를 발견하곤 강제로 끌어내려고 했어요. 그 애는 창틀을 붙잡고 매달렸어요. 그리고 강제로 떼어내려는 경찰의 손을 깨물었지요. 경찰이 손목을 붙잡고 비명을 질렀고 피가 났어요. 그러자 경찰 대여섯 명이 사납게 달려들더군요."

그는 이야기를 멈추고 물었다.

"담배 있습니까?"

"죄송합니다. 담배는 구치소 반입금지 품목이라서요."

"변호사님은 담배를 안 핍니까?"

"끊은 지 좀 됐죠."

나는 다음 접견에는 담배를 사 오기로 결심했다. 그건 불법이다. 하지만 진공상태이던 우주를 불법들이 가득 채워버렸다면 사소한 불법 하나를 이 세계에 보태봐야 불법의 총량에는 거의 변화가 없을 것이다.

박재호는 숨을 크게 내쉬었다. 담배연기를 내뿜듯이. 그리고 말을 이어갔다. 그 후로는 이미 들은 대로였다. 진압경찰들이 달려들어 그의 아들을 마구 때렸다. 아들은 열여섯이었다. 그는 아들이 위험하다고 판단했다. 각목을 들고 달려들어 아들을 구타하던 경찰들에게 마구잡이로 휘둘렀다. 그는 다시 강조했다.

"그 경찰을 죽일 생각은 없었어요. 죽었는지도 몰랐고. 경찰 애들도 신우를 때릴 때 그랬을지 모르지요. 하지만 분명히 그놈들이 내 아들을 죽였어요. 내 아들이 죽었으니까 그건 확실해요."

"검찰이 진압경찰을 무혐의 처리한 것에 항고를 해볼 수 있습니다. 항고가 기각되면 고등법원에 재정신청이란 걸 할 수 있고요. 재정신청은 법원에 검찰의 기소를 강제해달라고 요청하는 제도입니다."

"그걸 하세요. 당장."

"전 국선전담변호사입니다. 국선전담변호사는 재정신청을 할 수 없습니다. 하지만 원하신다면 제 동료 변호사를 통해 진행해보겠습니다. 훌륭한 변호사죠. 저보다 경험도 많고. 괜찮습니까?"

그는 그 변호사가 누구냐고는 묻지도 않았다.

"뭔들 어떻습니까. 그렇게 해주세요. 최대한 빨리."

월요일에 나는 준형과 인터뷰를 했다. 오후 7시에 준형은 사진기자와 함께 사무실로 찾아왔다. 나는 의자에 등을 꼿꼿이 세운 자세로 어색하게 미소를 짓고 열댓 장의 사진을 찍었다. 변호사답게. 책상 아래로 두 발은 해진 실내용 슬리퍼를 신었다.

사진기자를 돌려보낸 후 준형은 인터뷰 기사에 사진이 실리지 않을 수도 있다고 솔직히 말했다. 나는 괜찮다고 대답했지만 대석이 기사를 보고 사진의 행방을 추궁할 거라고 예상했다. 그리고 질문들이 있었다. 준형은 용역 폭력배가 아닌 경찰이 아들을 죽였다는 박재호의 주장에 대해 집중적으로 질문을 던졌다. 그건 의심의 여지없이 기사거리였다. 그녀가 원하는 대답은 정해져 있었지만 내 대답은 아직도 조심스러웠다. 나는 머릿속에 있는 것들을 모두 말하지 않았다. 홍재덕 검사가 이 기사를 읽으리라는 사실을 알았다. 불필요하게 그의 신경을 건드릴 필요는 없었다. 만약 이 사건에 진실이 따로 있다면 검사는 진실을 묻을 시간도 쥐고 있다. 그의 책상에서 증거의 조각들과 그것들을 이어 붙여 원하는 그림을 만들어줄 법리들이 검토될 것이다. 결국 언젠가는. 나는 그가 서두르기를 바라지 않았다.

인터뷰는 한 시간 안에 끝났다. 우리는 간단한 저녁 식사를 겸하여 맥주를 마셨다. 그 자리에서 더 많은 이야기가 오갔다. 나는 사소한 이야기도 그녀의 기사가 될 수 있다고 여겼다. 내 첫 신문 인터뷰가 있었던 날이기 때문이다. 그러나 우리는 주로 사적인 대화

63

를 나눴다. 그녀는 스물아홉이었다. 스물넷에 일간지 사회부 기자가 됐다. 자신이 지금까지 취재했던 강제철거 현장에 대해 말했고, 그 말을 할 때 경력에 대한 자부심을 숨기지 않았다. 난 스물네 살 때 사회가 뭔지도 몰랐다.

기자 초년에 그녀는 자기 또래 용역 폭력배가 아버지뻘 되는 철거지역 주민의 머리카락을 쥐어 땅바닥에 내동댕이치는 모습을 봤다. 머리칼 한 움큼이 주먹에 남았고 금방 화장터의 재처럼 바람에 날려 흩어졌다. 땅바닥에 누운 노인은 소리도 내지 않고 울었다. 경찰들이 횡대로 줄을 서 바리케이드를 치고 현장 접근을 막았다. 무엇에 대한 무엇의 접근을 막는지는 고민으로는 이해할 수 없는 문제였다. 그때는 대한민국의 수만 개 법규 중 단 하나도 땅에 누운 자의 편이 아니라는 사실을 믿지 않았다. 그녀는 바리케이드에 뛰어들었고 곧바로 연행됐다. 끌려가면서 경찰들에게 악을 썼다. 이 개만도 못한 자식들아. 그 장면이 생중계 중인 유선방송을 탔다. 유선방송사, 신문사, 그녀 모두 징계 및 불이익을 받았다. 그 후로 항상 취재현장을 지켜보기만 했다. 그녀는 말했다. 나는 법을 믿지 않아요.

이야기는 나를 감동시켰다. 나는 그녀에게 강렬한 인상을 남길 내 삶의 어떤 국면을 찾아 헤매다가 골품화된 법조계의 신분질서를 논하기 시작했다. 어느 순간부터 내가 삼가는 게 나을 말을 하고 있을지도 모른다는 의심이 들었고, 그래서 취했다는 걸 알았다. 나는 내가 법조계의 소수자임을 주장했다. 그녀는 웃었지만 말끝이 차가웠다.

"소수자요? 그건 아들을 잃고 도리어 구속된 사람한테 쓰는 말

아닌가요? 여자로 태어난 일간지 사회부 기자도 가끔은 소수자죠. 30대 중반의 남자 변호사도 소수자일 수 있나요?"

"그 관점에 동의합니다."

"변호사처럼 말하지 말아요. 무슨 뜻인지 알지도 못하면서."

"그 말에도 동의해요."

우리는 자정 근처까지 술집에 머물렀다. 자리에서 일어날 때 그녀에게 집까지 데려다주겠다고 말했다.

"내가 덜 취했어요. 그쪽보다."

그녀는 한사코 데려다주겠다는 제안을 거절했다. 밤이 너무 깊었어요. 그녀가 말했다. 그건 내가 그녀에게 해야 할 말로 들렸다. 그녀는 택시를 타겠다며 거리 끝으로 사라졌다. 나는 그녀를 집어삼킨 길고 어두운 밤거리를 바라보았다. 모든 밤은 구치소의 밤과 같아 차등도, 차별도 없이 세상을 덮었다. 커튼을 쳐서 밤을 막아낼 수는 없었다. 이불을 접어서 밤을 걷어낼 수도 없었다. 그렇게 밤을 치워낼 수 있겠는가. 시간이 밤을 지워줄까. 시간이 밤을 밀어내도 밤은 또 시간을 덮친다. 나는 세상의 말 많은 사상이 아닌 천문학을 빌려 말한다. 밤 이전이란, 밤 이후란 없다. 밤이 온 게 아니다. 밤 아래 세상이 온 것일 뿐.

밤이 너무 깊었다. 아마도 그런 것 같다.

2의4.
사실관계
事實關係

조국을 해치는 것은 도리에 어긋난다.
그러므로 국민을 해치는 것도 당치 않다.
그들은 조국의 일부이기 때문이다.
_루키우스 안나이우스 세네카, 「인생론」

처음 대석과 만났을 때 나는 중학생이었다. 그는 법대생이었다. 대석은 내 형의 오랜 친구였다. 형은 대석이 80년대 대학가에서 타오른 고귀한 정열의 증인이자 그 화신이라고 했다. 대석은 모든 시위의 선봉에 섰고, 항상 마지막까지 남았다. 그가 법대를 제대로 다녔는지 모르겠다. 그때 나는 어렸다. 경력이 쌓이자 그를 쫓는 사람들이 생겨났다. 친구들이 돌아가며 대석을 집에 재워줬다. 우리 집에도 일주일 가까이 머물렀다. 나는 형과 같은 방을 썼고, 대석은 형과 같은 침대를 썼다. 형과 대석이 매일 밤 등을 맞대고 나누던 어둡고 불길한 이야기들을 지금도 기억한다. 대석은 우리 집 지붕 아래 깃든 안온함에 몸을 숨긴 자신을 부끄러워했다. 동지들에게 미안한 일이라고 했다. 자신이 마땅히 구속되어야 한다고 믿는 듯했다. 물론 그런 말을 한 적은 없다. 하지만 그랬다면 그의 마음은 더 편해졌을 거다. 머무는 동안 대석은 내 수학을 좀 도와줬다.

우리 둘 사이 있었던 일은 그것 말고는 크게 기억나지 않는다. 아버지는 형을 탐탁지 않게 여겼지만, 대석은 이유 없이 싫어했다. 대석이 우리 집을 나간 후 나는 형을 통해 가끔 그의 소식을 들었다. 형은 대학교 2학년 말에 운동을 그만뒀다. 솔직히 처음부터 형과는 어울리지 않았다. 대석은 해가 바뀔수록 자신을 더 큰 위험으로 몰아넣더니, 결국에는 정말로 전두환을 그 까마득히 높은 곳에서 끌어내리고 말았다. 반대로 대석이 자기 삶에서 가장 높은 곳에 오른 때였다.

나는 대석과 같은 대학, 같은 법학과에 진학했다. 당연한 말이지만, 그걸 선택하면서 대석의 존재를 고려하지는 않았다. 그보다는 학력고사 성적을 고려했다. 거의 그것만을 고려했다. 나는 대석에 대해 잊고 있었다. 대학 연극 동아리에서 대석을 다시 만났다. 그는 졸업을 안 했다. 군대에 다녀와서 연극에 푹 빠져 있었다. 대석은 동아리에서 나이가 가장 많았고, 가장 잘생겼고, 가장 인기가 많았다. 대석은 많은 연극을 주연했고, 연출도 했다. 나이 차가 좀 있었지만 우린 아주 친해졌다. 친형보다 대석과 더 긴 시간을 나눴다. 우리는 법과 정치보다는 연극과 문학에 대해 많은 이야기를 나누었다. 그때는 그가 훌륭한 배우가 될 거라고 기대했다. 나는 졸업 후 취직했다. 중위권 법과대학 출신답게 사법고시에 대한 미련을 재어보는 시간낭비 따위는 안 했다. 대석은 나보다 먼저 자기 삶에서 연극을 떨쳐냈다. 학생운동을 떨쳐냈듯이 단칼에. 그는 사법고시를 보기로 작정했다. 전두환이 권좌에서 내려오고, 군사정권이 끝나고, 정권 자체가 바뀌고, 대석이 사법고시에 합격했지만, 아버지는 대석에 대한 평가를 바꾸지 않았다. 여전히 대석을 싫어했다.

그 친구 같은 친구들만 있다면 세상은 안 돌아가. 세상을 더 길게 살아온 아버지는 대석의 세대를 받아들이기 어려워했다. 그게 정확한 진단이다. 대석이 말한 적이 있다. 너희 아버지 말씀이 옳아, 그래야 세상이 돌아가지. 나는 대석이 좋았다.

대석은 신문을 붙들고 읽었다. 인스턴트커피가 바닥날 때까지 한참을 들고 있었다. 내가 그 신문을 대석의 책상 위에 올려놨다. 사회면을 펼쳐서. 사회면에 준형이 쓴 인터뷰 기사가 났다. 하단 구석이었고 길이는 반 뼘 분량이었다. 대석은 신문에 얼굴을 파묻고 내려놓지 않았다.

"미스터리로군. 네 사진을 찾고 있는 중이야."

나는 대석의 책상 앞에 놓인 의자에 앉았다. 상담 받는 고객처럼. 그리고 박재호 사건에 대해 자세히 설명했다. 박재호 아들의 죽음. 공소장 뒤로 숨어든 진짜 가해자. 그리고 검찰청 캐비닛 안으로 숨어든 수사자료들. 그것을 끄집어내기 위해 항고와 재정신청을 해볼 생각이라고 말했다. 하지만 국선전담변호사인 내 처지로서는 제한적인 법률 사안만을 처리할 수 있다는 사실을 이해시켰다. 대석은 하품을 하지 않았을 뿐, 국선 형사사건에 관여하는 것에 번거로운 기색을 노골적으로 드러냈다.

"수임명의만 빌려달라는 거야."

"검찰에 개기는 일에 왜 내 명의가 쓰여야 하냔 말이지. 난 민사 변호산데."

"검찰은 내 피고인의 아들을 죽인 자들을 무혐의 처분했어. 전두환을 무혐의 처분한 것처럼. '내란은 없다, 성공하면 그것은 새로운 질서다'라는 기상천외한 법리를 전두환의 내란 무혐의 처분서에 써 낸 사람들이야. 내란 획책자에겐 사법심사를 배제하고, 아들을 잃은 남자에겐 칼을 뽑았다는 말이지. 검찰이 20년 전에 전두환을 기소했다고 생각해봐. 많은 게 달라졌겠지. 형의 첫사랑, 이름이 뭐 랬더라."

"헛소리. 난 오늘 아침에도 각하가 깔아놓으신 올림픽 도로를 타고 출근했어. 그만하고 항고이유서나 써서 가져와. 날인해줄 테니까. 그리고, 넌 진짜 나쁜 자식이야."

"고마워. 아까 신문 아래 뒀어."

대석은 신문을 접어 치우고 책상 위에 덩그러니 남은 항고이유서를 들었다. 표지에는 대석의 변호사 사무실 주소와 마크가 박혔다. 못 본 모양이네. 내가 덧붙였다.

형사소송법 제 18조는 법관이 불공정한 재판을 할 염려가 있는 때 기피 신청을 할 수 있다고 명시한다. 사건의 담당재판장은 검사 홍재덕과 동문동기다. 판사가 검사와 동문동기라면 그것 말고는 더 염려할 것도 없다. 내가 판사란 초법적 존재라고 말할 수 있는 이유는, 판사에 대한 기피신청이란 게 도대체 받아들여지는 법이 없기 때문이다. 서부지법 합의부는 내 기피신청을 즉각적으로 기각했다. 판결문에는 기각결정에 대한 이유가 개진되어 있었다. 짧은 문장으로, 기각결정에 다음과 같은 이유가 있다고 밝혔다.

변호인의 기피신청은 이유가 없다.

나는 기피신청의 기각결정에 대해서도 즉시 항고했다. 그로 인해 형사법원에서 박재호의 재판은 중단되었다. 항고. 또 항고. 나는 닥치는 대로 항고했다. 그건 박재호의 운명이 바람 앞의 등불과 같다는 뜻이었다.

*

무채색 돌 벽에 빨간색 페인트 스프레이로 단어가 씌어 있었다. 단어는 피처럼 끈적끈적하게 벽을 타고 흘러내리다 굳었다. 그걸 의도한지도 몰랐다. 회화적인 의도. 씹째끼들아. 거기에 그렇게 쓰여 있었다. 단어는 서슬이 퍼랬지만 그게 누구를 향해 던져진 건지 알 수 없었다. 용역 폭력배들이 철거민들을 향해. 철거민들이 용역 폭력배들을 향해. 혹은 경찰, 건설업체, 국가를 향해. 어쩌면 사건과 사고들로부터 비정하게 독립하여 존재하는 이 세계를 향해. 골목 모퉁이를 도니 다른 색깔의 글자들도 나타났다. 뜻이 더 분명했고, 덜 인상적이었다. 재벌이권 건축개발 서민생존 위협한다. 그다음 문장은 운율조차 잃었다. 생존권을 보장하라. 그 아래 다시 빨간 페인트 글씨가 나타났다. 너흰 이미 죽었어. 문자들이 또 피를 흘렸다.

약도는 필요 없었다. 아현동 재개발 사업부지는 그 전체가 전장이었다. 입장이 다른 현수막이 바람에 나부끼고 입장이 다른 낙서들이 서로를 덮으며 영유권을 다퉜다. 재개발조합은 소유권 행사의 정당성을 주장했다. 세입자들은 생존의 권리를 주장했다. 구청은 세입자들에게 보상 계획을 공고했다. 세입자들은 보상이 아닌 생존을 외쳤다. 건설사는 재개발 시공을 경축했다. 그 모든 골목 어귀마다 머릿돌처럼 새긴 철거용역들의 섬뜩한 메시지는 죽음의 임박을 경고하고 있었다. 재래식 상점가부터는 다시 세입자들의 주장이 공간적 우위를 점했다. 국밥집 아주머니에게 세입자 대책위원회 사무실의 위치를 물었다. 왜요? 아주머니는 되물었다. 난 그곳에서 국밥을 한 그릇 사 먹었다. 국물 색이 탁했고, 구린내가 났다. 그녀는 만원을 받고 한 마디 말도 없이 거스름돈을 내주었다.

낡은 저층 건물 앞에서 민생살림의 사무국장을 만났다. 담배를 피우고 있었다. 그는 꽁초를 바닥에 날려버리고, 담배를 피우던 손을 내밀어 악수를 청했다. 세입자 대책위는 2층에 입주해 있었다. 그걸 입주라고 말할 수 있다면. 어떤 건물의 소유주도 재개발을 반대하는 세입자들을 위해 사무실을 내주지는 않을 것이다. 자세한 상황까지는 상상이 닿지 않았다. 이곳은 내 상식과 경험으로 구성된 세계의 바깥이었다. 내 세계와 이 세계 사이에는 세계 하나만큼의 간극이 더 있었다. 나는 단지 우리 두 세계를 같은 법률이 지배하는 까닭에 이곳에 섰다. 그러므로 내가 이들보다 더 잘 아는 건 법뿐이다. 오직 법뿐이다.

"담배 피우셔도 됩니다."

위원장이라는 사람이 재가 누룽지처럼 가라앉은 유리 재떨이를 끌어와 앉았다. 그 옆에 민생살림의 사무국장이 앉았다. 그는 벌써 새 담배에 불을 붙였다.

"괜찮습니다. 끊었습니다."

"변호사들은 담배 안 피웁니까?"

"변호사들도 피우지요. 제가 안 피웁니다."

위원장은 윗주머니에 손을 집어넣었다. 주머니는 비어 있었다. 사무국장이 자기 담배를 내밀었다. 불도 붙여주었다. 위원장은 한 모금을 뿜어냈다.

"좋은 일 하십니다. 박재호 그 양반 괜찮은 사람이에요. 안됐죠."

"사고 현장을 돌아보고 싶은데요. 망루가 아직 남아 있습니까?"

위원장이 웃었다. 웃음소리에서 쓴 냄새가 났다.

"그걸 왜 남겨 뒀겠습니까. 가봐도 볼 게 없을 겁니다. 핏자국 하나 없어요."

"위원장님께서도 사고 당일에 현장에 계셨나요?"

"암요. 난 망루 꼭대기에 있었지요."

"사고를 목격하진 못하셨군요."

"네."

위원장은 날 뚫어지게 쳐다봤다.

"필요하다면 증언도 할 수 있어요."

"목격하지 못하셨다면서요."

"왜, 알잖습니까. 우린 모두 박재호 씨 편입니다."

위원장의 말끝은 촛불처럼 사그라들었다. 나는 그를 바라보았고, 다시 사무국장을 바라보았다. 사무국장은 어색한 미소를 짓고 눈을 돌렸다. 나는 대답했다.

"아뇨. 그런 건 필요 없습니다."

"도움이 안 됩니까?"

"그런 문제가 아닙니다."

"경찰은 거짓말을 해요. 검찰도 그렇고. 전 보지 못한 일을 말하겠다는 거예요. 없었던 일을 말하겠다는 게 아니라."

"증인석에서 그 둘은 아무런 차이가 없습니다. 위험한 생각입니다. 누구한테도 그런 말 하지 마세요. 다시는요."

사무국장이 담배를 비벼 껐다. 그가 말했다.

"저희가 도와드릴 일은 없습니까?"

"생각해보지요."

"같이 식사하시겠습니까? 근처에 솜씨 좋은 식당이 많아요."

"이미 먹었습니다. 괜찮습니다."

나는 건더기가 흉하게 흩뿌려진 탁한 국물을 떠올렸다. 솜씨 좋은 식당. 서로 다른 세상의 눈높이. 내 눈도 결코 높은 편은 아니었다. 난 그곳에서 30분 정도 더 머물렀다. 두 사람은 끊임없이 담배를 피웠다.

고등검찰은 경찰의 폭행치사혐의에 대한 항고를 기각했다. 빠른 결정이었다. 사실 놀랄 만큼 빠른 속도였다. 사건을 검토해보기나한 건지 의심스러웠다. 의심할 게 너무 많았다. 그래서 이 문제에 대해서는 의심을 거두기로 했다. 어차피 고등검찰이 항고를 받아들일 거라 기대하지도 않았다.

나는 사망사고를 낸 교통사고범에 대한 국선변론을 맡았다. 그는 형벌보다 다른 것을 두려워했다. 자동차보험사는 피보험자가 궁핍에 몰린 순간에 함정처럼 숨겨 둔 약관사항을 읊으며 사고피해자에 대한 합의금 지급을 거부했다. 약관은 자주 말썽을 일으킨다. 상해전문변호사들은 약관을 소송의 늪이라고도 부른다. 그 비유의 부정적 어감은 변호사들의 양심 깊숙이 유폐된 초자아적 죄책감이 반영된 결과라고 할 수 있는데, 그 이유는 약관의 철자들이 더 작아지고 약관의 문장들이 더 길어질수록 변호사들의 상차림이 풍성해져왔기 때문이다. 물론 보험사를 소송하는 것도, 보험사의 약관을 쓰는 것도 변호사라는 사실은 말해봐야 입만 아플 터다. 나는 피고인에게 보험사를 소송할 것을 권고했고, 사무장이라도 된 것처럼 사건을 대석에게 물어다 줬다. 나는 그 일을 여러 차례 대석에게 일깨웠다. 재정신청을 해야 할 순간이 오자 대석이 다시 거드름을 피웠기 때문이다. 결국 재정신청서를 제출했지만, 우린 대석의 수임명의를 사용하는 문제로 조금 다퉜다.

"국선변호인이 하는 일 이상의 걸 하고 싶어? 그럼 국선변호인을 그만둬."

대석이 말했다. 섭섭했지만 별 대꾸를 하지는 않았다. 옳은 말이다. 내가 하고 있는 일은 보통 국선변호인이 하는 일이 아니었다. 그럼 나는 왜 국선변호인을 그만두지 못하는가. 국가가 나에게 월급을 지급하기 때문이다. 내가 국선변호인인 한 국가는 나에게 돈을 준다. 그건 의지와 생계 사이의 문제였다. 사람들은 그런 기로에 봉착하면 양자택일을 하는 대신, 그냥 현재를 택한다. 나머지 문제는 미래라는 관성에 내맡긴 채 삶을 굴려 내보내는 것이다. 내가 그랬다. 하지만 곧 결단을 내려야 할 때가 왔다. 사람들은 그런 때를 맞는다.

"박경철 의원, 아시죠?"

주민이 다짜고짜 질문을 던졌다. 수화기로 들려오는 그의 목소리는 들떠 있었다. 그 목소리는 법대교수보다는 막 합격자 명단을 확인한 법대 신입생에 가까웠다.

"이름은 알지요. 그, 검사 출신 야당 의원 말씀이시죠?"

"윤 변호사님을 만나보고 싶답니다."

"국회의원이 저를요?"

주민이 웃었다. 귀가 쩌렁쩌렁 울렸다. 깔깔. 그런 소리가 났다.

"아주 재미있는 이야기를 듣게 될 겁니다. 정말 재미있는 이야기예요."

방배동의 고급 중식당에서 그들을 만났다. 주차장에는 대형 승용차가 즐비했다. 기사들끼리 구석에 모여 담배를 피우고 있었다. 입구에서 박경철 의원의 이름을 댔다. 사근사근한 여직원이 나를 별실로 이끌었다. 나는 약속 시간보다 10분 먼저 도착했다. 주민과 박경철은 그보다 먼저 도착했다. 방에 들어가자 의원은 몸을 일으켰다.

"반갑네."

의원은 손을 내밀었다. 말끝이 짧았다. 머릿속으로 이미 연수원 기수 계산을 끝낸 듯싶었다. 처음 겪는 일도 아니다. 나는 그저 웃고 그의 손을 잡아 흔들었다. 주민이 말했다.

"윤 변호사님이 박재호 씨 변론을 맡고 계신다고 말씀드렸습니다. 한번 뵙겠다고 하시더군요."

"많이 놀랐습니다."

의원이 대답했다.

"내가 앞으로 할 이야기를 들으면 더 놀라겠군. 당에서 국정조사 여부를 검토하고 있어. 그저께 회의가 있었지."

"박재호 씨 사건에 대해서 말입니까?"

"아현동 재개발사업에 대해서 말이오. 정권이 불법적으로 개입한

흔적이 있어."

"정리가 안 되는군요. 제 사건과 관련이 있습니까?"

"관련이 있지. 진압경찰의 혐의에 대해 항고를 했다고 들었는데."

"기각됐습니다. 얼마 전에 재정신청을 했고요."

"검사가 홍재덕이지? 그놈은 국가기관을 수사할 배짱이 안 돼. 하지만 윤 변호사의 사건은 검사 탓만 할 순 없을 거야. 부동산개발사업과 관련된 문제는 복잡하게 돌아가. 검사 한 명의 의지로 일이 되지 않지. 나도 검찰에 있을 때 철거폭력 건으로 건설사를 수사해봐서 알아."

"기소해보신 적이 있습니까?"

"그땐 젊었고, 사건은 날 화나게 했지. 기소 의견을 위에 냈더니 부장이 날 불렀어. 자기는 기소에 반대한다더군. 사실상 명령이었지. 정말 이상한 일이었어. 기소에 반대한다? 그건 세상 모든 죄지은 자의 가슴속 열망이지. 하지만 부장검사의 입에는 안 어울리는 말이잖아?"

"그런 일이 종종 있다고는 들었습니다."

"더 많은 소문들이 있었지. 그땐 소문이었지. 지금은 소문이 아니란 걸 알아. 의원이 되면 많은 걸 알게 돼. 그게 참 좋지."

"검찰의 기소판단에 정부가 압력을 넣습니까?"

의원은 웃었다.

"나한테 진술이라도 받아낼 생각인가?"

"그래주실 수 있나요?"

의원이 웃었다. 이번엔 주민도 웃었다.

"그래 보이나? 너무 앞서나가지 말게."

"의원님이 아시는 걸 진술해주신다면 큰 도움이 될 겁니다."

"난 공식적으론 이 사건에 어떤 도움도 줄 수 없네. 그럼 국정감조사법을 위반하게 되거든. 8조지. 정부에선 그걸 이용해서 국정조사를 무산시키려 들 거야. 일단 이걸 보게. 지금 안 보면 뉴스에서보게 될 테니. 기와집에서 입김을 뿜었어. 그 인간들, 덜미 잡혔어."

의원은 종이 한 장을 넘겼다. 한 장이었다. 프린터로 출력한 이메일 사본이었다. 발신인 그리고 수신인. 난 첫줄에서 얼어붙었다. 발신인 청와대 홍보수석 언론비서관. 수신인 경찰청 홍보담당관.

내용은 단순했다. 그리고 의심스러웠다.

"기와집에서 경찰청 홍보담당자한테 메일이 갔지. 흉악범죄자들에 대한 보도자료로 윤 변호사의 사건에 대한 보도를 덮어달라고돼 있어. 우습지 않나? 지금도 윤 변호사의 사건은 별 관심을 못 끌고 있잖아."

"대체 이런 걸 어떻게 구합니까?"

"말했잖은가. 의원이 되면 많은 걸 알게 된다고."

의원은 잠시 말을 쉬고 젓가락으로 냉채를 집어 들었다. 이런 걸어떻게 손에 넣을 수 있단 말인가. 합법적인 방법으로 가능할까? 난 그 문제를 고민해봤다. 한 가지는 답이 나왔다. 내가 그 방법을알게 될 날은 없을 것이다. 절대로.

"아마 이런 메일이 처음은 아닐 거야. 그럴 리가 없지. 뉴타운 사업에는 어마어마한 이권이 걸려 있어. 오성건설과 뉴타운 재개발조합의 건축공사계약서 구했나?"

"저는 의원이 아니라서요."

난 체념적으로 말했다. 절반만 농담이었다. 의원은 전체를 농담으로 받아들이고 크게 웃어젖혔다. 그리고 가방에서 서류철을 꺼내 나에게 건넸다. 계약서와 많은 자료들이 거기 있었다. 그 가방에 뭐가 더 들어 있을지 상상조차 할 수 없었다.

"오성건설은 2010년까지 건축을 완공하기로 돼 있어. 계약 조항을 잘 살펴보게. 공사기간 내 건축시설을 완공할 가망이 없다는 게 객관적으로 명백하면 계약을 해제할 수 있다고 되어 있네. 건설 계약에서는 일반적인 조항이라고 할 수 있지."

내 두 눈은 바쁘게 계약서를 훑었다.

"자네도 알다시피 오성건설은 철거용역을 동원하고도 이주보상 문제를 9개월 동안이나 해결하지 못했어. 그리고 재개발 조합이 내용증명 문서를 보냈어. 계약서 뒤에 자료 나-2를 참고하게. 30일 내로 공사착공이 되지 않는다면 계약을 해제하겠다는 내용이야. 이 재개발 사업이 오성건설에 어느 정도 수익을 가져다주는지 아나?"

"잘 모릅니다. 누가 알겠습니까? 사람을 죽음까지 몰아넣을 만한 규모의 돈을요."

"나도 정확히는 몰라. 부동산 개발 쪽은 시공부터 분양까지 투명한 게 하나도 없어. 그런데 주식쟁이들은 이런 정보를 기막히게 캐내더군. 대우증권에서 추산한 오성건설의 시공이익은 1조5천억 원이네. 시공비용은 21조 원이고. 조합과 지자체에 돌아간 비자금 규모만 수십억 원대로 알려져 있지. 그냥 알려져 있는 돈에 대해서만 이야기하는 거야."

"변호사가 되기 전에 건설사에서 일했죠. 비자금에 대한 이야기는 들어봤습니다."

"그럼 이 돈은 전부 어디서 나오겠나. 건설사가 현금을 쥐고 있을까? 아니지. 전부 은행에서 끌어온 어음이야. 현재 오성건설이 부담하고 있는 은행이자만 300억 원이 넘어. 세상에 공짜는 없지. 재개발이 지연되고 중단돼도 결제일은 돌아와. 건설사들은 그렇게 쓰러지는 거야. 많은 건설사들이 그렇게 쓰러졌지. 오성건설보다 더 큰 건설사들도 그렇게 쓰러졌어. 건설사한테 재개발 사업은 독이 든 성배야. 다시 오성건설에 대해 이야기하지. 재개발조합이 계약해제를 경고하는 내용증명을 오성건설에 발송한 게 1월 7일이야. 발등에 불이 떨어졌지. 유동성 압박이 가시화되면서 철거에 회사의 존망을 걸게 된 거야. 그 후 한 달 만에 강제철거가 있었지. 이때는 철거용역뿐만 아니라 경찰력이 동원됐네. 경찰은 단 한 차례도 철거민과 교섭하지 않았어. 뭐가 급한지 곧바로 진압병력을 투입했어. 이건 통상의 경우하고 달라. 경찰 진압 수칙에서도 어긋나고."

난 상황이 어떻게 돌아갔는지 완벽하게 이해했다. 아직 듣지 못한 부분까지. 누구나 이해할 수 있었다. 단어 하나가 입술을 비집고 절로 튀어나왔다. 맙소사.

"오성건설이 기와집에 로비를 한 거야. 청와대에서 경찰에 외압이 들어갔고. 그렇게 된 거야. 그래서 진압경찰의 공무 중 폭행치사를 인정할 수가 없는 거지. 이 고리들이 발각되면 뒤따를 파장이 너무 크기 때문에 기와집 인간들은 꼬리도 내주지 않을 셈인 거야. 이건 그 인간들한테 판돈 전부를 건 도박이야."

음식이 들어왔다. 새우 요리였다. 난 이미 나와 있는 요리에도 손을 대지 못했다. 의원은 말을 멈추고 기다렸다. 그 시간이 역사만큼 길었다. 부를 때까지 음식을 가지고 오지 마. 의원이 종업원에게 말했다. 종업원이 고개를 숙이고 나갔다.

"당에선 이미 오성건설이 기와집에 로비를 벌인 정황을 포착했네. 우린 경찰에 지시가 전달된 경로를 조사하고 있어. 뭐든 걸리는 즉시 국정조사권을 발동할 거네. 당적의원만 해도 정족수인 4분의 1을 채우고 있으니까 그건 문제없네."

주민이 입을 열었다. 조심스러운 말투였다.

"정권에 치명적인 타격이 되겠군요."

"치명적인 타격? 이 교수는 표현이 참 점잖아. 하지만 이럴 땐 내 표현이 더 마음에 들걸. 앞으로 엄청나게 많은 목들이 날아갈 거야. 윤 변호사의 사건은 형사법정에서 일간지 헤드라인으로 자리를 옮기게 되겠지. 사람들은 올해 크리스마스까지 이 사건에 대해 듣게 될 걸세."

이 사건. 한 달에 서른 개씩 돌아오는 국선 사건 중 하나. 다들 고개를 내저었던 지저분하고 무가치한 사건. 잘난 법률가 몇 명의 휴지통을 거쳐 국선변호인을 찾아오게 되는 그런 사건. 나에게 이 사건의 이미지는 사적 경험의 엽편들이었지 음습한 정치적 배후를 낀 음모 같은 게 아니었다. 그 이미지는 늙고 지친 박재호의 짙푸른 재소복이었다. 박재호의 아들이 짧은 생을 마감했을 기워 세운 망루의 추상이었다. 씹쌔끼들. 아현동의 벽에 남은 핏빛의 붉은 메시지였다. 그게 세상 누군가의 이름인 것처럼 벽에다 당당히 적어 놨다. 사건이 나를 찾아왔다. 내가 사건을 찾은 게 아니었다. 처음에는 그랬다. 난 나에게 물었다. 감당할 자신 있어?

"전쟁을 벌이게. 언론을 적극적으로 활용해. 가능한 한 모든 기자들과 인터뷰하게. 필요하면 소개해주겠네. 높은 곳에서 뒷짐 지고 지켜보는 사람들을 흔들어 겁먹게 만들어보게."

"그게 어떤 의미가 있습니까?"

"윤 변호사와 뒤에서 거래를 하려고 할 거야. 그걸 정치라고들 믿지. 그렇게 살아남아 왔던 사람들이니까."

"저는 국선변호인입니다. 국가가 제 고용주고요."

"윤 변호사. 난 15년간 법조계에 몸담았네. 그 정도 되면 다루는 사건에 대한 어느 정도 예감이 생기지. 내 예감을 말해줄까? 이건 윤 변호사의 평생 경력에 쓸 가장 큰 사건이 될 수도 있어. 사람들은 윤 변호사를 이 사건의 변호사로 기억할 거야. 반드시 그렇게 될 거야."

"하지만 사건을 그렇게 키우는 게 박재호 씨에게 도움이 되는 일입니까?"

난 의원을 똑바로 쳐다봤다. 그리고 어쩌면 하지 않는 게 나았을 말을 했다.

"아니면 박 의원님과 의원님의 정당에 도움이 되는 일입니까?"

의원은 예상치 못한 무례함을 마주하고 잠시 돌처럼 단단하고 굳은 표정을 지었다. 그의 시선은 내 쪽에 왔다가 벽에 부딪힌 듯 주민 쪽으로 선회했다. 너털웃음을 터뜨렸다. 허허, 이 사람 좀 보게. 그런 투였다. 주민도, 나도 따라 웃지 않았다. 다수결. 의원은 웃음을 게워내고 대답했다.

"둘 다 아니겠나? 만약 정부가 어떤 방식으로든 윤 변호사와 교섭하려 든다면 나한테 알려주면 좋지. 그거면 족해. 아마 그다음부터는 법과 정치가 어떻게 다른지 보게 될 거야."

"오늘 주신 자료는 정말 감사드립니다."

"내 보좌관한테 앞으로 모든 정보를 윤 변호사와 공유하도록 지시해 놓겠네. 그런데 자네, 아직까지 아무것도 안 먹었군. 이 집은 새우 요리가 맛있는데. 새우를 좀 더 내오게 시키도록 하지."

식욕은 사라졌다. 코스는 내 식욕과 상관없이 다 채워졌다. 그 후로 의원의 입에서 나온 이야기는 실없는 것들이었다. 권력과 권력작용. 의원은 나를 잘못 파악하고 있었다. 그는 이야기를 하다 말고 전화를 한 통 받더니 유린기에 젓가락을 꽂아 둔 채 서둘러 여의도로 돌아갔다. 아주 잠시였지만 난 그가 계산을 잊고 가버릴지도 모른다는 궁색한 걱정을 했다. 둘만 남자 주민이 말했다.

"의도야 어떻든 박 의원님 말에 일리가 있어요. 논쟁적인 사안의 판결은 판사의 성향과 여론의 향배에 절대적으로 좌우됩니다. 언론으로 판사를 압박하는 건 나쁜 생각이 아니에요."

언론을 활용한다. 준형이 떠올랐다. 그녀가 바로 내가 아는 유일한 언론이다. 주민이 물었다.

"혹시 국가배상청구에 대해 생각해보셨습니까?"

"아니요."

"경찰 진압 중 박재호 아들이 죽은 것에 대해 국가배상을 청구해볼 수도 있을 겁니다. 국가배상청구소송은 언론의 관심을 끌지요."

"국가를 소송하라. 제가 국선전담변호인이라는 사실을 다들 자주 잊는군요."

"이 다툼을 계속하실 거라면……."

주민은 다음 말을 하기 전에 잠시 망설였다.

"국선전담변호인 자격이 앞으로도 계속 문제가 되겠지요. 전적으로 윤 변호사님이 결정하실 문제지만요."

대석은 내 집무실 책상 위에 햄버거 세트를 펼쳐놓고 식사 중이었다. 입을 우물거리면서 말했다. 알잖아, 내 책상은 네 자리처럼 깨끗하지가 않아. 대석이 햄버거를 먹는 동안 오늘 있었던 일을 다 말해주었다. 그 이야기는 대석을 놀라게 했지만 아무래도 그는 내가 국회의원과 고급 중식당에서 식사를 함께 했다는 사실에 더 신경 쓰는 눈치였다. 그는 모종의 책임을 묻기라도 하듯 자기 앞에 내려 둔 햄버거를 흘겼다. 유죄. 그는 남은 햄버거를 한입에 털어 넣고, 포장지를 바스락바스락 접어 보란 듯이 내 책상서랍에 넣고 닫았다. 내가 정말 묻고 싶은 건 따로 있었다.

"혹시 국가배상 청구해본 적 있어?"

"세 번."

"이겼어?"

"다 졌지. 국가소송은 원고패소율이 가장 높은 분야야."

"경찰이 진압하던 중에 박재호 아들이 죽었잖아. 국가배상을 청구해보면 어떨까 해."

"국가소송은 그렇게 쉽지가 않아. 배상책임규정 자체도 엄격하지만 이론보다 현실의 벽이 훨씬 높아. 판사들은 대체로 국가배상청구에 호의적이지 않거든. 그보다 먼저 따져야 할 문제가 있는 걸로 아는데. 넌 국선전담변호사잖아."

"그건 고려하지 말고 대답해봐."

"어떻게 고려를 안 하냐. 이번에도 내가 대신하진 않는다. 소송대리는 재정신청 명의를 빌려주는 거랑은 차원이 달라. 난 프로보노는 안 해."

대석은 딱 잘라 말했다.

"만약. 만약에 내가 국선전담변호사를 그만둔다면."

대석은 내 말을 심각하게 받아들이지 않았다.

"그럼 넌 국가소송이 끝나기 전에 굶어죽어. 이기지도 못할 재판과 정의에 대한 알량한 환상 때문에. 넌 평범한 민사소송을 해본 전력도 없잖아."

나도 그 문제에 대해 고민해봤다. 계속 고민하고 있다. 삶의 국면마다 비슷한 질문들이 있었다. 법대를 졸업하는 날부터, 회사에서 해고당하고 사법연수원을 졸업하고 국선변호인이 된 지금까지, 기척 없이 뿌려진 무수히 많은 질문들. 기억은 시간 속으로 제각기 흩어졌지만 질문들의 몸통은 결국 하나였다. 어떻게 사는가, 어떻게 살아야 하는가, 어떻게 살고 싶은가의 문제.

2의 5.
소수의견
少數意見

어떤 실천명제가 사람들에게 무언가를 해야 한다고 요구할 때
그 명제는 사람들이 무언가를 할 수 있다는 전제 이상을
포함하지 않는다.
_이마누엘 칸트, 「실천이성비판」

기대는 했지만 예상은 못했던 일이었다. 법원의 재정신청 승인이 떨어졌다. 1948년부터 1999년까지 재정신청이 인용된 사건은 열일곱 건에 불과했다. 나보다는 검사 쪽이 더 의아했을 것이다.

그간 법원과 검찰은 형사소송법 260조 1항의 해석을 두고 실랑이를 벌였다. 검찰은 그들이 용역폭력배들을 폭행치사혐의로 이미 기소했으므로, 기소 중인 사건을 또 기소하라는 결정은 부당하다고 맞섰다. 법원의 판단은 달랐다. 고등법원은 진압경찰들에 대한 공소제기를 결정했다. 명령이었다. 검사는 감히 자신의 처분에 기어오른 무관출신 변호사인 나의 저항에 신경질이 났을 테지만, 같은 이유로 자신이 감히 고등법원의 처분에 기어오를 수 없다는 쪽이 더 분할 것이다. 일개 검사의 불기소결정과 달리 고등법원의 재정결정에는 이의를 달 수조차 없다. 법이 그렇게 규정하고 있다. 나는 사건 담당인 홍재덕 검사를 아직 만나보지 못했으나 약이 바싹

오른 그의 얼굴을 상상할 수 있었다. 검사와 나 사이를 패어드는 감정 골의 으슥한 깊이가 느껴졌다. 검사를 만난다면 나는 그를 따뜻하게 포용하며 말하고 싶었다. 생채기 난 자의식 따위는 삶과 죽음의 문제 뒤로 미뤄 둡시다. 내 피고인은 아들을 잃었습니다. 물론 검사 면전에 대고 그 말을 할 용기는 없다.

검찰은 진압경찰 기소에 새 담당검사를 붙였다. 빠르게 공판 일정이 잡혔다. 사건은 개싸움의 양상으로 치닫고 있었다. 나는 방청을 하러 형사법원에 갔다.

그날 심리 일정이 잡힌 여러 사건 중 하나였다. 방청객은 거의 없었다. 방청석 마지막 줄에 조심히 앉았지만 검찰 쪽에서 내가 누군지 알아챌까봐 가슴이 두근거렸다. 검사는 일찌감치 법정에 도착했다. 나를 알아보지는 못했다. 실은 만난 적이 없으니 당연했다. 재판장은 개시 예정시를 10분 지나 법정에 들어왔다. 막 식사를 끝낸 듯 입맛을 다셨고, 미안한 기색도 없이 영토의 왕답게 당당히 검은 의복을 펄럭이며 자리에 앉았다. 법정 정리가 기립을 외쳤다. 열 명 남짓한 방청객이 비슬비슬 자리에서 일어섰다. 앉으세요. 재판장의 말 한 마디에 우수수 하는 소리와 함께 엉덩이들이 다시 의자에 떨어졌다. 개시가 선언되었다.

경찰 측 변호인은 변호사는 아닌 듯 보였다. 심리 시작이 얼마 되지 않아 나는 그 자리에 변호사가 앉아 있을 필요가 전혀 없다는 걸 깨달았다. 검사는 법원 명령을 따라 공무 중 폭행치사로 진압경찰 세 명과 관할경찰서장을 기소했다. 거기에 검사의 의지는 없었다. 추궁의 완곡함은 피고 측 변호인이 원하는 각본을 벗어나지 않았고, 핵심을 비껴난 질문은 피고 측 변호인이 준비한 대답을 이끌어냈다. 검사와 피고 측 변호인은 짝이 잘 맞았다. 증거는 없었다. 증인도 없었다. 찾아보지도 않았을 가능성이 컸다. 재판장은 단 한 번 개입했다.

"검사 측 제출할 증거는 하나도 없는 겁니까?"

"증거를 찾을 수 없었습니다, 재판장님."

"그렇습니까. 곤란하게 됐군요."

심리는 그 후 10분 더 계속됐다. 아무 일도 일어나지 않았다. 재판장은 이 연극의 무성의함과 설익은 연출을 눈감았다. 왜 법원은 이 사건을 재정하여 법원으로 가져왔는가. 자신의 양심을 구제하려고? 내가 품은 희망의 순진함을 비웃으려고? 나는 재정심리에서 무엇인가를 끌어낼 수 있다는 기대를 아무런 아쉬움도 없이 버렸다. 검사는 하려고 맘먹은 불필요한 모든 것을 끝낸 후 구형을 했다.

저는 피고인들에 대해 무죄를 구형합니다. 이상입니다.

말은 적막을 타고 흘러 자신이 닿은 법정의 모든 지점을 오염시켰다. 법정은 잿빛으로 변해갔다. 판사가 내리는 양형의 최대한은 통상 검사의 구형량이므로, 검사는 방금 판결을 선고한 것과 같았다. 형사법정은 죄를 논하고 형을 정하기 위해 세워진 곳이다. 검사는 형을 구하려고 법정에 서는 자이다. 검사는 피고인의 변호사가 아니며 그래서 세상에 검사가 있다. 무죄를 구형한다? 형사법정에서 검사가 피고에게 무죄를 구형한다?

나는 선고를 기다리지 않고 자리에서 일어나 법정을 나왔다.

'런던 던전'에서 상연된 마녀재판을 소재로 한 단막극에서는 법정에 막 들어온 재판관이 피고인의 못생긴 얼굴을 보고 한마디로 외친다. 유죄! 가리키는 방향은 다르되 가리키는 방식은 같다. 모든 게 장난이다. 재귀적으로 반복되는 역사의 장난.

저녁에 신문사 사옥 앞에서 퇴근한 준형을 만났다. 차는 사무실에 뒀다. 우리는 유목민처럼 그녀의 회사에서 시청 쪽으로 목적지도 정하지 않고 그저 걸었다. 바둑알처럼 도로를 채운 차들이 강물마냥 느릿하게 도로를 흘렀다. 신호가 바뀌면 브레이크 등의 붉은 램프가 물결 타듯 잦아들었다. 그 물결은 이 시간 이 나라를 몇 바퀴나 감아 돈다. 매일 일어나는 일이다. 놀랍지만 매일 일어나는 일이다. 나는 무작정 그녀에게 보도지원을 해줄 수 있냐고 물었다. 그녀는 당연히 그러겠다고 대답했다. 난 얼마나 도와줄 수 있냐고 물었다. 그녀는 힘닿는 데까지 애쓰겠다고 대답했다. 무의미한 대화였다. 그녀는 사건의 진행상황을 궁금해 했다. 문득 그녀의 호기심이 어디서 나왔느냐보다 누구를 향하느냐가 알고 싶어졌다. 내가 먼저 여기 온 이유를 말하는 건 어렵지 않지만 그건 스스로를 속이는 일이 될 터다. 연애를 해본 지 참 오래됐다. 마지막이 누구였지? 이름은 기억나는데 얼굴이 기억나지 않는다. 그 여자가 끝이었는지 끝에서 두 번째였는지도 확실치 않고. 확실한 건 그녀는 날 떠났고 그때 난 변호사가 아니었다.

시청광장에 사람들이 많이 모였다. 확성기가 슬프게 운다. 누군가 든 피켓에 적혀 있다. 광장의 적은 민주주의의 적. 대통령이 죽은 이후로 자주 저래요. 그녀가 말했다. 나는 변호사였던 대통령의

죽음을 생각한다. 그가 죽었을 때 사람들은 대통령의 죽음을 슬퍼
했고 변호사의 죽음을 기억하지 못했다. 그녀가 물었다. 가볼래요?
나는 고개를 저었다.

집으로 돌아와 라면을 끓였다. 식탁 위에 올렸으나 절반은 남기
고 말았다. 방으로 들어가 컴퓨터를 켰고 흰 바탕 위에 점멸하는
커서를 한참 동안 보았다. 마음 한구석에 짙은 안개가 드리워져 있
었다. 보이지 않는 것의 무게가 너무 무거웠다. 키보드 위로 두 손
을 가져갔다. 문장은 하나였고 첫 단어를 쓰는 것만이 어려웠다.
나는 사직서를 썼다.

*

내가 국선전담변호사를 그만두었다는 말에 대석은 반응하지 않
았다. 그는 나름의 법률적인 문제와 맞닥뜨려 스피커폰 저편의 목
소리와 싸우는 중이었다. 휴대전화기를 새로 사면서 그는 기존 이
동통신사와의 계약을 해지해야 했는데, 이동통신사 직원이 전화로
는 해지가 불가능하다며 대리점을 방문하라고 답변했기 때문이다.
본인이 직접 방문해야만 했다. 대석은 세상에서 제일 바쁜 직업인
양 자신이 변호사라고 말했지만 당연히 통하지 않았다. 목소리는
주민등록증과 함께 본인 대조절차가 필요하다고 말했다.
"하지만 가입할 때는 그런 절차를 요구하지 않았잖습니까. 그 절
차는 왜 해지할 때만 필요한 겁니까?"
"회사 방침입니다. 죄송합니다. 고객님."

"방침 좋아하시는군. 그럼 그게 그 회사 방침이라는 걸 증빙하는 서류를 먼저 보내시오. 아, 거기에는 대표이사의 기명날인이 첨부되어 있어야 하고, 본인 대조를 위해 대표이사가 직접 날인된 서류를 들고 내 사무실로 오라고 해요. 이게 내 방침이요. 사무실 주소는 내 비서한테 물어보고. 알아들었어?"

대석은 신경질적으로 스피커폰 버튼을 눌러 끄고, 크게 숨을 내쉬고, 잠시 진정하는 듯하더니, 역시 성이 안 풀렸는지 수화기를 들어 두 번 쾅쾅 내리쳤다.

"미국이라면 이걸로 집단소송광고를 신문에 냈을 텐데. 사직했다고? 드디어 사고를 쳤구나."

"국가배상을 청구할 거야."

"하고 싶은 대로 해."

"이주민이라고, 서울대 법대 교수가 있어. 국가배상 문제를 논의하려고 오늘 사무실에 들르기로 했어."

"법대 교수가 여기, 이 사무실에 온다고?"

"아주 유능한 사람이야. 나이도 젊은데. 마음에 들 거야."

"오늘 온다고?"

"오늘 오지."

대석은 그 말을 어떤 신호로 받아들였는지 비서를 시켜 사무실을 깨끗이 치우게 했다. 큰 의미는 없었다. 우리는 법원 주변을 잠식한 법률 공동체의 잘나지 못한 일원이었고 그것은 잡동사니들이 아닌 공간 자체로 증명되고 있었다. 대형 법인들은 굳이 우리처럼 법원 근처에 기생하지 않는다. 그들은 어디에 있든 독자적인 법생태계를 가꿀 규모가 되므로. 처한 현실은 치워지지가 않았다.

주민은 6시가 조금 넘어 도착했다. 나는 주민에게 간단히 사무실을 둘러 보여줬다. 사무실의 탁한 공기에 한 번도 감돈 적이 없던 젊고 유능한 호르몬을 감지한 비서는 평소 같지 않게 굴었다. 대석은 가차 없이 그녀를 퇴근시켰다. 우리는 원탁이 놓인 상담실로 들어가 마주앉았다. 대석은 자신이 박재호 사건에 깊은 관심을 가지고 있으며, 미약하지만 항고와 재정신청이나마 조력하려 애썼다고 주민에게 말했다. 믿기 힘들지만 진짜로 그렇게 말했다. 주민은 훌륭한 민사변호사 동료를 둬서 내가 든든하겠다고 대꾸했다. 나는 대답하지 않았다. 인스턴트커피를 내온 후 우리는 바로 회의에 들어갔다. 대석은 자신의 사건처럼 회의에 참여할 의지를 보였는데, 그간의 자세를 생각해본다면 놀라운 일이었다. 그는 상담실을 나가 1분쯤 뒤에 행정법 관련 서적들을 두 손과 완만히 나온 배로 감싸들고 왔다. 책상에 내려놓을 때 쿵 소리가 났다. 책들은 박물관의 유물처럼 바래 있었다. 주민은 얼마간 조용히 낡은 책을 들춰봤다.

"전부 국가배상법 개정 이전에 출판된 책들이군요."

"국가 소송은 제 전문 분야가 아닙니다."

대석의 말은 마치 국가에 소송 거는 일만을 전문적으로 하는 변호사도 있다는 것처럼 들렸다.

"괜찮습니다. 어차피 주로 논의할 부분은 배상책임규정에 관한 것일 테니까요."

주민은 나보다 세 살 남짓 어렸고 대석보다는 열 살 가까이 어렸지만, 익숙하게 상황을 장악해 나갔다. 나는 이미 노트를 펼쳐놓고 그의 얼굴만을 바라보고 있었다. 주민이 가르치는 데 익숙한 것처럼 나도 이 구도에 익숙했다.

"배상책임규정은 공무원이 직무를 집행하면서 고의 또는 과실로 법령을 위반하여 손해를 입혔을 경우로 국가배상을 제한하고 있죠. 규정은 공무원으로만 명시하고 있지만 학설과 판례는 실질적으로 직무를 위탁받은 사인(私人) 역시 공무원으로 보고 있습니다. 사인 위탁에 대해서는 이미 국회에서 법문 개정에 착수했고요."

국가배상법은 나도 검토해봤다. 하지만 우리에게는 결단을 내려야 할 문제가 있었다. 내가 말했다.

"검찰은 박재호의 아들을 죽인 게 경찰이 아니라 용역 깡패들이라고 주장하고 있습니다. 불법 주체를 누구로 설정할지가 문제가 될 텐데요. 박재호의 아들을 죽인 불법 주체 말입니다. 검찰 주장대로 용역 깡패로 잡느냐, 아니면 박재호 씨 주장대로 진압경찰로 잡느냐. 그에 따라 배상책임 규정의 적용 여부가 달라지겠죠."

"진압경찰로 잡는다면 국가배상을 주장하는 데 좀 더 쉽기야 하겠지만, 그 주장을 하기 위해선 너무 많은 증거들이 필요합니다. 상대 변호인은 그 대목을 물고 늘어질 겁니다. 그렇게 되면 국가배상 사건 역시 지금 진행 중인 박재호의 형사사건과 똑같은 입증 문제로 회귀하겠지요. 그건 우리가 원하는 바가 아니고요."

주민의 말은 좀 의외였지만, '우리가 원하는 바'라는 구절이 나를 안도하게 했다. 내가 물었다.

"용역 깡패를 폭력 주체로 삼자는 말씀인가요?"

"그게 낫다고 봅니다."

"하지만 배상규정이 말하는 '공무원'에 용역 깡패까지야 포함이 되겠습니까? 그러려면 용역 깡패의 철거업무를 경찰진압공무와 수탁관계로 설정해야 할 텐데요. 판사가 받아들일지 모르겠습니다."

대석은 그 지점에서 악의적으로 낄낄댔다.

"깡패 새끼들이 경찰 공무를 위탁 받은 거라고? 누가 그런 주장을 받아들이겠어. 그런 터무니없는 법리를 가져다댄다면 판사가 폐정할 때까지 배를 끌어안고 웃겠지. 아마도 널 영원히 잊지 못할 거야."

"비꼬지 마. 난 언제라도 형의 성매매특별법 위반 의혹에 대해서도 토론할 준비가 돼 있어."

그 말에 대석은 당황했고, 난 주민에게 농담임을 확인해주었다. 그러나 난 오래전부터 그 의혹을 버리지 못하고 있었다. 대석이 말했다.

"생각해봐. 경찰의 부작위를 주장할 수 있잖아."

"부작위?"

"좋은 생각입니다. 저도 같은 생각을 하고 있었어요."

주민이 거들었다. 대석이 말했다.

"진압 중이라 하더라도 경찰에겐 여전히 고유의 일반직무가 있어. 검찰의 주장대로 박재호의 아들을 죽인 게 용역 깡패들이라고 치자. 그럼 경찰은 불법적 폭력을 방치한 게 되지."

주민이 말을 이어받았다.

"그럼 불법적 폭력을 방지해야 할 작위 의무를 위반한 거죠, 즉 부작위의 위법으로 국가책임을 물을 수 있게 되는 겁니다."

"무슨 뜻인지 알겠습니다."

"하지만 부작위에 대해 법원은 일반적인 경우보다 훨씬 엄격하면서도 또 모호한 판단 잣대를 가지고 있습니다. 공무원의 부작위행위가 '현저하게 불합리한 경우'라고 하죠."

"그게 어떤 경우인지 알 수 있으면 좋으련만!"

대석이 외쳤다. 주민은 웃었다. 그리고 프린트 파일 한 묶음을 책상에 내놨다.

"대법원 판례를 좀 찾아봤습니다. 부작위로 인한 국가배상에 관련된 판례가 생각보다 적더군요. 제가 찾아낸 판례는 지난 10여 년간 총 스물아홉 건입니다."

나는 경외의 눈빛으로 판례모음집을 바라보았다. 정직하게 쇠자를 대고 그은 것이 분명한 빨간 볼펜의 궤적들. 이거야말로 변호사와 법대교수가 다른 점이다. 로펌의 심부름 변호사가 아니고서야 사건 하나를 위해 대법원 판결문을 뒤져 판결경향을 통계 내는 변호사는 없을 터였다. 그 하찮고 고통스러운 작업은 변호사들에게 물욕보다는 학구열을, 명예보다는 정의를 소중히 여기던 법대 시절을 떠올리게 한다. 그러나 법대 시절의 그들은 이미 죽어 사라졌다.

"이 중 스물네 건이 기각되거나 부작위로 인한 손해 발생을 인정받지 못했습니다. 승소율이 20퍼센트도 안 된다는 이야기죠. 부작위로 인한 국가배상을 적극적으로 인정하는 목소리는 대개 대법원 안에서도 소수의견이었죠."

"불운한 소식이군요."

"올리버 홈즈 전 미국 연방대법관 이야기를 해볼까요? 그 사람은 재직기간 동안 연방대법원 자료실에 파격적인 소수의견들을 산더미처럼 쌓아놨습니다. 한때는 그가 정신병자라고 생각한 사람들도 있었죠. 하지만 시간이 흐르고 시대가 변하자 그가 내놓은 소수의견들의 대부분은 미국 연방대법원의 주류적 입장이 되었습니다."

"박재호 씨에게 소수의견은 별 의미가 없을 텐데요."

"어차피 이 국가배상청구소송은 여론을 환기하려는 목적으로 시작하는 거잖아요? 저는 시대에 대해 이야기하려는 거예요. 소수의견을 판결로 이끌어내기 위한 실질적 조건은 세 가지로 정리해볼 수 있지요. 국민의 법감정에 기반한 강력한 여론의 지지, 유능한 변호사, 그리고 시대의 변화. 우리는 적어도 한 가지 이상은 갖췄죠. 제가 기각된 스물네 건의 판결에 관여한 대법관 목록을 작성해봤습니다. 어떤 결과가 나왔는지 맞춰 보세요."

주민은 잠시 이야기를 쉬었다. 효과적인 웅변이 뭔지 아는 사람이었다. 대석과 나는 그가 입을 열기를 숨죽이고 기다렸다.

"그들 중 현재까지도 남아서 재직 중인 대법관은 딱 한 명입니다. 천인환 대법관. 유력하게 다음 대법원장으로 거론되는 인물이죠. 기각된 부작위 국가배상 사건에 소수의견을 자주 썼더군요. 시대가 바뀐 거예요. 이제 소수의견이 자기 자리를 찾을 때가 된 겁니다."

우리는 한동안 아무 말도 하지 않았다. 소수의견이 자기 자리를 찾을 때. 달이 해가 되는 때. 늙은 나무의 그늘로부터 새싹이 돋아나는 때. 나는 가슴 한구석을 저리게 찔러대는 그 말을 몇 번이나 되뇌었다. 대석이 침묵을 깼다.

"감동적인 말이지만, 너무 감상적이 될 필요는 없을 것 같습니다. 박재호 씨에겐 국가배상 사건을 대법원까지 끌고 갈 만한 시간이 없어요. 그리고 대법원의 판결 경향에서 자유롭지 못한 하급심 재판관에게는 부작위로 인한 국가배상의 주장이 그리 매력적인 인상을 주지 못할 겁니다."

주민이 대석을 바라보고 물었다.

"저나 윤 변호사님은 형법을 전공했으니 손해배상 사안의 실제에 대해서는 장 변호사님이 더 잘 아시겠지요. 만약 장 변호사님이 이 사건을 맡는다면 어떻게 하실 겁니까?"

그 말을 듣고 대석은 미간을 찌푸렸다. 아마 '어떻게 할 건지'보다는 '이 사건을 맡는다면'을 고민했을 것이다.

"단지 여론을 환기하려는 목적이라면 청구배상액은 크게 의미가 없지요. 청구금액이 너무 크면 판사에게 심적 부담만 안겨줄 겁니다. 판사가 청구를 인용한다 해도 철거민들의 농성 자체가 불법했기 때문에 배상금은 어차피 상당액 과실상계될 테죠. 저라면 100원을 청구하겠네요."

주민이 탄성을 냈다.

"대단히 멋진 아이디어예요."

동의한다. 진심으로, 멋진 아이디어였다. 이 전략은 시어도어 루즈벨트 미국 대통령의 1달러 소송에서 유래된 것으로 알려져 있다. 이것은 법정의 시위이다. 이것은 정의의 청구이며, 이것은 소송을 탐욕으로 깎아내리는 자들에게 내리는 묵언이다. 마음이 기울어도 배상의 형평을 저울질해야 하는 판사와 자극적인 소재를 찾아 헤매는 언론 모두에게 호소력을 가질 혜안이었다.

주민이 나에게 물었다.

"윤 변호사님, 박재호 씨가 100원 소송을 허락할까요?"

"허락받을 수 있을 겁니다."

"잘됐네요. 이제 국가소송을 낸다면 형사법원과 민사법원 양쪽으로 전선이 확대되겠어요. 업무량이 상당해질 겁니다. 제 생각에는, 물론 장 변호사님이 괜찮으시다면 말입니다만, 두 분이 변호인단 체제를 구성하면 어떨까 합니다. 국가소송은 장 변호사님 중심으로, 형사소송은 윤 변호사님 중심으로 변론계획을 짜고, 저는 후방에서 최대한 법률지원을 하겠습니다. 제가 지도하는 공법학회 학생들도 이 사건에 큰 관심을 가지고 있어요. 아마 그 아이들한테도 귀중한 배움의 기회가 될 겁니다. 어떻습니까, 장변호사님?"

"음, 좀 생각해봐야겠는데요. 지금 맡고 있는 사건만으로도 치일 지경이라."

대석은 갑자기 오줌이 마려운 표정을 지었다.

"제가 강권할 자격은 없지만, 박경철 의원님께서 말씀하시더군요. 이건 한 변호사의 평생 경력에 쓸 가장 큰 사건이 될 수도 있다고요. 또 사람들이 그 변호사를 이 사건의 변호사로 기억할 거라고요. 아마 언론이 흘리기 시작하면 무료 변론이라도 하겠다는 변호사들이 줄을 설 거예요."

대석은 선뜻 사건을 잡지 못했다. 박재호는 변호사 수임료를 지불할 형편이 안 됐고, 이 사건은 얼마든지 길어질 수 있었다. 나는 대석에게 그의 시대를 되새겨 보라고 말하고 싶었다. 어둡고 축축하고 우울하고 결국엔 한없이 영광되었던 그의 80년대를. 가장 낮은 곳에서 가장 높은 탑을 무너뜨릴 때 느꼈을 통증에 가까운 희열을. 나에게는 지금이 바로 주어진 시대였고, 이 사건이 바로 그 높은 탑이었다. 하지만 언어로 파고들기에 대석의 가슴이 너무 거칠고 늙었다는 걸 알았다. 나는 그에게 언어 대신 사실을 주었다.

"뉴스를 타게 되는 거야. 그건 대한변호사협회의 거미줄 같은 광고규제에서 유일하게 자유로운 공중파 광고잖아."

"시간을 두고 이야기해보자구. 이런 식으로 말고."

침묵이 지나갔다. 주민이 나를 보고 말했다.

"윤 변호사님, 정기적으로 만나서 회의하는 게 어떻겠습니까? 공판 전까지는 격주로 금요일마다 이곳에서 뵈면 좋을 것 같은데요."

"뭐라 말씀드려야 될지 모르겠군요, 교수님. 이렇게 크게 신세져도 되는 건지……."

주민은 단지 젊은 정도가 아니었다. 그는 살아 있는 사람이었다. 가슴에 손을 얹고 말할 수 있다. 나는 이런 사람을 살아오며 한 번도 본 적이 없다. 다시 볼 수도 없을 테고.

"시간이 벌써 꽤 됐네요. 식사도 못했는데. 저는 집사람이 기다려서 먼저 들어가봐야겠습니다. 다음번엔 술이라도 함께하죠."

대석과 나는 주민을 배웅했다. 난 결국 대석도 금요일의 회의에 참석하게 될 것을 확신했다. 주민 역시 그걸 바라고 장소를 지정했을 것이다. 그럼 다음 금요일에 뵙지요. 주민은 그 말을 남기고 갔다. 그게 시작이었다. 이 좁고 누추한 고객 상담실에서, 미약한 법률가 세 명의 희망 없는 선전포고와 함께, 그게 시작되었다. 얼마 지나 자연스레, 우리는 날짜 때문에 이것을 금요모임이라고 부르게 됐다. 하지만 사람들은 날짜와 상관없이 우리의 모임을 금요모임이라고 부르게 됐다.

2의6.
관할이전
管轄移轉

법이란 명령에 구속받지 않는 자의 명령이다.
_존 오스틴

정의가 없는 국가가 거대한 강도집단이 아니고 무엇인가?
_아우렐리우스 아우구스티누스, 「신국론」

대석이 국가배상청구 소장의 초안을 잡았다. 우리 셋은 금요일 같은 장소에 다시 모여 소장을 검토했다. 첫 번째 금요모임이었다.

소장의 첫줄에 원고 박재호의 이름이 보였다. 다음 구절은 나를 미소 짓게 했다. 원고 측 변호인단, 그리고 대석과 내 이름이 적혀 있었다. 내 시선은 그다음 줄에서 오래 머물렀다. 아주 오래도록. 그 줄을 거치자, 박재호의 비극은 나의 어린 시절까지 미치는 애증 어린 기억이 되어 온몸을 물안개처럼 스몄다. 나는 그 줄을 음미했다.

피고 대한민국

소장에는 이미 검토한 법리들이 적용되었고 또 손해배상은 그의 영역이 아니었기 때문에, 주민은 별다른 말을 하지 않았다. 그런 행동은 대석에게 결례가 될 수도 있다는 걸 주민도 알았다.

소장을 다 읽은 후 국가소송 문제를 미뤄 두고, 우리는 당면한 형사소송 문제를 논의했다. 며칠 전 고등법원마저 김준배 판사에 대한 법관기피 청구를 기각했다. 유죄판결보다 약간 덜 나쁜 소식이었다. 아주 덜 나쁜 소식은 아니고.

"방법이 하나 더 있습니다." 주민이 말했다.

"국민참여재판을 신청해보지요. 배심원들의 평결로 판결을 견제하는 겁니다."

대석이 말했다. "이미 법관기피 신청까지 당한 마당에 판사가 국민참여재판을 받아들이겠습니까? 참여재판 신청을 기피수단으로 사용하고 있다고 여길 텐데. 쾌씸하다고 느낄 겁니다. 그럼 박재호 씨 재판은 끝난 거죠."

주민이 대답했다. "국민참여재판 신청을 기각하려면 뚜렷한 이유가 있어야 해요. 문제는 공동피고인 철거용역 김수만입니다. 김수만이 국민참여재판 회부를 반대하면 재판요건이 성립하질 않아요. 그 사람을 설득해야 합니다."

다시 대석이 반문했다. "김수만은 박재호의 아들을 죽인 혐의로 기소되지 않았습니까? 그쪽과 우리의 이해는 상충한다고도 볼 수 있는데 과연 설득이 될까요?"

내가 끼어들었다. "우린 김수만을 설득할 필요가 없어. 김수만의 변호사를 설득하면 돼. 진압경찰의 유죄와 김수만의 무죄를 주장한다고 하면 거래가 될 거라고 봐. 우리가 이기면 김수만의 변호사는 이 사건을 거저먹게 되는 거잖아?"

주민이 말했다. "국민참여재판으로 가면 한 가지 더 이점이 있죠. 거기엔 배심원들이 있어요. 우리는 박재호 씨의 정당방위를 주장해야 되는데, 법원에서 정당방위를 인정한 판례는 극히 드뭅니다. 하지만 배심원들은 다르죠. 배심원들은 감정에 충실해요. 정당방위 규정은 배심법정에서 큰 위력을 발휘한다고 알려져 있어요."

사실이다. 국민참여재판 제도가 시행된 후 형사변호사들은 화석으로 굳어가던 정당방위 규정의 진가를 알게 됐다. 법 위에서 세상을 내려다보며, 법만이 인간을 진정 보호할 수 있다는 교리를 발전시켜 온 법조인들은 오랜 세월 정당방위의 필요성을 얕잡아봤다. 세상을 몸소 살아가는 시민들의 생각은 달랐다. 그래서 시민들로 구성된 배심원들의 생각도 달랐다.

우리는 사무실 근처의 한식당에서 저녁을 먹었다. 식사가 끝난 후에는 박재호 사건의 증인 선정 문제에 대해 이야기했다. 대석이 말했다.

"증인은 최소한으로 잡는 게 좋아. 증인 신문을 통해 입증하려는 것이 뭔지 배심원들이 혼란스러워하면 안 돼."

주민이 말을 받았다.

"하지만 진압 과정에 위법 여지가 있었다는 걸 보여주는 단계는 필요하겠죠. 경찰 진압권자를 증인석에 세울 수 있으면 좋겠습니다. 가능하면 서울지방경찰청장을요."

내가 대답했다.

"검사가 이의를 제기하지 않을까요? 경찰청장도 응하지 않을 테고요. 판사가 소환장을 발부할지도 의문입니다."

대석이 말했다. "적어도 현장에 있었던 진압 경찰 중 한 명은 꼭 증인석에 세워야만 해. 만약 거기서 어설픈 위증을 한다면, 큰 수

확을 얻어낼 수 있을 거야."

"박경철 의원의 보좌관한테서 당시 진압에 투입된 관할서 소속 경찰들의 명단을 받았어."

대석이 말했다. "사무장한테 말해서 한번 접촉해보지."

후식으로 오미자차가 나왔다. 주민은 찻잔을 한 손으로 받치고 한 모금을 마셨다. 그가 말했다.

"범죄학에서는 범인의 입장에서 사건을 추적하죠. 홍재덕 검사가 거짓된 주장을 하고 있다면 우리에겐 그가 범인입니다. 검사 입장에서 생각해봅시다. 왜 홍재덕은 진압경찰 대신 철거용역을 기소했을까요?"

내가 말했다. "박경철 의원님 말대로 정부의 압력을 받지 않았을까요?"

"확인되기 전까지 그건 가설입니다. 아주 극단적인 가설이지요. 그 가설에 갇혀 있는 동안에는 새로운 사실이 보이지 않을 겁니다."

대석이 고개를 끄덕였다. 주민이 계속했다.

"홍재덕 검사가 어디까지 알고 어디까지 이 사건에 가담했는지 알려면 감춰진 수사기록을 얻어내야만 합니다."

"이미 공개를 거부했잖아요."

"법원에 직접 자료를 요청해보는 게 어떻습니까?"

"법원이 응하지 않거나, 그럼에도 불구하고 검사가 자료를 깔고 있으면요?"

"그럼 그때 가서 소송자료의 불충분을 이유로 서울지방경찰청장에 대한 소환을 요청하죠. 딜레마 전략입니다. 판사 입장에서도 일방적으로 증거와 증인에 대한 요청을 모두 거부하기는 부담스러울 거예요."

"좋은 전략입니다." 내가 말했다.

"아주 좋은 전략입니다."

대석이 말했다. 우리는 식당을 나와 헤어졌다. 계산은 대석이 했다.

구치소 접견실에서 나는 박재호에게 국가배상청구에 대해 이야
기했다. 한 마디도 없이 내 말을 들은 박재호는 담담하게 대답했다.
국가에 얼마를 청구하든 상관없소. 그건 내가 정확히 바라는 바니
까. 국가배상청구 위임장에 그의 서명을 받으면서 나는 물었다. 혹
시 국민참여재판을 신청할 의향도 있습니까? 그는 생각이 멈춘 사
람 같았다. 내 질문에 그가 되묻는 데까지는 오랜 시간이 걸렸다.

"국민참여재판이 뭡니까?"

"배심 재판이라고 보면 됩니다. 검사가 기소한 박재호 씨 죄목은
국민참여재판 대상 사건입니다. 원하실 경우 일반 국민들로 선출된
배심원에게 재판의 평결을 받을 수 있어요."

"그게 나한테 도움이 됩니까?"

"딱 잘라 말할 순 없지만, 박재호 씨에겐 유리할 겁니다. 이런 말
드리기는 좀 그렇지만, 배심원들은 아들을 잃은 박재호 씨가 도리
어 피고석에 앉게 되었다는 사실에 동정심을 느낄 겁니다."

박재호는 말없이 내 눈을 응시했다. 나는 방금 한 말을 후회했다.

"그럼 그걸 하세요."

그는 내뱉듯 말했다. 희망과 좌절, 기대와 포기 같은 감정을 아득
하게 초월한 목소리.

"곧 법원에 신청서를 제출하겠습니다. 아, 그리고."

나는 구치소 앞 가게에서 산 것을 주머니에서 꺼내 탁자 위로 밀어주었다. 그는 덥석 쥐지 않고 한참 바라보았다. 그의 미소는 엷고 희미했다.

"신경 써줘서 고맙소. 피곤해서 먼저 들어가봅니다."

박재호는 의자를 밀고 일어선 다음 탁자 위의 담배를 들어 바지춤에 꽂아 넣고 변호사 접견실을 느릿하게 걸어 나갔다.

변호사의 사무실은 서초동에 있었다. 우리 사무실에서 걸어서 3분 거리였다. 사람을 죽였다는 폭력배를 변호하는 건 어떤 기분일까. 알 바 아니었다. 철거용역 김수만은 변호사를 샀다.

나는 김수만의 변호사에게, 솔직한 태도로 박재호에 대한 변론 전략을 밝혔다. 우린 박재호의 정당방위를 주장할 겁니다. 우린 김수만이 박재호의 아들을 죽였다고 생각하지 않습니다. 우린 진압 경찰에 그 혐의를 두고 있고, 박재호의 범행은 경찰로부터 아들을 구하는 과정에서 일어났다고 봅니다. 박재호 씨가 이기면 김수만 씨도 이깁니다. 우리가 이기면 변호사님도 이깁니다. 국민참여재판으로 가면 윈윈 게임이 되는 겁니다. 국민참여재판 신청에 동의해주십시오. 변호사는 되물었다.

"우리가 국민참여재판에 동의한다면 박재호 씨가 김수만에 대한 보석합의서를 써줄 수 있겠습니까? 그럼 내가 김수만을 설득해보지요."

"말해보겠습니다."

그는 그렇게 별 고민도 없이 내 제안을 수락했다. 말은 이렇게 했다. 재판에서 이기는 건 바라지도 않아요. 열심히 해보시오.

*

　서부지법 청사 9층에 있는 김준배의 판사실은 엎드린 세상을 굽어보기 좋았다. 판사실 문 안쪽에서 떠들썩한 웃음소리가 새어 나왔다. 홍재덕 검사가 먼저 도착해 있는 모양이었다. 문을 두드리자 방 안은 쥐죽은 듯 조용해졌다. 나는 문을 열고 들어갔다. 김준배 판사는 나에게 검사 옆에 앉을 것을 권했다. 홍재덕 검사는 가래 끓는 소리가 나도록 헛기침을 했다. 목이 좋지 않은 모양이었다. 늙으면 사람은 그렇게 된다. 판사가 물었다.

　"윤 변호사님, 제가 왜 불렀는지 아십니까?"

　"국민참여재판 때문 아닌가요?"

　"참여재판 신청을 판사가 기각하려면 검사와 변호사의 의견을 들어야 됩니다. 그래서 부른 겁니다."

　"제 신청을 기각하실 겁니까?"

　"그럴까 생각하고 있었는데. 윤 변호사님 의견은 어떻습니까?"

　"만약 기각하신다면 저는 그 기각결정에 대해서도 다시 항고하겠습니다. 판사님께서는 국민참여재판 신청을 기각할 이유가 없다고 생각하는데요. 고등법원은 국민참여재판 신청을 받아들일 겁니다. 그렇지 않습니까?"

　"이래서 오늘 부른 겁니다. 거 정말 귀찮군. 꼭 떼쓰는 아이 같소. 대체 왜 이러는 거요? 이렇게까지 날 피하려는 이유가 뭡니까?"

　"이유는 아실 텐데요."

　난 뜻을 분명히 하기 위해 고개를 돌려 검사 쪽을 보았다. 판사가 대답했다.

"홍재덕 검사는 내 오랜 친구지. 하지만 난 합의부 재판장이요. 내가 판결을 내릴 때 검사가 친구라는 사실에 영향을 받을 것 같습니까? 내가 그 정도밖에 안 돼 보여요?"

"전 제 피고인에게 최대한 공평한 기회를 주고 싶을 뿐입니다. 어떤 위험도 감수하고 싶지 않습니다. 재판장님 개인의 도덕성과는 상관없는 문제입니다. 그런 식으로는 생각해보지도 않았습니다. 살펴주시기 바랍니다."

판사는 한숨을 내쉬었다.

"홍재덕 검사는 어떻게 생각합니까?"

"국민참여재판은 기소일로부터 7일 이내에 신청해야 하는 걸로 알고 있는데."

내가 말을 받았다. "그건 의무 규정이 아닙니다. 필요하다면 얼마 전에 선고된 대법원 판례를 제출하겠습니다."

검사는 나를 돌아보고 떨떠름하게 대답했다. "단단히 짜오셨군. 나야 판사 나리 의견을 따라야지 뭐."

"골치 아프게 됐군. 내 법정이 정치적 검투장이 되는 꼴을 두고 보지는 못하겠소. 사건을 중앙지법으로 이송할 테니 거기서 국민참여재판을 하든 말든 마음대로 요리해보세요. 나는 이만 여기서 손을 뗄 테니." 판사는 검사를 보고 덧붙였다.

"자네 고생 좀 하겠네. 지독하게 끈질긴 변호사님이시로군."

판사실에서 나오는 길에 홍재덕 검사가 나를 불러 세웠다. 나는 가벼운 웃음과 함께 목례했다. 그 역시 목례로 응답했다. 격식 아래로 선전포고를 대신한 침묵이 깔렸다. 침묵을 깨는 검사의 말조차

도 고요했다.

"국가 소송도 내셨다면서?"

"소식이 빠르네요."

"내가 관여할 일은 아니지만, 너무 앞서 나가는 거 아닙니까. 보아하니 경찰이 박신우를 죽였다고 철석같이 믿는 모양인데."

"그럼 아닙니까?"

"기피신청에 재정신청에 항고에 국가소송까지. 사건을 너무 정치적으로 가져가진 맙시다. 철거민이야 사건을 정치적 상징으로 만들고 싶어들 하지만. 박재호 그 양반 말을 다 믿진 말아요."

"수사자료를 보지 못하는 마당에 제가 믿을 게 박재호 씨 말밖에 더 있겠습니까?"

"유감이오. 하지만 수사자료에는 이 사건과 상관없는 정치적으로 민감한 부분이 포함되어 있어요. 날 믿어주었으면 좋겠소. 악의는 결코 없으니까."

검사는 흔들림이 없었다. 나는 두려움을 느꼈다.

집으로 돌아가는 길에 비가 내리기 시작했다. 차가운 빗발이 차창을 타고 끊임없이 흘러내렸다. 방향을 말할 수 없는 요란한 경적 소리들. 자연이 문명에 내리는 간단명료한 명령. 무질서를 되찾으라. 도로는 엉망이었다.

나는 그 와중에 검사의 말을 생각했다. 오직 그것만이 내 관심을 끌었다.

수사자료에는 이 사건과 상관없는 정치적으로 민감한 부분이 포함되어 있어요.

무엇이 정치적으로 민감한가? 대체 무엇이?

주민은 말했다. 검사를 잡으려면 검사의 입장에서 생각하라고. 나는 홍재덕의 입장을 생각했다. 그는 무엇을 아는가? 그는 정치적으로 민감한 것을 안다. 하지만 그것이 거짓을 안다는 뜻일까? 문득 그가 선의일 수도 있다는 생각이 들었다. 그가 나에게 정치적으로 민감한 것을 안다고 말했으므로.

홍재덕은 이 음모의 적극적 가담자인가? 나도 모르게 고개를 저었다. 일단 그 부분은 잊자. 검사가 외압을 못 이겨 거짓된 기소를 했다는 건 주민의 지적대로 너무 과격한 가설이다. 왜 검사가 그런 짓을 하겠는가? 검사가 뭐가 아쉬워서 그런 모험을 하지? 난 그 점을 잠시 생각해봤다. 그리고 다시 대답했다.

그럴 수도 있지. 충분히 그럴 수 있을 거야. 넌 권력에 대해, 권력이 얼마나 대담하게 작용하는지, 그 작용이 어느 정도의 위력을 가지는지, 조금도 알지 못해.

겨우 남부순환로에 접어들었다. 차들이 더 많아졌다. 빗발은 여전히 굵었다. 역시 외압 부분은 그냥 비워 두기로 했다. 이제 검사가 음모의 소극적 가담자라고 가정하자. 검사는 수사 과정에서 음모의 냄새를 맡았다. 내가 맡은 냄새를 검사가 놓쳤을 리 없다. 진짜 박재호의 아들을 죽인 건 누구인가 하는 질문도 해봤을 터다. 경찰은 대답이랍시고 검사에게 걸레 같은 수사자료를 내놨다. 검사는 필사적인 계획의 낌새를 눈치 챘다. 사람이 죽었다. 진실이 통제되고 있다. 검사는 재구성된 각본이 자신의 능력 바깥에서 탄생했음을 감지했다. 그는 모험을 할 필요가 없다. 거짓말을 할 필요도 없다. 그에게 온 자료 자체가 거짓이므로. 검사는 안전한 선택을 했다. 가진 것을 근거로 공소를 제기하는 것. 모든 책임은 주어진 증거와 자료에 돌아간다. 이제 국가기관을 수사해서 사안을 정치적으로 만드는 위험을 무릅쓰지 않아도 될 터다. 좋아, 여기까지다.

하지만 의문이 남았다. 간단하고 명백하고 근본적인 의문. 어떻게 그럴 수 있지?

거짓으로 쓰인 경찰의 수사자료에 구멍이 없을 리 없다. 그걸 영원히 숨길 수도 없고. 나는 소리 내어 말했다.

단지 은닉된 게 아니야. 원래부터 없었던 거야.

애초부터 홍재덕도 경찰의 수사자료 전부를 쥐고 있지 않은 거다. 경찰이 그에게 넘길 때부터 핵심이 누락된 거다. 그래서 감히 그걸레를 내놓지 못하는 거다. 뭐가 누락된 거지? 너라면 뭘 뺐겠어?

접촉 사고가 있었다. 두 운전자가 비에 흠뻑 젖은 채 서로에게 삿대질을 하는 중이었다. 경찰이 오기 전까지는 차를 치우지 않을 생각인 듯싶었다. 지나가는 차들이 남긴 길고 격렬한 경적소리는 사고의 과실이 누구에게 있는가를 따지지 않았다.

현장이다. 나는 생각했다. 현장이 빠졌을 거야. 현장은 보존되지도 않았잖아. 현장은 왜 보존되지 않았지? 난 현장에 대해서는 크게 생각하지 않았다. 이 사건은 의심할 게 너무 많았기 때문이다. 하지만 어떻게 그걸 놓치고 있었지? 처음 만난 날 준형이 말했다. 사람이 죽은 순간부터 그곳은 철거현장이 아닌 사건현장이에요.

경찰은 당연히 현장을 보존했어야 했다. 그게 없었다. 사건 시점과 경찰이 입장을 정리한 시점까지는 간격이 컸다. 새로운 세계가 창조될 만한 시간. 죽음에 대한 분석들이 그 세계에서 따라 나왔다. 그 세계가 우리 세계의 일부로 은근히 끼어들었고, 우리 세계의 증거들은 소리 없이 폐기되었다.

현장을 훼손하는 바보 같은 실수를 경찰이 함부로 하진 못해. 그건 너무 바보 같아서 의심스럽잖아. 나는 조금 전에 했던 질문을 다시 던졌다. 현장은 왜 보존되지 않았지? 머릿속에서 명확하지 않은 것들이 형체를 갖추어갔다. 이번엔 그 질문을 다른 각도로 던져보았다. 그것만으로도 질문에서는 무색의 악취가 났다. 현장을 치운 게 누구지?

비는 그쳤다. 신호등이 빨간색으로 바뀌었다. 나는 한 손으로 휴대폰을 들어 전화를 걸면서, 다른 손으로는 핸들을 잡아 틀어 차를 돌렸다. 반대쪽 차선에서 나를 비난하려고 엄청난 경적소리를 합창처럼 쏟아냈다. 그들에게 사과하기에는 머리가 너무 바빴다.

2의7.
증인
證人

증인이나 재판관을 무서워하지 않고
또 아무것도 무서워하지 않는 사람이라면
어둠속에서는 무슨 짓이든 못하겠는가?
_마르쿠스 툴리우스 키케로, 「법률론」

철거용역 김수만은 보석으로 풀려났다. 김수만의 변호사는 선뜻
나와 김수만의 만남을 주선했다. 나는 변호사의 사무실에서 김수
만을 만났다.

김수만은 내 나이 또래로 보였다. 키가 작고 살집이 붙은 몸은 그
리 강해 보이지 않았지만, 눈빛은 섬뜩하리만치 날카로웠다. 눈을
마주 보기 어려웠다. 영화 속 검사들은 조직폭력배들에게 거리낌 없
이 욕설을 내뱉는다. 한때는 터무니없는 설정이라고 생각했다. 그 샌
님들이 폭력배에게 욕설을? 연수원에서 검사 출신 교수가 영화 속
장면이 사실임을 확인해주었다. 그놈들이 회칼을 들고 집으로 쳐들
어오는 상상에서 자유로워지려면 어쩔 수가 없지. 공포를 드러내면
안 돼. 그놈들은 그걸 귀신같이 읽어내거든. 그러나 나는 검사가 아
니었으므로 배짱을 부릴 이유가 없었다. 나는 내 앞에 앉은 자가 두
려웠다.

"여기가 박재호 씨 변호사 되십니다. 이렇게 뵙게 되네요."

변호사가 말했다. 김수만은 나를 쏘아봤다. 흔들리지 않는 눈동자. 그 눈동자는 현자처럼 아득했다. 눈싸움으로 기선을 다툴 생각은 없었다. 그는 내 시선이 자기 무릎에 떨어질 때까지 시간을 됐다.

"무슨 일이요?"

"사건 당일에 대해서 듣고 싶습니다."

"이미 짭새들한테 다 말했소. 그 새끼들이 더 잘 알 텐데."

"경찰 기록이 공개되지 않아서요. 몇 가지만 묻고 싶습니다."

"물으쇼. 몇 가지만."

"박재호 씨의 아들 박신우를 정말 죽였습니까?"

"그게 준비한 질문이요?"

"네."

"당신이 내 변호사를 하는 게 낫겠군."

"죽였습니까?"

"죽였소, 씨발. 존나게 팼지. 그러니까 꼴까닥 뒤지던데."

변호사는 머쓱하게 웃었다. 나는 계속 물었다.

"박재호 씨 아들은 현장에서 죽은 게 아니지 않나요?"

"언제 뒤졌든 뭔 상관이요."

"그 아들이 병원으로 실려 간 이후에 용역 측에서 현장을 정리했죠?"

"그렇소."

"왜 그랬습니까?"

"그러려고 우리가 거기 들어갔으니까. 질문다운 질문을 했으면 좋겠는데."

112

"경찰이 제지하지는 않았습니까?"

나는 보았다. 김수만의 눈동자가 심하게 흔들렸다. 그는 입을 다물었고, 이제 두 눈은 나를 향하지 않았다. 그는 생각에 빠져 있었다. 그건 아주 중요했다.

"아니면 반대로, 경찰이 시킨 겁니까? 그렇죠?"

"그게 뭐 어떤데 그랍니까?"

"박재호 씨는 김수만 씨가 아들을 죽인 게 아니라고 주장합니다. 저 역시 법정에서 김수만 씨의 무죄입증을 도와드릴 수 있습니다."

"그래, 역시 그쪽이 내 변호사를 하는 게 낫겠어."

"현장을 정리하라는 지시를 내린 경찰이 정확히 누굽니까?"

"그게 뭐가 중요한데?"

"중요할 수도, 아닐 수도 있죠. 저는 그저 사건을 조사하는 중입니다."

"그럼 나도 비슷하게 말하지. 경위라는 사람일 수도 있고, 아닐 수도 있소. 이건 내가 한 말은 아니오. 명심하쇼."

이건 내가 한 말은 아니다. 나는 그 말에서 행간을 보았지만 읽어 내지는 못했다.

"이것과 관련하여 법정에서 증언하실 의향이 있습니까?"

"그건 저하고 먼저 상의하셔야 될 문젭니다." 변호사가 끼어들었다.

"그저 당사자의 의사를 확인하는 겁니다. 서로 좋은 일이지 않습니까."

"순서가 있는 법이지. 이게 무슨 예의입니까? 남의 피고인을 불러다 놓고서. 나도 그 박재호란 사람 좀 만나봅시다. 지금 봅시다, 어디."

"그렇게까지 말씀하실 필요는 없을 텐데요."

김수만이 코웃음을 쳤다. "당신 정말 순진한 사람이로군. 증언은 없소."

"왜 안 됩니까? 김수만 씨의 무죄를 입증하는 데 도움이 될 텐데요."

"그런 거 없어도 난 무죄요."

"무죄라고요? 김수만 씨는 사람을 죽였습니다. 스스로 그렇게 말하셨는데요."

"씨팔. 짜증나게 하는군. 그만합시다."

변호사가 거들었다. "그게 좋겠습니다."

나는 단호하게 말했다.

"법원에 요청해서 공판당일에 강제로 구인할 수도 있습니다."

김수만은 눈에 힘을 주고 나를 노려보았다. 이번엔 나도 피하지 않았다. 그는 몇 초간 나를 노려보다가 비실비실 웃었다.

"맘대로 하쇼. 하지만 내가 뒈지지 않는 이상 거기서 당신이 듣고 싶은 말을 들려주진 않을 거야. 정말 순진한 변호사로군."

"제가 순진하다는 게 어떤 의미입니까?"

"그만 인나겠소. 그리고 당신. 다시는 날 찾지 마. 경고하는 거요. 경고는 받아들여야 이롭다는 뜻이란 것도 가르쳐주겠소."

김수만은 몸을 일으켰다. 나는 함께 일어났다.

"마지막으로 물어볼게요."

"뭐요?"

"지금 김수만 씨는 유죄를 받고 싶어서 안달이 난 것처럼 보입니다. 정말 박재호 씨 아들을 죽인 게 맞습니까?"

김수만은 바로 대답하지 않았다. 입술이 들썩였다. 말을 고르고 있구나. 나는 몸의 반응을 믿었다.

"그 애새끼를 살려와 보쇼. 당신 보는 앞에서 다시 해줄 테니."

나는 그의 말을 믿지 않았다.

*

신촌 세브란스의 외과 레지던트였다. 얼굴에 젖살이 빠지지 않아 여대생처럼 보였다. 전문가다운 진지한 표정을 지으려고 애썼지만 어색함을 어쩌지 못해 애처로웠다. 의료소송을 여러 건 다뤄 본 대석은 변호사가 직접 의사를 만나는 건 별 도움이 안 된다고 말했다. 나는 그 말을 한 귀로 흘렸다. 이건 의료소송이 아니었고, 따라서 의사는 내 적이 아니었다. 나는 의사 개인의 동정심에 호소해볼 생각이었다. 그렇기 때문에, 의사를 찾는 대부분의 사람들과는 달리 담당전문의보다는 풋내 나는 여자 레지던트 쪽을 마음에 뒀다. 대부분은 대석의 말이 옳았다. 그녀는 날 경계했다. 그녀는 여전히 의사였다. 내 기대만큼 어리숙하지 않았다. 감히 환자의 의료기록을 직접 보고 싶다는 이야기를 꺼낼 분위기가 아니었다. 만난 지 2분 만에 나는 사정을 하게 됐다.

"하나만 확인해주시면 됩니다. 당시 내원한 경찰 환자 중에 손을 다친 사람이 있었는지, 그거면 됩니다."

"병원에 요청하세요. 저한텐 환자의 의료기록을 발설할 권한이 없어요."

"의료기록을 요구하는 게 아닙니다. 그런 사람이 있는지만 확인하면 돼요. 환자를 진찰했는지 여부를 확인해주는 것만으로는 의료법 위반에 해당하지 않습니다."

난 의료법에 대해서는 잘 몰랐으므로 그 말은 무책임했다. 윤리 문제를 도마 위에 올리자면 변론의 여지는 무궁무진하다. 나는 이미 그중 하나로 망설임 없이 스스로를 설득시켰다. 검사가 먼저 수사기록을 비공개에 부쳤다. 나는 관할 소속 경찰들의 진료기록은 물론 박재호 아들의 부검기록에조차 접근하지 못하고 있다. 그건 결코 정상적인 상황이 아니다.

"구체적인 의료기록은 차후 법원을 통해 요청하겠습니다. 하지만 공판까지 시간이 많지 않습니다. 이 일은 비밀로 하겠습니다. 물론 절 만난 게 불법이란 뜻은 아닙니다. 선생님이 느끼는 곤란함을 덜어드리겠다는 뜻이죠."

난 의식적으로 선생님이란 단어에 강세를 넣었다. 설득에는 시간이 필요했지만 필요한 건 그것뿐이었다. 그녀는 결국 마음을 열었다.

"손에 부상을 입은 경찰이 있었어요. 물려서 살점이 떨어져 나갔더군요."

"이름을 확인해주실 수 있으신가요?"

"곤란해요."

"이 사건이 어떤 사건인지는 대충 아시죠?"

"네."

"제 피고인의 아들이 죽었습니다. 이 병원에서요. 저희는 누가 그 아이를 죽였는지조차 확인하지 못하고 있습니다. 경찰과 검찰이 수사기록을 은닉했기 때문에요. 저희는 살인범이 경찰일 가능성이 높다고 생각하고 있어요. 제 피고인은 망인이 죽기 전에 구타하던 경찰의 손을 깨물었다고 주장합니다. 이름만 확인해주시면 됩니다. 그 뒤부터는 제가 조사하겠습니다."

그녀는 그 대목에서 다시 한참을 더 고민하더니 잠시 기다리라 말하고 사라졌다. 난 외과 대기석에서 15분 넘게 그녀를 기다렸다. 흰색 가운이 시야의 가장자리를 스칠 때마다 자리를 일어났다. 포기하고 로비로 나갔을 때 그녀가 등 뒤에서 나를 불렀다. 변호사님. 그녀는 실수로 금언을 입에 담은 것처럼 잠시 주변을 돌아보며 눈치를 살폈다. 그녀가 다가와 건넨 건 한 마디였다. 그녀는 이름을 가져왔다. 이승준.

경찰에 이승준을 만나도록 협조를 요청했다. 답변은 없었다. 크게 신경 쓰지 않았다. 나는 통상적인 상황을 예상하지 않았고, 예상하지 않았던 일은 일어나지 않았다. 그리하여 확신은 커져갔다.

국가배상 사건의 변론준비기일에 다녀온 후 대석은 자존심에 큰 상처를 입었다. 국가 측이 내세운 대리인이 변호사가 아닌 새파랗게 어린 법무부 직원이었기 때문이었다. 막 도금한 듯 가슴에서 번쩍이는 법무부 배지보다도 더 어려 보였다. 별게 아닙니다. 솔직히 변호사들이 논할 일도 못되지요. 국가가 법원에 전한 메시지는 울림이 깊고 명백하여 대석의 귀에까지 닿았다.

"법정은 처음이었을 거야. 국가를 대리하는 게 아주 뿌듯한 표정이던데. 판사에게 폭력배와 박신우 사이의 실랑이에 관여할 만큼 경찰들이 한가한 상황이 아니었다 하더군. 그놈은 자기가 한 말이 무슨 뜻인지도 몰랐을 거야. 법대 졸업장은 있을까?"

대석은 국가쯤이나 되는 조직이 자기 스파링 상대로 아마추어를 붙였다는 사실을 참기 힘들어했다.

"대화 좀 해봤어?"

"건방진 놈이야. 무의미한 소송이란다. 경력을 낭비하지 말라고 한다."

"대화하려는 의사는 전혀 없나 보군. 박경철 의원이 예상한 것과는 많이 틀리네. 처음부터 잘못 짚은 걸까?"

대석은 나를 보지 않고 있었다. "그 애송이부터 소송해야겠어."

"만약 박재호의 아들을 죽인 게 진압경찰이 아니면 어쩌지? 정말 김수만이 그를 죽였다면?"

"그럼 날 여기 끌어들인 거 책임져."

나는 대석의 집무실을 빠져나왔다. 대석이 뒤에서 말했다.

"아니야."

혼잣말이었다.

"어느 대학을 나왔는지부터 찾아본다."

그 주 금요모임에 기자들을 초대했다. 취재요청에 응한 언론은 여섯 군데였고 준형을 제외하면 모두 중소 신문과 인터넷 매체에 소속된 기자들이 왔다. 질문은 대개 주민에게로 집중되었다. 그들은 박재호 사건 자체보다 젊은 서울대 법과대학 교수가 '금요모임'이라는 변호팀에 참여하고 있다는 사실에 흥미를 보였다. 주민은 기자들이 가십을 만들고 있다는 걸 느끼고 불쾌한 기색을 드러냈다. 그러자 기자들은 주민보다 더 불쾌해했다. 첫 기자회견은 엉망으로 끝났다. 준형은 박재호가 죽인 진압경찰의 아버지에게 인터뷰 승낙을 받았다고 말했다. 그녀가 돌아가자, 대석은 그때 날 인터뷰

한 아가씨냐고 물었다. 나는 그때 날 인터뷰한 기자라고 대답했다.

기자들을 보내고 우리는 국민참여재판 형사소송과 국가소송의 절차적인 문제를 의논했다. 국가소송이 박재호가 피고인인 형사소송 사건을 공론화하기 보조적 수단임을 확실히 했고, 국가소송의 절차를 최대한 빨리 진행시키기로 했다. 그 이유는 두 가지다. 국가소송의 경우 적어도 2회 이상의 법정기일이 예상되고 기일과 기일 사이 최소 한 달 정도의 시간이 있을 것이기 때문이다. 증거는 그 사이에도 제출할 수 있었다. 둘째로 수단적으로 제기된 100원짜리 국가소송은 패소해도 상관이 없었고 패소할 가능성이 높았기 때문이다. 대석은 그 자리에서 사무장을 불러 법원에 기일지정신청을 넣으라고 말했다. 나는 정부 측이 사건에 무덤덤한 반응을 보이는 것을 걱정했다. 나에게 박재호 사건은 음모가 도사리는 것이 아니라 음모가 도사려야만 하는 것이 되어가고 있었다. 주민은 말했다. 아직까지는 예단할 시기가 아닙니다. 언론으로 좀 더 흔들어 보죠. 그 말은 크게 위안이 되지 않았다. 언론을 다룰 줄 모르는 젊고 강직한 교수의 입에서 나온 말이기에. 주민이 말했다.

"참, 아현동 제 3구역의 철거가 임박했습니다. 월말에 아현동에서 시민단체들의 연대가두집회가 있어요. 저희 공법학회 아이들과 가보기로 했는데 두 분은 시간이 어떠신지요? 잠시만 들르셔도 그곳 사람들에겐 크게 힘이 될 겁니다. 변호사시니까요."

"난처하군요."

대석이 대답했다. 나는 가볼 생각이었다. 그건 기사거리였다. 준형이 그날의 현장을 기사로 쓸 것이다. 그리고 지금까지 그래왔듯, 기사 말미에 법정에 오른 박재호 사건에 대해 언급해줄 것이다. 그녀는 유일한 아군이었다.

*

사무장이 문희성 경위를 찾아낸 건 사건의 조사에 착수한 이후 가장 큰 수확이었다. 그는 철거 사건 2주 만에 경찰을 그만두고 종적을 감췄다. 그 시기에는 중요한 암시가 있었다. 우리는 문희성이 약간이나마 양심을 가진 인물일 것이라 예감했다. 그를 반드시 증언대에 세워야 했다.

그는 더 바쁜 직업을 갖게 됐지만 공식적으로는 거주소도, 사무소도 없었다. 사건 브로커였다. 그는 경찰로부터 형사사건의 정보를 빼돌려 그 부스러기를 형사 변호사들에게 팔아넘겼다. 법조계에 만연한 불법. 브로커들을 고용한 형사 변호사들이 브로커들의 죄를 자비와 지혜로 덮어주었다. 브로커는 형사사건시장의 20퍼센트에 관여하여 절반에 가까운 형사사건들을 창출하는 것으로 추정된다. 나는 도덕과 윤리와는 상관없는 이유로 브로커와 거리가 멀었다. 간단히, 그들은 나보다 훨씬 더 큰돈을 번다.

나는 사건 중개를 미끼로 문희성을 사무실로 불러들였다. 적절한 방식은 아니라는 생각이 들었지만 마땅히 다른 방법을 찾을 수가 없었다. 어려운 문제였다. 그를 책상 맞은편에 앉혀 두고, 커미션과 계약에 대한 자세한 이야기를 들으면서, 나는 언제 어떤 식으로 내 진의를 드러내야 할지 갈피를 잡지 못했다. 그가 말했다.

"수임 사건을 최소 두 배 이상 늘려드리지요. 나한텐 30퍼센트만 주면 되고. 어느 모로 생각해도 이득이실 거야. 내가 경찰 때려치운 지 얼마 안 된 건 아실라나? 난 현직이나 다름없어요."

"두 배요. 그건 저한테 큰 도움이 된다고 말할 수 없겠는데요."

"욕심이 대단하신 분이네그려. 어디 한번 맞춰가 봅시다. 요즘 몇 건이나 사건을 봅니까?"

"한 건입니다."

"허허, 어떻게 먹고 삽니까? 제때 찾아오셨네그려."

"지난 몇 달간 한 건이었던 것 같은 기분이군요."

"대통령이라도 변호하는 모양이신가봅니다."

사건브로커에게 양심을 구한다. 말이 되지 않았다. 그는 자리를 박차고 나가 버릴 게 분명하다. 나는 부딪혔다.

"저는 박재호 씨의 변론을 맡고 있습니다. 지난 2월 아현동에서 강제진압 중 사망한 박신우의 아버지죠."

그는 먼저 얼어붙었다. 그다음 도망갈 길을 찾는 듯 눈동자를 두리번거렸고, 마지막으로 고개를 절레절레 흔들며 한숨을 내쉬었다.

"염병. 돌아버리겠군."

"도와주세요. 부탁입니다. 박재호 씬 사형을 언도받을 수도 있어요."

"난 그렇게 바보가 아니요. 사형이 그렇게 쉽게 떨어지나. 정말 기가 막히는군. 대체 날 어떻게 찾았소?"

"사무장이 유능하지요."

"날 증인으로 세울 생각이라면 지금 접어요. 난 검사한테 해가 되는 짓은 안 해. 검사 출신들한테 사건을 팔아야 살 수 있으니까. 이해하시오."

"사건 당일 김수만에게 현장을 치우라고 지시하셨죠?"

"그 개새끼."

"누구 지시를 받았습니까?"

"기억 안 납니다."

"기억이 안 난다면, 혹시 직속명령체계에서 내려온 지시가 아닌 겁니까?"

"난 증언은 안 한다고 했소."

"우린 지금 대화를 하고 있는 겁니다. 저는 녹화도 안 하고 있지 않습니까?"

"염병. 그걸 어떻게 믿소?"

"뒤져 보셔도 좋습니다."

"웃기지 말아요."

"제 명예를 걸고 약속드리죠."

"난 명예를 믿지 않소."

"나가서 대화하시겠습니까?"

"여길 나가면 당신은 영원히 날 못 봐."

"현장을 훼손하면 검사의 성화가 이만저만이 아닐 걸 알고 있었을 텐데요. 어떻게 된 건지 알고 싶습니다. 비밀은 보장하겠습니다."

"내가 잡은 새끼들한테 매번 하던 말이지. 이런저런 약속들을 지켜봤지만 비밀이란 걸 지켜본 적은 없었소. 당신, 지금 날 곤란에 빠뜨리고 있는 걸 압니까?"

"양심이 있는 분인 걸 압니다."

그래서 진작 뛰쳐나가지 않고 앉아 있는 거 아닙니까. 그 말은 그를 뛰쳐나가게 만들 수도 있었으므로 소리는 나지 않게 전했다.

"할 말이 없군, 간 큰 양반. 이런 식으로 사람을 불러들여서 뭘 얻어낼 거라 기대한 거요?"

"경위님. 저는 이 사건 단 하나에 매달리고 있습니다. 수임료도 받지 못하고요. 저는 이 사건에 제 경력을 걸었습니다. 박재호 씨는 자기 삶과 아들을 걸고 싸우고 있습니다. 저는 기껏해야 그분을 도울 수 있지만, 경위님은 그분을 살릴 수 있어요."

문희성은 입을 다물었다. 조금만 더. 나는 생각했다. 조금만 더.

"힌트만 주세요. 조사는 제가 하겠습니다. 현장을 치우라는 지시가 검사보다도 윗선에서 내려왔습니까?"

그는 여전히 대답이 없었다. 그는 고개를 들고 천장을 보았고 얼마간 움직이지 않았다. 고개를 내렸을 때 그는 나를 보았다. 내 눈을 똑바로 보았다.

"정말 기억이 안 납니다. 난 현장을 보존할 필요는 없다고 들었고 그래서 철거깡패 새끼들한테 치우고 나가라고 한 거요."

"검사가 붙어서 현장 검증을 하기도 전에 서둘러 치워야 할 필요가 있었습니까? 일반적인 경우가 아닌데요."

"난 들은 대로 말했을 뿐이요. 치워도 된다고. 책임은 치운 놈한테 있지."

그 말을 할 때 그의 눈동자는 중력을 거부하듯이 자꾸 끌려 올려갔다. 나는 그런 반응을 여러 사람에게서 보았다. 신호들. 생각과, 생각에 대한 생각에 구속되는 것은 생각이 아니라 말뿐이다. 사람은 생각하는 바를 완전히 숨기지 못한다. 나는 그를 떠보았다.

"김수만이 한 얘기하고 다르군요. 꼭 치우고 나가라 지시했다고 들었습니다. 그래서 억지로 치웠다더군요."

"이런 염병!"

그는 자리에서 벌떡 일어났다.

"난 그런 적 없소."

그는 겁에 질린 쥐처럼 잰걸음으로 달려 문을 열고 나갔다. 붙잡을 수가 없었다.

2의8.
국민참여재판 배심선정기일
國民參與裁判 陪審選定期日

> 유토피아 인들은 수많은 법률서와 해석서를 가진 나라에 만족하지 못한다.
> 그들의 생각으로는 보통 사람이 한눈에 읽고 이해하지 못할 만큼
> 어렵고 긴 법률로 사람을 구속하는 것은 부당한 일이다.
>
> 넘쳐나는 개별 사건과 법조에 정통한 법률가는 그 땅에 없다.
> _토머스 모어, 「유토피아」

사건이 서울중앙지방법원으로 이송되었다. 중앙지법은 국민참여재
판신청을 받아들였다. 법원에서 배심원 후보의 명단과 간략한 신상
정보를 배심선정기일과 함께 통지해 왔다. 배심원 후보는 40명이었
다. 나이가 가장 어린 후보는 24세, 가장 많은 후보는 61세였다. 각
각의 후보가 법원에 제출한 배심 질문표의 답변이 첨부되어 있었
다. 질문들은 배심원 후보자에게 결격, 제외, 제척, 면제에 해당하
는 사유가 있는지 묻는 것으로 그 이상 딱딱하고 사무적일 수가
없었다. 배심원 후보들이 제출한 답변도 마찬가지였다. 그게 유일한
배심원 정보였다. 배심원 후보자와 직접 접촉하는 것은 불법이기
때문이다.

금치산자 또는 한정치산자에 해당합니까?
파산자로서 현재 복권되지 않은 상태입니까?

금고 이상의 실형을 선고받은 적이 있습니까?

집행 면제의 처분을 받은 적이 있습니까? 있다면 사건과 선고 내용, 그리고 날짜를 기록해주십시오.

집행유예를 선고 받은 적이 있습니까? 있다면, 사건과 선고 내용, 그리고 집행유예기간 완료의 날짜를 기록해주십시오.

현재 금고이상의 형에 대한 선고유예기간에 있습니까?

그 외 법원의 판결 및 처분과 관련하여 배심원으로서의 자격이 상실되었다고 판단할 만한 사유에 해당하는 바가 있습니까?(⋯⋯)

그 주 금요모임에서 우리는 질문지를 나눠 배심원 후보들의 답변을 검토했다. 무작위 추첨방식으로 후보자 40명 중 열두 명만이 배심원 및 예비배심원으로 선출된다. 배심선정기일에 검사와 피고 측은 배심원 다섯 명까지에 대해 무이유부 기피를 신청할 수 있다. 여기서 무이유란 배심원을 기피하는 이유를 제출하지 않아도 된다는 뜻이지 기피하는 이유가 없다는 뜻이 아니다. 오히려 무이유부 기피를 당하는 배심원들이야말로 가장 큰 이유의 당사자들이다. 배심 평결의 방향에 치명적인 해악을 끼칠 우려가 높은 인물들. 그들을 색출하는 잣대는 법이 아니라 법정의 정치학이 제공한다.

후보 40명 중 총 세 명이 법정형을 받았고, 그중 한 명은 폭력전과자였다. 법원이 직권으로 판단하여 배제하겠지만, 폭력전과자에게 철거폭력 관련 사안의 평결을 맡겨야겠다는 생각은 들지 않았다. 혹시 법원이 실수를 할지도 모르니 나는 그의 이름과 신상명세를 메모해놓았다. 법정형을 선고받은 나머지 두 명의 경우는 조금 고민해봐야 했다. 검사에 대한 적의는 언뜻 피고를 향한 호의와 같은 뜻일 것만 같다. 하지만 이들이 법 앞에 고꾸라진 자신과 법 앞에 선 세상의 사적 형평을 조절하는 데 평결을 이용하고자 마음먹는다면 악몽 같은 결과를 초래할 수도 있었다. 인간은 그럴 수 있는 존재다. 우리는 이 대목에서 많은 의견을 나누었다. 최종적으로 대석의 의견이 수용됐다.

법정형을 받은 배심원 후보는 홍재덕 검사에게도 부담스러울 테지. 만약 검사가 이들 중 누군가에 대해 무이유부 기피신청을 한다면 우리는 가진 패를 절약하는 셈이야.

따라서 우리는 판단을 유보하고 배심선정기일까지 기다려보기로 했다. 우리가 무이유부 기피신청을 할 대상은 두 사람으로 좁혀졌다. 한 명은 전직 공무원인 기업체 운영자였다. 다른 한 명은 공인중개사였다. 오직 정치적인 이유로 두 사람은 배제될 것이다. 두 사람의 실제 정치 성향이 어떨지 우리가 알 수 없는 건 비극이다. 철거 당일 망루 안에서 무슨 일이 있었는지 우리가 알 수 없는 것처럼.

다음으로 우리는 선정기일에 배심원들에게 직접 물어볼 질문의 목록을 작성하는 작업에 착수했다.

가족 중에 법조인이 있습니까?

그 질문은 내가 생각해냈다. 냉정하게 법률적으로만 예상한다면 박재호 아들을 누가 죽였는지와 상관없이 박재호의 정당방위가 성립될 가능성은 극히 적었다. 판례는 정당방위보다는 차라리 살인에 더 관대하고, 법조인들은 그 사실을 잘 알고 있다. 하지만 배심원에게 그런 입김이 작용하는 건 다른 문제다. 배심제는 반세기 역사의 법학과 법정보다 국민의 법감정이 더 건전할 수 있다는 믿음으로 도입되었다. 우리는 가족 중에 법조인이 있는 배심원을 가급적 기피하기로 했다.

피고가 무언가 죄가 있기 때문에 피고석에 앉아 있을 거라는 생각이 조금이라도 드시는 분 있습니까?

이런 어처구니없는 질문에 "저요" 하고 대답할 순진한 배심원이야 없을 터다. 주민은 그래서 더더욱 이 질문이 필요하다고 했다. 진화의 역사는 법을 앞선 사실을 보여준다. 편견이라는 유전자는 수백만 년간 지속된 적자생존의 시험을 모두 이겨내고 살아남았다. 그래서 법은 판결이 선고될 때까지 피고인의 무죄를 추정한다고 규정하고 있지만, 인간은 판결이 선고될 때까지 피고인의 유죄를 추정하려는 경향이 있다. 상당수의 사람들은 피고인에 무죄 선고가 내려진 이후에도 유죄를 추정하는 목소리를 속닥댄다. 우리는 이 질문을 던진 후, 편견에 대한 자신의 결백을 묵시로 대답하는 배심원들을 향해 무죄추정의 원칙을 확실히 이해시킬 것이다.

두 시간의 회의로 그 두 개의 질문을 작성했다. 우리는 더 나아갈 수가 없었다. 나에게 배심원은 미지수였다. 대석과 주민에게도 마찬가지였다. 배심제가 도입된 지 얼마 안 됐기 때문에, 우리에게 배심원은 아직 이론상으로만 존재하는 요소였다. 독자적인 경험과 감정을 가진 배심원의 행동과 사고방식은 지식만으로는 예측이 불가능하다. 그게 법과 다른 점이었고 법보다 어려운 점이었다.

"그 점은 홍재덕 검사에게도 똑같습니다."

주민은 나를 격려했다. 크게 할 일 없이 며칠이 지나갔다. 배심선정기일이 열렸다.

참석한 배심원 후보자들은 엄숙했다. 표정은 법정의 가구들만큼이나 낡고 닳아 있었다. 그런 점에서 판사들과 닮았다. 그들은 빨리 배웠다. 보고 있노라니 웃음이 절로 나왔다.

선정기일은 박재호 사건의 재판장이 임명한 합의부 판사가 담당했다. 판사는 30대 초반의 젊은 여자였다. 앞으로 그녀의 경력은 그녀의 표정에서 많은 가능성들을 앗아갈 것이다. 그녀는 쾌활한 폭소 대신 자비로운 미소를, 격정적인 분노 대신 엄격하고 징벌적인 무표정을 깨우치게 될 것이다. 하지만 지금, 판사가 어리다는 사실은 내 마음을 편하게 해주었다. 그녀는 법 위에 있었지만, 나는 아직까지는 그녀 삶의 대부분이 법 아래에서 이루어졌다는 사실을 환기하려 애썼다.

열두 명의 배심원이 선정됐다. 아홉 명의 배심원과 세 명의 예비 배심원. 다행히 전직 공무원과 부동산 중개업자는 알아서 떨어져 나갔다. 법정형을 받은 한종훈이 배심원에 포함되었는데, 홍재덕 검사는 그에게 집중적으로 질문을 던졌다. 그를 무이유부 기피 대상으로 지정하려는 마음을 굳힌 것 같았다. 자제가 있는 분은 손을 들어보시겠습니까. 검사의 요구에 열두 명 중 여덟 명이 손을 들었다. 박재호의 자식이 죽은 점이 검사에게도 역시 신경 쓰이는 모양이다. 하지만 법정에서 자식이 있는 배심원을 전부 기피할 생각이었다면 그냥 인류를 기피했어야 옳았다. 그렇군요. 검사는 허공에 들린 여덟 개의 팔을 말없이 지켜보다가 자리로 돌아갔다. 이어서 공동피고인 김수만의 변호사가 김용호라는 59세의 남자에게 전에는 무슨 일을 했냐는 질문을 던졌다. 남자는 간단한 질문에 횡설수설하며 대답했다. 정신적으로 문제가 있어 보였다. 즉석에서 대석과 토의하여 아무도 그 남자를 기피하지 않는다면 마지막에 우리가 기피하기로 했다. 내가 질문할 차례가 왔다. 나는 조용한 걸음으로 배심원들 앞에 걸어 나갔다.

"안녕하십니까, 배심원 여러분. 바쁘실 텐데 모두 이 자리에 나와 주셔서 진심으로 감사드립니다. 저는 이 사건의 피고인 박재호 씨의 변호사입니다. 몇 가지 간단한 질문만을 하고 들어가도록 하겠습니다. 혹시 가족 중에 법조인이 계신 분이 있습니까?"

한 여자가 손을 들고 물었다.

"법원 공무원도 법조인인가요?"

"가족 중에 법원 공무원이 계신가요?"

"네. 큰딸이 법원 서기로 일하고 있어요."

"감사합니다. 다른 분은요?"

대답이 없었다.

"좋습니다. 그럼 다음 질문을 하도록 하겠습니다. 오해는 없이 들어주셨으면 합니다. 피고가 무언가 죄가 있기 때문에 피고석에 앉게 됐을 거라는 생각이 조금이라도 드시는 분 계십니까?"

대답이 없었다.

"아무도 없군요. 다행입니다. 우리 법은 무죄추정의 원칙이라고 하여 판결 전까지는 피고의 무죄를 추정하라고 명시하고 있습니다. 배심원 여러분도 그 점을 잊지 말아주셨으면 하는 게 제 바램입니다. 감사합니다, 이상입니다."

나는 변호인 석으로 돌아왔다. 판사가 냉랭한 목소리로 말했다.

"걱정하지 않아도 그 점은 저희가 배심원들께 숙지시킬 겁니다, 변호사님. 그럼 이제 배심 기피 절차에 들어가겠습니다. 검사 측 이유부 기피 신청하겠습니까?"

검사가 대답했다.

"배심원 김용호 씨의 기피를 신청합니다."

"이유는요?"

"음, 사안에 대한 공평한 판단을 하지 못할까 우려됩니다."

검사는 '정상적인' 혹은 '이성적인'이라는 표현 대신 신중하게 '공평한'이라는 단어를 썼다. 법정 안의 모든 사람이 그게 무슨 뜻인지 눈치 챘지만 판사는 단호했다.

"기각합니다. 피고 박재호 씨 측 변호인, 김수만 씨 측 변호인은요?"

"없습니다."

나도 대답했다. "없습니다. 모두 공평한 판단을 할 자질이 충분해 보이는데요."

검사는 훅 하는 작은 웃음으로 내 말을 흘려보냈다.

"좋습니다. 그럼 이제 무이유부 기피신청 받겠습니다. 먼저 검사 측부터 돌아가며 1인씩 신청해주십시오."

"배심원 김용호 씨의 기피를 신청합니다."

"박재호 씨 측 변호인?"

"없습니다."

"김수만 씨 측 변호인?"

"없습니다."

"검사님?"

"배심원 한종훈 씨의 기피를 신청합니다."

"박재호 씨 측 변호인은 더 있습니까?"

"없습니다."

"김수만 씨 측 변호인은요?"

"없습니다."

"검사님?"

"없습니다. 이상입니다."

"변호사님들도 기피신청절차를 종료해도 괜찮겠습니까?"

"네. 배심원 구성은 더할 나위 없이 좋습니다."

내 말에 판사는 미간에 주름이 잡히도록 표정을 찌푸렸다. 배심원들은 무표정했다. 나는 후회했다. 두 명의 배심원이 기피되었고, 배심원단이 새로 구성됐다. 배심 선정이 종료되었다.

2의9.
긴급체포
緊急逮捕

시민 불복종의 호소력은 사회를 평등한 개인들 사이의
협동체제로 보는 민주주의의 관점으로부터 나온다.
만약 우리가 사회를 다른 방식으로 생각한다면
이런 형식의 저항은 적합하지 않을 것이다.
예를 들어 법이 자연의 질서를 반영하는 것이며
주권자는 수탁된 신권으로 통치한다고 본다면
신민들은 탄원할 권리만을 가질 뿐이다.
그들은 애원할 수는 있지만, 거절당해도 불복종할 수는 없다.
_존 롤스, 「정의론」

돌멩이 하나가 하늘에 포물선을 내질렀다. 돌이 낙하한 자리에 의
경들이 물 튀듯 흩어졌다가 곧 대열의 제자리로 돌아왔다. 오후 내
내 지속된 지루한 대치상태는 기운 태양을 따라 저물어가고 있었
다. 빛이 시들자 바람이 서늘해졌다.

　의경들은 표정이 없었다. 무표정은 적의 표정이 아니었다. 그래
서 연단 위의 사람들이 생존의 권리보다 앞세운 적의의 외침은 정
처를 못 찾고 거리를 헤매었다. 전장에 있어야 할 적이 전장에 없었
다. 그게 이 전쟁의 가장 불공평한 점이었다. 한쪽은 모든 걸 걸었
는데 반대쪽은 아무것도 걸지 않았다.

　의경들은 철거예정지를 둘러싸고 출입을 통제했다. 그들 맞은편
으로 철거민들과 시민단체가 임시 연단을 세웠다. 서울 시내 소재
대학 학생회 소속원들이 장기 말처럼 에워싸고 연단을 보호했다.
거친 천으로 만든 깃발들이 바람을 타고 전투적으로 나부꼈다. 대

학생들의 힘은 미약했다. 그러나 그들이 흔드는 선봉의 깃발은 역사가 고통스럽게 남긴 유산의 지원을 받고 있었다. 그 깃발은 민주주의를 연상시켰고, 그 깃발을 짓밟는다면 압제를 연상시킬 것이다. 거기에는 추론이 필요 없었다. 언론이 그렇게 쓸 것이니까. 모두 그걸 알았다. 그리하여 힘은 균형을 이루었고 전선이 형성되었다. 이 광경을 대석이 봐야만 했다.

연단 위로는 낯설지 않은 사람들이 올라왔다. 철거민 연합 대표가 올라왔고, 아현동 지구의 세입자 대책위원장이 뒤따랐다. 그들의 말은 무시무시했고, 주장은 삶보다는 죽음에 초점이 맞춰졌다. 그다음으로 각 시민단체 대표자들의 짧은 연설이 있었고, 이어 주민이 연단에 올랐다. 세입자 대책위원장이 그를 서울대 법과대학 교수라고 소개했다. 사람들이 크게 박수를 쳤다. 주민의 연설은 조금 어려웠다. 그는 거리를 두고 연단을 마주하고 있는 의경 부대를 향해 법의 집행자들이 불법을 행사해서는 안 된다고 말했다. 그는 법과 법의 정신을 이야기했고, 법이란 그 모든 것을 포함한 범주라고 말했다. 법의 정신을 훼손하는 어떤 명령도 법의 이름으로 정당화될 수 없는 것이다. 그리고 그는 단언했다. 여러분에게 권리가 있어요. 법보다 앞선 것이 법의 이름으로 부정당할 때 법을 실현하는 유일한 행동은 바로 불복종입니다.

사람들이 박수를 쳤다. 말은 의미가 없었다. 그들은 주민의 용기와 결단력에 환호하는 것이다. 누구도 이런 자리에서 법과대학 교수를 볼 거라고 생각하지 못했기 때문이다. 그리고 본 적도 없었다. 주민은 교수의 품위와 책상 위의 온갖 추상적인 논리를 벗어던졌다. 그렇기에 사람들은 그를 사랑하고 존경하고 있었다. 박수 갈 채 속에서 연단을 내려오는 젊은 남자는 약자들의 영웅이었고, 학생들의 스승이었고, 여자들의 남편이었고, 노인들의 사위였다. 인파 끝에서 기자수첩을 끼적이던 준형이 말했다.

"눈이 부신 사람이군요. 감동적이에요."

연설이 끝나고 스피커에서 민중가요가 흘러나왔다. 대학생들이 음악에 맞춰 춤을 췄다. 오래된 노래와 율동. 나는 기억하고 있었다. 정의는 놀이처럼 순수했다. 법은 거론할 필요조차 없었다. 나이 든 사람들이 박수를 치며 좋아했다. 그러는 동안 어둠이 연막처럼 남루한 도시에 고루 퍼졌다. 주어진 시간이 끝나가고 있었다. 경찰 쪽에서 남자의 두툼한 목소리가 확성기를 끼고 들려왔다.

여러분, 일몰 후 옥외집회는 불법입니다. 이제 정리하고 해산해주시기 바랍니다. 다시 말합니다. 일몰 후 옥외집회는 불법입니다. 자진 해산해주시기 바랍니다.

우우. 사람들은 야유했다. 그러나 연단을 둘러싼 대열은 이미 조밀함을 잃었다. 명령에 굴복했기 때문은 아니었다. 사람들에게는 집이 있고, 삶이 있다. 철거지의 삶은 결국 철거민들의 것이었다. 늦출 순 있지만 막을 순 없는 것이었다. 대학생들의 수는 눈에 띄게 줄어들었다. 주민이 나를 찾았다. 그가 이끄는 공법학회 학생들이 뒤따랐다. 그는 나에게 인사하고, 준형을 알아보고 그녀에게도 인사했다. 준형은 눈을 반짝이며 다시 한 번 감동받았다고 말했다. 주민은 그냥 웃었다.

"윤 변호사님도 연단에 오르실 걸 그랬습니다. 오신 줄 몰랐네요."

"제 자리가 아니죠."

"학생들이 박재호 씨 사건에 관심이 많아요. 잠시 대화 좀 해보시겠습니까?"

부담스러운 부탁이었지만 거절할 수가 없었다. 나는 학생들의 질문을 받고 대답했다. 그동안 준형은 주민과 대화를 나누었다. 아이들은 열정적이고 명민했다. 어떤 질문에는 대답할 수가 없었다. 대답하기 위해선 두꺼운 책이 필요했다. 글쎄, 한번 생각해봐야겠는데. 좋은 질문이구나. 나는 그렇게 내 무지를 안개 뒤에 남겨 두었다. 이 아이들도 시간이 지나면 변호사의 머릿속에 서재가 들어 있지 않다는 사실을 알게 될 것이다.

주민과 공법학회 학생들이 줄어든 인파 속으로 돌아갔다. 확성기의 목소리는 아직도 위협적인 톤으로 저녁 공기 위에 떨고 있었다. 나는 준형에게 말했다.

"이제 그만 가는 게 좋겠어요."

준형이 나를 돌아보았다. 확성기 소리가 멈추었다. 나는 그녀의 대답을 듣지 못했다. 사람들이 아우성치며 우리 쪽으로 밀려오고 있었다. 처음에는 무슨 일이 일어났는지 이해하지 못했다. 비명 소리가 들렸다. 강제 해산이 시작됐구나. 나는 다시 말했다.

"이제 그만 가요."

그녀가 대답했다.

"전 있어야 해요."

그녀는 이미 휴대전화기를 꺼내 신문사에 전화를 걸고 있었다. 목소리에 다급함이 묻어났다. 당장 카메라를 보내줘요. 진작 보내줬으면 좋았잖아. 여기 지금 난리가 났단 말이야.

사람들이 밀물처럼 우리 쪽을 지나쳐 뛰어갔다. 우리 두 사람만

이 인파에 뜬 부표처럼 연단 쪽을 바라보며 뒷걸음질로 천천히 물러났다. 일렬로 늘어선 시커먼 방패 대열이 간격을 좁혀 왔다. 그녀는 전화를 끊지 않았다. 등 뒤쪽에서 날카로운 비명과 욕설이 귀를 찔렀다. 의경 한 소대가 골목 옆을 끼고 돌아 인파를 덮쳤다. 준형과 나는 완전히 노출되었다. 그들은 거칠게 밀고 들어왔다. 준형이 휴대전화기를 떨어뜨렸다. 그녀는 줍기 위해 허리를 굽혔고 의경들의 등쌀에 떠밀려 앞으로 고꾸라졌다. 의경 한 명이 그녀의 머리채를 잡았다. 동시에 나는 뛰어들어 어깨로 그의 가슴을 받았다. 그는 맨손의 저항에 직면할 거라고는 예상을 못한 듯 쉽게 뒤로 벌렁 넘어졌다. 그는 두 손으로 땅을 짚고 누워 방금 일어난 일을 믿을 수 없다는 듯 얼떨떨한 표정을 짓고 있었다. 의경 한 분대가 우르르 몰려들어 준형과 나를 둘러쌌다. 자리를 털고 일어선 의경이 눈에 힘을 주고 곤봉을 머리 위로 쳐들었다. 내리칠 것이다. 나는 의심치 않았다. 저걸로 내 머리를 내리칠 것이다. 다급하게 말했다.

"이 분은 기자입니다. 이게 뭐하는 짓입니까?"

"뭐야? 당신 뭔데?"

나는 그의 손에 들린 곤봉만을 주시했다. 곤봉을 쥔 손이 분노로 떨렸다.

"전 변호사입니다. 행여나 당신이 함부로 곤봉을 휘둘러 법정에 서지 않도록 돕는 겁니다."

모두 20대 초반의 아이들이었다. 내 말의 무게를 재어 보기에는 아직 어렸다. 그들은 준형과 나를 둘러싸고 아무 말도 하지 않았다. 난 준형을 일으키고 그녀의 핸드폰을 주웠다. 곤봉은 여전히 머리 위에 들려 있었다. 이제 용기가 났다.

"그래도 기어코 그걸 휘두른다면 법정에서 내 동료 변호사들이 도와줄 겁니다. 비켜주시죠."

그들은 나아갈 수도, 물러설 수도 없었다. 허물어진 콜로세움처럼 듬성하게 우릴 둘러싼 채 혼란스러워하고 있었다. 곧 지휘관으로 보이는 사람이 멈춰선 분대를 향해 달려왔다.

"거기 뭐하는 거야. 미쳤어? 연행하란 말이야."

곤봉을 들고 있던 의경이 쭈뼛거리며 대답했다.

"기자랑 변호사랍니다."

지휘관은 한동안 말없이 나와 준형을 노려보았다. 그도 여전히 어렸다. 그에게도 여전히 난해한 문제였다. 망설여봐야 그가 할 말은 하나밖에 없었다.

"냅두고 다 날 따라와."

분대는 지휘관을 따라 뛰어갔다. 그들은 좀 더 이빨이 잘 박힐 초식동물을 사냥하길 원했다. 나는 준형의 어깨에 팔을 두르고 있었다. 작은 어깨를 타고 주기적인 떨림이 전해져 왔다. 나는 땅거미의 어스름한 모서리로 멀어지는 의경들의 뒷모습을 말없이 지켜보았다.

전화가 걸려온 건 서너 시간이 지나서였다. 나는 설피 잠이 든 상태로 그 전화를 받았다. 준형은 다짜고짜 말했다.

"오늘 경찰이 아현동에서 열두 명을 긴급체포했어요. 이주민 교수님을 포함해서요."

"뭐라고요?"

"학생인 줄 알았나 봐요. 동안이잖아요."

"법대 교수를 체포하다니. 제정신이 아니군요."

미친 일이었다. 설명할 수가 없는 일이었다. 경찰은 지금 역사를 쓰고 있었다. 스스로 모를 뿐이다.

"거기 지금 어딥니까?"

"서대문 경찰서에요. 올 수 있어요? 전 지금 서 앞에 있어요."

그녀는 킥킥거리며 말을 이었다.

"기분이 굉장히 좋은가 보군요."

"오해 말아요. 어차피 연행자는 다 훈방될 거잖아요? 이 일을 누가 어떻게 감당할지 상상하는 중이에요."

"좋겠습니다."

나는 기분이 상해서 빈정댔다. 그건 받아들이기 힘든 사고방식이었다.

"경찰, 서울대 법대 교수 긴급체포. 멋진 기사감이잖아요? 여기 벌써 카메라들이 줄서기 시작했어요. 시민단체에서도 다 모였고요. 웃고 있네요. 무슨 축제 같군요. 지금 올 거예요?"

나는 이미 침대 근처에 흩어진 옷을 줍고 있었다.

대석과 나는 자정이 다 되어 서대문 경찰서에 도착했다. 경찰은 연행자들을 전원 훈방했다. 아주 서두른 셈이다. 걸어 나오는 주민을 향해 카메라 플래시가 정신없이 터졌다. 연행과정에 얻어맞았는지 옷에 피가 묻어 있었다. 그보다 더 자극적일 수가 없었다. 기자들의 물음이 쏟아졌다. 내일은 기사가 쏟아질 것이다.

"전환점이야."

지켜보던 대석이 히죽였다. 주민을 부축해 대석의 차에 태웠다.

기자들이 무기처럼 카메라를 들이밀었다. 나는 그들을 사납게 뿌리쳤다. 무리 뒤편에 준형이 보였다. 그녀가 한 손을 들어 인사했지만 답례할 수가 없었다. 이 자리에서 우리 둘은 할 일이 달랐다.

서 앞을 빠져나오면서 나는 조수석에서 백미러로 뒷자리에 앉은 주민을 보았다. 이마가 심각할 만큼 벌겋게 부어올라 있었다. 그는 조용히 차창 밖으로 벌어진 풍경을 바라보았다. 카메라의 섬광이 그의 잘생긴 얼굴 윤곽을 따라 우울하게 음각되었다. 무슨 생각을 하는지 알 수가 없었다. 내가 물었다.

"괜찮습니까?"

그는 시간을 두고 천천히 입을 열었다.

"염만수 교수님이 제일 먼저 찾아왔습니다."

"염만수 교수님이요?"

"법무부 장관과 통화를 했다고 하더군요. 그리고 30분 만에 경찰서장이 저를 찾아왔습니다."

대석이 중얼거렸다. "쌍스러운 새끼들. 법대 교수를 긴급체포하다니 지금이 무슨 유신시대야?"

"경찰서장이 미안하다고 합니다. 사법체계란 게 이렇게 움직이네요. 천 명의 군중도 움직이지 못한 바위가 그렇게 전화 한 통으로 굴러가더군요. 법이 졌습니다. 절망적인 밤이군요."

주민의 목소리는 밤의 적막 속에 깊게 잠겼다.

일은 이렇게 돌아갔다. 염만수는 폭발하는 분노를 주체하지 못하고 자신의 제자이자 후배인 법무부 장관에게 전화를 걸었다. 염만수가 장관에게 먼저 전화를 건 건 처음이었을 것이다. 염만수는 고함을 질렀다. 경찰이 형법학 교수를 체포하다니 이게 말이 되는 일인가? 그 친구는 앞으로 경찰시험에 출제될 개정형법을 만들 사람이란 말일세.

장관은 염만수가 되길 원했으나 결국 법무부 장관이 된 인물이었다. 그는 무방비였다. 대통령의 반응이 걱정이었다. 염만수가 전화기를 집어던진 후 장관은 경찰청장에 전화를 걸어 사실을 확인하려 했다. 경찰청장은 아무런 대답도 할 수가 없었다. 아무것도 알지 못했을 테니까. 경찰청장은 서대문경찰서장에게 다시 전화를 걸었다. 관할서 유치장 구석에 서울대 법과대학 교수를 박아 둔 게 사실이냐는 질문을 들었을 때 서장은 정수리에서 항문까지 벼락이 관통하는 기분이었을 것이다. 그가 차라리 남침이 일어나기를 바랐다고 해도 이해한다. 서울이 쑥대밭이 되어도 그건 서대문경찰서장의 책임은 아닐 테니까. 서장은 잠옷을 벗고 서로 뛰어갔다. 그리고 거기에서 전자레인지에 머리를 넣은 것처럼 이마가 부어오른 주민을 보았다. 조서 작성은 중단되었다. 서장은 한시라도 바삐 전원 훈방하고 보기로 했다. 소문은 발이 빨랐다. 서 앞에서는 기자들의 대열이 빠른 속도로 팽창하고 있었다. 지금쯤 누군가 무릎을 걷어차고 있을 경찰서의 풍경이 훤했다.

거부할 수가 없는 사건이었을 터다. 서울대 법과대학 교수가 그의 전공 영토 치하에서 실무를 보는 경찰 조무래기들에게 얻어터졌다. 살인보다 자극적이었다. 기자들은 매력을 느꼈다. 이제 우리의 이야기는 기사거리가 됐다. 연행된 사람들은 몇 시간 만에 훈방되었지만 그건 별로 중요하지 않았다.

경찰이 서울대 법대 교수를 아현동 철거현장에서 긴급체포했다.

지난 2월에도 아현동 철거현장에서는 경찰 진압 도중 사람이 죽었다.

이곳에서 뭔가 심각한 일이 일어나고 있다.

기사들이 쓰였다. 준형은 아예 대놓고 민주주의의 후퇴라고 머리말을 뽑았다. 사람들은 아현동을 주목하기 시작했다.

일간지 몇 군데에서 주민에게 기자회견을 요청했다. 주민은 '금요모임' 변호인단과 함께 기자회견에 응하겠다고 했다. 우리 사무실에서 인터뷰가 있었다. 금요일이었다. 기자들을 전부 앉히기에는 공간이 너무 협소했다.

"우리는 진리에 도달한다. 머리뿐만 아니라 가슴을 통해서. 파스칼의 『팡세』에 나오는 말입니다. 머리가 아닌 가슴으로 상황을 봅시다. 어떤 경우 국가는 거악으로 작용합니다. 어떤 경우가 그러냐고요? 이번과 같은 경우가 그렇습니다."

주민은 서슴없이 국가라는 이름의 거악을 설정했다. 그리고 그것의 피해자를 자신으로부터 박재호로 확장시켰다. 그는 평소보다 훨씬 과감했고, 박재호 사건의 모든 지점을 이야기하며 신랄하게 홍재덕 검사를 비난했다.

"몇 달 전에도 비슷한 일이 일어났죠. 그때는 사람이 죽었습니다. 박재호 씨의 아들을 진짜로 죽인 건 누구인가? 우리는 지금까지 그런 질문을 던질 기회가 없었습니다. 홍재덕 검사가 수사자료를 은닉했기 때문입니다. 우리는 악의를 감지했습니다. 검사의 기소는 거짓에 바탕하고 있어요. 자세한 이야기는 박재호 씨 변호인인 여기 두 변호사님들께 물어보시죠."

주민이 빙긋 웃으며 우리 쪽을 봤다. 기자들의 시선이 황망히 우리를 향했다. 주민은 그답게 말하고 있지 않았다. 작정하고 기자들을 기쁘게 하는 말만을 골라 했다. 우리끼리 있을 때, 그가 이렇게 단정적으로 말한 적은 한 번도 없었다. 기자들 사이에 있던 준형이 소리치듯 물었다.

"박재호 씨 아들을 죽인 게 경찰이란 뜻입니까? 검사가 고의적으로 사건내용을 조작했다는 건가요?"

그녀는 살짝 웃었다. 나에게 묻는 것이 아니라 사실은 방 안의 기자들에게 외치고 있었다. 나 스스로도 매일 물어온 질문. 내가 나에게 대답을 하는 건 쉬웠다. 지금은 경우가 많이 달랐다. 나는 두려웠다. 나는 흥분했다. 마침내 나는 입을 열어 주문과 같이 마력적인 짧은 문장을 말했다. 내일 자 머리기사들.

"네, 그렇게 생각합니다."

이틀 후, 홍재덕 검사는 이 인터뷰에 대해 명예훼손 소송을 검토하고 있다고 말했다. 신중하지 못한 발언이었다. 그걸 원했다면 그냥 그걸 했어야 했다. 기자들은 더욱 흥미를 느꼈다. 관련 기사가 폭발적으로 늘어났다. 인터넷에는 매일 500여 개씩 기사가 붙었다. 명예훼손 이야기는 쑥 들어갔다.

국제 엠네스티 한국지부 법률가위원회에서 기자회견을 열어 무리한 강제철거와 계류 중인 박재호 사건의 절차적 하자, 그리고 주민의 긴급체포 사태 등 일련의 사건시국을 우려하는 성명을 발표했다. 법대교수 스무 명이 항의 집회를 열었다. 민주시민사회를 위한 변호사 모임 역시 시국성명을 냈다. 보수계열 경제 연구소들이 연대하여 철거 사태의 본질을 세입자들의 탐욕에서 비롯된 불법적 사유재산권 침해로 규정하며 맞섰다. 인터넷 게시판마다 전쟁이 터졌다. 언론은 박재호 사건을 더 심층적으로 파고들기 시작했다. 사건 담당 변호사인 내 이름이 기사 끄트머리에 자주 올랐다.

이 모든 사태를 숨죽여 지켜보면서 살이 썩어 들어가는 고통을 느낄 사람들이 있었을 것이다. 그들은 식물인간처럼 아직 움직이지 못하고 있었다. 하지만 이제 세상은 그들의 인력권을 벗어났다. 행성이 공전하듯이, 생태계가 순환하듯이, 여론은 스스로 움직이기 시작했다. 막을 방법은 없었다.

2의10.

국가소송 변론기일

國家訴訟 辯論期日

라드부르흐 공식:

입법된 후 권력에 의해 안정된 실정법은

그것이 부당하더라도 정의에 우선한다.

다만 실정법과 정의가 도저히 허용할 수 없는 정도로 모순될 때는,

정의가 우선한다.

누군가 겁을 먹었다. 의심의 여지가 없었다.

국가배상청구소송의 변론기일에 국가는 대리인을 바꿔 내보냈다. 젊고 무지한 법무부 직원이 담당하기에는 이제 사건에 너무 많은 시선이 집중된 것이다. 법정에 국가를 대리하여 고등검찰의 차장검사와 두 명의 수행검사들이 출석했다. 민사 법정에 나타난 검사들은 눈길을 끌었다. 검은색 짙은 정장이 저승사자의 수의처럼 스산하면서도 준엄한 위풍을 내뿜었다. 다들 옆구리에 노란 서류봉투를 끼고 있었다. 정 가운데 인쇄된, 검찰을 상징하는 다섯 개의 시퍼런 색 칼 모양 선분이 도드라졌다. 각각의 칼은 정의, 진실, 인권, 공정, 청렴을 상징했다. 그 칼들을 휘두를 때마다 적들은 피를 뿜으며 스러졌다. 그리고 지금은 우리의 목을 겨누고 있다.

판사가 국가로부터 받은 위임장에는 복잡한 권한이전사항이 기록되었다. 위임장에는 다음과 같은 내용이 쓰였다.

국가소송법 제 2조에 의하여 본 국가배상소송의 일방인 국가를 법무부장관이 자동적으로 대표하게 되었고, 법무부 장관은 다시 제 13조에 기하여 그 권한을 고등검찰청장에 위임하였고, 고등검찰 청장은 다시 제 7조에 기하여 고등검찰청 차장검사를 국가의 소송 대리인으로 지정하였다.

우리는 형사 법정에서도 모자라 이제 민사 법정에서까지 검사들 과 맞닥뜨리게 되었다. 누군가 강력한 의지를 내비친 것이다. 투견 처럼 용맹한 검사 군단으로 우리의 목을 물어 뜯어버리겠다는 의 지를. 그들은 두려워하길 바랐겠지만, 내가 느끼는 것은 사실 쾌감 에 가까웠다. 이 나라 모든 검사의 적이 된다 한들, 우리는 여전히 단 한 사람의 변호사일 뿐이다. 낭만적이었다.

사건이 이렇게 갑작스러운 주목을 받으리라 예상하지 못한 재판 장은 기일을 소법정에서 열었다. 이 심리일정에는 우리의 국가소송 과 함께 열두 개의 자질구레한 민사소송들이 잡혀 있었다. 그건 실 수였다. 판사는 법정에 들어서자마자 알았을 거다. 방청석은 가득 찼다. 법정 뒤에는 노트를 손에 든 기자들이 입석이라도 차지하려 고 아우성이었다. 주민은 검은색 남방셔츠를 입고 방청석 뒷줄에 조용히 앉아 있었다. 그러나 그의 존재는 머무는 것만으로 기자들 을 시끄럽게 만들었다. 법정에는 승인되지 않은 카메라를 반입할 수 없었지만, 진취적인 기자 하나가 주민의 코앞까지 카메라를 들 이밀고 플래시를 터뜨렸다. 그로 인해 실내는 난장판이 됐다. 재판 장은 심리를 개시하기 전에 의사봉을 두드려 정숙을 요구했다. 사 진을 찍은 기자는 퇴정 당했다. 변호사가 된 이래 처음 보는 낯선 광경이었다.

재판장이 개시를 선언하고 심리할 사건 번호를 호명하려고 운을 뗄 때, 두 명의 변호사가 자리에서 급하게 일어났다. 그들은 제 사건을 먼저 심리해달라고 재판장에게 요청했다. 차장검사도 거기 꼈다. 일반적으로 심리는 접수된 사건 순서로 진행하는 게 원칙이지만, 현실의 법정에서는 결코 그런 식으로 일이 일어나지 않는다. 변호사들이 남의 시시콜콜한 분쟁사항을 다 듣고 기다릴 만큼 인내심이 많지 않은 까닭이다. 이제 선심리를 요청한 변호사들은 서로의 면면을 탐색하며 연수원 기수를 짐작하고 있었다. 곧 토를 달수 없는 엄격하고 수학적인 관행에 따라 심리 순서가 정해졌다. 고등검찰 차장검사가 붙은 우리 사건이 맨 처음으로 배정되었다. 연수원 기수의 순서, 그리고 변호사가 붙은 사건과 그렇지 않은 사건의 순서. 바로 법정의 순서였다. 이때는 대석과 나도 검사의 덕을 좀 봤다.

차장검사가 제출한 변론 문서에는 법률 해석과 판결문 인용이 가득했다. 검사들로 구성된 팀 하나가 몽땅 붙어서 작성했을 게 틀림없는 비싼 문서였다. 문서는 완벽했다. 100원짜리 청구에 대한 변론 치고는 과할 만큼 완벽했다. 그럼으로써 그들은 우리를 필사적으로 저지해야 할 어떤 이유가 있다는 사실을 확증하고 있었다.

저쪽이 내민 논변의 요지는, 박재호의 아들 박신우의 사망이 경찰의 부작위 위법으로 인한 결과라고 볼 수는 없다는 것이었다. 따라서 국가배상책임은 성립 자체가 안 된다는 것이었다. 그건 순수하고 추상적인 법리의 문제였고 우리 역시 그에 대해 할 말이 많았다. 검사는 부작위 위법 자체를 부인한 대법원 판례를 판사석에 넘겼다.

나는 검사의 변론을 듣는 동안 자료를 찾아 대석에게 주었다. 언제 어떤 자료가 필요할지 모르기에 이미 사본을 정리해 둔 터였다. 대석은 변호사석에서 일어서서, 검사들을 향해 '아 그렇습니까'라는 듯이 능글맞은 표정을 지어 보였다. 이번엔 그가 국가공무원의 부작위를 인정한 대법원 판례를 들어 판사석에 내밀었다. 판사석에 두 개의 문서더미가 쌓였다. 같은 상급 법원에서 내놓은 상반되는 판례들. 엄청난 정보량 때문에 나머지 열두 개의 사건은 빛의 속도로 뒤로 밀려날 처지였다. 판사는 얼굴을 구겼다.

"양측 변호인들 모두 판사석 앞으로 나와주시겠습니까? 기록 없이 이야기하고 싶습니다."

검사들과 변호사들이 심판의 판정을 기다리는 축구선수들처럼 판사 앞에 모였다. 판사는 마이크를 끄고 속삭이는 목소리로 말했다.

"심리 당일에 자료를 제출하면 어쩌자는 겁니까. 절 죽일 셈인가요?"

차장검사가 대답했다. "죄송합니다. 재판장님. 사건 넘겨받은 지 얼마 되지 않아 시간이 충분치 않았습니다."

"사정은 압니다. 하지만 변론서면부터 너무 늦었습니다. 원고 측 변호인들은 국가 측 변론서면을 송달 받았나요?"

대석이 대답했다.

"이틀 전에 받았습니다."

"검토할 시간이 충분치 않았겠군요. 2주 후 수요일로 심리를 다시 잡으면 어떻겠습니까?"

대석이 말했다. "전 괜찮습니다."

차장검사는 수첩을 열었다. 명단과 일정들. 그가 말했다.

"그렇게 하겠습니다."

"그리고, 원고 측 변호인들은 언론 플레이를 좀 자제해주시면 좋겠습니다. 다른 사건 심리에 지장이 있어요. 아시겠습니까?"

"명심하겠습니다."

판사는 심리 중단과 연기를 선언했다. 기자들이 볼멘소리로 웅성거렸다. 대석이 일어서자 기자들이 우르르 따라붙었다. 나는 대석에게 오랜만에 민사소송이나 좀 구경하다 가겠다 말하고 법정에 남았다. 실은 기자를 상대하는 건 내 전공이 아니었기 때문이다. 그들은 나를 볼 때마다 홍재덕 검사가 정말 그렇게 후레자식이냐고 물었다. 물론 그보다는 순화된 언어로 물었지만 질문의 요지는 그랬다. 피곤한 일이었다. 대석은 그 일을 아주 잘 다뤘고, 또 즐기고 있었다. 기자 앞에 섰을 때 그의 말은 차라리 대사였고, 몸짓은 대학 시절 주연을 맡던 연극의 한 장면과 같았다.

판사는 다음 사건을 호명했다. 사건 하나의 심리에 5분 이상이 걸리지 않았다. 세상에는 민사소송이 너무 많았다. 그 대부분은 변호사 없이 진행되고 있었다. 소액 3천만 원 이하의 사건들이었다. 이겨도 변호사가 소액의 절반을 떼어가게 되는 상황을 감내할 수 없는 보통 사람들의 소송이었다. 그들의 상황은 불운했다. 판사님, 저는 참으로 억울합니다. 그 말을 참으로 많이 들었다. 다들 그 말을 얼마나 많이 읊어봤는지 기계적으로 깎아내려진 억양이어서 언뜻 주기도문을 외는 것처럼 들렸다. 판사님, 참으로 억울합니다.

그래서 그들이 더 가여워질수록 판사들은 더 신에 가까워진 기분을 느끼는 것이었다.

그날 오후 차장검사가 전화해 우리를 고등검찰청으로 불렀다. 그는 간단히 말했다. 대화 좀 합시다. 그의 홈으로 원정 가서 대화를 한다는 사실이 썩 내키지 않았다. 검사가 아니고서야 검찰청을 들락거리며 유쾌할 사람은 없을 터다. 우리는 소환을 당한 듯한 기분을 느꼈다.

대석과 나는 대회의실로 인도되었다. 50명은 족히 앉을 수 있을 긴 목재 테이블에 세 사람이 앉았다. 차장검사, 대석, 그리고 나. 창문에는 블라인드가 드리워졌다. 가는 틈으로 햇빛이 겨우 새어 들어와 테이블 위를 가로질렀다. 그늘진 넓은 방은 그 빛의 미약함을 바닥에 깔고 거부하기 힘든 무거운 권능을 우리에게 들이밀고 있었다. 검사가 이 방을 선택했다. 그는 우리를 위압하고 있었다. 그는 단 한 장의 서류도 준비하지 않았고, 단 한 잔의 음료도 내오지 않았다. 곧바로 할 말을 시작했다.

"훌륭한 일을 하십니다. 부럽소. 나도 옷 벗으면 이런 사건을 좀 맡았으면 좋겠는데 말이요."

대석이 말을 받았다.

"과찬입니다. 저는 이런 건물에서 일해보고 싶습니다."

"박재호 씨 사건에 대해 담당인 홍재덕 검사에게 자세히 들었소. 두 변호사님이 본의 아니게 검찰과 전쟁을 벌이는 구도가 됐구려. 누가 이기든 지나가고 나면 앙금은 남지 않을 테니 부담 느끼지 않았으면 좋겠소."

"배려해주셔서 고맙습니다."

"참, 두 분 변호사님. 학교는 어디 나왔습니까?"

무례한 기습이었다. 대석은 미소를 지키려 애썼다.

"아마 저희가 후배는 아닐 겁니다."

"또 모르지. 어디 나왔습니까?"

대석은 입을 다물었다. 검사는 내 쪽에 물었다.

"윤 변호사님은?"

"같은 대학을 나왔으니 저도 후배는 아닐 겁니다."

"아, 유서 깊은 동지애로군. 좋아 보입니다."

그는 나에게 다시 물었다.

"그럼 고등학교는 어디 나왔소?"

"마포 고등학교 나왔습니다."

"아, 서부지검에 마포고 출신이 있는데. 이재욱 검사 압니까? 후배 되시겠구먼."

뒤에서 조사한 것을 에둘러 꺼낼 생각도 없는 사람이었다. 물론 나는 이재욱을 알았다. 고등학교 선배였다. 이재욱은 전형적인 공부벌레 타입으로 여러 가지 경이로운 기록들과 함께 학생들 사이에서 떠도는 이름이었다. 졸업 후 그의 소식을 다시 들은 건 내가 연수원에 입학했을 때다. 그는 나보다 한참 앞서 연수원이 서초동에 있던 시절 사법고시를 통과했다. 연수원 앞 삼풍백화점 식당가에서 저녁을 먹던 그는 예고 없이 붕괴한 5층 건물의 잔해 속에서 기적처럼 살아남아 검사가 됐다. 그래서 다시 한 번 유명해졌다. 그 후 연수원은 일산으로 이전했고, 백화점 터는 재건축을 거쳐 지금은 높은 주상복합 건물이 들어섰다. 시신을 전부 발굴하지 못한 채 시공에 들어갔기에 신축된 건물은 현대식 스톤헨지, 주상묘(住商

墓)복합의 거대한 위령탑이 됐다. 나는 대답했다.

"누구나 이재욱 선배를 알죠. 대법전을 가슴에 끌어안은 채로 백화점 붕괴현장에서 구출되었다는 일화는 이제 연수원의 전설입니다."

"하하, 설마 그랬겠소. 언제 우리 다 같이 모여서 술이나 한잔 합시다. 내 그 친구를 많이 아낍니다."

그는 찬찬히 대석과 나를 훑어보며 말을 이었다.

"그 친구뿐이겠소? 어떤 일이 안 그러겠냐만 검사란 직업은 소명의식이 없으면 할 일이 못돼요. 집사람이나 좋아라 하지 세상 누가 검사를 좋아합니까?"

우리는 눈만 껌뻑였다. 그는 대본을 읽고 있었다.

"홍재덕 검사도 내 소중한 후배지. 유능한 친구요. 연수원을 10등 안으로 졸업한 걸로 알고 있소."

그는 짬을 두고 우리 두 사람에게 차례로 눈길을 주며 말을 이어갔다. 방금 한 말은 질문처럼 들렸다. 그런데 당신들은 몇 등으로 졸업했지?

"요즘 박재호 사건 때문에 매일 같이 홍재덕 검사의 이름이 언론을 타더군. 많이 힘들어하고 있어요. 옷 벗을 생각까지 한 모양입디다. 신문을 읽어보니 그 친구를 무슨 괴물로 그리고 있어요. 언론은 정치를 하지. 검사의 업무는 정치가 아닌데 말이요. 가혹한 일이야. 안 그렇습니까?"

내가 말했다.

"그는 수사자료조차 공개하지 않았습니다. 지금이라도 자료를 공개하면 언론을 좀 진정시킬 수 있을 텐데요."

"국가소송을 낸 이유가 뭡니까?"

그는 내 말을 꿀꺽 삼키고 느닷없이 물었다.

"오해는 마시오. 그냥 궁금해서 묻는 거니까. 100원을 받아내는 게 두 변호사님들께는 어떤 의미가 있습니까?"

대석이 말했다. "우린 상징적인 의미를 두고 있습니다."

"그럼 그 상징은 박재호 씨한테도 의미가 있는 거요? 박재호한테 그 100원이 무슨 의미가 있는데?"

대답하지 않았다. 물론 지금은 아무런 의미가 없다. 언론이 우리 아군이 된 까닭이다. 그 질문은 진작 했어야 했다. 빛이 들지 않는 검은 수면 아래로 박재호가 가망 없이 침수하고 있을 때에. 그 수면 밑에서, 이 사건은 100원짜리 국가소송으로 관심을 끌어야 할 만큼 절박한 것이었다. 그런데 언론이 달려들고 사건이 수면 위로 떠오르자, 국가 측 대변인은 100원이 무슨 의미가 있냐고 묻고 있었다.

"난 이 청구가 가당치 않다고 생각해요. 판사도 배상의무를 결코 인정하지 않을 거라고 봅니다. 하지만 이 청구는 골칫거리요. 완전히 언론의 먹잇감이 되고 있어요."

"저희로서는 그게 소송 본안에 큰 영향을 미칠 거란 생각은 안 듭니다."

"국가의 대리인으로서가 아니라 검사 개인으로서 제안을 해도 되겠습니까? 어쨌든 박재호 씨 아들은 죽었고, 다시 있어선 안 될 비극이 일어났다는 점에는 나도 동의하니 말입니다. 일을 조용히 처리하면 어떻겠습니까? 만일 국가소송을 취하하고 검찰청 국가배상심의회에 배상신청을 넣는다면 박재호 씨가 충분한 보상을 받을 수 있도록 내가 직접 나서서 심의위원들을 설득할 용의가 있소. 진정 박재호 씨를 위하는 길이 뭔지 잘 판단들 해보시오."

대석이 말했다. "그러니까 지금 일종의 합의안을 제시하는 겁니까? 저희가 합의를 기대하면서 100원을 청구했다고 생각하십니까?"

"그게 아니요. 합의와는 많이 다르지. 내 머릿속에서 나온 말들은 공식적으로는 아무것도 아니요. 우리는 어떤 문서도 남기지 않을 테니까. 나는 변호사님들이 기자회견장에서 그 합의서를 흔들어대지 않을 거라고 확신할 수가 없소."

"그렇군요. 그럼 저희 같은 경우에는 이 제안을 어떤 근거로 확신해야 하죠?"

"안건이 검찰청 배상심의회를 통과한다는 건 내가 명예를 걸고 약속하겠소. 정상적인 절차대로라면 이 사안은 심의회를 통과할 수 없을 건이요. 그러니 실질적으로는 합의금이나 다름없는 보상이라 말할 순 있겠지."

대석이 말했다. "대단한 약속을 쉽게 하시는 군요. 이게 정말 검사님 개인의 의견입니까? 저에게는 국가의 의견을 대변하고 계신 걸로 보입니다."

"국가란 게 뭐요?"

검사는 껄껄 웃으며 그렇게 물었다. 자기 화법이 있는 사람이었다. 그는 고비마다 뚱딴지같은 질문을 던졌다.

"국가의 목소리를 들어본 적 있습니까? 국가의 손을 잡아본 적 있습니까? 아니면 국가의 심장소리를 들어본 적이 있습니까? 두 변호사님은 국가란 적과 싸우시나 봅니다. 하지만 그건 실체가 없는 적이요. 적의 이미지만 있고 실체는 없을 때 증오는 발산되기 마련이지. 한때 사람들은 그렇게 마녀를 잡지 않았소? 마녀의 실체가 없었기에 그렇게 많은 마녀를 잡을 수 있었던 거지. 국가의 의견이냐, 나의 의견이냐. 나는 잘 모르겠소. 어디에서부터 국가의 의견이라고 말할 수 있소? 누구의 입에서 나온 말이면 국가의 의견이 되는 거요? 내 의견까지는 국가의 뜻이 아니라면 누구의 의견은 국가의 뜻이 되는 거요? 대체 누가 국가요? 두 분은 대통령과 담판 짓길 원하는 거요? 내 개인적인 의견이라고 생각하든 국가의 의견이라고 생각하든 상관없소. 하지만 내 약속하되, 박재호 씨는 충분한 보상을 받게 될 거요. 아들의 목숨을 대신할 수는 없겠지만 적어도 100원보다는 훨씬 큰 금액이 될 테니."

대석이 말했다. "박재호 씨가 단지 더 큰 돈을 바랄 거라고는 생각하지 않습니다."

"솔직해집시다. 이 국가소송은 이길 수 없다는 걸 잘 알잖습니까? 박재호 씨의 분노는 이해가 됩니다. 국가소송 원고들은 분노의 화신과도 같지. 소송 그 자체만으로도 복수를 하고 있다고 믿는 게야. 하지만 그 분노가 무슨 도움이 되겠소? 얻을 수 있는 게 뭐냐는 이성적 질문에 대답할 수 있을 만큼 가라앉은 후에는 말이야. 분노는 사건의 초점을 흐릴 뿐이지. 이건 복수가 아니요. 그냥 언론이 끼어든 광란이지."

"제가 상황을 정리해봐도 되겠습니까?"

나는 검사의 말을 잠자코 듣고만 있었다. 거기까지다. 그 이상은 힘들었다.

"경찰 진압 와중에 사람이 죽었습니다. 죽은 자의 아버지가 기소되었습니다. 담당검사는 수사자료를 숨겼고, 그걸 부끄러워하지도 않았습니다. 저희가 낸 국가소송을 불과 며칠 전까지 담당하던 법무부 직원은 경력 낭비라고 비아냥거렸고요. 그런데 오늘은 고검 차장 검사님께서 저희에게 믿을 수 없이 너그러운 제안을 하고 계십니다. 도대체 그 며칠 사이에 무슨 일이 있었던 겁니까?"

나는 대답을 기다리지 않고 이어갔다.

"국가는 실체가 아니라고요? 해부당할 차례를 기다리는 실험용 개구리처럼 겁을 잔뜩 집어먹고 서둘러 검사님께 지원요청을 한 사람은 누굽니까? 정말 실체가 없는 존재입니까?"

"흥분하지 맙시다. 다투자고 부른 게 아닌데."

"무례를 용서하시기 바랍니다. 박재호 씨께 검사님 제안을 전해보겠습니다. 저희가 그렇게 하기로 했다고 검사님도 전해주세요. 하지만 박재호 씨가 거절한다면 실체 없는 존재들도 마음의 준비를 해야 할 겁니다. 짐작하시는 것보다 저희는 훨씬 깊이 들어갔습니다. 그 말을 전할지는 검사님이 판단하십시오."

검사는 검찰청을 나오는 우리를 배웅하지 않았다. 각자 할 일이 있었다. 여기서 우리 할 일은 끝났다. 검사는 교섭이 실패로 끝났다는 전화가 필요할 터다. 대석은 실내가 더웠는지 청사를 나오자마자 넥타이를 풀어 가방에 구겨 넣었다.

"아까 해부당할 차례를 기다리는 실험용 쥐라고 했어?"

"개구리."

"그래, 그랬지. 그거 괜찮았어."

박재호에게 검사의 제안을 들려줬다. 박재호는 가난했다. 그는 오래도록 가난했다. 만일 유죄판결을 받고 수감된다면 앞으로 더 가난해질 것이다. 그는 검찰청 배상심의회를 통과하면 배상금이 얼마나 나올 것 같으냐고 물었다. 나는 알 수 없다고 대답했다. 그는 어떻게 해야 할지 잘 모르겠다고 말했다. 나는 아무 말도 하지 않았다. 그는 검사가 합의서를 안 써준다면 약속을 믿을 수 있겠냐고 물었다. 나는 대답했다. 믿어도 되는 말은 문서로 쓰입니다. 그래서 믿을 수가 있지요. 언제나 그렇습니다.

*

금요일 밤 휴대전화기가 울렸다. 내가 욕실에 들어간 동안. 내가 들은 건 두 번째 걸려온 전화의 벨소리였다. 나는 벌거벗은 채 수건을 머리에 뒤집어쓰고 뛰쳐나왔다. 휴대전화기의 액정화면에 뜬 숫자들이 복잡한 수열을 이루었다. 상대는 공중전화로 전화를 걸었다. 나는 어떤 강렬한 예감에 사로잡혀 전화기를 귀에 댔다. 저쪽에서 말했다.

"오랜만입니다. 요즘 시끄럽더군요."

"문희성 씨."

문희성은 단도직입했다.

"증언하면 나한테 뭘 줄 수 있습니까?"

"법정에 서실 생각이 있다는 겁니까?"

"지금 봅시다. 서초동에 있습니다."

"죄송하지만 전 퇴근했는데요."

"지금 봅시다, 지금 당장."

서초동의 지하 다방에서 그를 만났다. 열댓 개의 유리 테이블이 놓였는데 손님은 우리밖에 없었다. 불 꺼진 무대 위로 밴드를 위한 악기들이 지나간 전쟁의 잔해처럼 우두커니 놓여 있었다. 소리도, 색깔도 없는 공간이었다. 직원이 커피 두 잔을 내왔다. 온갖 조미료가 다 들어간 커피는 다방의 어둠을 녹여낸 듯 진했다. 맛은 익숙했다. 문희성은 스푼을 들어 커피에 넣고 휘저었다. 그가 말했다.

　"불안해하지 않아도 됩니다."

　"뭘 말입니까?"

　"이곳 말입니다. 법원 근처라 불안해할 것 같아서."

　"불안하지 않습니다."

　"경찰 그만두고 여기서 일을 몇 건 다뤘죠. 사람이 거의 안 와요."

　"경찰은 왜 그만두셨습니까?"

　"죄책감이라고 해둡시다."

　"저번에는 그렇게 보이지 않았는데요."

　"윤 변호사님께서 먼저 방법이 잘못된 거 아닌가요? 순간 난 겁이 났어요. 누구나 그랬을 겁니다."

　"저도 그것 때문에 죄책감을 느끼고 있었습니다. 문 경위님은 경찰을 그만둘 때 왜 죄책감을 느끼셨죠?"

　"경위라고 부르지 맙시다. 이제 경찰이 아닌데."

　"문 선생님이라고 부르죠."

　"그게 더 낫겠소. 내가 해야 될 증언이 뭡니까?"

　"순서가 틀렸군요. 뭘 알고 계십니까?"

　문희성은 커피를 젓고 있었다. 젓기만 했을 뿐 아직까지 한 모금도 마시지 않았다. 그는 스푼을 내려놓고 커피 잔을 들어 입 근처로 가져갔다가 도로 내려놨다. 그가 대답했다.

"저번에 물었죠? 그 대답을 하죠. 사고가 난 후 현장을 깨끗이 치우라는 지시가 내려왔습니다. 박신우는 혼수상태였지요. 기자들이 박신우한테 접촉하지 못하게 하란 지시도 있었고. 지시는 나한테 직접 내려왔어요."

"누가 그 지시를 내렸습니까?"

"뭘 입증하려고 하는지 먼저 말해주시죠. 이제 도구로 사용되고 싶지 않아요. 신물이 납니다."

"우리는 진압경찰들의 구타로 박신우가 사망했단 걸 입증하려고 합니다. 그럼 아버지인 박재호 씨의 정당방위를 주장할 수 있죠. 그걸 국민참여재판에서 인정받는 게 저희의 최종적인 목표고요."

"다른 이야긴 필요 없겠군요. 윤 변호사님이 맞습니다. 경찰들이 죽였습니다."

그는 쉽게 말했다. 가장 어려운 사실이었다. 나는 가방에서 소형 녹음기를 꺼내 테이블 위에 올렸다.

"녹음해도 되겠습니까?"

"그러세요. 하지만 법정증거로 쓰진 않는 조건으로 합시다. 증거를 원한다면 날 증인으로 신청하세요."

버튼을 눌렀다. 녹음기 전면부의 램프가 지배적인 어둠 속에서 붉은 빛을 내뿜었다. 문희성은 어떤 의미라도 찾는 듯이 그 불빛을 가만히 바라보았다. 나는 말했다.

"방금 전에 한 말부터 시작하죠. 다시 해주시겠습니까?"

"진압경찰이 박신우를 죽였을 거요. 거의 확실해요."

"거의 확실하다고요?"

"난 망루 내부에 있진 않았습니다. 하지만 당시 작전 참여 인원은 모두 무전주파수를 공유하고 있었어요. 서대문서장뿐만 아니라 서울지방경찰청장까지 채널에 참여하고 있었어요. 나는 분명히 들었습니다. 현장 진압에 투입된 녀석 중 하나가 말했어요. 작전 중 사고가 일어났다더군요. 철거민 한 명이 혼수상태에 빠졌다고요. 덜덜 떠는 목소리로 어떻게 해야 하냐고 물었습니다."

"진압경찰이 박신우를 죽였다는 증거는 그 뿐입니까?"

"무전으로 서장이 어떻게 된 건지 정확히 보고하라고 했죠. 그때 청장이 끼어들었고. 어떤 새끼가 손댔냐고 물었는데 대답이 없었죠. 그 이후로는 무전으로 어떤 말도 들을 수가 없었어요. 공개무전 채널을 닫아버린 겁니다. 20분 뒤 내 핸드폰으로 서장한테 전화가 걸려왔어요. 망루로 들어가서 남김없이 정리하라고 하더군요. 피한 방울 남기지 말라고. 뻔한 얘기 아닙니까?"

"기자들이 박신우한테 접근하지 못하게 한 이유는요?"

"박신우는 증거니까. 그리고 박신우 시신은 부검된 게 아닐 겁니다. 사인을 파악하기 어렵도록 훼손됐을 테지. 이런 일은 전에도 몇 차례 있었죠."

"놀랍군요. 현장은 왜 정리해야 했습니까?"

"어린애의 피로 물든 현장 사진이 언론에 노출되는 걸 대체 누가 원하겠습니까?"

"현장 출입 금지를 지시할 수도 있었을 텐데요. 굳이 검사가 현장을 둘러보기 전에 치울 필요가 있었나요?"

"기자들을 전혀 모르시는군. 개네들은 취재에 필요하다면 지옥의 문이라도 열 겁니다. 경찰에 몸담으면서 내가 뭘 깨달았는지 알아요? 기자들이 검사보다 빠르다는 겁니다. 그놈들은 언제나 한발 앞서 있죠. 가끔은 그놈들이 범죄를 저지르고 다니는 게 아닌지 의심스러울 정도로."

그는 다 식은 커피를 한 모금에 들이켜고 가라앉은 목소리로 말했다.

"난 명령을 따를 수밖에 없는 입장이었어요. 어떤 일이 있었는지 상상할 수 있었기에 기분이 아주 더러웠죠. 악몽을 꿨을 정도였어요. 정말입니다."

"현장을 정리하라는 서장의 지시는 무전이 아닌 핸드폰으로 걸려왔다고 하셨죠?"

"네."

"이동통신사에 요청해서 통화목록을 확인해주실 수 있나요?"

"날 믿지 못하는 겁니까?"

"아니요. 그것 자체가 증거가 될 수도 있으니까요."

"발신 내역이 무슨 의미가 있을지 모르겠군요. 통신사에서 통화 내용까지 기록하지는 않습니다. 그게 됐으면 경찰이 잡을 용의자가 두 배는 됐을 테죠. 어쨌든 필요하다면 끊어드리죠."

"철거용역 김수만은 어떻게 된 거죠? 그 사람은 자기가 박신우를 죽였다고 주장하는데."

"뭔가 있었겠죠. 뭐가 있었는지는 모르지만. 나라면 그놈부터 족쳐 보겠습니다."

"법정에 증인으로 서시겠다고 했죠?"

그는 그 물음에 대답할 때 어려워했다. 오늘 그의 입에서 나온 가장 어려운 말이었다.

"난 브로커요. 옷은 벗었지만 경찰이 던져주는 밥을 먹는 거나 다름없어요. 증언을 하면 이제 그 일도 끝날 겁니다."

"돈을 원하는 겁니까?"

"저건 계속 켜놓을 거요?"

그는 녹음기를 가리켰다. 나는 버튼을 눌렀다. 붉은 빛이 사그라졌다. 그가 말했다.

"무리하게는 안 바라겠습니다. 나는 양심과 본능을 저울질하고 있어요. 내 양심 위에 보태 얹을 수 있을 정도면 됩니다."

"생각해보죠. 하지만 이 사건을 맡고 나서 저도 형편이 그리 좋지 않아요. 사실은 지난 몇 달간 거의 사건 구경을 못했지요."

"윤 변호사님을 존경합니다. 저는 도저히 그럴 수는 없기 때문에 더욱. 커피는 제가 계산하죠. 전화 주십쇼."

그는 만이천 원이 적힌 영수증을 들고 일어섰다. 일종의 투자인 셈이었다.

대석은 반대했다. 결사코 반대했다.

"먼저 대가를 요구하는 증인은 위험해. 소송을 망쳐놓기 일쑤지. 그놈이 위증을 하려는 건지 어떻게 알겠냐? 그럼 우린 망하는 거야. 제대로 망하는 거라고."

"그런 것 같지는 않아. 강력한 증인이 될 거야. 어쩌면 우리가 가진 모든 증거가 될지도 몰라."

"그럼 증언이 끝난 다음에 돈을 주겠다고 해."

"무슨 차이가 있는데?"

"돈을 안 줄 수 있지. 법정 증언비용 이상의 대가를 약정하는 건

반사회적 계약으로 무효야. 판례도 있지. 받을 테면 소송을 하라지. 그 소송의 변론은 내가 맡으마."

"그렇게 멍청한 사람은 아니야. 먼저 돈을 받으려 할걸."

"돈을 주든 말든 네가 알아서 해라. 난 모르겠다."

"좀 도와줄 수 있어?"

대석은 두 손을 들어 귀를 막는 시늉을 했다. 그리고 뒤돌아 내 집무실을 나섰다. 그는 처음부터 그 말을 예상했다. 나는 처음부터 그 말을 준비했다.

"형은 잘 알잖아. 내 사정을."

대석은 방문을 닫고 나갔다. 그리고 다시 문을 열고 고개만 내밀어 말했다.

"너는 진짜 나쁜 자식이야."

나는 웃었다.

"맞아. 난 그런 변호사야."

서랍 안에는 별게 없다. 통장은 하나다. 거래내역도 잔고도 짧다. 숫자는 일곱 자리다. 642만 7847. 당연히 달러는 아니다. 마흔을 바라보는 나이까지 죽도록 세상을 달린 결과가 그거였다. 세상은 나에게 호의적이지 않았고 종종 커다란 피해를 끼치기도 했다. 나는 세상을 향해 투덜거리지 않는다. 다행히 변호사가 됐기 때문이다. 나는 그 이상을 할 수 있었다. 나는 세상을 한번 들었다 놓을 수 있다. 몇 백만 원이면. 몇 백만 원으로 그럴 수 있다. 그런 기회를 갖게 되는 사람은 많지 않다. 무엇을 망설이겠는가.

세상에 대한 복수냐고? 앙심이냐고? 그건 변호사의 관점이 아니다. 변호사는 그렇게 유약하지 않다. 유약함은 비굴함이니까. 변호사는 비굴해서는 안 된다. 간혹 법정의 느낌이 쇼와 같다고 말하는 변호사들이 있었다. 그들은 스타가 되길 원했다. 내 이야기는 아니다. 어쩌면.

2의 11.
국민참여재판 공판준비기일
國民參與裁判 公判準備期日

재판결과는 그 자체로 보편타당하다.
이때 사건의 특수한 내용은 당사자만의 이해에 관련되지만
그 보편적 내용은 법과 관련되기에 판결에는 만인의 관심이 쏠리게 된다.
여기에 사법 활동이 공개되어야만 하는 필요성이 있다.
_게오르크 빌헬름 헤겔, 「법철학」

암흑처럼 기억을 타고 흐르는 세상의 죽음들. 누군가를 잃고, 누군가를 지운다. 그 와중에 간직할 부분을 선택한다. 죽음은 발생과 동시에 죽은 자를 떠나 타자에 속한 문제가 된다. 내 앞의 이 사람은 아들을 잃었다. 나는 어머니를 잃었다.

어머니는 내가 열여섯 살 때 돌아가셨다. 교통사고였다. 어머니는 8차선 도로를 무단 횡단했다. 어둡고 침침한 밤이었다. 영안실에서 아버지는 울지 않았다. 죽음을 품은 것처럼 입을 닫았다.

운전자는 야간운행 중 갑자기 뛰어든 어머니를 보기 어려웠다고 말했다. 나는 그가 미웠다. 그는 경찰서에서도, 법원에서도 같은 말을 했다. 정상이 참작됐다. 나는 판사가 미웠다. 아버지는 누구도 미워할 필요가 없다고 했다. 나는 아버지가 미웠다.

그날, 어머니는 집에 돌아오지 않았다. 튀튀한 아스팔트 바닥에

가진 피를 뿌리고 죽었다. 아스팔트의 차갑게 갈라진 틈으로 내 몸을 흐르는 것과 같은 어두운 피가 깊고 처절하게 배었다. 그걸 다지우지 못했다. 시는 국정감사를 앞두고 잔여예산을 처분해야 할 때가 되서야 도로를 다시 포장했다. 어머니는 지구의 축이 태양 반대로 눕는 계절까지 두 무덤에 묻혀 있었다.

그날, 나와 형과 아버지는 어머니를 기다리지 않고 잠이 들었다. 시간이 지나도 그 사실을 완전히 이겨낼 수는 없었다. 그건 불가능했다. 나는 잠에 빠지는 것이 두려웠다. 내가 잠들었기 때문에 어머니가 죽었다는 생각을 했고, 그 생각으로 밀려오는 잠을 도로 쓸어냈다. 잠을 쫓아낸 시간 동안 나는 어머니가 늦은 밤 도로를 혼자 건너야 했던 이유를 고민했다. 어머니는 왜 하필 거기를 건넜을까. 왜 하필 그날 그 시간이었을까. 왜 우리는 어머니를 찾지 않았을까. 답을 찾을 수 없는 질문들의 지도 속을 헤매다가 나는 천천히 어머니의 죽음을 받아들였다. 아주 오랜 시간이 걸렸다. 모두 끝났을 때 나는 어른이 됐다.

비로소 아버지를 조금 이해하게 됐다. 많이도 늦었다. 남자는 진압경찰이었던 아들을 죽인 박재호를 미워하지 않는다고 말하고 있었다. 준형이 그의 말을 빠뜨리지 않고 받아 적었다. 그녀는 위축되거나 격앙되지 않았다. 그녀는 기사거리를 보았다. 그녀는 나에게 눈짓으로 준비한 것들을 물으라는 신호를 주었다. 나는 위축되고 격앙되었다. 나는 오랜 인간사의 양식을, 삶을 보내고 죽음을 받아들이는 늙고 지친 자만의 영결식을 보는 듯했다. 차마 아무것도 묻지 못했다.

166

설마 그 사람이 제 아들을 죽이려고 했겠습니까. 제 아들놈도 설마 그 사람을 어쩌려고 거기 들어갔겠습니까. 다 위에서 시키니까 어쩔 수 없었겠지요. 여기서 증오의 꼬리를 끊고 싶습니다. 그 사람 아들도 죽었다면서요. 안 된 일입니다. 진심으로요.

나는 잔잔하게 흐르는 말들에 무장을 해제 당했고, 늙은 남자를 껴안고 아버지를 부르짖고 싶은 충동을 느꼈다. 그가 먼저 나에게 말했다. 박재호의 변호사인 나에게.

"저한테 할 말이 있어서 오신 거지요. 하세요."

나는 머뭇거렸다. 그럴 수밖에 없었다.

"법정에 나와주실 수 있나요?"

"제가 거기서 무슨 말을 하겠습니까."

"박재호 씨는 아드님을 죽인 혐의로 재판받고 있어요. 이런 경우에 유족의 의견이 판결에 중요하게 참작됩니다."

"제가 법정에서 그 사람의 선처를 바란다고 말하길 원하시는군요."

"어려운 말이지만, 그렇습니다."

"제 아들을 죽인 남자를 선처하라고 말이지요."

나는 그의 집 거실 소파에 앉아 있었다. 그의 얼굴은 차라리 미소와 비슷한 것을 머금었다. 죽음이 지나간 자리. 광기가 서린 공간. 나는 제 손으로 지옥을 만들었다. 제 발로 함정에 들어왔다. 남자는 말했다.

하겠습니다.

준형은 노트에 그의 말을 적어 넣고 있었다. 우리는 몇 분 후 집을 나섰다.

실은, 당신의 아들도 사람을 죽였을지 모릅니다. 내 피고인의 아들을. 저는 법정에서 그 사실을 주장하게 될 겁니다.

남자에게 그 말은 하지 못했다. 도저히 그 비슷한 말조차 할 수가 없었다. 준형은 왜 그 말을 하지 않았냐고 다그쳤다. 그를 속여서는 안 돼요. 나는 해야 할 말들을 이미 다 잊었다. 어쩌면 거기서 그를 속여서는 안 되었다. 어쩌면 거기에 가지 말았어야 했다.

*

간식을 발견한 아이들처럼 사방에서 몰려들고 있었다. 매일 같이 사무실로 변호사들의 전화가 걸려왔다. 다들 돕겠다고 말했다.

변호사들이 공익성과 소송실익을 따질 때는 사건의 내용보다 언론에 노출된 정도를 먼저 본다. 공익성의 잣대는 변호사에게 돌아올 영예의 양과 아주 잘 맞아떨어진다. 그래서 있었던 일에는 아무 변화가 없는데 박재호 사건의 공익성이 갑자기 높이 평가되었다. 금요모임을 통째로 자기들 세미나에 초청하는 방식으로 접근하는 치들도 있었다. 돕겠다는 사람들은 차고 넘쳤다. 나는 비서에게 알아서 걸러내라고 요구했다. 전부 걸러내라는 뜻이었다. 비서는 훌륭하게 임무를 수행했고 한 달간 단 한 통의 전화만을 내게 연결했다. 그 전화를 돌리며 그녀는 얼떨떨한 목소리로 말했다. 너무 유명하신 분이라요.

대석과 나는 이광철을 만나볼 수밖에 없었다. 그는 법무법인의 대표 변호사다. 그 법인은 대한민국 법생태계의 심장부에 세워졌다. 이 법인은 갑(甲)을 대리해 을(乙)에게 소송을 건다. 다른 사건에서는 을(乙)을 대리해 병(丙)에게 소송을 건다. 언젠가 때가 되면 병(丙)을 대리해 갑(甲)에게 소송을 건다. 세 당사자의 돈은 에너지 교환법칙처럼 아름답게 순환하고, 회사만이 착실하게 커간다. 가끔 은 그 당사자가 셋이 아닌 넷이나 다섯, 열 혹은 사회 전체이다. 이 것은 법의 취지상 금지한 법무법인의 쌍방대리를 시장경제적으로 교묘히 우회하는 한 예이다. 법에 따르면 쌍방대리행위는 배임행위 로 불법이지만 사방팔방의 대리행위는 합법이다. 그래서 그들은 범 죄자를 대리하는 동시에 피해자를 대리하고, 채권자를 대리하는 동시에 채무자를 대리한다. 그들이 무럭무럭 성장해온 사실은, 대 표인 이광철이 타고 온 대형수입자동차의 금속표면이 검은색인데 도 세상을 압도하며 밝게 빛나는 것만 봐도 알 수 있다. 운전은 기 사가 했고, 그는 뒷좌석에서 내렸다.

이광철은 우리 사무실로 직접 행차했다. 왼손에는 부를, 오른손 에는 유명세를 쥔 사람. 그는 스물여덟에 제약회사 회장 딸과 결혼 했고, 장인보다 더 많은 돈을 벌고 나서는 이혼하고 자기 딸 또래 의 영화배우를 새신부로 맞아들였다. 스포츠신문들은 재혼보다 내 연이 훨씬 앞섰다고 썼다. 직접 본 그의 첫인상은 명확했다. 똑같이 생겼다. 방송 프로그램 '솔로몬의 선택'에서 본 것과. 거기서 그는 종알거리는 연예인들에게 위엄을 갖추어 말하곤 했다. 그건 잘못 알고 계십니다. 우리 법은 사실 이렇고 저렇습니다. 그러면 연예인 들이 아아 하는 신음과 함께 산고의 깨달음을 이루었고, 이광철은 그 모습을 지켜보며 귀엽다는 듯이 허허 웃었다. 그는 우리 사무실 에 머무는 내내 허허 웃었다.

어려운 소송을 하고 계십니다. 그는 단정했다.

필요한 법률자원을 최대한 지원해드리고 싶습니다. 그는 제안했다.

하이에나 같은 늙은이였다. 고기 냄새를 맡았다. 탐이 난 것이다. 대석이 허허 하고 마주 웃으며 거절했다. 이 사건은 저희 둘로도 충분합니다.

이광철의 버리지 못한 미련은 마침내 모욕으로 변질되었다. 그는 말했다. 박재호 씨는 최고의 변호를 받을 권리가 있습니다.

대화는 그 즈음을 한참 맴돌다 끝났다. 그가 돌아간 후 대석과 나는 서로를 바라보며 한참을 소리 나게 웃었다. 대석이 말했다.

"저 양반 다음 총선에 출마할 거라는 소문이 돌아. 언론에 노출된 사건은 몽땅 무료 변론하겠다며 나서고 있다는데?"

"엄청 밝히는군. 그래도 너무 노골적이잖아."

"언론이라면 사족을 못 쓰는 사람이지. 판사 시절 남긴 아주 유명한 일화가 있어. 유아납치살인 사건이라 그의 공판정에 기자들이 많이 붙었는데, 검사가 신청한 증인이 나왔대. 검사가 신청한 증인이니까 당연히 변호사는 반대신문을 준비해왔겠지. 카메라 백 대가 법정을 향하고 있었어. 검사가 증인신문을 하지도 않았는데, 판사인 이광철이 느닷없이 변호사 먼저 증인신문을 하라고 명령했다는 거야. 반대신문을 해야 되는데 반대할 신문을 검사가 안 했으니 변호사는 당황했지. 이광철의 말은 허둥지둥하는 변호사를 향하고, 이광철의 얼굴은 찰칵거리는 카메라를 향했다더군. 이렇게 외쳤다지. 아니 변호사란 작자가 증인신문 준비도 안 해오고 뭐했소! 이러니 이 땅에 정의가 안 서는 거 아니요! 비록 유괴살인범이라 해도 피고에게도 엄연히 인권이 있는데, 변호인에게는 양심과 사명감도 없는 거요? 본 재판장은 사법권의 수호자로서 분노를 금할 수가 없소!"

대석은 히죽거리며 덧붙였다.

"아 참, 그날 공판 시작하기 전에 기자들한테 법정이 어두우니까 플래시를 터뜨려도 된다고 말했다던데. 대단한 사람이야."

이광철의 바람과는 달리 그의 준엄한 심판은 기사로 다루어지지 않았다. 다만 후일 그의 이름이 기사에 등장하기는 했다. 변호사가 그를 모욕죄로 고소했기 때문이다.

국민참여재판은 중앙지법 형사합의27부에 배당되었다. 부서 사무관으로부터 공판준비기일을 알리는 전화가 왔다. 보통은 기일을 문서로 통보한다. 전화를 한 건 판사의 결정에 따라 심리가 비공개로 열리게 된 까닭이다. 판사는 이날 공동피고인 박재호와 김수만을 소환했다. 덕분에 박재호는 수감된 후 처음으로 세상을 보게 됐다.

당일 형사법원 정문 앞에는 기자들이 진을 쳤다. 박재호는 기자들 앞에서 무덤덤했고, 대석과 나는 크게 당황할 일이 없었지만, 홍재덕 검사는 사태를 심각하게 받아들였다. 그는 언론 노이로제에 사로잡혀 있었다. 만나는 기자들마다 그에게 같은 질문들을 하니 그럴 법도 했다. 기자들은 오늘도 물었다. 박재호의 아들을 죽인 게 정말 경찰이 맞습니까? 수사기록은 왜 공개하지 않는 겁니까? 수사기록에 어떤 내용이 쓰여 있습니까?

심리는 27부에 속한 회의실에서 열렸다. 검찰은 수사검사인 홍재덕 말고도 기소검사를 따로 내보냈다. 이름은 이민정, 30대 후반으로 깜짝 놀랄 만큼 우아하고 아름다운 여자였다. 바로 국민참여재판 전담 검사였다. 그녀의 역할은 배심원들을 매료시키는 것이었다. 그녀의 기능은 꿈결처럼 사근사근한 목소리로 냉혹한 논리를 감싸는 것이었다.

회의실 중앙에 철제 테이블이 놓여 있었다. 재판장이 상석을 차지했고, 재판장의 오른편에는 수사검사인 홍재덕과 눈부신 미모의 기소검사가, 맞은편에는 박재호, 대석과 나, 그리고 김수만의 변호사가 나란히 앉았다. 구석에 놓인 간이책상에는 깡마른 서기가 표정 없는 얼굴로 앉아 연방 다리를 떨어댔다. 겸상이 불허된 셈이다. 합의부는 3인으로 구성되는데 다른 두 명의 판사는 오늘 나오지 않았다.

심리가 시작되기 전부터 홍재덕은 격렬하게 재판장에게 항의했다. 비공개기일을 어찌 알고 기자들이 몰려온 겁니까? 재판장은 나와 대석을 형식적으로 꾸짖었다. 앞으로 주의해주었으면 좋겠소. 그게 다였다. 심리가 개시되었다. 홍재덕은 얼굴이 붉었다. 판사가 말했다.

"먼저 피고인 김수만의 변호사님이 대답해줬으면 좋겠습니다. 김수만은 어디 있습니까? 제가 소환장을 보낸 걸로 기억합니다만."

김수만의 변호사는 난감한 표정을 지었다.

"실은 얼마 전부터 김수만 씨와 연락이 안 됩니다. 행방을 알 수 없습니다."

충격적인 일이었다. 판사의 표정이 험해졌다.

"도저히 용납이 안 됩니다. 출석보증인인 변호인에게 과태료 300만 원을 부과하겠습니다. 또 보석 결정을 취소하고 보석보증금을 몰취합니다."

"할 말이 없습니다, 재판장님."

"기필코 김수만을 찾아내세요. 공판기일까지 나타나지 않으면 법정최고과태료를 부과하겠습니다. 아셨습니까?"

"네."

"그럼 오늘은 김수만과 그 변호인을 배제하고 피고인 박재호에 대해서만 준비기일을 진행하겠습니다. 김수만과 변호인은 그로 인해 발생할 수 있는 불이익을 감수하셔야 될 겁니다."

우리는 국민참여재판을 동의하는 대가로 김수만의 보석을 동의했다. 그건 도망치란 뜻이 아니었다. 우린 김수만을 증인으로 신청할 계획이었다.

"그럼 공소사실과 적용법조를 확인해 봅니다. 검사 측은 피고인 박재호를 전경 김희택에 대한 특수공무집행방해치사 혐의로 기소했습니다. 적용법조는 형법 제 144조 2항입니다. 맞습니까?"

여검사가 대답했다. "네."

"공소장에 적힌 대로 공소사실은 변함없습니까?"

"네."

"피고인 측 의견을 묻습니다. 공소사실을 인정합니까?"

내가 대답했다. "부분적으로 부인합니다. 첫째로, 피고인 박재호의 아들 박신우를 구타하여 사망에 이르게 한 건 김수만이 아닌 진압경찰들임을 주장합니다. 둘째로, 박재호는 아들을 구하는 과정에서 물리력을 행사했으므로 정당방위에 따른 위법성 조각을 주장합니다."

"검사 측 의견은 어떻습니까?"

"전부 부정합니다. 박신우를 사망에 이르게 한 폭력을 행사한 자

173

는 김수만입니다."

판사는 김수만의 변호사를 흘끗 쳐다봤지만 질문은 하지 않았다.

"좋습니다. 양측은 추가하거나 철회하거나 변경할 사항이 있습니까?"

여검사가 말했다. "없습니다."

내가 말했다. "없습니다."

판사가 말했다. "그럼 쟁점은 두 가지가 되겠군요. 박신우를 폭행치사한 건 누구인가, 그리고 피고인 박재호 씨의 정당방위가 성립하는가. 먼저 정당방위 성립여부에 대해 검사 측 의견은 어떻습니까?"

"정당방위는 말이 안 됩니다. 만약 경찰이 박신우를 폭행치사하였다고 해도 박재호가 보복으로 경찰을 죽였다면 과잉방위겠죠. 또한 상황을 자초한 점거행위 자체가 위법했음을 지적하고 싶습니다. 그에 대한 진압은 정당했습니다. 따라서 정당진압에 대한 정당방위의 주장은 용인될 수 없다는 의견입니다. 그에 앞서 물론, 박신우를 죽인 건 경찰이 아닌 김수만입니다. 변호인들은 경찰이 박신우를 죽였다고 주장하면서 누가 그를 죽였는지조차 특정하지 못하고 있습니다."

"변호인 측 의견은요?"

"누가 박신우를 죽였는지는 차후 밝혀가도록 하겠습니다. 다만 진압이 정당했다는 검사 측 의견에 반대합니다. 진압은 위법했으며, 이에 대해서도 공판에서 증인 신문을 통해 입증하겠습니다."

"그럼 경찰진압의 위법성 여부가 후속 쟁점이 되겠군요. 좋습니다. 쟁점을 정리해보겠습니다. 하나, 박신우를 사망에 이르도록 폭행한 건 누구인가. 둘, 피고인 박재호의 정당방위가 성립하는가. 셋, 경찰진압은 위법했는가. 양측은 이 세 가지 쟁점을 바탕으로 공판에서 진술과 입증을 해주시기 바랍니다. 다음으로 신청할 증거 목록을 확인해보도록 하죠."

홍재덕이 서류더미를 판사에게 건넸다. 증거라고 말하기도 민망한 후진 것들이었다. 공소장. 박재호의 자술서와 신문조서, 그리고 범죄경력조회서, 긴급체포서, 구속영장. 참고인 신문조서들. 국립과학수사연구소의 진압경찰 김희택 부검기록. 각종 수색영장들. 박재호가 휘둘렀던 피 묻은 각목 사진. 증거들이 증명하는 건 수사검사인 홍재덕이 발로 뛰지 않고 책상 위에서 수사를 했다는 사실이었다. 판사는 서류를 훑어보고 내게 물었다.

"변호인은 검사가 제출한 증거들에 대한 의견이 있습니까?"

나는 준비한 말을 했다. "서부지법에 사건이 회부되었을 때부터 지금까지 홍재덕 검사는 법원 명령에도 불구하고 수사서류 열람을 거부해 왔습니다. 형소법 266조 4의 5항에 따르면 검사가 변호인에 대한 열람등사명령을 이행하지 않았을 때 해당하는 서류를 검사역시 법정증거로 사용할 수 없습니다. 모든 증거의 채택을 반대합니다."

"홍재덕 검사는 할 말이 있나요?"

"국가 안보와 관련사건 수사에 장애를 가져올 내용을 포함하고 있어서 어쩔 수 없었습니다."

나는 다그쳐 물었다. "관련사건이란 게 대체 뭡니까?"

"공동피고인 김수만의 죄목에 대한 수사입니다."

"특수공무방해치사 같은 중죄목으로 한 사람을 기소하면서 수사기록을 은닉하는 건 어떤 변명으로도 용납이 안 됩니다. 다시 한번 재판부가 열람등사 허용을 명령해주실 것을 요청합니다."

판사는 한 손으로 턱을 괴고 생각에 빠졌다. 그가 입을 열었다.

"자료 전체를 비공개에 부친 건 과하다고 여겨집니다. 검사 측이 수사기록 전체의 열람을 거부하다면 변호인 말대로 검사 측은 아무것도 증거로 사용할 수 없습니다. 검사 측은 가능한 범위 안에서 변호인에게 수사기록 등사를 허가해주도록 하세요. 검사 측 증거는 변호인에게 수사기록을 공개한 범위 안에서만 받아들이겠습니다. 이번 주 내로 이 문제를 해결하시기 바랍니다. 아셨습니까?"

홍재덕이 대답했다. "알겠습니다."

"다음. 변호인 측이 신청할 증거는요?"

나는 준형에게 받은 기자보고서, 시민이 촬영한 현장VCR, 박경철 의원으로부터 인도받은 각종 서류들을 제시했다.

"검사 측은 변호인이 신청할 증거자료에 대한 의견이 있습니까?"

"기자보고서는 기자의 의견일 뿐이므로 증거로 적합하지 않습니다."

나는 반박했다. "현장을 처음부터 끝까지 목격한 기자가 쓴 보고서입니다. 이게 의견이면 현장을 보지도 못한 수사관이 작성한 범죄보고서는 사실이란 겁니까?"

판사의 반응은 차가웠다. "기자 보고서의 증거신청은 기각합니다. 그 외 변호인이 신청한 증거들은 받아들이도록 하겠습니다. 이제 증인 목록을 확인하도록 합시다. 먼저 검사 측 신청할 증인 명단을 주시죠."

여검사는 증인 목록이 적힌 종이를 내밀었다. 세 장이었다. 판사는 종이 세 장을 화투 패 섞듯이 넘겨보고 다시 처음으로 돌아와서 꼼꼼히 살폈다. 어리둥절한 표정이었다.

"증인이 60명이라고요?"

"그렇습니다."

"60명이 전부 필요합니까?"

"전부 필요합니다."

"검사도 알다시피 국민참여재판은 제한된 일정 안에 종료되어야 합니다. 60명을 모두 신문할 여유가 없어요."

"60명을 전부 증인으로 채택할 수 없다면 재판부의 직권으로 국민참여재판을 취소하고 통상절차로 회부해주시기 바랍니다."

대석이 핏대를 세워 외쳤다. "검사 측은 국민참여재판을 막기 위해 고의적으로 일정을 지연시키려 하고 있습니다. 검사가 신청한 증인의 대부분은 사건과 관련이 없는 자들입니다."

여검사는 피식 웃었다. "그건 변호인들 느낌이고요. 불필요하다면 제가 증인으로 신청하지 않았겠죠."

그녀는 눈빛을 고쳐 재판장을 보며 말했다. "재판장님의 판단을 바랍니다."

메소포타미아 인은 60진법을 썼다. 63빌딩은 사실 60층이다. 공무원 정년은 60세이다. 한 시간은 60분이고, 1분은 60초이다. 검사는 60명의 증인이 필요하다. 왜? 누가 알까? 그녀는 알까?

판사는 고민하고 입을 열었다.

"검사 측은 증인을 열 명 이내로 압축하세요. 60명까지는 필요가 없을 거라고 봅니다. 그 이상이 꼭 필요하다면 추가 다섯 명 이내의 선에서 사전 신문을 하도록 합시다. 60명 중 핵심 증인을 제외하고는 전부 진술서로 대체하여 제시하시고요."

"알겠습니다."

"이제 변호인 측 증인도 살펴봅시다."

나는 김수만, 오성건설 사장, 진압경찰들을 진료한 세브란스 병원 담당의, 서울지방경찰청장, 진압경찰 이승준, 문희성 경위를 증인으로 신청하고, 피해자인 죽은 진압경찰 김희택의 아버지를 참고인으로 신청하겠다고 말했다. 판사는 믿기 힘들어 했다.

"피해자의 아버지를 피고인의 참고인으로 신청한다고요?"

"예."

"동의는 받은 겁니까?"

"네, 동의했습니다."

"좋습니다. 검찰 측 의견은 어떻습니까?"

"피해자의 아버지와 병원 담당의를 제외한 그 외 모든 증인의 신청에 반대합니다."

"이유는요?"

"먼저 김수만의 경우에는 사건의 공동피고인입니다. 법률상 공동피고인에게는 증인 적격이 없습니다."

어느 정도 예상한 일이었다. 검사 측이 그보다는 유능하게 대처할 거라고 기대했던 나는 적잖이 실망했다.

"변호인은 이에 대해 의견이 있습니까?"

"김수만과 박재호는 공동피고인이지만 공범이 아닙니다. 공범이 아닌 공동피고인의 경우 증인 적격이 인정된다는 최근의 대법원 판례를 제출하겠습니다."

나는 출력한 판례를 제시했다. 내가 제시한 판례는 여검사가 제시한 법률보다 우월했다. 보다 상황과 정합적이었다. 재판장은 김수만을 증인으로 채택할 것이다. 검사도 이 판례를 알고 있었을 터다.

단지 내가 모르길 바랐을 뿐. 재판장은 판례를 다른 자료 위에 얹어 두고 말했다.

"이 건은 판단을 보류합니다. 다른 증인에 대한 검사의 반대 이유는 뭡니까?"

"오성건설 사장과 서울지방경찰청장의 경우, 사건과 직접적인 관계가 없는 인물들입니다. 또한 형소법 147조에 따르면 전·현직 경찰을 증인으로 신문할 때 경찰의 승낙이 필요합니다. 그러므로 전·현직 경찰에 해당하는 진압경찰 이승준과 문희성 역시 증인이 될 수 없습니다."

"변호인 의견은 어떻습니까?"

"오성건설 사장과 서울지방경찰청장의 경우 검사 측이 수사기록을 전부 공개한다면 그 조건으로 증인신청을 철회하겠습니다. 수사기록을 은닉했으면서 증인 신청까지 반대하는 건 부당합니다. 박재호 씨의 정당방위 성립을 보이기 위해서는 진압의 위법성을 입증해야 하고, 진압의 위법성을 입증하려면 지휘명령계통과 명령 내용, 그리고 그 원인을 밝혀야 합니다. 수사자료 전체를 볼 수 없다면 입증을 위해 시공사 사장과 경찰 지휘권자가 반드시 증인으로 필요합니다."

"받아들입니다. 나머지 증인은요?"

"이미 몇 개월 전 이승준과 문희성에 대한 증인승낙을 경찰에 요청했습니다. 경찰은 사유 없이 무조건적으로 거부하고 있습니다. 형소 147조 2항 규정 따라 재판장님의 처분을 요청합니다."

"경찰에 제가 사유서 제출을 권하도록 하겠습니다. 경찰이 합당한 사유를 제시하지 못하면 승낙으로 간주하고 변호인의 증인신청을 허가하겠습니다. 양측 의견이 더 있습니까?"

여검사가 말했다. "신변확보가 안 된 이상 김수만의 증인 신청은 불허해주시기 바랍니다."

절로 표정이 일그러졌다. 박재호의 아들은 누가 죽였는가. 국가는 김수만이 죽였다고 했다. 그런데 국가는 김수만의 증인신청을 반대하고 있다. 우리가 입증할 수도, 반증할 수도 없기를 바라는 거다. 책임소재를 미궁 속에 빠뜨리려는 속셈이었다. 그들에게는 그냥 사람이 죽었을 뿐인 쪽이 좋았다. 죽은 자의 아버지만 처벌할 수 있다면 더 좋았다.

"변호인 의견은 어떻습니까?"

"김수만의 신변이 현재 불확실하다고 해서 증인신청을 하지 못할 이유는 없다고 봅니다."

"변호인의 증인신청을 받아들이겠습니다. 검사 측은 이의가 더 있습니까?"

"있습니다."

"어떤 부분이요?"

"받아들일 수가 없습니다."

"기각합니다."

"지금 뭐하시는 겁니까?"

여검사의 부드러운 이마에 가는 주름이 잡혔다. 판사는 검사를 똑바로 보았다.

"이 결정은 제 권한에 속합니다. 제가 재판장입니다." 검사는 더 말하지 못했다. 우리는 한 시간에 걸쳐 증거조사와 증인신문의 순서를 논의했다. 절차적인 문제였기에 커다란 의견충돌이 없었다. 마지막으로 판사가 공판기일을 지정했다. 검사는 하루에 공판을 끝내기를 원했지만 증인의 수가 많아 불가능했다. 판사는 연속된 3일에 걸쳐 기일을 지정했다.

"공판 전에 두 번째 준비기일을 잡도록 하겠습니다. 그때까지 검찰 측은 수사자료를 가능한 범위 안에서 변호인이 등사하도록 협조하고, 증인목록을 압축정리해서 제출하세요. 저는 변호인이 신청할 나머지 증인들의 채택여부를 결정하도록 하겠습니다. 이상 마쳐도 되겠습니까?"

조용히 관망하던 홍재덕 검사가 입을 열었다. "말씀드릴게 있습니다, 재판장님."

"하시죠."

"이 사건은 언론의 집중적인 조명을 받고 있습니다. 3일간의 공판기간동안 더욱 심해지지 않겠습니까? 언론이 배심원들의 판단력에 영향을 미칠까 우려됩니다. 참여재판법 53조에 따라 공판기간 동안 배심원들을 지정숙소에 격리하고 언론에의 접촉을 금지시킬 것을 부탁드립니다."

"좋은 지적입니다. 심각하게 고려해보겠습니다. 예산을 살펴야 하니 그 요청의 결정은 다음 준비기일에 말씀드리도록 하지요. 그럼 이상 준비기일을 마칩니다. 모두 수고 하셨습니다."

검사와 변호사들은 줄을 지어 회의실을 나왔다. 여검사의 발걸음으로부터 또각거리는 맑은 소리가 법원 복도로 퍼져나갔다. 유광으로 번뜩이는 위태롭게 높고 좁은 구두 굽의 끝이 그녀와 우리 세상의 유일한 교접점이었다. 그녀 뒤에서 대석이 휘파람을 부는 시늉을 냈다.

2의12.
해임
解任

이데올로기는 역사를 갖지 않는다.
현실은 이데올로기 바깥에 있기 때문이다.
……이데올로기의 효과 중 하나는,
이데올로기의 이데올로기적 성격을 이데올로기에 의해 부인하는 것이다.
이데올로기는 결코 "나는 이데올로기다"라고 말하지 않는다.
_루이 알튀세, 「이데올로기와 이데올로기적 국가장치」

드물게 일어나는 일이 일어났다. 고객이 나를 찾아 사무실로 왔다. 60대 노인이었다. 사무장이 귀띔했다. 꼭 윤 변호사님과 상담해야 한답니다. 나는 고객을 절실히 원했지만, 고객이 나를 원한 적은 별로 없었다. 고객이 나만을 원한 적은 지금껏 한 번도 없었다. 나는 그를 집무실에 들이고 커피를 내왔다. 남자의 옷은 땀에 흥건히 젖었다. 그는 주름진 마른 손으로 젖은 이마를 훔쳤다.

"너무 덥나요?"

"아니요."

"냉방 온도를 좀 더 낮추고 오겠습니다."

"됐습니다. 그냥 거기 앉아 있어요."

"그러지요. 무슨 일로 오셨습니까, 어르신."

"위기에 처했지. 변호사님만이 나를 도울 수 있고요."

"최선을 다해 돕겠습니다. 무슨 일인지 얘기해주시겠습니까?"

"그럼 그만두세요."

"뭘 말입니까?"

"지금 하는 소송들 말입니다."

나는 그의 얼굴을 찬찬히 뜯어보았다. 모르는 사람이었다. 전혀.

"누구십니까?"

"아현동 재개발 조합 대표이외다."

나는 그의 말을 다 듣기 전에 이미 대답하고 있었다.

"당장 여기서 나가주세요."

"당신 같은 변호사들은 자기 속만 채우기 바쁘지. 당신이 하는 소송 때문에 피해를 입을 사람들에 대해 생각해봤어요?"

"젠장, 당장 나가란 말입니다."

"박재호 그 사람 덕에 우리 지역 개발이 몇 달째 지연되고 있어. 지역 주민들은 재개발 때문에 다들 은행 대출을 받은 상태요. 우리들이 파산하면 당신이 책임질 거요? 이건 명백한 재산권 침해요."

"그래서 살인을 묵과하란 소리입니까? 어르신은 자식도 없습니까?"

그는 다시 한 번 번들거리는 이마를 닦아냈다.

"아니, 국가소송을 취하하란 소리요. 100원을 청구하셨다면서. 그 100원 때문에 우리 주민들은 100억을 잃을 수도 있어요. 계산이 안 되나? 계속 이런 식으로 나온다면 두고 볼 거요."

나도 모르게 웃고 말았다. 두고 보자는 사람치고 무서운 사람 없다는데, 이 노인은 두고 보겠다는 말조차 두고 보며 하겠다고 말한다. 남자를 방에서 내쫓을 점잖은 방법이 떠오르지 않았다. 나는 말했다.

"안 나가시면 경찰을 부릅니다."

"격세지감이군. 당신 같은 사람을 볼 때마다 나는 세상이 달라졌다는 걸 느껴."

아버지가 자주 하던 말. 나는 이 노인에게서 아버지를 발견했다는 사실에 분노했다.

"맞습니다. 우리는 많이 다르지요. 하지만 그 다름마저도 서로 달라요. 저는 어르신의 입장을 이해해요. 제가 어르신처럼 안 사는 이유는 단지 바쁘고 중요한 일들이 많기 때문이에요. 하지만 어르신은 제가 법원에서 하고 있는 일이 어떤 의미가 있는지 조금도 이해하지 못해요. 무슨 말인지 알겠습니까? 저는 어르신께 동의하지 않지만 어르신은 저를 이해하지 못하는 거라고요. 그게 우리의 차이입니다."

"말이 안 통하는 사람이로세. 당신을 소송할 수도 있어요. 그래도 괜찮겠어?"

"그것 참 좋은 생각입니다. 지금 변호사를 법으로 협박해보겠다는 겁니까? 그럼 이제 여기 있지 말고 얼른 법원으로 가세요. 제가한 가지 가르쳐 드리겠습니다. 공갈협박할 의도가 있다면 소송하겠다는 말조차 불법행위가 됩니다. 저는 저를 소송하겠다고 말한 것에 대해 어르신을 소송할지도 모릅니다."

노인은 자리에서 일어났다. 이마에서 비 오듯 땀이 흘러내렸다.

"정말 말이 안 통하는 사람이야. 나는 변호사가 싫소."

그가 나가며 문을 닫을 때 방이 폭발하는 것처럼 엄청난 소리가 났다. 얇은 유리창이 한참을 혼자 떨었다. 그건 나도 원하는 바였다. 오랜 세월 희망해왔다. 말이 통하는 사람들과 세상을 살아갈수 있기를.

*

내 앞으로 등기우편이 왔다. 흰 봉투 겉에 무궁화 로고가 그려져 있었다. 꽃잎 안에 암술 대신 흐트러짐 없이 균형을 잡은 저울이 들어섰다. 봉투를 뜯어본 후 오래도록 생각에 잠겼다. 긴 시간이었다. 나는 낮과 밤 사이 어딘가에 있었으나 조국 위에 있지 않았다. 잠시 결심 근처까지 갔다. 망명하자. 망명을 신청하자. 그저 떠나는 걸로는 부족해. 먼저 버려주자.

나는 곧 평정을 되찾았다. 하지만 그 우편물은 내 가슴에 치유 못할 거대한 협곡을 패어놓았다. 조국에 대한 신뢰와 기대가 협곡을 타고 빠져나갔다. 앙상한 허리를 드러낸 그 협곡 꼭대기에서 나는 단지 선택권이 없어 국민으로 남았다.

우편물의 발신인은 대한변호사협회였다. 변호사징계위원회가 징계심의 개시를 알려왔다. 대상은 나였다. 혐의는 품위손상행위였다. 신청인은 서울지방검찰이었다. 검찰은 이제 처벌 이상을 원했다. 그들은 처단을 원하고 있었다.

나는 반대했다. 그러나 대석은 울분을 참지 못했다. 그는 기자들을 불러 모았다. 대석은 만약 내가 징계된다면 검찰은 순교자를 만드는 거나 다름없다고 악을 썼다. 법조인들이 연대해서 이 사태에 대응할 것이라고 못 박았다. 누구와 연대한단 말인가. 나는 알고 싶지 않았다. 나는 그 기자회견장에 없었다. 나는 기자들에게 어떤 말도 하고 싶지 않았다. 나는 화를 내서 기자들을 기쁘게 하고 싶지도 않았고, 울어서 기자들을 기쁘게 하고 싶지도 않았다.

다음 날 사무실을 하루 쉬었다. 근 10년 만에 오후에 일어났다. 더워서 깼다. 자명종이나 일과가 아니라 고도를 높인 태양의 열기 때문에. 침대에 누워 맞이하는 낮은 빛과 색이 아예 달랐다. 창틀의 흐물흐물해진 그림자가 얼굴 맡으로 졌다. 나는 이 집에서 한 번도 낮을 사용해보지 못했다. 이곳의 낮은 새것이되 그저 시간으로 낡아온 것이다. 나는 침대에서 한참을 일어나지 않았다.

꿈을 꿨다. 꿈에서도 나는 법정을 벗어나지 못했다. 판사는 이어폰을 끼고 있었다. 표정은 엄숙했다. 판사석 아래로는 몰래 음악에 맞춰 왼발을 까닥였다. 나는 나를 변호했다. 변론은 판사의 귓속으로 파고들지 못했다. 판사가 흥얼거리는 노래는 마이크를 타고 법정을 누볐다. 방청객들이 노래에 맞춰 춤을 췄다. 나는 변론을 마쳤다. 판사는 선고했다. 이 사건의 판결을 다음과 같이 선고한다. 피고는 향후 5년 이내에 암으로 사망할 것이며, 그 자손은 5대까지에 걸쳐 2할의 확률로 생식기가 없이 태어날 것을 결정한다. 소송비용은 검사가 500원, 피고가 자신의 손가락 하나로 분담하여 내기로 한다.

자는 동안 열네 통의 전화가 걸려왔다. 발신자 목록을 확인하고 나는 가장 많은 전화를 건 이에게 먼저 답례했다. 준형에게. 그녀는 내 전화를 받자마자 외쳤다. 괜찮아요? 걱정했잖아요. 나는 웃었다.

"하루 결근했을 뿐이에요."

"변호사잖아요."

"사건도 없는 걸요. 하나뿐이죠. 쉬는 게 비용을 절약하는 거예요."

"차라리 그만둬요."

"변호사를요?"

"아뇨, 박재호 사건. 이렇게까지 할 필요가 없잖아요. 이럴 가치가 없어요. 다른 변호사한테 넘겨요."

"이럴 가치가 없다고요? 우리 처음 만났을 때 이준형 기자님은……."

"그만해요. 윤 변호사님이 맞아요. 당신 법조계의 소수자 맞네요. 좀 더 힘 센 사람들끼리 다퉈 보라고 해요. 그냥 항복해요."

"싫어요."

"이러다 누가 변호사님을 암살할 것만 같다고요."

"그거 기사가 되겠군요. 꼭 1면에 써줘요."

"농담이 나오나요?"

"왜 농담이라고 생각하죠?"

"오늘 사회부장이랑 면담했어요. 박재호와 변호사님에 관한 기사를 좀 조심히 다뤄달라고 그러더군요. 내 등에 대고 뭐랬는지 알아요? 미안한데요. 그런 말을 해서 미안하다고요. 나 이 나라가 무서워요. 내가 아는 시대와 내가 사는 시대가 같지 않았다면. 그럼 어디부터 다시 시작해야 하는 거죠?"

"그렇지 않아요. 우린 우리가 알고 있는 시대에 삽니다. 저는 소송에서 이길 거고요. 걱정 말아요. 고맙습니다. 이만 끊을게요."

출근하니 비서가 꽃다발을 줬다. 장미였다. 그녀는 눈물을 글썽이며 말했다. 저는 변호사님 편이에요. 그 모습이 지나치게 예뻐 잠시 넘어갈 뻔했지만, 그럼에도 불구하고 웃음을 터뜨리고 말았다.

"사형 심판이 아니라 징계심의야. 징계위원장은 내 스승님이고. 아무 일도 없을 거야."

"자꾸 걱정이 돼요. 장대석 변호사님은 나쁜 짓을 훨씬 많이 했어도 징계 받은 적이 없는데. 이건 불공평하잖아요."

"그런 말은 조심해야지. 그 사람이 널 징계할지도 모르잖니."

"전 혼자 안 죽어요. 비밀을 많이 아니까."

"그러겠지. 나도 그렇게 믿어."

비서는 나에게 준 꽃다발을 알아서 구석에 치워 놓고 방에서 나갔다.

저녁에 민생살림의 사무국장이 찾아왔다. 괜찮으십니까? 요즘의 인사말을 사무국장도 물었다. 괜찮습니다, 걱정하시는 것만큼 큰 일이 아닙니다. 나는 대답했다. 그는 나를 마주 보고 앉았으나 이야기를 선뜻 시작하지 못했다. 예감이 안 좋았다. 책상 너머로 사무국장은 한쪽 다리를 떨고 있었다. 그는 뜸을 들여 입을 뗐다.

"윤 변호사님도 이광철 변호사를 아시죠?"

"네. 얼마 전에 저희 사무실에 들렀습니다."

"저도 얼마 전에 그분을 만났습니다."

꿈. 꿈이었다. 나는 꿈을 떠올렸다.

"돕고 싶다고 하시더군요. 그분 로펌의 소속변호사들을 전부 동원해서라도 사건을 이기게 해주겠다고 하셨습니다."

"이광철 변호사가 좀 더 빨리 그런 제의를 해줬으면 좋았을 텐데요. 벌써 공판기일까지 잡힌 사건입니다."

"함께할 변호사들이 늘어나면 아무래도 더 유리하지 않을까요?"

"이 배의 사공을 늘리자는 말씀이군요. 그러면 어디로 갈 것 같습니까."

"이광철 변호사님은 벌써 저희와 연대투쟁 중인 시민단체들을 다 찾아다닌 모양이더군요. 국가 측이 예민하게 나오고 있기 때문에 우리 역시 좀 더 강력한 대응이 필요하다는 데 의견을 모은 참이었습니다. 솔직히 말씀드리자면 저는 그분의 호의적인 태도에 좋은 인상을 받았습니다."

"무슨 말씀을 하시려는 겁니까? 사건을 거기 넘기라고요?"

"변호사님께서 지금 어려운 상황에 처한 건 잘 압니다. 이광철 변호사님은 그냥 윤 변호사님을 도우려는 겁니다. 그분과 연대해서 변호인단을 확대하는 게 어떻습니까? 그분의 폭넓은 경험이 박재호 씨 변호에 도움이 되지 않을까요?"

"이건 제 사건입니다. 제가 결정하겠습니다."

"윤 변호사님 사건이라고요?"

"그렇습니다."

"이 사건이 언제부터 윤 변호사님의 소유가 되었지요?"

"제가 그런 뜻으로 말하지 않았다는 걸 사무국장님도 압니다."

"뭔가 잘못 알고 계시는군요. 이 사건은 윤 변호사님 사건이 아닙니다. 박재호 씨 사건이지요. 그리고 저희 민생살림의 사건입니다. 저희는 박재호 씨한테서 법률적 결정에 관한 사항을 위임받았습니다. 윤 변호사님은 저희한테서 소송업무를 위임받으셨고요. 저희가 위임했으니 윤 변호사님을 해임할 권한도 저희한테 있어요."

"저를 해임하시겠다고요?"

"물론 아니지요. 저희는 윤 변호사님께 고마운 마음을 간직하고 있어요. 저희한텐 윤 변호사님이 필요합니다."

그는 말을 끊고 재빨리 덧붙였다. "그리고 이광철 변호사님도 필요하고요."

나는 사무실에서 끝없이 침잠하고 있었다. 바닥이 필요했다. 나를 현실에 묶어 둘 단단한 바닥이. 나를 구하라. 나는 외쳐야 했다. 한편 나는 저 멀리 추락해야 했다. 추락을 완성하려면 바닥이 필요했다. 단단한 바닥이. 나는 거기서 납작하게 으깨진 채 내가 들은 말이 옳을 수 있다는 사실을 부정해야만 했다. 그럴 수가 없었다. 이 사건에는 나보다 이광철이 어울린다는 사실. 사실. 나는 지금 박재호가 아닌 나를 위해 발버둥치고 있다는 사실. 법은 필요였고 그건 사실이었다. 이광철이 판사와 검사 출신 변호사들을 잔뜩 거느리고 있기 때문이다. 내가 그 아래서 또 그들과 함께 무슨 일을 할 수 있을까. 그건 질문이 아니었다. 대답을 찾지 않을 것이기에. 그런 물음조차 하게 놔두지 않으리라. 나는 말을 찾아 더듬었다.

"이게 박재호 씨의 뜻이기도 합니까?"

"네. 박재호 씨한테도 동의를 받았습니다."

"그랬군요. 그런 것 같더라."

"변호사님 입장을 난처하게 만들어 정말 송구스럽습니다. 하지만 사건이 너무 중요한지라. 우리 시민단체들한테 이 현안은 중대한 투쟁테제를 제공하고 있습니다."

"이 사건이 저를 찾을 때도 그렇게 중요하고 중대했었나요. 그런 사건이 왜 국선변호사를 찾아옵니까?"

"국가도 기를 쓰고 있으니까 우리도 총력을 기울여 사건을 공공에 돋새겨야 한다는 주장이 활동가 임원들 사이에서 많이 나왔습니다. 사실 엄청나게 압박받았지요. 아, 윤 변호사님의 능력을 불신

한다는 건 아닙니다. 저희는 최선을 다하고 싶을 뿐이에요. 이광철 변호사님과 변호인단을 구성한다면 윤 변호사님한테도 좋은 경험과 경력이 되지 않을까요?"

"저로는 모양새가 안 맞는다고 판단하신 거로군요. 검찰이 진압 경찰 대신 김수만을 기소할 때 판단했던 것과 똑같이 말입니다. 어떻게 변호사인 저와 한 마디 상의도 없이……"

사무국장은 내 말을 잘라냈다.

"더 변명하지 않을게요. 우리는 지난 10년간 관료주의에 맞서 싸워왔죠. 하지만 인정하겠습니다. 그게 우리가 우리 안의 관료주의를 극복했다는 뜻은 결코 아닌 걸 저도 압니다. 변호인단 내에서 윤 변호사님의 지위는 제가 보장하겠습니다."

"뭘 보장한단 말입니까? 저는 그만둡니다."

"이러지 않으셨으면 좋겠습니다."

"이러지 말라고요? 젠장, 저는 이 사건에 저를 다 쏟아 부었습니다. 그만두겠습니다. 이제 그만두겠다고요!"

나는 얼굴을 붉히며 악을 썼다. 냉엄한 논리는 나를 다 떠나갔다. 그런 건 변호사에게나 필요하다. 사무국장은 변호사를 만들었다. 그리고 그는 변호사를 버렸다. 법대를 졸업하고 변호사가 되지도 못한 놈. 입을 굳게 다문 그는 다시 자비심을 발휘해 나를 긍휼했다.

"변호사님은 훌륭한 분입니다. 최선을 다하셨다는 거, 저도 압니다. 정말 고맙습니다. 박재호 씨도 그렇게 생각할 겁니다."

"그만하죠."

나는 무례한 손짓으로 사무국장이 나가야 할 곳을 가리켰다.

기산일(起算日)

1.
공소시효
公訴時效

사체는 은평구 뉴타운의 기초공사 현장에서 발견됐다. 3개월 전이다. 시공업자에게는 현실이 악몽의 감각으로 다가왔을 터다. 파일을 설치하려고 땅을 파고들던 굴삭기가 사람의 정강이뼈를 파냈다. 굴삭기 들통이 하늘로 솟았다가 누군가의 다리였던 것을 마른 흙과 함께 땅 위에 쏟았다. 현장에 있던 모든 인부들이 그걸 봤다. 즉시 경찰이 들이닥쳤다. 공사는 기한 없이 중단됐다.

검시관은 사체 분석을 국립과학수사연구소에 의뢰했다. 경찰은 실종신고 기록과 사체 분석결과를 대조하여 신원을 밝혀냈다. 죽은 자는 폭력조직에 소속되어 있었다. 담당 검사는 과거 수사기록으로부터 죽은 자를 죽였다고 자백한 자를 찾았다. 그 역시 같은 폭력조직에 소속되어 있었다. 조사관은 사체가 발견된 대지의 소유권 이전 기록을 추적해 조구환이라는 이름을 얻었다. 같은 폭력 조직 두목의 이름이다. 검사는 조구환을 살인 교사 혐의로 기소했다.

공판을 일주일 앞두고 조구환의 변호사는 돌연 사임했다. 배임 행위나 다름없었지만 조구환은 따질 틈이 없었다. 그에게는 변호사가 급했다. 구치소에 갇힌 조구환은 대리인을 나에게 보냈다. 아마 대리인도 깡패일 것이다. 법률은 대리인을 정하는 데 깡패나 변호사에 차별을 두지 않는다. 우리 모두는 세상 누군가를 위해 살아가고 세상 누군가의 돈을 갉아먹는다. 나는 동지애를 느꼈다.

"조 회장님이 신문에서 윤 변호사님에 대해 읽었다더군요. 꼭 윤 변호사님을 쓰고 싶어 하십니다."

그러나 나는 영광이라고는 말할 수 없었다. 문득 짐작되었다. 이유. 조구환의 변호사는 왜 사임했는가.

"듣자 하니 용역질하던 김수만이의 무죄를 주장하다가 짤리셨다면서. 우리 같은 건달 편이 돼주는 변호사는 드물지요. 진짜 흉악한 범죄는 나랏밥 먹는 놈들이 다 저지르는데 말이지. 조 회장님께는 딱 윤 변호사님처럼 편견 없는 분이 필요합니다."

"저는 김수만을 변호한 게 아닙니다. 김수만이 죽였을지도 모르는 사람의 아버지를 변호했지요."

"조 회장님은 윤 변호사님이 변론 맡기를 바라세요."

그게 바라면 곧 이루어지는 일이라는 것처럼 말하고 있다. 지난 몇 달간 박재호 사건 때문에 나는 돈이 되는 사건을 쫓을 여유가 없었다. 나는 바라는가. 그건 문제가 아닐지 모른다. 나는 해야 했다. 그러나 법원이 선정한 사건을 조건 없이 변호해야 했던 국선변호사 시절에도 나는 살인에 관여한 조직폭력배를 변호해본 적은 없었다. 떠올려보면 대학 시절 모의법정 형식에 반대하던 친구들이 있었다. 자기 의사와 상관없이 한쪽 입장을 골라 변호하는 게 야만적이라는 이유로. 그들은 알지 못했다. 변호사의 비극은 법정에서 벌어지는 자질구레한 일들과는 상관이 없다. 어떤 가치판단도 하지 말고 한쪽의 입장을 대변해야 한다는 것. 그거야말로 법정에서 일어나는 비극의 전부다. 모의법정은 변호사 지망생들에게 그 고통과 슬픔을 감내할 소양을 가르친다. 그들은 반드시 모의법정에서 독재자를 옹호해봐야 한다. 승리에 다가갈수록 패배감이 확고해지는 그 참담한 좌절감은 빨리 배울수록 좋다. 그 과정을 진작 수료했다면, 나는 어차피 사건을 수임할 걸 알면서 사건을 수임해야 할지 고민하는 불필요한 과정을 건너 뛸 수 있었을 터다.

"일단 들어보고 수임여부를 판단해도 되겠습니까? 저번 변호사가 사임한 이유는 뭡니까?"

"겁쟁이였지요. 난 차라리 잘됐다고 봐요."

"뭘 겁냈습니까?"

그는 대답 대신 자리에서 벌떡 일어났다. 뒷짐을 지고 작은 원을 그리며 집무실을 한 바퀴 돌았다. 그의 눈에 집무실의 정경이 한 바퀴 둘러 담겼다.

"사무실이 비좁군요. 내 사무실이 더 나은걸. 변호사라고 다 돈을 많이 버는 건 아닌가 봅니다. 윤 변호사님은 사건 하나를 맡으면 얼마나 법니까?"

"네?"

"사건 하나를 맡으면 얼마나 버냐고 물었습니다."

"경우에 따라 다릅니다."

"보통은 얼마를 받습니까?"

"기본 수임료는 500만 원입니다. 성공보수는 사건에 따라 다르고 요."

나는 모든 변호사가 하는 식으로 말했다. 흥정은 거기서부터다.

"기본이 500이라고?"

"원칙은 그렇죠."

"그냥 이렇게 묻지요. 이 사건에 얼마를 받길 원합니까?"

그는 당당하게 웃었다. 벌거벗은 사람처럼 나를 훤히 들여다보고 있었다.

구치소에서 거물 조직폭력배 조구환을 만났다. 영리한 인상의 늙은이였다. 목숨을 내던져야만 승리를 쟁취할 수 있던 전쟁은 이미 그에게 지나간 역사가 되었다. 이제 그는 추상적인 권력을 차곡차곡 쌓아올린 탑의 정점에서 이마의 주름처럼 지울 수 없는 말로 힘을 다스렸다. 그는 변호사를 어려워하지 않았다. 그는 많은 대리인을 거느렸다. 나를 찾아온 사람도 그중 하나였다. 나 역시 그에게는 법률업무의 대리인일 뿐이었다.

"실물이 났구먼. 잘생기셨어. 날 받아줘서 고맙소."

"뵙고 사건에 대해 들어보려 왔습니다."

"당연히 그래야지. 뭐가 궁금합니까?"

"진실을 말씀해주셔야 합니다. 그러실 수 있습니까?"

그는 미소를 지었다. "내가 왜 내 변호사한테 거짓말을 하겠소?"

"진실을 말씀해주셔야 합니다."

나는 다시 강조했다.

"그럼 내가 먼저 물으리다. 변호사한테 진실을 듣는다는 게 어떤 의미요? 이전의 변호사 놈은 그 진실이란 걸 감당하지 못하더군."

"거짓말은 쉽지만 거짓말을 변호하는 건 어렵습니다. 검사는 바보가 아닙니다. 법정에서는 쉬운 거짓말보다 어려운 진실이 항상 유리합니다."

"진실을 듣고도 나를 위해 법정에 서겠소?"

"물론입니다."

"그럼 진실을 말하리다. 뭐가 궁금합니까?"

"조직원에게 피해자에 대한 살인을 교사했습니까?"

그는 무표정하게 내 질문을 받아들였다. 곧 그의 입가에 천천히 미소가 번졌다.

"진실을 말한다고 했지. 하지만 진실을 꼭 그렇게 우렁찬 목소리로 말할 필요는 없잖소?"

"접견실에는 저희 둘만 있습니다. 변호사에게는 위임인의 비밀을 보장할 의무가 있고요."

조구환은 내 말을 확인하듯 고개를 두리번거리며 접견실을 둘러봤다.

"어디에나 귀가 있지. 그걸 잊었다면 난 스무 살 때 죽었을 거요. 이리 가까이 오시오."

그는 손짓했다. 나는 의자를 당겨 그에게로 다가갔다. 옆으로 찢어진 작은 눈. 뾰족한 누런 이빨. 그는 허리를 구부려 내 귀에 입을 가져다댔다. 숨결은 가깝고 피의 냄새를 풍겼다. 그는 스산하리만치 침착한 목소리로 속삭였다.

"내가 부하를 시켜 죽이라고 했소. 그리고 다른 놈을 시켜 그 부하도 죽이라고 했지. 둘 다 내가 죽였소."

그는 내 귀에서 입을 떼고 허리를 꼿꼿이 세웠다. 웃고 있었다.

"정확히 언제입니까?

"97년. 은평구에 땅을 하나 사서 묻고 3층 건물을 세웠지. 그때 거긴 아무것도 없었어. 정부에서 거기다 아파트를 짓겠다고 나서게 될 줄은 꿈에도 몰랐지. 지랄 맞은 재개발 사업이야."

"피해자와는 언제부터 아셨습니까?"

"고아원에서 구르던 놈이었어. 중학교를 때려치우고 떠도는 걸 내가 거뒀소. 세상 무서운 걸 모르는 놈이었지. 날짜만 몰랐지 그때부터 죽음은 정해진 셈이야."

"피해자가 조직에 들어온 게 정확히 언제쯤이죠?"

"80년대 후반이었을 거야. 올림픽 그쯤."

"피해자에게는 부모나 친척이 전혀 없는 겁니까?"

"천애고아였지. 어릴 때부터 여기저기 싸돌아다니면서 좀도둑질로 연명했어. 거둔 내가 아버지요. 원체 배운 게 없어서 그런지 사람도 곧잘 잡더군. 다시 말하지만 겁이 없는 놈이었어."

"그를 아는 사람은 없는 겁니까?"

"그 애는 조직 안에서만 사람이었지. 그러니 죽은 지 10년이 넘도록 아무도 몰랐던 거 아니요."

그는 여전히 은근한 미소를 입에 품었다. 문득 알게 됐다. 사람은 자신 바깥에 놓인 것들을 완벽히 이해할 수 없다. 법은 살인을 한 가지 의미로 정의한다. 하지만 조구환과 나도 그것을 같은 의미로 이해하는 걸까. 나와 홍재덕 검사는. 나와 국가는. 나와 법은.

"어때요, 진실이라는 게. 해볼 만합니까?"

"하나 더 묻겠습니다. 조 회장님은 부하들의 증언을 완벽하게 통제할 수 있습니까?"

"증언대에 서려는 놈을 땅에 묻은 건 이번이 처음이 아니요. 애들도 그걸 잘 알아."

"만약 법원에 강제로 구인된다면 그 사람들이 조 회장님을 위해 위증도 할 수 있겠습니까?"

"실험해보시오. 박정희를 암살했다고 자백해줄 거요."

"지금까지 살인교사 혐의를 부인해오셨죠?"

"내 역할이 뭐가 더 있겠어."

"이제 인정하세요."

미소가 사라졌다. 그는 나를 노리고 눈을 치켜떴다.

"혹시 방금 농담이었소?"

"혐의를 끝까지 부인한다면 유죄 판결이 나올 가능성이 높습니다. 인정하세요. 1992년으로 하죠. 그때 살인을 교사했다고 거짓말을 하는 겁니다. 사건 당시 개정 이전 형사소송법에 따르면 살인교사의 공소시효는 15년입니다. 검사는 조 회장님이 혐의를 갑자기 인정할 거라 예상하지 못할 테니 대비가 안 되어 있을 겁니다. 또 피해자가 고아이기 때문에 대비한다고 한들 거짓말을 반박할 방법이 없겠죠. 그러면 법원은 공소시효만료로 면소를 결정할 겁니다."

"무죄를 주장하면 유죄가 되고, 유죄를 주장하면 무죄가 된다. 그게 될 법한 소리요?"

"그냥 게임이라고 생각하시죠. 그럼 편할 겁니다."

"난 법을 몰라요. 윤 변호사가 날 속이는 게 아니어야 할 텐데. 우리 둘 모두를 위해서 말이요."

"걱정 안 하셔도 됩니다. 제가 속이는 건 조 회장님이 아니라 검사입니다. 오늘은 이만 하겠습니다. 공판 때 뵙죠."

나는 가방을 들고 일어섰다. 조구환은 싱글벙글 웃고 있었다.

"재미있는 사람이야. 여길 나가면 우리 자주 일해 봅시다."

나는 거짓말을 요구했다. 추악한 계략을 짰다. 그러면 이길 수 있었다. 나는 배웠다. 내 스승은 검찰이다. 작년까지 나는 순진한 연수원생에 지나지 않았다. 이제 나는 변호사다워졌다. 결국 나는 변호사가 될 것이다.

구치소를 나설 때 낯을 익힌 교도관이 나를 보고 웃으며 한 손을 들었다. 다른 한 손에는 콜라 캔이 들려 있었다. 어이구, 또 오셨습니까. 이제 나는 비품처럼 구치소와 잘 어울렸다.

밤에 형이 운영하는 부천의 주점에 들렸다. 형이 나를 반기는 방식은 언제나 비슷했다. 그는 도저히 다 먹을 수 없을 만큼 많은 어묵을 내왔다. 낡은 목재 식탁에 어묵이 담긴 국을 올려 두고 우리는 정종이 담긴 사기잔을 기울였다. 형은 유치한 프랜차이즈 로고가 그려진 낡은 점퍼를 입었다. 그는 볼 때마다 늙어 있었다. 나와는 다른 시간대에 사는 사람처럼. 태어날 때부터 주어진 우리 둘 사이의 나이 차는 만나고 또 만날 때마다 그 폭이 넓어졌다. 그는 불평하지 않았다. 말수가 줄었고 노인이 되어갔다. 어느 순간 그는 내게 아버지처럼 멀었다.

"징계 그건 어때. 괜찮겠니?"

"징계위원장이 법대교수야. 사법연수원에서 나도 그분께 배웠어."

"잘됐구나."

"그분이 징계위원장이 되고 나서 변호사의 징계 수위가 엄청나게 올라갔어. 그전까지는 변호사가 정직을 먹는 경우는 한 번도 없었거든. 제자라고 봐줄 분은 아냐. 객관적으로 판단하겠지. 그건 그분 자존심이니까. 하지만 객관적으로만 판단한다면 아무 일도 없을 거야."

"네가 뭘 잘못했는데."

"철거민들의 시위에 갔다가 의경하고 충돌했어. 검찰은 그게 변호사의 품위를 손상시킨 행동이라 주장하고."

나는 잔을 단숨에 들이켰다. 쓰고 맛이 없었다. 그건 시늉이었다. 나는 그런 일을 잘했다. 그런 일을 하는 직업을 가졌으니까. 형은 내 잔을 다시 채워줬다.

"변호사는 품위를 잃어도 처벌받는구나."

"변호사법 24조야."

"왜 거기 갔니. 조심하지 그랬어."

"형도 한때 그런 데 갔잖아. 매일. 그것 때문에 아버지랑 싸우고. 기억 안 나?"

"아버지가 옳았어. 난 대학생 때 뭘 원하는지도 몰랐던 거야. 덕분에 이렇게 살고 있잖니. 너는 변호사가 됐고."

"형보다 더했던 대석 형도 변호사가 됐잖아."

"지금 날 비난하는 거야?"

"아니야. 미안해."

나는 잔을 내밀었다. 우리는 잔을 부딪치고 입에 털었다. 쓰고 맛이 없었다. 형은 내 잔을 다시 채우고 자기 잔도 채웠다.

"아버지 말이 나왔으니 말인데, 요즘 어때? 괜찮으면 아버지 뵈러 한번 내려가자."

"나 바빠."

"그래, 한가해지면 연락해라. 작년에도 못 갔는데."

나는 취할 때까지 거기 머물렀다. 취한 건 시늉이 아니었다. 형은 괜찮은 곳이 있으니 가게를 닫고 같이 가자고 했다. 날 단란주점에 데려가려고 했다. 거절했다. 여자를 옆에 끼고 마주 보기에 형은 너무 낯선 사람이었다. 그는 나보다 여섯 살이 더 많았다. 열 살 이후 우리는 목욕탕 한 번 같이 가본 적이 없었다.

*

법정은 공판 준비로 어수선했다. 조구환의 공판이 시작되기 전에 검사가 먼저 내게 다가왔다. 초면이었으나 그는 나를 알고 있었다. 검찰에서는 내가 유명인사가 된 모양이었다. 그는 웃으며 손을 내밀고 악수를 청했다. 손아귀에 빠져나갈 수 없이 내 손을 쥔 후에야 그 말을 했다. 징계심의 중이라는 소식 들었습니다. 유감입니다. 좋은 소식 바라겠습니다. 입은 잔뜩 웃고 있었다. 나도 마주 웃었다.

내 변론의 요지는 간단했다. 맞다. 피고 조구환은 살인을 교사했다. 피고 조구환은 사체를 은닉했다. 1992년에. 사건 당시의 개정 이전 형사소송법에 따르면 이 죄목의 공소시효는 15년이다. 공소시효가 만료되었으므로 이 공소는 이유 없다. 그러자 법의 규정에 따라 입증책임은 검사에게로 넘어갔다. 검사는 반론을 펼쳤다.

검찰이 본 사건의 피해자를 실종신고한 때는 1998년입니다. 피고가 사체를 매립한 대지를 소유한 건 1997년부터입니다. 범행은 그 사이에 일어난 게 분명합니다. 1992년일 리가 없습니다. 1992년 이후 피해자를 본 사람이 분명히 있을 겁니다.

나는 변론을 그만두고 조용히 검사가 지쳐 무너지기를 기다렸다. 검사는 미련을 버리지 못했다. 1997년, 1998년……. 그가 가진 숫자들은 언제까지도 계속될 것처럼 길고 멀었다. 그 숫자들이 차가운 공기를 타고 떠돌다 불투명한 유리창에 부딪혀 법정 바닥에 흩어졌다.

판결이 나왔다. 재판장은 내 주장을 받아들여 면소를 선언했다. 방청석에서 짧은 법정모독이 있었다. 아주 짧게. 판사가 미처 대응하지 못할 정도로 짧았다. 조구환은 나를 보았다. 그는 웃고 있었다.

"정의의 승리로군."

"정의의 승리라고요?"

"고맙수다. 내 꼭 사례하지."

"그러지 마세요. 부탁입니다."

"연락하리다."

나는 변호인석에서 일어났다.

"부디 좋은 일로만 연락 주십시오."

"참 재미있는 사람이라니까. 대체 왜 변호사가 된 거요?"

그는 내 등에 대고 말했다.

버러지 같은 놈.

방청객 중 한 사람이었다. 죽은 피해자는 고아였으므로 피해자의 친인척은 아니다. 남자는 변호사를 노려보고 있었다. 조구환을 바라보는 게 아니다. 남자는 똑바로 나를 노려봤다. 그는 말했다. 버러지 같은 놈. 나는 서둘러 법정을 빠져나왔다.

창밖에 비가 내린다. 일기예보가 이겼다. 사무실로 돌아가 저녁을 먹어야겠다. 느지막이 도로가 풀리고 나서 퇴근하는 게 좋겠다. 같이 식사하자고 대석을 졸라볼 생각이다. 대석과 이야기도 좀 해볼 수 있겠다. 그런 이야기를 좋아할 사람은 아니지만 오늘은 꼭 이야기를 해야만 한다. 변호사들은 대체 왜 변호사가 되었는가. 정말 원해서일까. 지금이라도 그만둘까.

빗발이 하늘 가득 엉켰다. 정말이지 지긋지긋하다.

1의2.
변호사징계위원회
辯護士懲戒委員會

서열이나 등급에 의한 분류는 (…) 형법적으로 기능하며,
상벌 제도의 순위매김의 성격을 띤다.
규율은 서열과 지위를 분명히 하여
승진, 진급의 작용으로 포상하거나,
낙제를 시키고 서열을 떨어뜨림으로써 벌한다.
서열은 그것 자체가 보상 혹은 처벌과 같은 것이다.
_미셸 푸코, 「감시와 처벌」

주민이 사무실을 찾아왔다. 오랜만에 금요회의가 열렸다. 이제 우리는 박재호 사건을 안건으로 삼을 이유가 없었다. 주민은 내일 있을 나에 대한 징계심의를 염려했다.

"염만수 교수가 징계위원장인데 뭐 크게 걱정할 게 있겠습니까? 아무리 정치적인 박해라고 해도, 이번 같은 사안으로 징계를 결정할 만큼 위원회가 철면피는 아닐 겁니다."

대석은 무혐의 처분을 확신하고 있었다. 주민이 대답했다.

"염 교수님과 이번 징계 건에 대해 이야기해보려다 크게 야단맞았습니다. 윤 변호사님과 염 교수님 사이의 친분은 그냥 잊는 게 좋을 겁니다. 그분은 친분이라는 말 자체를 인정하지 않아요. 제가 걱정하는 건, 징계여부는 다수결로 결정되는데 징계위원 중 두 명이나 현직검사가 있다는 점입니다."

내가 말했다. "단 두 명이죠."

"검찰의 입김이 작용한다면 그 두 사람이 위원회 내에서 어떤 공작을 펼칠지 알 수 없어요. 몇 년 전에도 보복적 징계신청으로 논란이 된 심의가 있었어요. 걱정됩니다."

우리는 아무 말도 하지 않았다. 대석이 손가락으로 원탁을 탁탁 두드리는 소리만이 방을 맴돌았다. 내가 말했다.

"걱정해주셔서 고맙습니다, 이 교수님. 해봐야 정직이죠. 정직 받으면 여행이나 좀 다녀오려고요."

주민이 말했다. "그런 말 마세요. 그런 일은 안 일어날 겁니다."

"우리가 할 수 있는 일은 더 없습니다. 오늘 술이나 같이 마셔주십쇼."

우리는 대석이 좋아하는 대법원 근처의 호프로 자리를 옮겨 맥주를 마셨다. 대법관들은 절대 들르지 않는 곳. 끈끈한 바닥에 구두밑창이 들러붙는 시끌벅적한 곳. 세상은 법과 법관보다 먼저 존재했다. 거기에 사람들이 있었다. 아주 많았다. 언제나 그렇듯이.

자고 일어나니 징계심의기일이 되어 있었다. 나는 대충 씻고 대한변호사협회로 향했다. 연수원을 졸업하고 판례해설 연수를 받으러 몇 번 간 적이 있었다. 그때는 징계심의 때문에 이곳을 찾는 한심한 변호사는 세상에 둘도 없는 악독한 인종일 거라 믿어 의심치 않았다. 시간은 논리를 뒤엎는 위력이 있다. 불과 1년도 안 된 때였다. 그 짧은 시간조차 사람을 아이러니에 처하게 만든다.

나는 징계심의가 열릴 회의실에 홀로 앉아 운명의 시간을 기다렸다. 아직 협회 직원들도 다 출근하지 않은 시각이었다. 회의실은 넓고 쓸쓸했다. 사건의 진공을 견디기가 힘들었다. 그 진공에 나는 우려되는 온갖 터무니없는 재난의 가능성을 쏟아 붓고 있었다. 미리 도착하는 것이 아니었다. 나는 후회했다. 내가 변호한 피고인들도 항상 법정에 미리 도착해 있었다. 그들의 기분이 바로 이런 것이었다. 비로소 나는 그들의 변호사로서 떳떳했다.

준비해 가져온 소설을 펼쳐들고 마음을 다스렸다. 오랜만에 소설을 잡아 본다. 베스트셀러. 선택의 고민을 덜어준 책. 소설 속에는 변호사도, 검사도, 판사도 나오지 않는다. 법을 흉내 내지 않고도 모든 일이 잘만 돌아갔다.

심의 10분 전이 되자 위원들이 하나둘 회의실에 들어왔다. 위원 중 현직 판사는 딱 두 명이었지만, 모두가 판사처럼 엄숙한 표정을 짓고 있었다. 죄인이 하나 생겼기 때문이다. 내가 그들을 경건하게 만들었다. 징계위원장인 염만수는 위원 중 마지막으로 도착했다. 짧은 순간 그와 눈이 마주쳤다. 그는 나를 아는 척하지 않았다. 당연히 그래야 했다. 나도 그에게 섣불리 인사를 건네지 않았다. 나는 구걸하지 않기로 결심했다.

심의가 시작되기 직전에 생각지도 못한 사람이 회의실에 나타났다. 서울지방검찰청 검사장이었다. 나에 대한 징계를 신청한 장본인이었다. 하지만 여기서 보게 될 줄은 몰랐다. 지검장은 오직 나를 보려는 목적으로 왔고, 내가 정면으로 마주 보이는 곳에 자리를 잡고 앉았으나, 정작 내 쪽으로 한 번도 시선을 가져오지 않았다. 불편한지 그는 연달아 헛기침을 해댔다. 그것은…… 범죄자의 사형집행을 참관하는 피해자 가족의 태도였다.

심의가 개시되었다. 먼저 지검장이 몸소 아현동 시위현장에서 일어난 일을 위원들에게 설명했다. 그는 현장에서 내가 찍힌 사진을 위원들에게 보여주었다. 사진 속에서 나는 승자처럼 당당히 서 있었다. 뒤로 나자빠진 의경은 죽지 않은 것만도 다행인 것처럼 보였다. 구도가 좋았다. 작가적이었다.

지검장은 여러 장의 사진을 차례로 더 보여주며 그때의 상황을 위원들에게 자세히 말해주었다. 각도는 달랐지만 하나같이 나와 의경만을 담고 있는 사진이었다. 사진들은 단 3초를 다루고 있었다. 전후 30초간 있었던 사건은 다룰 가치가 없는 것처럼 폐기되었다. 지검장의 손에 들린 사진더미 속에서 의경에게 머리채가 잡힌 준형의 모습을 보게 되리라 기대할 수는 없었다. 넘어진 의경이 재빨리 일어나 내 머리 위로 곤봉을 치켜드는 장면을 보게 되리라 기대할 수는 없었다. 그런 사진이 여기 있을 수는 없다. 내가 여기 없거나, 그 사진이 여기 없어야 한다. 지검장이 쓰는 건 일종의 법정기술이었다. 나에게는 그를 탓할 자격이 없다. 내가 아닌 누군가의 심판에서는 나도 그 기술을 애용해 왔다. 법정에서는 누구나 그렇게 한다.

지검장은 위원들이 사진 한 장 한 장을 찬찬히 살필 수 있도록 돌려보게 했다. 그동안 그는 연설했다. 그날 내가 얼마나 나쁜 행실을 보였는지. 그게 얼마나 기품 없는 행동이었는지. 나는 변호사의 품위를 손상시켰을 뿐만 아니라 모든 법조인의 얼굴에 먹칠을 한 거나 다름없다. 그가 그렇게 주장했다. 당신이 입만 다물었으면 법조인 모두가 이 일에 대해 몰랐을 거야. 내가 그렇게 말할 수 있는 기회는 오지 않았다. 지검장은 마지막으로 반드시 나를 중징계해 달라고 요구했다.

이쪽저쪽에서 사진이 넘어가는 소리만이 들렸다. 사각. 사각. 그 소리는 내 껍질을 하나둘 벗겨내고 내가 앉은 의자에 덜렁 죄만을 남겨놓았다. 그 죄는 무겁고 확실해 보였다. 염만수는 사진을 흘끗 보았으나 큰 의미를 두지 않는 듯 옆 자리의 위원에게 금방 넘겼다. 그는 턱을 괴고 지검장의 말을 조용히 듣고 나서 입을 열었다.

"내 의견을 말해보겠습니다. 나는 검찰이 사적인 보복수단으로 징계청구를 악용하고 있다는 느낌을 받습니다. 그렇다면 이 심의는 위원회의 시간을 낭비하는 것입니다. 매우 불쾌합니다."

지검장의 눈썹이 꿈틀거렸다.

"그럴 리가 있겠습니까? 검찰이 일개 변호사 한 명에게 무슨 사적인 감정을 갖는단 말입니까?"

"그 말을 나도 믿고 싶습니다. 먼저 지검장님이 제시한 사진의 출처에 대해 설명해주시겠습니까?"

"폭력 시위자 처벌을 위한 경찰의 채증 사진입니다."

"사진만으로 보면 징계혐의자에게 법적 처벌이 필요할 만큼 폭력적인 상황이 있었던 것 같지는 않아 보이는데. 혹시 징계혐의자가 이와 관련하여 기소되었습니까?"

"그렇진 않습니다."

"그렇다면 이 사진만으로는 징계혐의자의 행위의 불법성이나 비윤리성이 증명됐다고 말할 수 없겠군요. 오히려 경찰의 채증사진을 이런 용도로 사용하는 것이 합법적인지에 대한 증명이 필요할 것 같습니다. 검찰은 경찰의 채증 사진에 찍힌 사람들을 기소할 예정인가요? 혹시 이 건이 검찰이 정식으로 수사 중인 사건입니까?"

지검장은 토씨 하나 틀리지 않은 말로 다시 대답했다. "그렇진 않습니다."

"그날 경찰이 찍은 채증 사진은 이게 전부입니까?"

"그렇진 않을 겁니다. 징계혐의자의 사진만 가져왔습니다."

"기이하군요. 기소는커녕 수사도 착수하지 않았으면서 경찰의 채증 사진 중 징계혐의자가 찍힌 게 있는지 어떻게 알고 찾아냈습니까?"

염만수는 쉴 새 없는 질문으로 검사를 몰아붙였다. 지검장은 아무 대꾸도 하지 못했다. 정보망을 동원해 나를 표적 수사하다가 월척을 건졌다고 말할 수는 없었다. 박재호 사건 때문에 심판대에 오르게 된 경찰이 성이 나서 그 사진을 검찰에 찔러주었다고도 말할 수 없었다. 둘 중 하나의 일이 있었다고 말할 수도 없었다. 침묵. 완전한 침묵 속에서 나는 침몰의 굉음을 들었다. 느낌이 괜찮았다. 염만수의 말은 엄격했다.

"변호사에 대한 징계청구를 정치적 보복의 수단으로 사용하는 건 용납이 안 됩니다."

"다시 말씀드리지만, 절대로 그런 일은 없습니다."

"여기엔 왜 나오셨소?"

회의실에 있던 모든 사람들이 고개를 돌려 염만수를 바라보았다. 상대는 서울지방검찰의 검사장이었다. 그건 지금까지 지검장이 결코 들을 일이 없었을 말이었다. 지검장은 어안이 벙벙한 표정이었다. 염만수는 여전히 감정이 전혀 드러나지 않는 얼굴로 물끄러미 그를 바라보고 있었다. 지검장이 되물었다.

"죄송합니다. 방금 뭐라고 하셨습니까?"

"이 자리에 나온 이유가 뭐냐고 물었습니다."

"저는 징계위원회의 공정한 판단을 돕기 위해 나왔습니다. 저도 바쁩니다."

"하지만 서면과 자료면 충분하지 않습니까? 여긴 법정이 아닙니다. 검사가 나와서 공소사실을 진술하듯이 서류를 읊을 필요는 없어요."

"징계혐의자는 변호사의 품위유지의무를 위반했습니다. 징계심의에 출석하여 징계혐의에 대한 의견을 진술하는 건 변호사법이 정한 제 권한이고요. 아니 위원장님이 그것도 모르십니까?" "아주 잘 압니다. 내 재임 이래 품위를 해한 변호사를 처벌해보겠다고 지검장이 직접 심의기일에 출석한 건 처음이라 물어봤습니다. 앞으로도 그 권한을 자주 활용해주시면 위원회 업무진작에 크게 도움이 될 겁니다."

고래처럼 거대한 두 사람이 눈싸움을 벌였다. 대기는 팽팽했다. 나머지 위원들은 새우처럼 어깨를 움츠리고 분위기를 살폈다. 먼저 입을 뗀 건 염만수였다.

"그럼 사안으로 들어가 봅시다. 이 사진과 변호사의 품위는 어떤 관계가 있습니까? 지검장님의 의견을 듣겠습니다."

"징계혐의자는 적법한 공무를 수행하던 의경과 물리적으로 충돌했습니다. 사진에서 보듯이 의경이 땅에 넘어져 있습니다. 국가공무를 수행하는 자에게 물리적 폭행을 가한 건 마땅히 변호사의 품위를 손상시키는 행동이라고 하겠습니다."

"지검장님이 말하는 품위는 내가 아는 것과는 거리가 좀 있군요."

지검장은 날카로운 목소리로 응답했다. "공정하지 못한 발언이신 것 같습니다. 위원장님은 공정한 입장을 유지해주실 것을 부탁드립니다."

"다시 말하지만 여기는 법정이 아닙니다, 지검장님. 지검장님은 징계심의의 신청인일 뿐 당사자가 아니란 걸 명심하세요. 나는 지검장님께 공정할 필요가 없습니다. 이 심의에서 나는 내 마음대로 결정을 내릴 거고, 그 결정은 오직 징계심의 대상인 윤 변호사에게만 공정하면 됩니다."

염만수는 말을 잠깐 쉬고, 잔인하게도 지검장을 바라보며 확인을 구했다.

"이 부분에 동의하십니까?"

지검장은 달아오른 얼굴을 하고 억지로 고개를 끄덕였다. 염만수는 감히 상상력이 미치지 않는 달변가였다. 지금까지는 강의실에서만 그를 보아왔다. 이제 나는 세상 어느 나라의 법정에 자리한들 그곳의 주인공은 염만수가 될 거라 믿게 됐다. 나도 모르게 날숨이 비죽 터져 나오는 미소를 짓고 말았다. 현직 검사인 징계위원 한 명이 사진을 높이 들고 나를 향해 물었다. 나는 황급히 미소를 거두었다.

"자, 윤 변호사님. 여기 사진에 대해 설명해보시겠습니까?"

"사진 속의 넘어진 의경은 저와 동행하던 기자를 폭행했습니다. 말리는 과정에서 넘어뜨렸습니다만, 고의는 아니었습니다."

"검찰이 제출한 서면자료에 따르면 의경을 위협하는 발언을 했다고 하는데? 의경을 소송하겠다 말했다고 되어 있습니다. 사실입니까?"

"정확히 이렇게 말했습니다. 나는 변호사고, 내게 몽둥이를 휘두른다면 변호사가 필요해질 거라고요."

"알고 있겠지만 그건 부적절한 위협이었습니다."

"그 의경은 제 머리 위로 당장이라도 내리칠 것처럼 곤봉을 들었습니다. 그 당시에는 곤봉을 든 의경에게 그 말이 위협이 될 거라고는 생각지도 못했습니다. 솔직히 말씀드리자면 그 곤봉이 더 위협적으로 보였고요."

다른 위원 한 명이 끼어들었다. "어쨌든 그런 말은 부적절했어요. 변호사가 소송을 암시하는 발언을 하면 법률에 전문적 지식이 없는 사람들은 겁을 먹게 됩니다. 공무상 행위를 그런 식으로 제지하는 건 옳지 않아요."

'그럼 제지하지 말고 공무상 행위로 나를 죽도록 두들겨 패게 놔 뒀어야 했단 말입니까?'라고 되묻고 싶었지만 나는 필요한 대로 대답했다.

"죄송합니다. 반성하고 앞으로 그런 일이 없도록 주의하겠습니다."

염만수가 말했다. "이 정도면 충분한 것 같습니다. 지검장님은 더 의견이 있습니까?"

볼멘 대꾸. "제가 할 말은 다 했습니다."

"그럼 징계혐의자가 최후진술하세요. 윤 변호사는 더 할 말이 있습니까?"

"없습니다."

"위원 분들은 더 질문할 사항이 있습니까?"

대답이 없었다. 염만수는 선언했다.

"짧게 끝냅시다. 두 분은 돌아가셔도 좋습니다. 오늘 중 징계혐의자에 대한 징계여부를 의결하고 결과를 통지하겠습니다."

나는 염만수와 마주 보았다. 언제나 그랬듯 그의 표정에는 색깔이 드러나지 않았고, 눈빛은 건조하기 그지없었다. 마음속으로는 하고 싶은 말이 있었다. 고맙습니다. 그는 감히 그런 소박한 말로 거리를 좁힐 수 있는 존재가 아니었다. 그는 내 편을 든 게 아니었다. 사안이 달랐다면 그는 일말의 망설임도 없이 내 변호사자격을 박탈했을 것이다. 나도 안다.

　지검장과 나는 회의실을 빠져나왔다. 지검장의 걸음이 사나웠다. 그와 나는 대한변호사협회의 복도를 나란히 걸었지만 단 한 마디 대화도 나누지 않았다. 앞으로도 그럴 일은 없을 것이다.

　징계위원회는 무혐의를 의결하였다. 내가 변호사라는 고귀한 직업의 품위를 손상시키지 않았다는 말이다. 그날 사무실에 민생살림의 사무국장에게서 전화가 걸려왔다. 나는 고개를 가로저어 비서에게 전화를 받지 않겠다는 뜻을 전했다. 변호사님은 회의 중이신데요, 뭐라고 전해드릴까요? 그녀는 그렇게 말하고, 질문을 받았는지 다시 대답했다. 아주 늦게 끝납니다. 알 수가 없어요.

　1분 후 내 핸드폰으로 전화가 걸려왔다.

　"접니다, 변호사님."

　"우리 더 할 얘기가 남았습니까?"

　"송구스러워 어쩝니까. 박재호 씨가 윤 변호사님을 뵙고 싶다고 하네요."

　"제가 그분을 볼일은 이제 없을 것 같군요."

　"꼭 뵈어야 한다고 떼를 쓰고 있어서요. 부탁드리겠습니다."

　그의 목소리는 한없이 수그렸다. 이 사람에게 토라진 척해봐야 아무 의미가 없었다.

　"가보지요."

　"고맙습니다. 변호사님."

　구치소 접견실에서 만난 박재호의 태도는, 학창 시절 복면을 쓰고 기습했던 학교 선생님을 어른이 되어 다시 찾아뵌 학생 같았다. 그는 고개를 명치까지 내려뜨렸다.

"저 때문에 징계를 받을 수도 있었다는 말을 들었습니다. 저는 여기 갇혀서 찾아뵙지도 못하고. 몸 둘 바를 모르겠네요."

"괜찮습니다. 이제 지나간 일입니다."

"제 변호사를 그만두셨다는 말을 듣고 얼마나 놀랐는지 모릅니다. 저를 이해해주십시오. 저는 바깥에서 일이 어떻게 돌아가는지 전혀 알지 못합니다. 민생살림에 결정을 일임할 수밖에 없는 입장이에요, 저는. 참 모자란 놈이죠."

그런 말은 듣고 싶지 않았다. 나는 짧게 물었다. "무슨 일입니까?"

"이광철 변호사가 그제 말하더군요. 국가로부터 합의를 제안 받았다고 해요."

"국가소송에서요?"

"네."

"합의금은 얼마입니까?"

그는 머뭇머뭇 대답했다.

"합의금은 5천만 원이랍니다. 이 변호사님은 그게 최대한이라고 했습니다."

거짓말. 나는 그렇게 대답할 뻔했다. 그들은 나에게는 합의서를 써줄 수조차 없으니 검찰청에 국가배상이나 신청하라고 했다. 이광철은 무슨 마술을 부린 것인가. 뼈에 저리는 나의 무능함. 기분이 아주 좋지 않았다.

"저쪽에서는 최대한 빨리 소송을 취하시키려고 한답니다. 이 변호사님은 선택을 하라더군요. 판결까지 밀어붙여서 정부를 괴롭히

거나, 이 돈을 받고 여기서 국가소송을 마무리 짓거나."

사건은 세간의 주목을 받고 있었다. 국가소송사건의 소액은 겨우 100원이었다. 돈은 문제가 되지 않았다. 정부는 사건이 야기하고 있는 여론의 악화를 두려워하는 것이다. 만에 하나라도 국가배상에서 패소하면 걷잡지 못할 사태가 벌어질 터다. 그들의 계산은 끝났다. 결론을 보지 않는 것이 결론을 기다리는 것보다 이득이었다. 그들에게는.

"또 하나 있어요. 국가 측 변호인인 검사가 국가사건에서 합의하면 형사사건에서 저에 대한 구형을 줄여주겠다는 뜻을 넌지시 내비쳤답니다."

"그런 말은 무시하세요. 법률가들이 지키고 싶은 약속을 할 때는 반드시 문서로 쓰고 서명해줍니다."

"그래서 변호사님을 뵙자고 요청했습니다. 윤 변호사님 의견을 듣고 싶습니다."

"이광철 변호사는 어느 쪽을 권하던가요?"

"중요한 건 국가소송이 아니라 제가 피고로 서게 되는 형사소송이라고 했습니다. 결국에는 제가 선택할 문제라고 합디다."

"맞는 말입니다. 쓸데없는 걸 물었군요. 저라도 그렇게 말했을 거예요. 박재호 씨가 선택할 문제입니다."

"저는 윤 변호사님의 의견을 듣고 싶습니다."

"이제 저는 박재호 씨의 변호사가 아닙니다. 이 문제는 이광철 변호사님과 상의하세요."

박재호는 곧바로 대답하지 못하고 쭈뼛거렸다.

"그분은 얼굴 보기도 어렵습니다. 구치소로 찾아오질 않아요. 제

가 그분을 뵈러 여길 나갈 수도 없는 노릇이고. 제가 믿을 수 있는
건 윤 변호사님뿐입니다."

"말씀드렸듯이 이건 변호사가 결정할 문제가 아닙니다. 하지만
박재호 씨의 사건은 시의적 상징성이 큽니다. 돈으로 사건을 덮는
선례를 남겨서는 안 된다는 생각이 드는군요."

"역시 윤 변호사님의 생각은 그렇군요."

"하지만 5천만 원은 놀라운 액수라는 말씀도 드려야겠습니다. 저
라면 그 반도 이끌어내지 못했을 겁니다. 그건 이 사건에 100원이
아닌 정상적인 금액을 청구하고 승소했을 때도 기대하기 힘든 액수
입니다. 물론 승소할 가능성도 높다고 말할 순 없고요. 이광철 변
호사 수완 하나는 대단하군요. 감탄했습니다."

"그래서 윤 변호사님 뜻은 어느 쪽입니까. 합의를 받아들이란 건
가요, 아닌가요?"

박재호는 테이블 위로 두 팔을 나란히 올려놓고 있었다. 테이블
위로 내가 무얼 내놓든 불평 없이 받아갈 것처럼. 나는 아무것도
몰라요, 결정을 내려주세요. 그의 선량한 눈은 그렇게 말했다. 하지
만 어떻게 아무것도 모를 수가 있단 말인가.

"제가 결정할 문제가 아닙니다. 제 법률적인 견해는 다 말씀드렸
습니다."

"이제 법률적인 견해란 말은 지겨워요. 나한테는 그게 세상에서
제일 비겁한 말로 들립니다. 인간적으로 말해보세요. 윤 변호사님
도 변호사이기 이전에 자기 생각을 가진 인간 아닙니까? 윤변호사
님이 제 입장이라면 어떻게 하셨겠습니까?"

그의 손이 주먹을 쥐었다. 어떻게 하겠냐고? 나는 망설였다. 정지

된 시간 속에 박재호의 삶이 펼쳐졌다. 그는 한 사람이 아니었다. 그는 역사였다. 그는 때로는 동정 받았고, 때로는 착취되었다. 나는 그 주먹 쥔 손을 바라보았다. 마디가 굵은 억세고 더러운 손. 흙은 꽉 쥘 수 있지만 법은 쉬이 그 손을 새어나간다. 나는 대답하지 않았다. 박재호는 물었다. 정말로 그게 답니까?

그 질문은 왠지 대답하기 쉬웠다. 정말로 그게 답니까?

그럴 리가 없었다. 그렇지 않았다. 그래서는 안 됐다.

"제가 맡아본 사건 중에 이처럼 더러운 사건은 없었습니다."

나는 박재호의 주먹 쥔 손에서 눈을 떼지 않았다.

"박재호 씨는 아드님을 잃었어요. 5천만 원으로 끝내선 안 됩니다. 어떤 액수의 합의금으로도 턱없이 모자라요. 저라면 어떻게 하겠냐고요? 저라면 몇 년이고 매달릴 겁니다. 이 사건은 판결까지 가야 해요. 1심에서 안 되면 고등법원, 대법원, 헌법재판소까지 두드려야 합니다. 이 사건의 판결이 법대 교과서에 실려서, 100년 동안 국가와 그 대리인의 오명이 낙인찍히도록 해야 돼요. 만일 패소한다면 판사의 이름까지도 말입니다. 그들의 자식들이 법을 공부할 때는 아버지처럼 살지 말라고 배우게 될 겁니다. 그게 박재호 씨가 그 사람들에게 내릴 수 있는 유일한 징벌입니다. 멈추지 마세요. 누군가 박살이 날 때까지."

말을 맺을 때 나는 달아올라 있었다. 박재호는 가만히 나를 쳐다보기만 했다. 그는 웃었다. 나는 그가 기다리는 말을 들었다는 것을 알았다. 그리고 그가 무엇을 기대하는지 애초부터 내가 알고 있었다는 것을 깨달았다. 그건 냉철하고 프로다운 변호사의 방식이 아니었다. 나는 던져진 말들을 줍기 시작했다.

"죄송합니다. 좀 흥분했군요."

"누군가 박살이 난다고요? 방금 그렇게 말했습니까?"

"말이 좀 거칠게 나왔습니다."

"마음에 들어요. 그 말이 마음에 든다고요. 나 윤 변호사가 갈수록 좋아집니다. 내가 다시 윤 변호사님을 변호사로 선임하는 게 가능합니까?"

"5천만 원은 큰돈입니다. 박재호 씨에게 새 삶을 줄 수 있는 돈이에요. 깊이 생각하세요."

"나는 이제 생각을 그만하렵니다. 앞으로 생각은 그쪽에서 대신하세요. 내 변호사님께서."

박재호는 껄껄 소리 내 웃었다. 처음 보았다. 그가 그렇게 웃는 모습을. 따라 웃고 싶지는 않았으나 불가항력이었다.

1의3.
형사대법정 417호
刑事大法廷 四一七号

세상의 모든 법은 쟁취되었다.
중요한 법규는 이에 대항했던 사람들과 싸워 얻어낸 것이다.
_루돌프 예링, 「권리를 위한 투쟁」

꿈에 아버지가 나왔다. 아버지를 한번 찾아가보긴 해야 되려나 보다.

제 2 공판준비기일을 앞두고 김수만의 변호사에게 전화를 걸었다. 김수만이 도주했소. 그가 간단하게 대답했다. 더 이상 할 말이 없었다. 박재호의 아들을 죽인 사람은 세상에 없었다. 국가는 부정했고, 김수만은 도망쳤다. 구치소의 시간은 죽은 자의 아버지인 박재호만을 위한 것이었다.

사무실로 법원등기우편물이 왔다. 소장 사본. 아현동 재개발 조합이 나와 대석에게 손해배상을 청구하는 소송을 제기했다. 소액은 11억 원이다.

계속 이런 식으로 나온다면 두고 볼 거요. 나를 찾아왔던 조합대표라는 노인이 떠올랐다. 소장의 원고는 조합원 중 열한 명이었

다. 그들은 소장 맨 윗줄에 친절하게도 각자의 전화번호와 주민등
록번호까지 적어놓았다. 변호사의 손을 거치지 않은 날것의 소장이
었다. 주민등록번호를 훑어보았다. 한국 전쟁 이후에 태어난 사람은
단 두 명밖에 없었다. 언뜻 나이를 다 합해보니 조선왕조보다 역사
가 길었다.

친애하고 또 존경해 마지않는 우리의 판사 영감님!

농담이 아니다. 그게 소송이유의 첫 문장이었다. 요지는 첫째로
내가 박재호 사건의 변호를 맡아 언론을 악용하는 월권을 행하여
그들의 재산권을 침해하였다는 것이고, 둘째로 내가 국가를 상대
로 무리한 소송을 진행함으로써 국가의 안위를 해하여 국가의 보
호를 받는 그들에게 정신적 피해를 주었다는 것이다. 그리하여 원
고 열한 명이 1억 원씩을 청구하고 있었다. 모든 문장의 어미는 '읍
니다'로 통일되었다. 그 어문규정은 1988년에 바뀌었다. 1988년에도
원고들 대부분은 나보다 나이가 많았다.

청구금원이 11억 원이라면 소송인세비용만 해도 상당했을 것이
다. 원고들은 재개발이 필요한 낙후지역의 부동산 소유자들이었으
니 부담이 만만치 않았을 터다. 나는 적어도 이들이 가진 피해의식
의 진정성을 의심하지는 않았다. 이들은 단지 한 세기 전의 사고방
식으로 이 시대를 살아가고 있을 뿐이다. 자신들의 지지정당이 자
신들의 이권을 대변하지 않는다는 사실을 판단할 능력도 안 되는
사람들. 자기 아들이, 또 자기 손자가 희생되지 않는 한 현존하는
세계의 실제 모습을 회의해 보지도 못하고 눈을 감을 사람들. 그들

을 탓할 수는 없다. 그들 역시 피해자였다.

이들의 청구는 기각될 것이다. 법정에서 다툴 가치도 없었다. 이 소송이 살아남을 유일한 가능성은 판사가 귀찮아 소장을 읽어보지 않는 것이다. 나는 소장을 쓰레기통에 집어넣었다. 그 와중에 이 사람들에게도 변호사가 필요하다는 생각을 했다.

국가소송사건이 우리 손을 떠난 동안 오고간 변론문서를 이광철 변호사에게서 인수받았다. 나는 국가를 변호하는 고등검찰 차장검사가 제출한 변론서면을 자세히 읽어보았다. 그들의 주장은 이러했다. 누구나 국가를 소송할 수 있다. 그러나 소송을 제기하는 것과 소송사안의 정당성을 입증하는 것은 별개의 문제다. 법원에 소송을 제기한 것만으로는 주장하는 권리의 존재와 정당성이 결코 입증되지 않는다. 박재호의 변호인들은 언론을 활용하여 이 소송행위로 곧 박신우의 죽음에 대한 국가의 책임이 입증된 것처럼 선전하고 있다. 그러나 그들은 아무것도 입증하지 않았다. 그들은 국가가 제시한 합의안도 받아들이지 않고 있다. 그들은 승소를 기대하고 소송하는 것이 아니다. 그들이 이 소송을 통해 하고 있는 것은 무엇이냐, 그것은 국가에 대한 협잡이다.

전부 옳은 말이다. 법원은 모두에게 열려 있으므로, 모든 사람은 어느 사안에 대해서 누구에게라도 소장을 작성할 수 있다. 재개발조합이 나를 소송한 것만 봐도 그렇다. 소장을 법원에 내는 걸 말릴 방법은 없다. 지금도 법원 문서보관실 어딘가에는 피고 자리에 실수로 자기 이름을 적어 넣은 원고의 소장이 돌아다니고 있을 거다. 또 우리가 국가를 협잡하고 있는 것도 맞다. 하지만 그들의 말은 그들의 행동 뒤에 숨은 사실을 설명하지 못했다. 그들은 왜 협잡 따위에 5천만 원의 합의안을 제시했는가.

　민사법원은 국가 측의 의견에 수긍했다. 법원은 강제조정을 결정했다. 국가가 제시한 5천만 원에 합의하고 소송을 끝내라는 명령이었다. 하급심 판사들은 강제조정을 선호한다. 정치적 입장이 반영될 수밖에 없는 판결을 피할 수 있기 때문이다. 또 상급법원에서 자기 판결이 뒤집힐 위험을 피할 수 있기 때문이다. 물론 우리에게는 강제조정명령을 거부할 권한이 있었다. 그러나 어디에서나 명령을 거부하는 자에게는 징벌이 뒤따른다. 법원에서는, 강제조정을 거절하는 소송당사자를 패소판결로 응징한다. 대석과 나는 이 문제로 한참을 고민했다. 그리고 강제조정명령을 거부하기로 했다. 사실은 패색을 신경 쓸 필요가 전혀 없었다. 그 고민은 길 위에 있지 않았다. 길에 접어든 순간부터 갈 길은 정해져 있었다.

*

　형사사건의 제2 공판준비기일, 합의부 회의실에는 침침한 적의가 감돌았다. 나는 홍재덕 검사의 얼굴을 다시 보게 된 게 내심 반가웠지만, 그는 달랐다. 그는 손으로 입을 가리고 가래 끓는 기침을 해댔다. 기소검사도 나와 대석을 보고 예쁜 얼굴을 찡그렸다. 재판장 역시 불편해하는 기색이었다. 그는 먼저 잔소리를 늘어놓았다.

　"이게 뭐하는 겁니까? 달에 한 번씩 재판부와 변호인이 바뀌고 있으니."

　"내부 사정이 있었습니다. 죄송합니다, 재판장님."

"재판장님, 박재호 씨를 위해서는 차라리 국선변호인을 선임하는 게 낫겠습니다. 변호인이 바뀔 때마다 피고인 박재호의 법률적 지위는 그만큼 위태로워지는 것입니다."

여검사는 이곳에서 자신만이 진정 박재호를 위하고 있다는 것처럼 말했다. 검사의 입장에서는 국선변호사나 법인의 거물 변호사가 차라리 편할 것이다. 우리 같은 하바리 법률가들은 어떻게 날뛰고 어디로 사건을 끌고 갈지 예측할 수가 없기에. 우리는 잃을 것이 없는 사람들이다. 재판장은 목소리를 깔고 엄숙한 태도로 나에게 물었다.

"공판 전에 변호인이 또 바뀔 가능성이 있습니까? 그러면 지금 얘기하세요."

"이제 그럴 일은 없습니다. 저희가 박재호 씨의 대리인입니다. 앞으로도 계속 그럴 겁니다."

"그럼 심리에 들어갑시다. 오늘은 간단하게 끝내도록 합시다. 박재호의 변호인들은 검사 측의 수사기록을 등사했습니까?"

"그렇긴 하나 전부를 등사하진 못했습니다. 검사들은 여전히 수사기록의 절반을 숨기고 있습니다. 전부의 공개를 지시할 것을 재판장님께 요청합니다."

홍재덕이 공개한 반쪽짜리 수사기록에는 세심하게 골라낸 흔적이 남았다. 거기에 우리에게 도움이 될 만한 부분은 전혀 없었다.

"형사소송법의 규정을 따라, 공개하지 않은 기록에 포함되는 검사 측 증거자료를 채택하지 않는 정도로 불이익을 주겠습니다. 수사검사님은 가급적 공판 전에 수사기록 전체를 변호인들에게 공개하도록 하세요."

홍재덕이 대답했다. "네, 그러겠습니다."

홍재덕의 언어는 세상에 나오자마자 실현될 가능성을 잃고 거품처럼 사라졌다. 판사가 언급한 불이익은 불이익이라고 말할 수가 없었다. 우리는 검사 측의 진정한 불이익은 은닉된 기록 속에 포함되어 있을 거라 확신했다. 그러나 재판장의 결정에 대들 수는 없다. 우리는 그 결정을 받아들였다.

"그럼 검사 측 증인 목록을 확인해 봅시다. 두 명이로군요?"

"네."

"저번엔 60명이 꼭 필요하다고 하지 않았소?"

"국민참여재판 일정을 맞추기 위해 고심 끝에 결단을 내렸습니다."

판사는 웃어버렸다.

"이렇게 웃기는 재판은 처음 맡아 봅니다. 검사와 변호인 모두 좀 진지하게 재판에 임해주세요."

국민참여재판 개시가 확정되었으니 검사에게는 60명이 필요치 않았다. 국민참여재판이 취소되었어도 60명은 필요가 없었을 거다. 60명의 증인은 오직 국민참여재판을 무마시키는 데만 필요했을 테니까. 59도, 61도 아닌 딱 떨어지는 60인 것부터가 의심스럽다. 여검사가 기어들어가는 소리로 말했다. 저흰 진지합니다.

"저번 준비기일에 변호인들은 전·현직 경찰들의 증인 채택을 요청했소. 재판부는 서울지방경찰청에 증인대상자들의 법정 출석 승낙을 요구했으나 그 답변을 받지 못했습니다. 따라서 변호인들의 증인신청을 받아들여 서울지방경찰청장, 진압경찰 이승준, 전직 경위 문희성에 대한 소환장을 발급하도록 하겠습니다. 검사님들은 이견이 있습니까?"

"없습니다."

"그럼 됐습니다. 그리고 박재호 씨 변호인들은 공동피고인 김수만의 신변에 대해 아는 바가 있습니까?"

"도주했다고 들었습니다."

"거 황당한 일이요. 증인신청을 취소하겠습니까?"

"아니요. 일단 그대로 두고 공판까지 기다려 보겠습니다."

"그럼 여기까지 합시다. 양측 더 할 말 있습니까?"

"없습니다."

"없습니다."

"공판은 다음 주 수요일부터 금요일까지 3일 동안 형사대법정 417호에서 열립니다. 배심원들은 재판부가 지정한 숙소에 격리하기로 결정했습니다. 이 사건은 사법부 역사상 최대 규모의 형사재판입니다. 일반 형사재판 80건을 진행할 수 있는 비용이 여기에 쓰일 겁니다. 그 사실을 명심하시고, 양측은 최선을 다해 변론에 임해주시기 바랍니다. 특히 변호인들은 잘 들으세요. 박재호 씨의 변호사가 다시 바뀐다면 저는 판결을 선고할 때 이 장난질들을 절대로 잊지 않겠습니다. 아셨습니까?"

"여부가 있겠습니까."

나는 대답했다.

그 주의 금요모임에는 준형이 참여했다. 그녀는 디지털 캠코더를 가져와 삼각대 위에 설치하고 나와 대석의 모의 변론을 녹화했다. 그리고 배심원의 입장에서 우리가 사용하는 언어를 평가해주었다. 너무 난해해요. 너무 공격적이에요. 그 용어를 꼭 써야 할 필요가 있나요? 이해할 수 있도록 풀어서 설명하세요. 네. 네. 네. 네.

모의 변론 후 녹화된 영상을 텔레비전에 연결해 돌려봤다. 확실히 나는 머리가 컸다. 나보다는 대석이 훨씬 나아 보였다.

"아무래도 주요 변론은 장대석 변호사가 맡아서 하는 게 나을 성싶은데요."

나는 솔직히 말했다. 준형이 대답했다. "저는 그 반대에요. 장 변호사님은 지나치게 매력적이라 오히려 배심원들의 거부감을 불러일으킬 수도 있을 것 같아요. 피고 측 변호사인데도 불구하고 사람을 내려다보는 느낌이 들거든요. 저는 윤 변호사님의 조심스러운 태도 쪽에 좀 더 점수를 주고 싶은데요."

"제 생각도 같습니다." 주민이 거들었다.

나는 떨떠름하게 되물었다. "그거 칭찬입니까?"

"그럼 나는 좀 덜 매력적이도록 노력해보겠습니다." 대석이 비아냥거렸다. 주민이 말했다.

"공판기간 동안 변론은 윤 변호사님을 중심으로 진행하고, 장 변호사님은 증거설명과 최후변론을 맡아 배심원들에게 강한 인상을 심어주는 게 어떻겠습니까?"

우리는 서로의 얼굴을 돌아보며 의사를 확인했다. 고개들이 끄덕였다. 대석이 물었다.

"최후변론에서는 제가 매력적이어도 됩니까?"

공판기일 전날, 사무실 팩스는 3분 간격으로 울렸다. 언론사들의 취재요청서가 쇄도했다. 보통은 공판을 앞두고 사건의 변호사가 언론에 취재요청서를 보낸다. 요청에 응하는 언론의 수는 최대의 경우에도 절반 밑이다. 대석은 비서에게 일괄적으로 답신하라고 전했다. 공판 마지막 날 선고가 끝난 후 중앙지법 앞에서 정식으로 인터뷰에 응하겠다고. 그가 민변에서 활동하면서 배운 방식이었다.

오전부터 내 심장은 통증을 느낄 만큼 빠르게 뛰기 시작했다. 세상이 나를 스쳐 달렸다. 두 귀로 요란한 소리를 들을 수 있었다. 진정제를 복용할까 했으나 밤에 숙면을 취하지 못할 수도 있어 참기로 했다. 책도, 자료도 눈에 들어오지 않았다. 대석은 태평하게도 비서와 내일 입을 양복과 넥타이 색깔을 의논했다. 그녀는 심지어 대석의 머리를 만져주기까지 했다! 그건 위험한 선이었고 공판이 끝난 후 대석에게도 똑똑히 인지시켜야만 했다. 징계위원회에 회부되는 품위손상행위란 변호사가 저지른 성추행의 다른 말임을. 40대 변호사와 스물두 살짜리 여비서 사이에서 일어난 일에 대해서는 다른 변명이 불가능할 것이다.

점심을 먹던 중 박경철 의원의 전화를 받았다. 어제 법사위 소속 의원들이 만찬을 하면서 내일 있을 재판에 대해 얘기했네. 당에서도 주시하고 있어. 윤 변호사가 이길 걸 확신하니 수고해주길 바라네. 끝나고 한번 봅시다. 전화를 끊고 나니 밥맛이 뚝 떨어졌다.

주민에게 전화가 걸려왔다. 서울 소재 법대 교수 60여 명으로 구성된 판례평석모임에서 우리 공판을 방청할 것이라고 했다. 괜찮으면 공판이 끝나고 날을 잡아 모임에 참석해줄 수 있냐고 물었다. 나는 대답했다. 공판이 끝나고 얘기하죠. 제발 공판이 끝나고요.

도저히 의자에 엉덩이를 붙이고 있을 수가 없어서 오후에 사무실을 나섰다. 차를 타고 무작정 나서 법원 근처를 맴돌다가 아현동으로 갔다. 동네는 저번에 갔을 때와는 분위기가 전혀 달랐다. 이미 사방에서 건축공사가 바쁘게 진행 중이었다. 맨땅은 거의 남아있지 않았다. 철근들은 강건한 싹처럼 지하 깊이 뿌리를 내리고 하늘을 낮추며 자라났다. 재래시장은 철거되었다. 비린 국물의 국밥은 이제 먹고 싶어도 맛을 볼 수가 없게 되었다. 국밥집 아주머니는 어디로 갔는가. 다른 곳에서 또 그 맛대가리 없는 국밥을 팔고 있으리라고는 생각할 수 없었다. 세상에 주어진 하루마다 많은 생물들이, 많은 사람들이, 많은 사상들이, 많은 문화들이 도태된다. 그것은 멸종이고 멸종은 적자생존의 법이다. 연민은 자연의 법을 거스르는 허위인가. 나는 진화론자에게 묻는다. 그렇다면 연민은 왜 진화했는가. 그렇다면 연민은 왜 도태되지 않았는가.

세입자 대책위원회 사무실을 찾아갔다. 건물이 없었다. 세입자들의 격렬한 저항의 보루이던 그곳도 결국 철거의 폭풍 앞에 쓰러졌다. 전쟁은 끝났다. 남은 것들이 별로 없었다. 박재호만이 구치소에 갇힌 채 사라진 나라의 역사를 증거하고 있다. 씹쌔끼들. 나는 그것을 찾아 돌아다녔다. 전쟁의 잔해. 철거용역들이 돌벽에 남긴 낙서라도 찾는다면 마음의 위안이 될 것 같았다. 하지만 돌벽조차 남아있지 않았다.

굴삭기의 시퍼런 기계음들이 음표처럼 땅과 하늘 사이의 철근 위에 기록된다. 기계들이 연주하는 그 음표들의 춤이 사람의 목소리를 몰아냈다. 아니다. 목소리. 현장의 인부들은 일을 하며 서로에게 끊임없이 욕설을 내뱉는다. 파괴와 창조. 한끝 차이의 개념들. 그것이 양립불가능의 의미이다. 인부들은 하나같이 허름하게 낡았다. 그들에게도 철거가 필요했다. 그들은 철거를 담당했다. 그들의 철거는 아무런 표정도 없었다. 이곳이 아닐 뿐이다. 어딘가에서 그들의 터전이 철거되었을지 누가 알겠는가.

밤에 준형에게서 문자 메시지가 왔다.

저는 믿어요.

그냥 그것뿐이었다. 답장하지 않았다. 꿈에서 또 만났다. 아버지.

1의4.
공판기일 제1일
公判期日 第一日

소크라테스: 자, 말해주게. 무엇이 젊은이들을 선으로 인도하는지.

멜레토스: 법률입니다.

소크라테스: 나는 사람에 대해 묻고 있네. 그 법률을 아는 건 누구인가?

멜레토스: 저기 저 재판관들입니다.

소크라테스: 무슨 소릴 하는 건가, 멜레토스?
저 사람들이 젊은이들을 가르치고 또 선으로 인도한다고?

멜레토스: 그렇습니다.

소크라테스: 그들 모두가 그렇다는 건가?
아니면 더러는 그렇고 더러는 그러하지 않다는 건가?

멜레토스: 그들 모두가 그렇습니다.

소크라테스: 여신 헤라께 맹세코,
그렇다면 선으로 인도하는 자들이 어지간히 많기도 하군.

_플라톤, 「소크라테스의 변론」

형사대법정의 천장에는 화려하고 거대한 샹들리에가 매달려 있다. 풍성하게 맺힌 크리스털에 굴절된 빛은 경로를 달리 하여 달린다. 광원은 하나였지만 빛은 동굴에 사영된 각기 다른 윤곽의 진리처럼 방청객 한 명 한 명의 이마에 가뿐히 내려앉았다. 말할 수 없는 부조화. 일본에서 수입한 독일식 법을 프랑스식 샹들리에 밑에서, 그리스에서 기원된 양식으로 한국인에게 선고하는 곳. 이곳이다.

법정 안에서 가장 반짝이는 건 샹들리에가 아니었다. 기소검사는 가히 눈이 부셨다. 그녀는 법정의 검고 어두운 관습에 반기를 들었다. 호리호리하고 균형 잡힌 몸에 딱 붙은 파격적인 유광의 상아색 바지정장. 몸매를 상상할 필요가 없었다. 그녀는 이마에 붙인 앞머리를 한쪽으로 빗어 귀 뒤로 쓸어 넣었다. 실내의 빛을 모조리 끌어간 듯 작은 얼굴이 오목조목 빛났다. 정의의 여신 디케가 육신에 현현한 듯 그녀는 당당하고 아름다웠다. 대석은 감탄을 숨기지 않았다.

"얼마나 많은 법대생들이 단지 저 여자를 얻으려고 사법고시에 몸을 던졌을까. 하긴 삶의 목표가 될 만도 하지, 저런 여자라면."

그녀가 우리 쪽을 쳐다봤다. 우리는 서로 적의를 삼키고 생긋 눈인사를 나누었다. 법과 어깨를 나란히 해온 세련된 관습이었다. 대석이 중얼거렸다.

"공판 끝나고 결혼했는지 물어봐야겠어."

개정하기 전에 검사를 본 준형이 말했다. 여우 같은 여자로군요. 하지만 배심원들한테 긍정적으로 먹힐지는 두고 봐야겠지요.

피고 측 변호사에게조차 벌써 효과를 발휘하고 있었다. 적어도 대석에게는.

국민참여재판에서 변호인이 검사보다 유리한 점이라면 배심원석이 변호인석의 정면에 위치한다는 것이다. 변호사들은 배심원들에게 항상 표정을 보여줄 수 있었다. 나는 변호인석에 앉아 있는 내내 배심원석을 바라보았다. 우연히 배심원들과 눈이 마주칠 때마다 그것을 기회로 여기고 사람 좋은 미소를 선사했다. 배심원들은 나와 눈이 마주치면 금방 고개를 돌렸다. 이 미시적 전략이 어떤 효과를 발휘할지 나도 알 수 없었다. 아는 대로만 행동하기에는 배심제도에 대해 아는 게 너무 적었다.

대법정은 수백 명을 수용할 수 있었지만 예상했던 대로 방청석은 만원이었다. '사법정의구현'이라고 적힌 피켓을 들고 흔들던 일반 방청객 한 명이 법정정리에게 제지당했다. 그는 굽히지 않았다. 그 피켓은 정의를 실현하는 그의 방식이었다. 그는 결국 공판을 구경해보지도 못하고 퇴정 당했다.

주민은 방청석 맨 앞줄의 변호인석 근처에 자리를 잡았다. 그가 소리를 죽여 나에게 컨디션이 어떠냐고 물었다. 그답지 않은 멍청한 질문이었다. 멍청한 대답을 할 수밖에 없는. 아주 좋습니다. 최고로 좋아요. 주민의 옆자리에서는 서울대 법과대학 공법학회 학생들이 눈을 크게 뜨고 나를 관찰하고 있었다. 지금 그들에게 나는 영웅이었다. 그들은 나중에 나 같은 인권변호사가 되고 말겠다는 푸른 꿈을 품었다. 그러나 결국 나 같은 변호사가 되지는 않을 것이다. 내가 어쩌다 이 법정까지 흘러왔는가. 그건 신념이라기보다는, 한발 뒤쳐진 능력과 경력과 학력의 복잡한 상호작용 속에서 탄생한 예상치 못한 우연이었다. 모든 위대한 역사가 그렇게 탄생한다고 해도, 나는 생을 통해 체화시킨 뿌리 깊은 겸손과 열등감을 쉽게 버릴 수가 없었다.

민생살림 사무국장이 변호인석 쪽으로 다가와 악수를 청했다. 그는 박재호와 함께 철거현장에 있었던 사람들 10여 명을 소개해주었다. 어쩌면 박재호가 될 수도 있었던 사람. 세상에서 가장 불운하면서 그러나 박재호보다 한참 운이 좋았던 사람들. 그들은 우리를 격려했다. 불협화음처럼 일제히 쏟아지는 격려의 말 중 하나도 건지지 못했다. 그들은 자리로 돌아갔다.

대기실에서 기다리던 박재호가 사법경찰들의 호송을 받으며 왔다. 짙푸른 재소복이 유달리 돋보였다. 장내가 숙연해졌다. 재판부의 판사들이 뒷문을 열고 들어왔다. 법정정리가 벌떡 일어나 외쳤다. 모두 자리에서 일어서 주십시오. 수백 명이 동시에 자리를 털고 일어났다. 법정의 권력을 확인하는 방식이다. 판사들이 먼저 앉았다. 정리가 외쳤다. 이제 앉아 주십시오.

형사합의재판부는 세 명의 법관으로 구성된다. 재판장과 여판사는 공판준비기일과 배심선정기일에 이미 얼굴을 익혔다. 나머지 한 명의 젊은 남자 판사는 오늘 처음 본다. 막 고시를 끝낸 것처럼 초췌하고 기운이 없어 보였다. 그는 우리의 관심 밖이었다. 재판장을 제외한 두 명의 젊은 판사는 들러리에 지나지 않는다. 그들은 경력 5년 미만의 판사들로, 재판장을 보좌하며 합의부에서 실무경험을 쌓은 후 자기 법정을 배당받게 된다. 합의부 재판장은 수행판사들의 의견을 묻고, 자기 의견으로 판결을 내린다. 그들은 박재호를 살릴 수도, 죽일 수도 없었다.

재판장은 서류를 정리했다. 한동안 법정에서는 판사석 위의 종잇장이 넘어가는 소리만 들렸다. 적막에 짓눌린 박재호가 고개를 떨어뜨렸다. 나는 탁상 아래로 그의 다리를 툭 쳤다. 그가 다시 고개를 들었다. 그는 당당히 배심원들을 바라봐야만 했다. 고개를 숙여서도, 시선을 피해서도 안 되었다. 죄인처럼 보여서는 안 되었다. 판사가 입을 열었다.

"지금부터 2009고합 66호, 특수공무집행방해치사 사건의 공판을 시작하겠습니다. 검사 측에서는 누가 나왔습니까?"

홍재덕이 먼저 의자를 밀고 자리에서 일어났다. 그는 배심원들을 향해 돌아서서 무표정한 얼굴로 말했다.

"안녕하십니까. 이 사건의 수사검사 홍재덕입니다."

그의 첫 인상이라면 누구의 호감도 살 수 없었다. 검찰이 국민참여재판 전담검사를 따로 지정할 필요는 그만큼 절실했다. 기소검사가 뒤따라 일어났다. 그녀는 배심원을 향해 한껏 입꼬리가 올라가도록 웃음을 흘렸다.

"안녕하세요? 저는 검사 이민정이라고 해요."

나는 그녀가 단박에 법정의 시선을 휘어잡은 것을 감지했다. 검찰은 참 놀라운 무기를 뒀다. 검사가 앉자 판사가 말을 이었다.

"변호인 측도 소개하시죠."

대석이 먼저 배심원들에게 자신을 소개하고 이어 내가 소개했다. 나는 자리에 앉은 후에도 배심원석에서 시선을 거두지 않았다.

"배심원은 전부 출석했습니다. 그럼 오늘 배심원 여러분께서는 재판에 공정한 자세로 임하겠다는 선서를 해주셔야 합니다. 배심원 여러분들은 모두 일어서 주십시오."

배심원들이 일어났다. 판사가 말했다.

"1번 배심원께서 대표로 선서해주시기 바랍니다."

1번 배심원은 30대 주부였다. 선서문을 읽는 그녀의 목소리는 낭랑했다.

"네, 이제 앉으세요. 지금부터 본격적으로 심리에 들어가도록 하겠습니다. 재판부에서 배심원들에게 주의사항을 말씀드립니다. 여러분은 무죄추정의 원칙을 따라, 검사가 피고인을 단지 기소했다는 이유로 범죄를 범했을 거라는 편견을 가지면 안 됩니다. 또한 여러분의 판단은 오직 검사와 변호사가 이 재판에서 제시하는 증거 위에서만 이루어져야 합니다. 그럼 피고인 일어나주시겠습니까?"

박재호가 자리를 일어났다. 그는 허리를 꼿꼿이 폈다. 나는 그가 법정에서 할 일 중 그것이 가장 중요하다고 말했다.

"피고인의 이름은 무엇입니까?"

"박재호입니다."

"나이가 어떻게 됩니까?"

"49세입니다."

"사는 곳은 어디입니까?"

"어, 거주했던 곳을 말씀하십니까?"

"네."

"서울시 마포구 아현동 121 다시 22번지입니다. 지금은 철거되어 집이 남아 있지 않지만요."

"불필요한 말은 삼가주세요. 하시는 일은 어떻게 됩니까?"

"구속되기 전에는 식당을 했습니다."

"앉아주세요."

박재호는 천천히 몸을 가라앉혔다.

"유의사항을 말씀드리겠습니다. 피고인에게는 자신에게 유리한 진술을 할 권리가 있고, 또한 진술을 거부할 권리가 있습니다. 피고인의 유죄를 입증할 책임은 검사에게 있으므로, 검사의 질문에 피고인이 진술을 거부하더라도 유죄를 인정하는 것은 아닙니다. 배심원과 피고인 모두 그 사실을 잊지 말도록 하십시오."

재판장은 자기 말이 전달될 시간을 잠시 기다려 이어갔다.

"그럼 검사와 변호인의 모두진술이 있겠습니다. 검사와 변호사는 배심원들이 판단하기 쉽도록 어렵지 않게 말해주시기 바랍니다."

이민정 검사가 배심원들 앞으로 걸어 나갔다. 발걸음이 가벼웠다. 그녀가 마땅한 자리를 찾아 멈춰 섰을 때, 마침 귀 뒤로 고정해 두었던 그녀의 앞머리가 흘러내렸다. 그녀는 고개를 살포시 뒤로 젖히며 앞머리를 다시 귀 뒤로 쓸어 넘겼다. 배심원들의 두 눈이 휘둥그레졌다.

"안녕하세요. 배심원 여러분들은 다들 아침식사는 하고 오셨나요?"

배심원석에서는 대답이 돌아오지 않았다. 대답을 바란 질문도 아니었다.

"저는 너무 긴장이 되서 아침식사를 못했습니다. 배심원 여러분 앞에 서는 일이 직업인데 매번 설 때마다 긴장이 되네요. 언젠가는 익숙해질 날이 오면 좋겠어요. 그럼 사건에 대해 간략히 설명하겠습니다."

그녀는 모두진술을 시작했다.

"사건은 올해 2월말, 아현동의 재건축현장에서 일어났습니다. 피고인 박재호 씨를 비롯한 아현동 지역의 세입자들은 재건축에 반대하며 타인 소유 대지를 점거하고 불법적인 시위를 벌였습니다. 불법시위자들은 그곳에 4층 높이의 망루를 세웠고 그로 인해 부동산 소유자들은 정당한 재산권 행사를 할 수 없게 됐습니다. 사건당일 해당 지역 재건축 시공업체가 고용한 철거용역회사와 불법시위자 사이에 물리적 충돌이 있었습니다. 그 와중에 용역 회사 직원 김수만의 구타로 인해 피고인 박재호 씨의 아들 박신우 군이 혼수상태에 빠졌고요. 충돌이 시민의 안전을 위협할 만큼 격화되었기에 경찰은 황급히 진압작전을 펼쳤습니다. 피고인 박재호 씨를 비롯한 불법시위자들은 경찰에게마저 물리적으로 저항했습니다."

238

그녀는 시위자를 일컬을 때 꼬박꼬박 불법이란 접두어를 놓치지 않았다.

"철거용역 김수만의 폭력으로 아들이 다친 상태에서 박재호 씨는 아마 머리끝까지 화가 났을 겁니다. 그는 분을 참지 못하고 망루 안에 있던 각목을 들어 진압작전에 참여중인 전경 김희택 씨의 후두부를 가격합니다. 피해자인 김희택 씨는 두개골 파열로 현장에서 즉사하였습니다. 피고인 박재호 씨의 아들 박신우는 혼수상태로 인근 세브란스 병원으로 후송되었으나 당일 21시경 사망하였습니다. 박신우를 죽인 김수만은 보석으로 풀려난 후 도주한 상태입니다. 그리하여 우리 검찰은 피고인 박재호를 경찰에 대한 특수공무집행방해치사로 기소하기에 이른 것입니다."

그녀는 말을 마치고 검사석을 향해 작은 수신호를 보냈다. 그러자 법정 한편에 세워진 대형스크린에 '특수공무집행방해치사'란 단어가 떠올랐다.

"자, 그러면 특수공무집행방해치사가 뭘까요? 지금부터 제가 간단히 설명해드릴게요."

프리젠테이션은 철저히 준비되었다. 특수공무집행방해치사란 단어는 곧 특수, 공무집행방해, 치사의 세 단어로 분리되어 스크린을 떠돌더니 위에서부터 차례로 정렬되었다. 가운데 위치한 '공무집행방해'란 단어가 전면으로 크게 떠올랐다. 놀라운 잔재주였다. 검찰은 매일 저런 것만 만드는 사람을 따로 고용했을 게 틀림없었다.

"먼저 공무집행방해란 말 그대로 공무집행을 방해한 것을 의미합니다. 이 사건의 경우에는 경찰의 공무인 진압행위에 저항한 것이 공무집행방해에 해당합니다."

'공무집행방해'가 물러났다. '특수'가 걸어 나왔다.

"여기에 붙은 특수란 법률이 정한 것으로, 여러 사람이 합동하여 무력을 행사하거나 위험한 물건을 사용한 경우를 말합니다. 시위자들은 합동하여 무력을 행사했고, 피고인 박재호 씨는 각목을 휘둘렀으므로, 이 특수의 규정이 적용됩니다."

이제 '치사'의 차례였다. 그 단어는 스크린 전면으로 나오더니 핏빛의 빨간색으로 물들었다. 장난이 지나쳤다. 정말 치사하다.

"그럼 여기에 치사는 왜 붙었을까요? 그건 앞서 말한 특수공무집행방해로 사람, 즉 공무원을 죽였다는 것을 의미합니다. 이것이 피고인의 기소죄목인 특수공무집해방해치사의 의미입니다."

그녀는 뒤돌아 배심원을 보았다. 다시 귀밑으로 앞머리가 흘러내리자 쓸어 올렸다. 나는 그녀의 헤어스타일이 무대장치임을 확신하게 됐다.

"그런데 여기서 사람을 죽였다는 치사란 것은 살인과는 다릅니다. 사람을 죽였으나, 죽일 의도를 가진 것은 아니었을 때 그 행위를 치사라고 합니다. 배심원 여러분들은 피고인에게 이런 동정심을 가질 수도 있을 겁니다. 설마 피고인이 죽일 생각으로 경찰을 때렸겠는가. 아들이 혼수상태에 빠졌으니 흥분해서 자기도 모르게 일을 저지른 게 아니겠는가."

그녀는 말을 멈추고 배심원의 얼굴을 찬찬히 뜯어보았다.

"맞습니다. 당연히 그런 동정심이 들겠지요. 하지만 제가 감히 말하건대, 배심원 여러분들은 피고인에게 동정심을 가질 필요가 없습니다. 왜냐하면 법률이 이미 피고인을 동정했기 때문입니다. 제가 피고인을 살인이 아닌 치사라는 죄목으로 기소한 것이 그 증거입니다. 치사란 바로 피고인 박재호 씨처럼 죽일 의도가 없었는데 사람을 죽인 경우에 적용되는 죄목입니다. 여러분은 동정심이 고려된 죄목의 평결에 다시 동정심을 반영시킬 필요가 없다는 거지요. 이상으로 모두진술을 마치겠습니다. 지루한 설명 듣느라 힘드셨죠? 끝까지 들어주셔서 정말 감사합니다."

그녀는 배심원들을 향해 꾸벅 허리를 숙였다. 변호인석에서는 그녀의 뒷모습만이 보였다. 대석이 나에게 귀엣말을 했다. 저 여자가 허리를 굽힐 때 배심원들에게 블라우스 사이의 가슴골이 보이는 게 아닐까 의심스러워. 내가 대석의 귀에 대고 대답했다. 배심원이 되고 싶은 거야? 변호사는 영원히 배심원이 될 수 없어. 국민참여재판법 18조의 5호야.

검사가 자리로 돌아가자 판사가 말을 받았다.

"수고하셨습니다. 피고 측 변호인은 검사의 공소사실을 인정합니까?"

나는 일어서서 대답했다.

"검사의 공소사실은 중요한 부분이 사실과 다릅니다. 먼저, 피고인 박재호의 아들 박신우를 구타하여 죽인 건 철거용역 김수만이 아닌 진압경찰들입니다. 박재호 씨는 경찰들에게 폭행당하는 아들을 구하려고 했습니다. 그 상황이라면 누구나 그랬을 것입니다. 불행히 그 와중에 피해자인 전경 김희택이 사망했습니다."

"변호인은 그 외의 공소사실은 인정합니까?"

"네."

"좋습니다. 변호인 모두진술 하시겠습니까?"

나는 배심원들을 향해 걸어 나갔다.

"안녕하십니까, 제가 피고인 박재호의 변호사입니다."

준비한 인사말들이 있었지만 나는 생략하고 단도직입하기로 결심했다. 사람을 홀리는 전략으로는 도저히 검사와 승부를 볼 수 없었다. 나는 귀밑으로 자꾸 청초하게 흘러내리는 머리칼을 갖고 있지 않다.

"피고인의 행위로 인해 피해자인 전경 김희택 씨가 죽었습니다. 검사님이 말씀하신 대로 그건 사실입니다. 거기에 적용되는 법률은 검사님이 지적하신 대로 특수공무집행방해치사가 맞습니다. 하지만 우리 법률에는 또 다른 규정이 있습니다. 바로 정당방위입니다. 검사님께서 그 규정을 배심원 여러분들께 설명하지 않으셨으니 이제 제가 설명해드리겠습니다."

나는 잠시 쉬고 배심원들이 스스로에게 질문할 시간을 주었다. 정당방위? 물어라, 그게 뭐지?

"자신 혹은 타인이 위법적인 물리적 침해로 인해 위기에 빠졌을 때, 그것을 돕기 위한 행동이 바로 정당방위입니다. 물론 정당방위 그 자체로도 위법적 결과가 발생할 수 있습니다. 이 사건의 경우처럼 사람이 죽는 것이지요. 위법은 위법입니다. 하지만 우리 법률이 정한 정당방위 규정에 따르면, 정당방위로 위법적 결과가 발생하면 그 위법성을 조각해준다고 합니다. 위법성을 조각한다? 그게 무슨 뜻일까요? 위법행위의 위법을 배제하여 처벌을 면하여 준다는 뜻입니다. 검사의 주장대로 피고인 박재호 씨는 경찰을 의도치 않게 죽였습니다. 하지만 그의 위법한 행동은 아들을 구하기 위해 피치 못하게 행하여야 했던 정당방위였습니다. 말씀드렸다시피 정당방위에는 위법성이 배제됩니다."

나는 준비한 영상자료가 없었다. 나는 배심원의 상상을 캔버스 삼아 치사란 단어 위에 정당방위란 단어를 고쳐 써넣어야 했다. 내 단어에도 색깔을 정할 수 있다면 초록을 고르겠다.

"이에 따라 저는 배심원 여러분들에게 법률이 정한 대로 피고인의 처벌을 면하여 줄 것을 부탁드립니다. 제 부탁은 피고인에게 동정과 연민을 발휘해달라는 게 아닙니다. 정확히 법이 정한 대로 판단해달라는 것입니다. 법은 정당방위를 행한 피고의 처벌을 면하라고 규정하고 있습니다. 이상입니다."

나는 자리로 돌아왔다. 방청석에서 몇몇이 고개를 끄덕였다. 긍정적인 신호였다. 재판장이 말했다.

"검사는 반대 의견이 있습니까?"

"네."

"말씀하시죠."

검사가 다시 배심원석 앞에 섰다. 나는 이제 무슨 일이 일어날지 알았다. 그녀는 귀 뒤로 머리를 쓸어 넘겼다. 배심원들도 눈치를 챘을 것이다. 그녀는 스스로를 너무 똑똑하게 여긴 나머지 배심원들을 얕잡아 보고 있었다. 그건 치명적인 실수였다.

"먼저 저는 피고인 박재호의 아들 박신우를 폭행해 사망케 한 것이 경찰이라는 변호인의 주장이 전혀 사실무근임을 여러분들께 이야기하겠습니다. 아무런 근거 없이 그런 주장을 해서는 안 됩니다. 그리고 그것을 떠나 우리가 주목해야 하는 건, 피고인이 각목을 휘둘러 경찰의 뒤통수를 내리쳤다는 사실입니다."

그녀는 피 묻은 각목의 사진을 올림픽 성화처럼 높이 쳐들었다.

"바로 이 각목입니다."

한 손으로 사진을 들어 올리자 상아색 재킷이 팽만하게 그녀의 가슴을 감쌌다. 배심원들의 시선은 아랑곳 않고 각목 사진에 끌려 올라갔다. 배심원들이 가슴과 사진 중 어느 쪽에 사로잡히는 게 우리에게 더 나을지 판단하기 어려웠다.

"배심원 여러분들은 이제 상상해보세요. 누군가 자신의 뒤통수를 각목으로 내리칩니다. 분명히 강조할게요. 뒤통수입니다. 뒤통수요. 과연 그 누군가가 정당방위로 여러분의 뒤통수를 때렸다고 말할 수 있겠습니까? 게다가 여러분이 그로 인해 죽게 된다면요. 여러분은 자신을 죽인 사람이 정당방위로 처벌을 면하시길 바라겠습니까?"

그녀는 사진을 든 팔을 내렸다. 대형스크린에 이번엔 정당방위란 단어가 떠올랐다. 그녀는 스크린을 의식하지 않고 말을 이었다.

"변호인은 정당방위를 주장한다고 하지만, 사실은 정당방위를 주장하는 게 아닙니다. 피고인 박재호의 아들이 죽었다는 비극적 사실을 기회 삼아 올라타서, 배심원들에게 피고인에 대한 동정과 자비를 구걸하고 있는 것입니다. 하지만 제가 말씀드렸듯이, 치사라는 죄목에는 이미 동정과 자비가 고려되어 있습니다. 만약 제가 피고인을 동정하지 않았다면 치사가 아닌 살인으로 기소했을 테지요. 배심원 여러분! 여러분은 언제나 동정을 구걸하는 변호사를 경계하셔야 합니다. 변호사가 법이 아닌 동정에 기댄 평결을 구할 때, 그 변호사는 배심원 여러분의 평결권을 우러러보는 게 아니라 사실은 여러분의 판단력을 얕잡아 보는 것이기 때문입니다."

그녀가 말을 마칠 때 대형 스크린에서는 기가 막힌 사태가 일어났다. 스크린 전체를 차지하고 있던 정당방위란 네 글자가 폭풍을 맞은 듯 빙글빙글 돌더니 스크린 저편으로 휩쓸려 아스라이 사라진 것이다. 개수작이다. 배심원만 없다면 그렇게 말해야 했다.

그녀의 마지막 문장은 너무 과격했다. 우리는 이의를 제기해야만 했지만 그러지 못했다. 나와 대석은 스크린 안에서 벌어진 일 때문에 거의 넋이 나가 있었다. 인정은 하겠다. 검사의 언변, 그리고 사진과 이미지를 사용하는 기교는 듣도 보도 못한 훌륭한 연출이었다. 그녀가 진술을 마치고 자리로 돌아올 때 대석은 더 이상 귀엣말로 그녀를 조롱하지 않았다. 우리는 배심원이 아니라 검사를 얕잡아 보았다. 그녀가 너무 아름다웠기 때문이다. 우리는 그녀의 머릿속에 똬리를 튼 뇌조차 유리병에 꽂힌 장미처럼 아름답고 무기능할 거라는 편견을 가졌다. 위험은 가시화되었다. 나는 생각했다. 저 여자에게 잡아먹힐 수도 있어. 수사기록을 감춘 홍재덕이 아니라 상아색 정장을 입은 옷태 좋은 저 여자에게. 검사는 자리로 돌아가 조신한 자세로 앉았다. 우리는 그녀와 그녀의 경력에 대한 정보가 전무했다. 그녀가 해치운 변호사들이 누구며 그들이 어떻게 그녀에게 당했는지 조사해놨어야만 했다. 우리 역시 치명적인 실수를 범했다. 판사가 말했다.

"변호인은 의견이 더 있으면 진술하세요."

나는 자리를 나섰다. 조금 전에 섰던 자리였지만 배심원석과의 거리가 확연히 멀어졌음을 느꼈다.

"뒤통수를 때리면 정당방위가 아니다. 검사님의 의견 잘 들었습니다. 인상적이었습니다. 비록 법률적으로 아무런 근거가 없는 검사님 혼자만의 이론인 게 너무나 아쉽긴 하지만 말입니다."

나는 내 말이 검사가 펼친 달변 위에 소복이 내려앉길 기다렸다.

"맞습니다. 피해자는 뒤통수를 맞았습니다. 그런데 왜 뒤통수를 보였을까요? 바로 피고인 박재호 씨의 아들 박신우를 폭행하고 있었기 때문입니다. 죽은 박신우는 겨우 열여섯 살이었습니다. 그럼에도 그는 생명이 위태로울 정도로 경찰들에게 구타당했고, 배심원 여러분 모두가 아시다시피 결국 사망했습니다. 검사가 주장하는 건 대체 뭡니까? 박재호 씨가 그 위급한 상황에서 경찰을 모두 돌려세운 후 엎드려 놓고 엉덩이라도 때려야 했단 말입니까?"

방청석에서 웃음이 터져 나왔다. 아무 의미도 없었다. 배심원은 단 한 명도 웃지도 않았다.

"피고인 박재호 씨는 제대로 생각을 할 수도 없을 만큼 급박한 위기에 처해 있었습니다. 아들을 잃을 위기요. 그는 아들을 구하기 위해 경찰의 뒤통수를 내리치는 위험한 행동을 했습니다만, 그럼에도 불구하고 결국 아들을 잃었습니다. 이제 우리는 중요한 논점에 이르게 됐습니다. 저는 피고인의 아들 박신우를 경찰이 죽였다고 말했습니다. 검사는 박신우를 철거용역 김수만이 죽였다고 말했습니다. 둘 다 사실일 수는 없습니다. 실제로 무슨 일이 벌어졌던 걸까요? 누가 어린 박신우 군을 죽였을까요? 실제로 일어난 일이 뭐였는지 알 방법이 있을까요? 있습니다. 그날 있었던 사실이 적힌 경찰의 수사기록을 보면 됩니다."

나는 검사석을 힐끗 보았다. 홍재덕은 흔들림이 없었다. 그 정도는 해야 검사일 터다.

"그 기록을 검사들이 가지고 있습니다. 형사소송법에 따르면 검사는 그 기록 전체를 재판에서 공개해야만 합니다. 그런데 검사 측은 일부만 공개했습니다. 왜 그럴까요? 공개하지 않은 수사기록에 뭐가 들어 있을까요? 왜 그것을 숨겨야만 할까요? 저는 그 기록에 적힌 비밀을 이 자리에서 여러분들에게 보여드릴 수는 없습니다. 왜냐하면 말씀드렸다시피 검사들이 기록을 숨기고 내놓지 않기 때문이지요. 하지만 저는 약속하겠습니다. 앞으로의 재판에서, 저는 배심원 여러분들께 확신을 안겨드리겠습니다. 재판이 끝날 때쯤이면 여러분들은 검사들이 은닉한 수사기록을 보지 않고도 거기에 적혀 있을 내용을 짐작하시게 될 것입니다. 이상입니다."

돌아와 앉았다. 변호인석 아래로 대석이 내 허벅지를 조용히 문질렀다. 아주 잘했어. 그런 뜻이었다. 그가 똑같은 짓을 여자에게 할 때는 '너와 자고 싶어', 그런 뜻이다. 판사가 물었다.

"검사 측은 의견이 더 있습니까?"

"네."

검사가 다시 나왔다.

"다시 말하지만, 경찰이 박신우를 죽였다는 건 결코 사실이 아닙니다. 그러나 설령 그렇다고 칩시다. 경찰이 죽였다고요. 저는 변호인의 정당방위 주장이 얼마나 터무니없는지 보여드리기 위해 가정하는 것입니다. 법에 따르면 정당방위는 위법한 침해에 대한 방어의 경우에만 인정됩니다. 그렇다면 변호인은 지금 경찰의 공무가 위법했다는 주장을 하는 겁니다. 소급해 들어가 보지요. 최초의 위법은 뭘까요? 바로 불법시위입니다. 시위행위 자체가 위법했습니다. 위법은 거기서 출발합니다. 위법행위에 대한 국가경찰의 진압은 적법하고 정당합니다. 우리 법은 적법한 정당행위에 대한 정당방위를 인정하지 않습니다. 피고인 박재호는 정당행위 중인 경찰공무원에게 물리력, 특히 죽음에 이르게 한 물리력을 위법하게 행사했습니다. 변호인은 그것을 정당방위라고 부릅니다. 하지만 보통의 사람들은 그것을 살인이라고 부릅니다."

나는 외쳤다. "이의 있습니다." "인정합니다."

변론이 끝났기에 이의는 효과를 발휘하지 못했다. 그녀는 배심원들의 시선을 하나하나 거두어들이고 자리로 돌아갔다.

판사가 물었다. "변호인은 의견이 더 있습니까?"

나는 대답했다. "모두진술은 그냥 여기까지 하겠습니다. 경찰 진압의 위법성은 증거조사와 증인신문을 통해 보이겠습니다."

"좋습니다. 그럼 이상으로 모두진술을 마치도록 합시다. 배심원들은 명심하시기 바랍니다. 방금 들은 검사와 변호사의 진술은 양측의 주장일 뿐입니다. 배심원 여러분 각각은 오직 앞으로 보게 될 증거에 의해서만 스스로 판단하셔야 하며, 검사나 변호사의 주장을 그대로 사실로서 받아들여서는 안 됩니다. 이제 양측에서 주장을 입증하기 위한 증거들을 제출할 겁니다. 그 전에 이해를 돕기 위해 증거의 입증 계획을 설명하는 시간이 있겠습니다. 검사님 먼저 입증 계획을 설명하시죠."

검사는 슬라이드 영사기를 사용해 입증계획을 설명했다. 그녀가 가진 증거들은 홍재덕이 책상 앞에 앉아서 긁어모은 서류더미에 지나지 않았기에 태생적인 한계가 있었다. 그녀의 언변은 정교하고 효율적이었지만, 입증계획은 배심원들에게 강한 인상을 심어주지 못했다. 나는 홍재덕을 지켜보았다. 그는 붕 뜬 표정으로 허공을 응시했다. 어디를 바라보느냐. 어딘가를 바라보고 있었다. 어딜 바라보는지 알 수 없었다.

우리 쪽 입증계획은 대석이 설명했다. 금요모임에서 주민은 대석에게 농담을 자제할 것을 충고했다. 대석은 습관처럼 말끝을 농담으로 버무렸다. 대석의 농담은 나쁜 편이 아니었다. 그러나 무거운 공기가 가라앉은 법정에서 배심원들은 농담에 엄격해진다. 적절한 유머는 사람의 호감을 사는 가장 간편한 방법이지만, 웃기지 못한다면 역효과를 일으킨다. 그때 배심원들은 변호사가 비굴하고 시답잖은 농담이나 던져야 할 만큼 변론에 자신이 없는 무능한 인간이라고 느끼게 되는 것이다. 주민은 배심법정에서 각본으로 준비한 개그가 통하는 경우는 거의 없다고 말했다. 대석은 충고를 따랐다. 그는 슬라이드에 대고 차분한 어조로 증거 목록을 제시했다. 우리의 입증계획은 증거보다는 증인에 초점이 맞춰져 있었으므로 서류에 대한 설명은 짧게 끝났다. 대석은 증인목록 사본을 슬라이드에 올렸다. 그는 증인의 이름을 차례로 읊으면서, 각 증인이 무엇을 입증하기 위해 필요한 것인지 설명했다. 그때 파리 한 마리가 날아와 슬라이드 필름 위의 증인 이름 한 글자를 차지하고 앉았다. 대석은 증인의 이름을 훑어 내려가다가 결국은 파리와 맞닥뜨렸다. 영사 화면에는 증인의 이름 대신 파리의 그림자가 꿈틀거리고 있었다. 대석은 증인의 이름을 모두 외웠다. 그러나 그는 증인의 이름을 읽는 대신 파리 앞에서 정지했다. 그는 "잠시만요"라고 말하더니 연극적인 손짓으로 파리를 내쫓고 이름을 마저 읽었다. 그 촌극은 성공했다. 배심원 몇 명이 입을 가리고 쿡쿡거렸다. 대석은 누군가를 웃길 의도라고는 조금도 없었다는 듯 태연하게 말을 이어갔다. 대학 시절 그가 얼마나 많은 연극의 주연을 맡았는지 배심원들은 상상도 못 할 거다. 입증계획 설명을 마치고 대석이 들어오자 재판장이 발언했다.

"양측의 증거계획은 잘 들었습니다. 혹시 공판준비기일까지는 언급하지 않았던, 추가로 제출할 증거가 있습니까? 있으면 지금 말씀해주세요. 재판의 신속한 진행을 위해 특별히 수긍할 만한 사유가 없는 한 앞으로 새로운 증거는 채택하지 않겠습니다. 양측 새롭게 제출할 증거가 있습니까?"

"없습니다."

"없습니다."

"그럼 여기서 휴정하고 점심 식사 시간을 갖겠습니다. 식사가 끝난 후 오후 2시에 뵙겠습니다. 배심원 여러분은 적어도 1시 50분까지는 입정해주시기 바랍니다."

재판장이 일어섰다. 딴청을 피우던 법정정리가 서둘러 외쳤다. 모두 일어서 주십시오! 판사는 이미 법정을 떠났다.

법원 구내식당에서 간단히 식사를 마쳤다. 법조인들이 아니라 원고와 피고들이 어깨를 맞대고 밥을 먹는 공개식당이었다. 식사는 형편없었다. 국물 위로 알 수 없는 것들이 떠다녔다. 밥을 반 이상 남기고 대석과 나는 변호사실로 갔다. 주민이 찾아왔다. 그는 판례평석모임 회원이자 얼마 전까지 지방법원 판사였다는 서강대 로스쿨의 젊은 교수를 모셔왔다.

"윤 변호사님 구두변론이 수준급이시더군요. 이민정 검사도 보통이 아니죠? 저랑 법대와 연수원 동기입니다."

교수는 이민정 검사에 대한 이야기를 들려주었다.

"독거미 같은 여잡니다. 술수가 아주 화려하죠. 법대 시절 서로 그녀와 사귄다고 주장하던 남학생 둘이 주먹다툼을 벌여 정학을 먹은 적도 있었어요."

"독거미라고요?"

대석이 물었다. 교수는 대답했다.

"외모로 판단하지 마세요. 절대로요. 저 여자는 검찰 안에서도 엘리트 코스를 걷고 있습니다. 국민참여재판은 검찰의 최우선관리 사업이에요. 그걸 그녀가 전담하고 있다는 걸 잊어서는 안 됩니다."

그건 정보라고 말할 수가 없었다. 우리에게 아무런 도움이 되지 않으니까. 대석이 다시 물었다.

"결혼도 했습니까?"

교수는 입을 벌리고 대석의 얼굴을 빤히 쳐다보았다.

"질문의 의도를 모르겠군요. 이민정 검사는 유성그룹 셋째 며느리입니다."

대석은 과장되게 웃는 시늉을 하며 고개를 위아래로 크게 끄덕였다. '몹쓸 년!'이라는 듯이.

오후 심리는 이민정 검사의 증거조사로 시작됐다. 지루하기 짝이 없었다. 수사검사인 홍재덕이 애초 논쟁거리가 될 만한 자료를 공개하지 않은 까닭이다. 배심원들은 졸음을 쫓아내려고 애쓰는 기색이 역력했다. 법정에서 졸았다가는 배심원 자격이 박탈된다. 보수로 일당 10만원을 받을 테니 그렇게 쉽게 쫓겨날 수는 없을 터다. 검사의 증거는 목사의 설교보다 간지러웠다. 배심원들은 시험받고 있었다.

은닉된 수사기록은 우리뿐만 아니라 기소검사에게도 악재로 작용하는 듯했다. 그녀는 지금 고고학자였다. 제한적으로 주어진 발굴자료 내에서 살아 있는 사실을 형상화해야 하는 처지. 논점을 창출하지 못하고 있었다. 그 기분을 잘 안다. 안됐다.

그녀는 피고인 신문조서의 한 대목을 읽었다. 박재호가 자신이 김희택을 죽였음을 시인하는 부분. 경찰이 물었다. 당신이 전경을 죽였습니까? 박재호가 대답했다. 네, 제가 죽였습니다. 그래서 뭘 어쩌라는 건가. 우리가 이미 인정했는데. 수사검사와 기소검사의 팀워크는 엉망이었다. 그녀는 어쩔 수 없이 또 치사한 짓을 시작했다. 그녀는 박재호의 범죄경력 조회서를 배심원들을 향해 들이밀었다.

"이 자료는 여러분들의 판단을 돕기 위한 것입니다. 저는 박재호의 범죄경력을 조회해 봤습니다. 이전에 폭행혐의로 수사 받았으나 불기소 처분된 일이 있더군요. 물론 기소되지 않았으니 범죄라고 말할 수는 없습니다. 참고자료로 제시합니다."

검사는 생략했지만 박재호가 나에게 말해준 사실이 있었다. 20년 전에 있었던 사건이었다. 박재호는 술에 취해 친구와 싸우다 경찰서 유치장에 감금되었다. 검찰 스스로 불기소 처분됐다. 그리고 지금은 마치 박재호에게 원래 폭력적 경향이 있었다는 것처럼 말하고 있다. 배심원에게 사건과 관계없는 검찰내부의 개인기록을 까발리는 것은 사생활침해가 아닌가? 그 질문은 현실에 기초하고 있지 않다. 이것은 형사법정에서 매일 같이 일어나는 일이다.

그녀는 다시 피의자 신문조서로 돌아왔다. 박재호는 실수를 저질렀다. 그녀는 그대로 읽었다.

"너희 모두 다 죽여버릴 거야."

그녀는 배심원들에게 천천히, 아주 천천히 문장을 전달했다. 아마 박재호가 했을 때는 그 말이 그렇게 느리지 않았을 거다.

"박재호 씨는 피의자를 신문하는 경관에게 그렇게 말했습니다. 너희 모두 다 죽여버릴 거야. 그 생각을 언제부터 한 걸까요? 경찰서에서부터? 아니면 피해자 김희택 씨를 죽인 망루 안에서부터?"

법정은 고요해졌다. 그녀는 감정을 실어 다시 읽고 얼른 빠졌다. 너희 모두 다 죽여버릴 거야.

나는 벌떡 일어났다. "이의 있습니다!"

"인정합니다. 검사는 중복 진술을 삼가주세요. 변호인은 검찰의 증거조사에 이의 혹은 부연할 게 있습니까?"

"물론 있습니다."

나는 성난 목소리로 대답하고 검사석 앞으로 걸어 나갔다. 이민정은 나를 보고 곱게 미소를 지었다.

"이민정 검사님, 방금 그 피의자 신문조서 좀 저에게 주시겠습니까?"

나는 그것을 받아들고 배심원 앞으로 걸어갔다.

"정말 그렇군요. 그렇게 쓰여 있네요. 너희 모두 다 죽여버릴 거야. 제가 박재호 씨에게 물어보겠습니다. 박재호 씨, 왜 이런 말을 하셨죠?"

박재호는 차분하게 대답했다. "경찰서에서 소식을 들었습니다. 병원 응급실에서 제 아들이 죽었다고요. 흥분해서 한 말이지 실제로 그러겠단 뜻은 없었습니다."

"그렇습니다. 그리고 그 사실이 신문조서 한 페이지 앞에도 써 있군요. 검사님이 배심원 여러분에게 읽어드리지는 않았지만요. 아들이 죽었다는 소식을 들었다면 누구나 그런 말을 할 수 있지 않겠습니까?"

나는 배심원들이 수긍할 시간을 두고 말을 이어나갔다.

"그걸 계획적 범행의 표징으로 여기는 건 논리적 비약입니다. 오히려 우리는 박재호 씨의 입에서 왜 그런 말이 튀어나왔는지 생각해봐야 합니다. 왜 박재호 씨는 경찰을 죽여버리겠다고 했을까요? 왜 철거용역이 아닌 경찰을 죽여버리겠다고 했을까요? 만약 철거용역 김수만이 그의 아들을 죽였다면 말입니다. 그건 박재호 씨가 경찰이 자기 아들을 폭행하는 모습을 봤기 때문이 아닐까요? 여기 신문 조서 마지막 줄에도 있군요. 박재호 씨는 경관에게 이렇게 말하고 있습니다. 너희들이 내 아들을 죽였어."

나는 자리로 돌아왔다. 판사가 검사에게 물었다.

"검사는 반대 의견 있습니까?"

검사는 그 자리에서 일어나 짧게 대답했다.

"피의자 신문에서 박재호 씨가 경찰이 자기 아들을 죽였다고 말한 건 주장일 뿐입니다. 지금 법정에서 말하는 것이 주장일 뿐인 것과 똑같습니다. 신문조서에서 그렇게 말했다고 해서 그 주장이 사실로 변하는 건 아닙니다."

"변호인 측은 이에 대한 의견 있습니까?"

나는 자리에서 일어나 배심원들을 향해 두 손을 살짝 들고 어이가 없다는 몸짓을 취했다. 말은 그다음에 따라왔다.

"검사는 아까 신문조서에서 박재호 씨가 경찰을 다 죽여버리겠다고 말한 걸 계획적 범행의 증거로 추정했습니다. 그런데 신문조서에서 박재호 씨가 자기 아들을 경찰이 죽였다고 말한 건 그저 피고인의 주장일 뿐이라고요? 대체 이 피의자 신문조서는 뭡니까? 검사가 원하는 문장만을 발췌해서 인용할 수 있는 마법서라도 됩니까?

제 생각에 검사가 지금 하고 있는 주장은 궤변인 것 같습니다."

"검사 측 반대의견 있나요?"

"없습니다. 일단 여기까지 하겠습니다."

나는 자리에 앉았다. 대석이 속삭였다. 야, 네가 한 세트 땄다.

"좋습니다. 그럼 이제 변호인이 증거조사를 할 차례입니다."

증거 파트를 담당한 대석이 법정 중앙으로 나갔다. 그는 시민이 현장을 촬영한 VCR을 제시했다. 뉴스에 여러 차례 나가긴 했으나 이게 원본이었다. 그는 8배속으로 그것을 틀었다. 망루에 철거용역들이 진입하는 순간, 경찰이 진입하는 순간, 진압이 종료되는 순간마다 비디오는 멈췄다. 편집은 준형이 해주었다.

"보셨다시피 사건현장인 망루에 철거용역들이 먼저 들어갔습니다. 15분 후에 경찰이 망루에 들어갔습니다. 진압은 그로부터 30분후 종료되었습니다. 자, 이 시간차에 딜레마가 있습니다. 만약 경찰이 진입하기 전에 철거용역 김수만의 폭행으로 피고인의 아들 박신우가 혼수상태에 빠졌다고 합시다. 그렇다면 경찰은 혼수상태에 빠진 사람을 30분 이상이나 방치해 두었단 소리가 됩니다. 즉시 박신우를 병원에 후송하거나 범죄자인 김수만을 체포하지 않고요. 그건 말이 안 됩니다."

대석은 배심원들을 향해 다른 가정을 제기했다.

"이번에는 경찰이 진입한 후에 김수만이 박신우를 폭행했다고 가정해 보죠. 그렇다면 경찰이 보는 앞에서 깡패가 어린 학생을 죽을 때까지 두들겨 팼다는 이야기가 됩니다. 대단한 용기군요. 배심원 여러분의 생각은 어떻습니까? 그 둘 중 어떤 것이 사실인 것 같습니까?"

대석은 배심원들에게 상상할 말미를 주고 덧붙였다.

"그냥 이렇게 말하는 게 합리적이지 않을까요? 경찰이 박신우를 구타했다. 그래서 박신우가 죽게 됐다. 제 생각은 그렇습니다. 배심원 여러분도 각자 생각해보십시오."

배심원들은 크게 흔들렸다. 그 진동이 분명히 느껴졌다. 판사가 말했다.

"검사님은 이 VCR 증거에 대한 의견이 있나요?"

"네."

그녀는 똑바로 우리 쪽으로 걸어왔다. 확실히 예쁘긴 하군. 그렇게 생각할 뻔했다.

"이 영상자료, 그리고 변호인 주장과 관련해 피고인 박재호 씨에게 묻겠습니다. 피고인은 아들 박신우를 경찰이 죽였다고 주장합니다. 당시 진압병력의 수는 꽤 많았던 걸로 압니다. 또한 철거용역들의 수도 상당했습니다. 목격자들에 따르면 철거용역들은 모두 전경과 같은 검은 옷을 착용했다고 합니다. 박재호 씨는 어떤 근거로 용역이 아닌 경찰이 박신우를 폭행했다고 생각하는지요?"

박재호는 검사를 노려보았다.

"난 8개월간 용역 깡패들 얼굴을 매일 봐왔습니다. 그놈들 이름과 별명까지도 압니다. 신우를 때린 놈은 그날 처음 보는 얼굴이었습니다."

"하지만 진압경찰은 헬멧을 써서 얼굴을 볼 수가 없었을 텐데요?"

"그 전경은 망루 우리 층에 올라와 헬멧을 벗었습니다. 그러니까 뒤통수에 각목을 맞은 거지요."

"그렇군요. 중요한 사실입니다. 뒤통수를 각목으로 내리친 건 그 전경이 헬멧을 벗었기 때문이 아닙니까? 그래서 거길 때렸죠?"

박재호는 대답하지 못했다. 그녀는 몸을 휙 돌려 배심원들을 향해 말했다.

"뒤통수를 각목으로 때리면 사람이 죽을 수도 있다는 사실은 누구나 예견 가능합니다. 경찰은 그래서 헬멧을 씁니다. 근데 왜 하필 피해자 김희택이 헬멧을 벗은 때를 노려서 때렸을까요? 박재호 씨는 무의식중에 김희택 씨를 죽일 생각을 품었던 게 아닐까요?"

박재호는 발언권을 얻기도 전에 외쳤다. "죽일 생각은 없었습니다. 전 제 자식을 구해야 했단 말입니다. 그냥 손에 잡힌 것을 막 휘둘렀을 뿐이라고요."

"왜 하필 헬멧을 벗은 피해자의 뒤통수였죠? 헬멧을 쓴 다른 경찰을 때리거나, 다리나 옆구리를 때려도 되지 않았나요? 각목이 우연히 머리에 맞았단 말인가요?"

"저는 정신이 없었단 말입니다. 그 전경이 왜 헬멧을 벗어 들고 있었는지 제가 어떻게 알겠습니까."

박재호는 울먹이려 했다. 검사는 차가운 눈빛으로 박재호를 내려다보았다. 그때 난 깨달았다. 잡혔다.

"정신이 없었다면서요? 그런데 피해자 김희택 씨가 헬멧을 벗어서 들고 있었다는 사실은 알고 계셨단 거네요? 머리를 노려 때린 행동이 정당방위라는 겁니까?"

박재호는 대답하지 못했다. 나는 나에게 중얼거렸다. 이런 바보. 병신 같은 놈. 나가 죽어.

헬멧. 생각해보지도 못했다. 대책을 세워놨어야 했는데. 검사는 돌아갔다.

"변호인 측 반박할 기회 드리겠습니다."

나는 머뭇거리며 대석을 쳐다봤다. 구원이 필요했다. 대석이 판사에게 대답했다.

"없습니다. 계속 남은 증거를 조사하겠습니다."

대석은 다시 배심원석 앞으로 걸어갔다.

"이제, 검사의 주장과 달리 이 진압이 시작부터 위법 여지가 있었다는 것을 보여드리겠습니다. 제가 가져나온 것은 사건지역의 건축을 맡은 오성건설과 재개발조합의 건설계약서입니다."

대석은 그것을 슬라이드로 영사해 배심원들에게 보여주었다. 그리고 계약해제 단서조항을 또박또박 읽었다.

"대우증권의 보고서가 추산한 것에 따르면 이 건축공사의 규모는 21조 원에 달하고, 오성건설의 예상수익은 1조5천억 원이 된다고 합니다. 물론 2010년까지 계약내용이 완성되면 말이죠. 그런데 박재호 씨를 비롯한 세입자의 저항으로 계약은 무산될 위기에 처하게 됩니다. 다음 자료는 재개발조합이 오성건설에 보낸 계약해제 경고의 내용증명 문서입니다."

슬라이드에 내용증명 문서가 올랐다.

"이겁니다. 착공이 늦어지자 재개발 조합이 엄포를 놓았습니다. 당장 시공에 들어가지 못하면 건축계약을 해제하겠다고요. 오성건설은 21조 원짜리 사업을 날릴 위기에 처한 겁니다."

대석은 슬라이드를 껐다. 그는 낮게 깐 목소리로 배심원들을 향해 속닥였다.

"이제부터 믿을 수 없는 일이 벌어집니다. 1년 가까이 지켜보고만 있던 경찰이 세입자 진압에 동원된 것이죠. 그들은 단 하루 만에 세입자들의 시위를 압도적으로 진압했습니다. 두 사람의 목숨을 잃어가면서요. 어떤 교섭도 없었습니다. 다시 말하지만 어떤 교섭도 없었습니다. 서울지방경찰청 전투경찰투입작전시행규칙을 따르면 교전이 예상되는 강제 진압 전에는 1일 3회 이상의 교섭과 통첩을 해야만 합니다. 그 과정이 생략됐습니다. 엄청 바빴단 거지요. 전투경찰은 곧바로 투입됐습니다. 그 명령의 권한은 어디에 속할까요? 서울지방경찰청장에 속합니다. 청장이 자신이 고시한 작전시행규칙을 무시해가면서까지 황급하게 강제진압을 명령해야 했던 이유는 뭘까요? 청장의 사정은 무엇이었으며, 그것이 오성건설의 발등에 떨어진 불과 어떤 관계가 있을지, 그건 앞으로 있을 서울지방경찰청장의 증인신문을 통해 밝혀질 겁니다."

검사가 일어섰다.

"이의 있습니다. 변호인들은 아까부터, 제출한 증거가 결코 암시하지 않는 사실을 마치 당연히 입증될 사실인 것처럼 배심원들에게 이야기하고 있습니다."

"인정합니다. 변호인들이 증명할 수 있는 게 있다면 증명을 예고하지 말고 그냥 그 자리에서 증명하세요. 아시겠습니까?"

대석이 대답했다. "알겠습니다. 그럼 증거조사는 여기까지 하겠습니다."

"그럼 이상으로 양측 증거조사를 마치겠습니다. 다음으로 증인신문이 있겠습니다. 먼저 검찰 측 증인부터 하죠. 검찰과 변호인의 신문이 끝난 후 배심원들에게도 질문할 기회를 드릴 겁니다. 질문은 메모하셨다가 재판부로 넘겨주세요."

1의5.
양형거래
量刑去來

경험을 통해 보면 행운이란 여성은
냉정한 사람보다 난폭한 사람에게 정복되고 만다.
_니콜로 마키아벨리, 「군주론」

대법정 측면 입구로 증인이 걸어 나왔다. 천 개의 눈이 증인을 주
시했다. 검찰이 신청한 증인은 진압에 투입된 전경 유수훈이었다.
대학을 휴학하고 전경으로 복무 중인 청년이었다. 그는 두려워하고
있었다. 법정을 처음 밟아봐서 그럴 수도 있었고, 진실의 무게를 감
당하기 어려워서 그럴 수도 있었다. 그는 증인석에 서서 신분을 밝
혔다. 재판장이 위증의 처벌에 대해 경고했다. 그는 선서했다. 검사
가 그에게 다가갔다.

"증인이 너무 긴장하신 것 같군요. 피고가 아니라 증인으로 나오
신 거예요. 긴장 푸셔도 괜찮아요."

그녀의 목소리는 감미로웠다. 증인은 억지로 미소를 지어 보였다.

"좋습니다. 물어볼게요. 솔직히 답변해주시면 됩니다. 유수훈 씨
는 사건 당시 전경으로 진압에 투입되셨죠?"

"네."

"그때 저기 앉아 있는 피고인 박재호 씨와 망루에서 마주쳤죠?"

"네."

"무슨 일이 있었습니까?"

"음, 박재호 씨는 각목을 휘두르며 저항했습니다."

"처음 마주쳤을 때부터요?"

"네."

"박재호 씨의 아들 박신우도 봤습니까?"

"네."

"그는 어땠습니까?"

"그 학생도 망치를 들고 있었습니다."

"그래서 어떻게 했습니까?"

"저희는 일단 망루 꼭대기로 올라가 시위지휘자부터 체포하란 명령을 받았습니다. 그래서 그냥 놔두고 올라갔습니다."

"그 이후 무슨 일이 일어났습니까?"

"망루 옥상에서 아래층에 문제가 있다는 무전을 듣고 내려갔습니다. 내려가 보니 고용된 철거용역 사람들이 학생을 짓밟고 있었습니다. 저하고 전경들 몇 명이 그 사람들을 말리려고 끼어들었습니다."

"그러고요?"

"박재호 씨가 각목으로 김희택을 내리쳤습니다. 김희택이 갑자기 쓰러지기에 처음엔 무슨 일인지 몰랐습니다. 돌아보니 박재호 씨가 피 묻은 각목을 들고 서 있었습니다."

"혹시 두 분도 박신우를 폭행했습니까?"

"아닙니다."

"그러면 박재호 씨가 왜 김희택 씨를 내리쳤죠?"

유수훈은 곧바로 대답을 하지 않았다. 대석이 내 귀에 대고 말했다. 망설이잖아.

"아마 착각했을 겁니다. 저희가 아들을 때리고 있다고요."

"그런 것 같군요. 이상입니다."

판사가 말했다. "변호인은 반대신문 하세요."

대석이 증인에게 나아갔다. 그는 질문을 하지 않고 물끄러미 유수훈을 바라보았다. 증인은 대석의 눈을 피했다.

"증인은 제 눈을 봐주세요."

그가 고개를 들었다. 대석은 놓치지 않고 그를 찔렀다.

"증인에게도 아버지가 있지요?"

유수훈의 눈동자가 심하게 좌우로 흔들렸다. 검사는 즉각적으로 대응했다. "이의 있습니다!" 판사는 수긍했다.

"인정합니다. 증인은 방금 질문을 무시해도 됩니다."

그러나 대석은 이미 얻을 걸 다 얻어냈다. 감이 왔다. 유수훈은 번뇌를 숨기지 못하는 타입이었다. 전형적인 대학생이다. 나는 대석에게 속으로 외쳤다. 그놈이야. 형, 그놈이라고. 그놈을 잡아.

"증인은 명심해주십시오. 증인의 증언은 죽은 박신우가 아니라 살아남은 아버지 박재호의 운명을 좌우하게 됩니다. 아시겠습니까?"

"알고 있습니다."

"재판장님, 증인의 기억을 환기하기 위해 현장을 녹화한 영상을 다시 틀어도 되겠습니까?"

재판장은 잠시 고민했다. "기각합니다. 불필요하다고 봅니다. 신속한 재판진행을 위해 필요한 질문만을 해주시죠."

"그럼 어쩔 수 없군요. 증인에게 묻겠습니다. 증인이 구타당한 박신우 군을 처음 봤을 때 이미 혼수상태에 빠져 있었던가요?"

"네."

"박신우가 혼수상태에 빠졌다면 왜 곧바로 병원으로 후송하지 않았습니까? 진압은 30분 이상 지속됐는데요."

"제가 발견한 후로 곧바로 응급처치를 요청했습니다. 앰뷸런스가 도착하는 데 시간이 걸린 것 같습니다."

"아까 철거용역들이 박신우를 구타했다고 했죠?"

"네."

"그런데 왜 김수만 한 명만 폭행치사로 기소되었죠? 철거용역들이 박신우를 구타했다면요."

"기소에 대한 문제는 제가 잘 모릅니다. 저는 현장에 투입된 전경일 뿐이라서요."

"알겠습니다. 현장에서 김수만을 체포했습니까?"

"아니요."

"왜죠?"

"그런 명령이 없었습니다."

"증인에겐 그럴 권한과 의무가 있었는데요. 현장에서 범죄를 목격하면 명령 없이도 범행자를 체포할 수 있습니다. 당연한 경찰의 역할이 아닙니까? 법에 따르면 현행범은 일반시민도 체포할 수 있습니다."

그의 어깨가 떨리고 있었다. 나는 보았다. 대석도 보았다. 모두가 보았다. 대답하는 그의 목소리도 떨렸다.

"어, 음, 저는 직업경찰이 아니라 그런 건 잘 모릅니다."

"그래서 아무도 현장에서 김수만을 체포하지 않았단 겁니까? 전경과 직업경찰 모두요? 사람을 경찰 눈앞에서 죽도록 폭행했다는 자를 그냥 놔줬다고요?"

"그렇게 된 것 같습니다."

"그런 게 가능하군요. 놀랍습니다. 이상 마치겠습니다."

대석은 전리품을 챙긴 장군처럼 당당히 돌아왔다. 부연 설명할 필요가 없었다. 그의 증인신문은 훌륭했다. 상상력을 자극하고 의심을 남겼다. 의심이라는 씨앗에서 확신의 싹을 틔우는 데는 약간의 물만 뿌려주면 된다. 재판장이 말했다.

"검사는 더 할 말 있나요?"

"없습니다."

"배심원들 질문 있으면 손들어 주세요."

응답이 없었다.

"그럼 증인신문을 마칩니다. 증인은 이제 나가보셔도 됩니다."

유수훈이 걸어 나갔다. 재판장이 손목시계를 보았다.

"시간이 늦었군요. 오늘 심리는 여기서 마치도록 합시다. 공판 전에 들으셨겠지만, 배심원 여러분은 사무관을 따라 법원이 지정한 숙소에서 숙박하셔야 됩니다. 신문이나 뉴스를 보시면 안 되고, 기자가 접촉해 와도 절대로 대화를 나누시면 안 됩니다. 또한 배심원들끼리 사건에 대한 의견을 교환하셔도 안 됩니다. 의견은 공판이 끝난 후 평의에서 나누도록 하십시오. 이상 오늘 공판기일 심리를 마치겠습니다. 모두 수고하셨습니다. 내일 뵙죠."

판사들이 일어섰다. 법정정리가 자신에게 주어진 일을 했다. 모두 일어서 주십시오!

오후 6시 반이었다. 금요모임의 회원들은 사무실에서 모였다. 내일 있을 우리 측 증인의 신문을 연습하기 위해서. 준형이 다시 카메라를 담당했다. 그녀는 이제 박재호 변호팀의 일원처럼 굴고 있었다. 변호사들 가장 가까이에서 언제든지 기사거리를 취재할 수 있었기에 그녀의 봉사가 공짜라고는 할 수 없었다. 주민은 오늘 공판에서 내가 보여준 구두변론을 극찬했다.

"윤 변호사님은 배심재판 전문변호사로서 재능이 보여요. 변호사들은 대개 서류 위의 전사들이죠, 홍재덕 검사가 그 전형적인 예고요. 윤 변호사님 정도의 언변술을 가진 변호사는 드뭅니다. 결점을 찾기 힘든 구두변론이었어요."

내일 우리 측 증인도 내가 신문하기로 했다. 예행연습에서는 대석이 증인 역할을 맡아 내 질문에 답변했다. 대석은 역할을 종종 잊고 투덜거렸다. 너 자꾸 매력적으로 보이려 하지 마. 네가 나 대신 이걸 하게 된 이유를 잊은 건 아니겠지.

대석이 서울지방경찰청장 역할을 연기하고 있을 때 비서가 회의실 문을 열고 들어왔다.

"저기, 윤 변호사님을 찾는 전환데요."

"누군데?"

"전에 변호하셨던 조구환이라는 고객이요."

"지금은 못 받는다고 해. 이번 주까지는 공판 때문에 바쁘다고."

"막무가내에요. 급한 일이니 당장 바꾸라고 막 소리를 질러요."

나는 방 안의 사람들을 돌아보았다. 주민이 말했다.

"그냥 받고 오시죠."

"그럼 잠깐 통화하고 오겠습니다."

회의실 안에서 대석의 말이 새어나왔다. 인기 좋네. 배심재판전문변호사보다 괜찮은 분야 아닐까요? 깡패전문변호사. 떠들썩한 웃음. 밖에서도 다 들린다. 나는 수화기를 들었다.

"오랜만이요, 윤 변호사."

"잘 지내셨습니까, 조 회장님."

"친구들은 날 조두라고 부르지요. 윤 변호사도 이제 그렇게 불러도 돼."

"그럴 순 없습니다."

"맞아. 그랬다간 죽은 목숨이지. 역시 변호사라 똑똑하군."

나는 대답하지 않았다.

"농담이요. 전에 말했듯 사례를 하고 싶어서 전화했어."

"안 그러셔도 됩니다. 제 할 일을 했을 뿐입니다."

"왜 그렇게 딱딱하게 굽니까? 불법적인 걸 주겠다는 것도 아닌데. 날 도운 변호사한테 해를 끼칠 만큼 막돼먹은 놈은 아니요."

"마음만으로도 감사합니다."

"그럼 식사라도 한번 하겠나?"

"좋습니다. 나중에 날을 잡지요."

"난 오늘 해도 좋을 것 같은데."

"지금은 공판 중이라 곤란합니다. 끝나고 뵙도록 하겠습니다."

"박재호 사건 말이군. 신문마다 난리야. 그래도 난 오늘 식사해도 좋을 것 같아."

"죄송합니다. 공판이 진행 중인 동안에는 어렵습니다."

"오늘은 어땠소? 변론은 잘되갑니까?"

나는 고개를 돌려 비서를 노려보았다. 입을 벙긋거려 말했다. 나 화났어. 비서는 볼에 바람을 집어넣고 고개를 도리도리 흔들며 손

바닥으로 싹싹 비는 시늉을 했다.

"그럭저럭 괜찮았습니다."

"김수만이를 증인으로 세우려고 했다면서? 그놈이 도망쳐서 곤경에 빠졌다고 신문에서 읽었소."

"관심 가져주셔서 감사합니다. 죄송하지만 제가 지금……."

"난 그 새끼를 핏덩이 같던 때부터 알았어. 괜찮은 놈이야. 뭐 변호사 눈에야 건달새끼들이 다 똑같아 보이겠지만."

"그렇습니까."

"저녁 먹었나? 지금 저녁 같이 먹겠소?"

"말씀드렸습니다. 공판 끝날 때까지는 절대로 불가능합니다."

"내가 선물을 주겠다고 하지 않는가. 내 선물이 궁금하지도 않은가 봐. 묻지도 않는군. 한번 물어봐요."

"선물이 뭡니까?"

조구환은 호호 하고 웃었다.

"내가 김수만이를 데리고 있어. 하고 싶은 말이 많나 보던데. 한번 대화해 보겠나?"

"농담이시겠죠."

"지금 저녁 같이 먹겠소? 내 윤 변호사 사무실로 가리다."

증인신문 예행연습은 날아갔다. 그들이 도착할 때까지 우리는 사료를 기다리는 애완동물처럼 시계만 쳐다봤다. 주민은 말했다. 진짜 김수만이 온답니까? 이건 기적입니다. 어쩌면 그렇다. 기적이었다.

조구환과 김수만은 8시가 다 되어 도착했다. 조구환을 수행하는 덩치 큰 깡패 두 명이 사무실 입구 양쪽에 뒷짐을 지고 서서 자리를 지켰다. 김수만은 못 본 사이 눈에 띄게 수척해졌다. 눈빛은 예전보다 더 차갑게 식어 있었다. 우리는 한동안 아무 말도 하지 못했다. 뭘 말해야 할지 몰랐다. 조구환이 낄낄거렸다.

"반가워하지도 않는군. 물어볼 게 없나? 이 친구가 여기 오기까지는 꽤 큰 용기가 필요했는데 말이요."

대석이 입을 열었다. "왜 도망친 겁니까?"

김수만은 곧장 대답했다. 대답이 아니었다. 그는 하고 싶은 말을 했다.

"내가 안 죽였소."

내가 물었다. "박신우를 안 죽였단 말인가요?"

"누구든지. 그게 누군지도 몰라. 아무도 안 죽였소."

"그럼 저번에는 왜 죽였다고 했습니까?"

"오야가 그렇게 하라고 시켰지. 검사가 오야하고 거래했소. 누구 한 명이 그 애새끼를 때렸다고 해주면 조직에 대한 수사를 안 하겠다고. 오야가 나한테 그 짐을 지라고 시켰지."

나는 준형을 신경 썼다. 그녀는 기자였다. 우리가 법정에 이 사실을 가져가기 전에 그녀 귀에 먼저 들어가도 되는 건지 판단이 안 섰다. 주민이 물었다.

"홍재덕 검사가 그걸 제안했나요?"

"당신은 누구요?"

김수만이 노려보자 주민은 움찔했다. 내가 대신 대답했다.

"저희 변호팀의 일원입니다. 홍재덕 검사가 거래를 제의했나요?"

"그래요."

"지금 왜 이런 이야기를 하는 겁니까?"

"배신당했으니까. 언론이 이 사건을 두들기기 시작하자 결국 경찰이 들이닥쳤지. 오야는 이미 구속됐소. 조직은 끝장났고. 이제 더이상 내가 누명을 뒤집어쓸 이유가 없지."

"증언하시겠습니까?"

"아니. 여길 나가면 난 다시 사라질 거요. 외국으로 뜰 생각이요. 어르신께 신세를 크게 졌지. 정말 고맙습니다."

조구환은 웃었다. "돕고 살아야지."

주민이 말했다. "진술할 수 없다면 이 정보는 재판에 도움이 안 됩니다. 우리는 법정에서 이 사실에 대해 한 마디도 할 수 없을 겁니다."

김수만의 눈이 번뜩였다. 복수를 갈망하는 눈이었다.

"검사들은 우리 같은 놈들을 안 믿지. 하지만 우리도 검사 새끼들이 하는 말을 안 믿소. 난 처음부터 안 믿었지."

이해가 안 됐다. 나는 물었다.

"무슨 뜻입니까?"

"나는 검사실에 찾아갔소. 검사는 내가 애새끼를 때려 죽였다고 법정에서 진술하면 폭행치사로 3년 이하에 구형해준다고 했지. 운이 따르면 집행유예가 나올 수도 있다고 했소. 조직도 살려준다고 했고. 그건 믿을 수 없는 말이었지. 녹음하기 전까지는 말이오."

마지막 문장의 힘은 방 안에 있는 모든 사람에게 미쳤다. 우리는 표정조차 마음대로 짓지 못했다. 숨소리도 낼 수 없었다. 나는 가까스로 물었다.

"검사의 제안을 녹음했단 말입니까?"

그는 대답 대신 소형녹음기를 내밀었다. 어지러웠다. 감히 손으로 그걸 집기조차 두려웠다. 조구환이 김수만의 어깨를 짚고 자리에서 일어났다.

"한번 들어 보시지들 그래. 그리고 그 검사 놈을 죽여 놓으시오. 우리는 이만 가봐야 할 것 같으니."

그들은 갔다. 녹음기를 틀었다. 우리는 끝까지 들었다. 한 마디 말도 없이. 녹음기가 멈춘 후에도 우리는 한 마디 말도 하지 않았다. 대석이 한참 지나 말했다. 다시 한 번 들어봅시다. 우리 모두가 동시에 잘못 들었을지도 모른다는 것처럼. 우리는 녹음기를 다시 처음으로 돌려 들었다. 녹음은 제대로 되었다. 홍재덕 검사의 가래 끓는 탁한 목소리. 분명했다. 의심의 여지가 없었다. 검사는 김수만에게 거짓 진술을 요구하며 양형거래를 제안했다. 그건 불법이었다. 경악할 만한 불법이었다. 박재호 사건과 분리하여 이 녹음물 하나만으로도 대형 사건이 될 수 있었다. 말도 안 돼. 나는 소리 없이 말했다. 대석은 소리 내어 말했다. 이런 씨팔 새끼를 봤나.

나는 주민에게 물었다.

"이 교수님. 이걸 법정 증거로 신청하면 재판부가 받아들일까요?"

"원칙적으로는 재판부가 증거를 배척할 이유는 없겠지요."

대석이 원탁을 탁 내리쳤다. "배심원들에게 파괴적인 효과를 불러일으킬 겁니다. 우리가 이겼군요."

주민이 말을 이었다. "하지만 검사 측이 증거채택에 완강히 저항하겠지요."

나는 다시 물었다. "이 녹음물에 법정증거가 되기에 부적당한 하자가 있습니까?"

"그런 차원의 문제가 아닙니다. 불법적으로 취득한 자료도 증거력과 상관없이 법정증거가 될 수는 있습니다. 하지만 검사 측은 모든 수단을 다해서 막을 겁니다. 증거의 증거능력에 문제를 제기하는 걸 시작으로 가능한 한 모든 이의를 달겠지요. 만약 이 녹음물을 미리 제출하거나 녹취록 형태로 제출하면, 공판 전에 증거를 접한 판사도 알 겁니다. 엄청난 논란이 야기될 것을요. 이건 재판의 승패를 넘어선 물건입니다. 홍재덕 검사를 파멸시키고 말 물건입니다. 재판장은 자기 법정에서 동료 법조인이 파멸하길 원하지는 않겠지요. 또 배심원들이 지나치게 감정적이 될 수 있다고 여길지도 모르고요. 그러면 부담을 느끼고 증거채택을 거부할 가능성이 있어요. 아무리 결정적인 증거라고 해도 채택여부에 대한 판단은 재판장의 재량에 속합니다."

"그럼 어떡할까요."

"미리 증거신청을 하지 맙시다. 최후까지 숨겼다가 공판 막바지에 법정에서 즉석 제출하는 겁니다. 다음 날이 없기 때문에, 재판장은 그 자리에서 증거를 들어보거나 채택을 거부하거나 둘 중 하나를 택해야 합니다. 배수의 진이죠. 재판장도 궁금하겠지요. 들어보지 않고는 못 배길 겁니다. 재판장과 배심원과 검사와 방청객 모두 법정에서 준비 없이 이 녹음물을 듣게 되는 겁니다. 드라마가 되겠군요."

"그렇다는 이야긴 많이 들었지만 정말 머리가 비상하시군요."

준형은 까르르 웃었다. 여자처럼 웃었다. 그녀의 눈은 주민의 잘생긴 얼굴을, 그녀의 귀는 주민의 영리한 말을 향했다. 마음속에 빈자리 없이 이 남자가 들어찬다고 해도 나는 여자를 비난하지는 못하겠다. 그건 불가항력적 천재지변과도 같다. 두 사람은 나이 차도 적당했다. 상상의 영역으로 스물스물 밀고 들어오는 이상한 광경. 갑자기 주민이 청혼한다. 결혼해주시겠습니까? 준형은 대답한다. 네. 하지만 주민은 이미 결혼했잖아, 이 미친놈아.

대석이 준형을 보고 말했다. "이제 이준형 기자님께 물어야겠군요. 이걸 기사로 쓸 겁니까?"

"당연하죠."

"언제요? 가급적 공판이 끝난 후면 좋겠는데요. 며칠만 기다리면 되니까요."

"그때가 되면 모든 기자들이 기사를 쓰고 있을 거예요. 그럼 더이상 특종이 아니죠. 검사 귀에 녹음물의 소재가 들어갈까봐 그러시죠? 걱정 마세요. 변호사님들이 이 녹음물을 가지고 있다고는 안 할 테니까. 홍재덕 검사의 양형거래에 대한 부분만 언급할게요."

"기사를 보면 검사들이 눈치 못 챌 것 같습니까?"

"글쎄요. 사건을 넘어선 판단이 필요한 문제인 것 같은데요? 법정 바깥의 사람들도 이 사실을 알 권리가 있어요. 배심원들도 알아야 하고요."

"배심원들은 어차피 신문을 못 봅니다. 격리되어 있어요."

두 사람은 팽팽하게 맞섰다. 주민이 중재했다.

"두 분 말씀이 다 맞습니다. 기사를 쓰느냐 마느냐는 법률적으로 판단할 사안이 아니에요. 어쩌면 재판부 역시 여론을 접하면 마음이 기울지도 모르지요. 그들도 인간이니까요. 하지만 제 생각에도 녹음물의 존재는 공판에서 드러나는 게 안전할 것 같습니다. 최종적인 판단은 이준형 기자님이 하시지요."

준형은 미소를 지으며 고개를 끄덕였다.

"아니요." 내가 끼어들었다.

"저는 장대석 변호사의 생각에 동의합니다. 저희 사건이니 저희
가 결정하도록 해주시죠. 기사는 쓰지 말도록 합시다."

준형이 나를 바라보았다. 나는 고개를 돌리고 말했다.

"벌써 자정이 다 됐네요. 그 이야기는 여기서 분명히 매듭진 겁
니다. 이제 들어가 다들 조금이라도 눈 좀 붙이시지요."

사무실 앞에서 우리는 헤어졌다. 가는 길이 같아 주민이 자기 차
에 준형을 태워주었다. 대석과 나는 건물 앞에서 손을 흔들어 그들
을 보냈다. 대석이 손을 흔드는 채로 말했다. 나 사실 저 여자가 마
음에 안 들었어. 처음 봤을 때부터. 나는, 그 반대였다.

1의6.
공판기일 제 2일
公判期日 第 二日

통제되지 않는 법관의 재량권이
복잡화된 현대인의 삶을 망치고 말 것이다.
……사실발견에 있어 배심원이 법관보다 더 낫다.
_제롬 프랑크(前 미연방고등법원 재판관), 「재판 중인 법정」
(첫 문장은 모리스 코헨의 「법과 사회적 명령」을 원전으로 재인용)

새벽에 대석의 전화를 받고 깼다. 근처 편의점으로 달려갔다. 조간 신문에 준형의 기사가 났다.

「나는 고발한다」

기사의 제목이었다. 아주 멋들어졌다. 기사를 읽는다면 천하의 바보라도 알 수 있었다. 우리가 양형거래 현장의 녹음테이프를 손에 쥐고 있다는 사실을. 대석은 쌍욕을 쏟아냈다. 준형에게 전화해볼까 하다가 마음의 평정을 잃을 수도 있기에 오늘 공판심리가 끝난 후로 미루기로 했다. 막을 수 없는 의심이 자라났다. 단지 기자와 변호사 사이라고 보기에 우리 관계는 지나치게 사적으로 이루어졌다. 우리는 필요 이상으로 자주 만났고, 필요 이상의 많은 대화를 나누었다. 잘 모르겠다. 내가 놀아났는가. 잘 모르겠다. 공판심리가 끝난 후로 미루어야 했다.

공판 법정은 눈에 띄게 변해 있었다. 수사검사인 홍재덕이 출석하지 않았다. 그도 기사를 읽었을 것이다. 지금쯤 밀폐된 공간에 몸을 가두고 전전긍긍할 터였다. 그에게 방법이 있을까? 나는 홍재덕이 되어봤다. 방법이 없었다. 자살. 그건 나도, 그도 택하지 않을 것이다. 법률가들에게는 그만 한 용기가 없다. 자살은 법이 아니라 삶에 뿌리를 둔 훨씬 복잡하고 어려운 선택이므로.

제 2일 심리의 첫 순서는 우리 측 증인신문이었다. 우리는 신촌 세브란스 병원의 외과 전문의부터 시작했다. 공판 전에 증인을 잠깐 만났다. 증인은 점잖은 의사로, 강제로 소환된 처지인데도 우리에게 우호적이었다. 혹시 최근에 검찰이 접촉해왔습니까? 나는 물었다. 그는 부정했다. 그는 자기가 아는 사실을 있는 그대로 말하겠다고 했다. 사실. 그거면 충분했다. 나는 사실이 우리의 편이라고 믿어 의심치 않았다. 증인이 법정에 들어왔다. 증인석을 향해 판사가 물었다.

"증인은 이름이 어떻게 됩니까?"

"손무영입니다."

"생년월일을 말씀해주시겠습니까?"

"1953년 4월 30일입니다."

"직업이 어떻게 됩니까?"

"의사입니다."

"자택 주소는요?"

"서울시 서초구 양재동 17번지 백영빌라 2층입니다."

재판장은 위증의 처벌을 경고하고 증인에게 선서를 시켰다. 내 차례가 왔다. 나는 증인석 앞으로 걸어 나갔다.

"증인은 연세대학교 의과대학 신촌 세브란스병원의 외과 전문의가 맞죠?"

"네."

"본 사건 당일 박신우를 진료하셨죠?"

"네."

"실려 올 당시 박신우의 상태는 어땠습니까?"

"심각한 골절과 출혈로 혼수상태였고, 심박이 불규칙했습니다. 사망할 확률이 높은 상황이었습니다."

"진료에 최선을 다 하셨나요?"

"물론입니다."

"그렇다면 박신우의 죽음은 병원에 실려 오기 직전에 폭행당한 것이 유일한 원인이라고 봐도 됩니까?"

"그렇습니다."

"의료전문인으로서 죽은 박신우에게 어떤 폭행이 가해졌는지 추측할 수 있겠습니까?"

"주요사망 원인은 둔기에 의한 폭행으로 추정됩니다."

"정확히 어떤 둔기입니까?"

"그건 확실히 말씀드리기 힘듭니다."

"박신우에게 특별히 주목할 점이 있었나요?"

"입에서 살점이 발견됐습니다."

"살점이요?"

"네."

"정확히 어떤 살점이죠?"

"사람의 표피입니다. 손등 부위로 보였습니다."

"그렇군요. 그것을 채취했습니까?"

"아니요."

"왜죠?"

"그게 입속에 있다는 걸 발견했을 때 박신우는 이미 사망한 상태였습니다."

"하지만 살점을 입속에 모셔 둘 필요가 있었나요?"

"경찰이 요구했습니다. 범죄 피해자이므로 사체 일체를 보존하여 국과수에 인도하라고요."

"그래서 전부 넘겼군요? 살점을 입속에 둔 채로요."

"네."

"피해자가 베어 문 살점이 타인의 것이 맞습니까?"

"거의 확실합니다. 박신우에겐 골절 외 특별한 상흔이 없었으니까요."

"혹시 사건 당일 비슷한 시간대에 손등이 물어뜯긴 사람이 외과 진료를 받았나요?"

"네."

"누구죠?"

"진압경찰 중 한 명이라고 들었습니다."

"어떻게 다쳤던가요?"

"손등표면이 4곱하기 1센티미터만큼 뜯겨나갔다고 보고받았습니다. 제가 담당하지는 않았습니다."

"이상입니다."

판사가 말했다. "검사는 반대신문하세요."

이민정은 책상에서 두 장짜리 A4용지를 들고 나왔다. 나는 그게 무엇인지 알았다. 그녀가 뭘 할지도 짐작이 됐지만 마땅한 대책은 없었다.

"이것은 국과수의 검시결과 요약본입니다. 대충 읽어보시죠."

의사는 셔츠 가슴주머니에서 돋보기안경을 꺼냈다. 검사는 3분 가량 기다렸다. 그 검시자료에는 입에 문 살점에 대한 언급이 없었다. 살점은 사체 운송 과정에서 유실되었기 때문이다. 그걸 유실이라고 말할 수 있다면 그렇다. 의사는 얼굴에 인상을 썼다.

"법의관의 분석에 따르면 박신우의 직접적 사인은 둔기보다는 발과 주먹 등 신체에 의한 폭행으로 발생한 출혈이라고 합니다. 어떻게 생각하나요?"

의사는 집어던지듯 검시결과를 증인석 위에 내려뜨렸다.

"말도 안 됩니다. 그런 골절상은 신체를 사용한 폭행으로 발생할 수 없어요."

"자세히 읽어보시죠. 사인은 골절이 아닙니다. 생명에 지장을 줄 만한 골절부위는 없었다는데요. 직접 사인은 출혈입니다."

"저는 동의하지 못하겠습니다. 신체폭행으로 인한 출혈로 사람이 죽기는 어렵습니다. 종일 방치되지 않는 한요."

검사는 고개를 끄덕였다. 철없는 아이를 다루듯이. 그리고 재빨리 물었다.

"증인은 법의학을 전공했습니까?"

"아니요."

"증인의 전공에 대해 자세히 말씀해 보시겠습니까?"

"저는 연세대 의과대학에서 정형외과 전공의 과정을 마쳤고, 현재 동 대학병원 외래교수로 재직하고 있습니다."

"훌륭한 경력입니다. 그런데 국과수 법의관은 서울대학교 의과대학에서 법의학전문과정을 수료한 외과전문의입니다. 증인의 전문분야는 치료이지만 법의관의 전문분야는 사인분석이지요. 이 경우 법의관이 증인보다 더 전문적인 지식을 가졌다고 말할 수 있지 않을까요?"

"다른 의사의 전문성에 대해서는 말하지 않겠습니다."

"증인도 사인에 대한 기술적 분석을 행할 만한 전문지식을 가지고 있습니까?"

"아니요. 하지만……."

검사는 단칼에 잘라냈다. "이상입니다."

판사가 말했다.

"변호인들은 다시 반대신문하시겠습니까?"

"아니요. 마치겠습니다."

의사를 증인으로 신청한 건 다음 증인에게 족쇄를 채우기 위해서였다. 여기서 의사의 전문성과 자존심의 문제를 다투고 늘어질 필요는 없었다.

"배심원들 질문 있습니까?" 응답이 없었다.

"그럼 좋습니다. 증인 나가보셔도 됩니다. 다음 증인을 모시죠."

의사는 검사석을 지나 법정을 나갔다. 그는 검사를 노려보았다. 검사 주제에 내 지식의 전문성을 논해? 거기에 이민정은 예의 아름다운 미소로 화답했다.

진압경찰 이승준이 들어왔다. 엄청난 덩치. 인상이 불량한 놈. 경

찰복을 벗기면 깡패랑 구분이 안 될 놈. 이제부터다. 이제부터 시작
이다. 판사가 물었다.

"증인의 이름은 어떻게 되죠?"

"이승준입니다."

"생년월일은요?"

"1977년 3월 7일입니다."

"직업을 말씀하세요."

"경찰입니다."

"주소가 어떻게 됩니까."

"마포구 상암동 우정아파트 다동 703호입니다."

"증언에 앞서, 증인석에서 위증을 할 경우 중한 처벌을 받게 됨
을 알려드립니다. 증인은 사실만을 말하되 기억나는 대로만 말하
면 됩니다. 서기는 증인에게 선서서를 주세요."

서기가 걸어가 이승준에게 선서서를 주었다. 대개의 법정서기가
그렇듯이 반듯하게 치마정장을 차려입은 젊고 예쁘장한 여자였다.
아쉽게도 이 법정에서만큼은 그녀가 최고의 미녀가 되진 못했다.

"선서하시죠."

"저는 양심에 따라 숨김과 보탬 없이 사실 그대로 말하고, 만일
거짓말이 있으면 위증의 벌을 받기로 맹세합니다."

그는 그대로 읽었다. 입이 말하는 동안에는 무의미한 맹세였다.
그도 알고, 우리도 알았다. 이 순간을 위해 우리는 일주일을 연습
했다. 그 맹세의 의미를 내가 새겨주리라.

"앉으세요. 변호인은 신문을 시작하시죠."

걸어 나갔다. 나는 그를 쳐다보았다. 그는 정면으로 내 시선을 받

왔다. 나는 머릿속으로 대본을 정리했다. 주요한 줄기는 토씨 하나까지 외우고 있다. 그는 단 한 가지의 거짓말을 완벽하게 준비했을 것이다. 그걸로 나를 속여봐. 나는 스물네 가지의 가능한 거짓말을 염두에 두고 대비했으니까. 시작.

"증인은 사건 당일 진압에 투입되셨죠?"

"네."

"당시 사망한 박신우를 봤죠?"

"사후에 알게 됐습니다."

"그럼 현장에선 못 봤습니까?"

"잘 기억나지 않아요. 시위자의 얼굴을 일일이 기억하지는 못합니다."

나는 말을 멈추고 그의 표정을 살폈다. 그는 초장부터 배를 드러냈다. 아무것도 인정하고 싶지 않았겠지. 그게 도움이 될 거라고 믿었겠지. 변호사와 상의해보지 그랬어.

"오른손을 들어 배심원들에게 보여주세요."

그는 손을 들었다. 그는 숨길 수 없는 사실을 들었다.

"흉터가 있군요. 그 흉터는 왜 생겼습니까?"

"공무 도중 사람한테 물렸습니다."

그는 순순히 인정했다. 앞서 의사를 증인으로 배치한 효과였다.

"그게 이 사건 날이죠?"

"네."

"손은 물어뜯은 게 박신우였죠?"

"누군지는 모르겠습니다."

"누군지 모르겠다고요?"

"시위현장을 보신다면 이해가 될 겁니다. 정말 정신이 하나도 없는 난장판입니다."

"그래서 누가 자기 손을 물었는지 전혀 기억이 안 납니까?"

"물렸다는 건 기억납니다. 누구한테 물렸는지는 모르겠고요."

"직접 박신우 씨의 사진을 보면 기억이 나겠습니까?"

"잘 모르겠습니다. 아니, 알아보지 못할 것 같습니다. 너무 오래된 일이라."

"왜 물렸나요?"

"그건 문 사람이 알겠죠."

"물려서 어떻게 했습니까?"

"손을 뺐죠."

"그리고 손을 문 사람을 구타했나요?"

"아니요."

"증인의 손에 난 상처는 병원에서 전치 8주 진단을 받았죠?"

"네."

"심각한 부상이군요. 정확히 말해서, 의사 소견에 따르면 피부표면이 4곱하기 1센티미터 뜯겨나갔다고 하는데요, 맞나요?"

"아마 그럴 겁니다. 잘은 모르지만 그 비슷합니다."

"그런 부상을 입으면서 가해자에게 물리적 대응을 하지 않았단 말입니까?"

"순식간에 일어난 일이었습니다. 아파할 새도 없었어요."

"물리기 전에 벌어진 상황을 한번 설명해보세요."

"저는 명령대로 불법시위자들을 체포하려고 했습니다. 그때 갑자기 누군가 달려들어 제 손을 물어뜯었습니다."

나는 배심원들을 향해 돌아서서 고개를 갸웃거렸다.

"사람이 갑자기 이빨을 드러내고 손을 물어뜯었다. 음."

나는 다시 증인을 향해 물었다. "어린 학생이 아무 이유도 없이 그랬다고요? 광견병 걸린 늙은 개가 사람을 물듯이 말이죠?"

"굳이 변호사님이 그렇게 표현하시겠다면 맞습니다."

나는 살짝 소리 내 웃었다. 법정의 경건함을 해하지 않는 선에서. 배심원에게는 들리도록. 아무도 무슨 일이 일어났는지 눈치 채지 못했다.

"그렇군요. 어쨌든 방금 말했던 대로, 증인의 손을 문 건 어린 학생이라는 거군요. 그렇죠?"

"이의 있습니다! 변호인은 지금 유도신문을 하고 있습니다!" 검사는 사색이 되어 일어났다. 공판 이래 그녀의 얼굴에 나타난 가장 보기 흉한 표정이다. 각본대로였다. 그녀의 역할도 각본에 있었다. 그녀는 등장인물의 역할을 충실히 이행해주었다. 난 각본의 다음 대사를 읊었다.

"증인은 자기 증언을 번복했습니다. 이 경우 유도신문이 허용됩니다. 형사소송규칙 75조 2항 4호입니다."

"검사의 이의를 기각합니다. 변호인은 계속하세요."

"자, 말씀해보세요. 손을 문 게 어린 학생이라고 인정하셨죠?"

"저, 잘, 잘 모르겠습니다. 제가 잘못 대답한 것 같습니다."

그는 말을 더듬기 시작했다. 이제 그래야 된다.

"저, 잘, 잘 모르겠다고요? 잘못 대답한 것 같다고요? 잘못 대답했다는 게 무슨 뜻입니까? 증인의 손을 문 게 어린 학생이라는 사실이 증언해서는 절대로 안 되는 잘못이라는 겁니까?"

"아니요, 저는 그냥 손을 물린 거만 생각했었지 누가 물었는지는……."

"증인의 손을 문 사람의 나이도 대충 기억이 안 납니까?"

"잘 모르겠습니다. 정말 정신이 없었습니다."

"어쨌든 그 연령을 알 수 없는 사람이, 젤리를 삼키듯 순식간에 살점을 베어 먹었다. 그래서 증인은 살점이 떨어져 나가는데 아파할 새도 없었고요?"

"아프긴 했습니다."

"아까는 아파할 새도 없었다고 하지 않았습니까?"

"말이 그렇다는 거죠."

"증인의 증언은 모두 기록되어 법정증거로 사용됩니다. 신중하게 대답하세요."

"알았어요."

"그럼 물렸을 때 아팠습니까?"

"네."

"살점이 떨어질 정도니 아주 아팠겠군요?"

"네."

"그런데 증인은 가만히 서 있었고요?"

"가만히 서 있었다곤 안 했습니다. 나 참, 넘겨짚지 마세요."

"그럼 어떻게 했지요? 아깐 그 비슷하게 말한 것 같은데."

"전 안 때렸습니다. 정말입니다."

"때렸냐고 물어보지 않았는데요. 근데 정말 안 때렸습니까?"

"이거 보세요. 전 그 애한테 손도 안 댔다고요. 그냥 가까이 있다가 물린 거라니까요."

"물론 증인은 그 애한테 손도 안 댔을 겁니다. 여하튼 증인이 손대지 않은 그 사람은 결국 애란 말이죠?"

그게 이번 순서다. 이승준은 얼었다.

"나이가 어떻게 됐습니까? 애라면 열다섯 정도?"

그는 맥없이 대답했다. "정말 잘 모르겠습니다."

"증인은 보통 몇 살까지 애라고 부릅니까? 나이가 서른이면 애라고 부를 수 있겠습니까?"

검사가 일어섰다. "이의 있습니다. 재판장님, 변호인은 지금 증인에게 사실이 아닌 의견을 구하고 있습니다."

"기각합니다. 증인은 답변하세요."

증인은 입을 열지 못했다. 나는 다그쳤다.

"다시 묻습니다. 서른 살 정도면 증인은 애라고 부르겠습니까?"

"모르겠는데요."

"증인은 이 질문에 대답할 수 있을 겁니다. 서른이면 앱니까?"

"서른이 삼십이죠? 마흔이 사십이고."

"말을 돌리지 마십시오. 서른이 삼십입니다."

"그럼 아니요. 서른보다는 적어야 애라고 부릅니다."

"그럼 스물 정도면 어떻습니까. 스무 살보다 어리면 애라고 부를 만합니까?"

"그럴지도요."

"확실히 대답해주세요. 스무 살보다 어리면 애라고 부르겠습니까?"

"네, 네, 스무 살보다 어리면 앱니다."

"지금까지의 증언을 정리해보겠습니다. 증인의 증언에 따르면 진압 도중 특별히 위법한 폭력행위를 하지 않았는데도 애 하나가 달려들어 증인의 손을 물었습니다. 증인은 고통을 느꼈지만 살점이 잘려나가는 동안 공격적 대응은 하지 않았습니다. 맞습니까?"

"비슷해 보입니다."

"비슷해 보인다고요? 증인의 증언을 정리했을 뿐입니다. 증언과 다른 점이 있다면 어디가 다른지 말씀해주세요."

"알았어요. 맞습니다. 다 맞아요."

"그리고 그 애는 애니까 스무 살은 안 되어 보였고요. 맞습니까?"

"그런 것 같네요."

"맞습니까, 아닙니까?"

"맞습니다."

"증인은 방청석의 방청객들을 살펴봐주세요. 저 중에 혹시 애라고 부를 만한 사람이 있습니까? 있다면 손가락으로 가리켜주세요."

방청석은 만원이었다. 그는 방청석을 향해 대충 고개를 휘둘렀다.

"아니요, 없습니다."

"증인은 방청객들에게 미안해하지 않아도 됩니다. 애로 보이면 짚어서 애라고 말하세요."

방청객들이 웃음을 터뜨렸다. 증인의 얼굴이 달아올랐다.

"애로 보이는 사람은 없습니다."

나는 배심원석 앞으로 천천히 걸음을 옮겼다. 거기서 검을 뽑듯이 손가락을 빠르게 빼들어 증인을 가리켰다.

"제가 방금 애로 보이는 사람을 짚어달라고 요구한 이유는, 방청석 둘째 줄에서 셋째 줄 사이에 그날 현장에서 시위했던 세입자들이 모두 앉아 있기 때문입니다. 하지만 증인이 제대로 못 봤을 수도 있으니 좀 더 해보죠."

나는 변호사석으로 돌아갔다. 대석이 준비한 종이 한 장을 넘겨주었다. 나는 그것을 보물처럼 조심히 다루어 들고 증인 앞으로 돌아갔다.

"이건 당시 경찰이 발표한 사건현장의 연행자 명단입니다. 위에서부터 차례대로 읽어주시겠습니까?"

그는 종이를 받아 들었다. 한 장이었다. 그가 겨우 두 손으로 들 만큼 무거운 한 장. 그는 종이에 적힌 문자를 대충 훑어보고 말했다.

"무슨 뜻인지 알겠습니다. 읽을 필요는 없겠는데요."

"증인이 깨달으라고 읽어달라는 게 아닙니다. 배심원들에게 들리도록 큰 소리로 읽어주세요."

그는 심드렁한 목소리로 명단을 읽어 내려갔다.

구재환, 42세.

김기덕, 50세.

김자현, 44세.

민재용, 38세.

박재호, 49세.

유상필, 47세.

이지만, 41세.

임혁수, 51세.

정민기, 42세.

차대찬, 35세.

하지웅, 31세.

형민수, 40세.

나는 고개를 들고 천장을 보았다. 증인은 고개를 깔고 땅을 보았다. 법정은 조용했다. 나는 생각했다. 이 짓도 꽤 할 만하구나.

"총 열두 명 맞죠? 빠짐없이 읽었습니까?"

"네."

"20세 미만인 자가 있습니까?"

"아니요."

"30세 미만인 자는요?"

"없습니다."

"증인이 애라고 부를 만한 사람이 있습니까?"

"없습니다."

"증인이 애라고 부를 수 있는 나이에 해당하는 자는 죽은 박신우 한 명이었죠? 박신우가 그 명단에 없는 이유는 경찰에 연행된 게 아니라 병원으로 후송되었기 때문이고요."

"네."

"증인의 손을 깨문 사람이 애라고 했죠?"

"네."

"증인은 손등의 살점이 떨어져나갔는데 정말 그 애를 폭행하지 않았습니까?"

"안 그랬습니다. 손도 안 댔습니다."

"박신우로 짚어서 이야기해보지요. 배심원들에게 말해보시죠. 맹세코 박신우를 폭행하지 않았다고요."

그는 배심원들을 향해 외쳤다. "저는 박신우를 폭행하지 않았습니다."

"박신우의 얼굴도 모른다면서 박신우를 폭행하지 않은 건 분명하단 말이지요?"

"안 때렸다고요!"

나는 배심원을 유혹하듯 속삭였다. "저도 그랬으면 좋겠습니다. 이상입니다."

나는 자리로 돌아와 앉았다. 검사가 반대신문할 차례였다. 재판장은 자기 할 일을 잊고 아무 말도 하지 않았다. 박재호가 귓속말을 했다. 저 놈이 맞아요. 체격이 똑같아.

검사가 먼저 물었다. "재판장님, 제가 반대신문해도 될까요?"

"아. 그러세요. 죄송합니다." 판사는 허둥지둥 대답했다. 검사가 증인에게 물었다.

"증인은 당시 전투경찰들을 현장에서 통솔하는 임무를 맡았죠?"

"네."

"무전으로 지시를 받았고요?"

"네."

"주어진 명령이 구체적으로 무엇이었습니까?"

"시위 지도자를 최우선하여 체포하라는 것이었습니다."

"시위 지도자가 누구였습니까?"

"임혁수라는 남자였습니다."

"임혁수는 어디 있었죠?"

"망루 옥상에 있었습니다."

"그래서 그 사람을 체포했습니까?"

"네."

"그게 언제입니까?"

"진압 막바지였습니다."

"열두 명의 연행자 중 임혁수는 몇 번째로 체포되었나요?"

"마지막에 체포했습니다."

"왜 그랬죠?"

"그 사람은 가장 격렬하게 저항했고, 나머지 시위자들이 그 사람을 엄호했습니다."

"그럼 명령인수자로서 임혁수를 체포하기까지 다른 곳에 갈 수는 없었겠네요?"

"네."

"박신우는 현장 망루 2층에서 폭행당했습니다. 시위지도자를 체포하기 전에 옥상에서 망루 2층으로 다시 내려갔었나요?"

"아니요. 그럴 수가 없었습니다."

"증인이 명령인수자였기 때문이죠. 명령은 옥상의 시위지도자를 체포하는 것이었고."

"그렇습니다."

"그리고 시위지도자는 마지막에 체포되었고요?"

"네."

"이상입니다."

판사가 물었다. "변호인 더 신문하실 게 있나요?"

"없습니다."

"배심원들 질문 있나요?" 응답이 없었다. 질문이 필요 없었다.

"증인은 나가봐도 됩니다. 휴정하겠습니다. 식사하시고 오후 2시에 뵙지요."

법정정리가 외쳤다. 모두 일어서 주십시오!

"이승준을 증인 신문하실 때 박수 칠 뻔했습니다. 놀랍습니다. 놀라워요, 윤 변호사님. 이 공판을 녹화해 로스쿨 강의에서 좀 틀어주고 싶을 정도에요." 주민이 탄성을 내지르며 변호인석으로 다가왔다. 대석이 동의했다.

"오늘은 아주 좋았어. 너 혼자 다 하니까 내가 할 일이 있어야지. 심심하더라."

"모두 고마워요. 이 교수님은 오늘 조간신문 보셨습니까?"

"이 기자님이 쓴 기사 말씀이시죠."

"네."

"어쩔 수 없는 일이지요. 이 기자님을 탓할 수만은 없습니다. 윤 변호사님께 신문 기사를 통제할 권한은 없어요. 그걸 우려하셨다면 이 기자님을 사무실에 들이지 말았어야 했습니다."

"그랬어야 했다는 생각이 이제 드네요. 식사 같이할까요? 먹고 이야기하죠."

나는 서류를 주섬주섬 챙겨 가방에 넣었다. 그때 재판부 사무관이 다가왔다.

"두 분 변호사님들, 재판장님께서 판사실에서 잠깐 뵙자고 하십니다. 지금 당장이요."

나는 대석을 보았다. 두려워하고 있었다.

대석과 나는 20층의 합의부 재판장의 사무실로 올라갔다. 방 중앙에 쿠션이 헤져 올이 풀린 회색 모직소파가 ㄷ자로 놓였다. ㄴ만큼을 재판장과 합의부 법관 두 명이 차지하고 앉아 기다렸다. 이제 무슨 일인지는 불처럼 분명했다. 합의부 법관들이 전부 동석했기에.

"어서 오시오. 거기 좀 앉아요. 식사시간을 빼앗아서 미안하게 됐어요."

대석과 나는 소파의 남은 자리에 나란히 앉았다. 재판장은 뜸을 들이지 않았다.

"오늘 아침 신문을 읽었소."

그는 우리 둘을 뚫어지게 보았다. 우리는 방에 갇혔다.

"솔직히 말해주시오. 두 변호인들이 테이프를 가지고 있습니까?"

나는 결정권을 대석에게 미루었다. 대석이 대답했다.

"네."

"그걸 증거로 신청할 생각입니까?"

"네."

"먼저 들어봅시다. 듣고 판단해야겠소."

"지금 가지고 있지 않습니다. 사무실에 뒀습니다."

"내일이 공판 마지막 날인 건 알고 계시죠?"

"물론입니다."

"공판 마지막 날에 기습할 계획을 짰다면 이제 접으시오. 검증 없이 공판 중에 제출한 증거는 기각해야 한다는 게 내 뜻이요. 두 분 판사님 의견은 어떻습니까?"

재판장은 젊은 두 판사를 돌아봤다.

"동의합니다." 남자 판사가 대답했다. "글쎄요." 여자 판사가 대답했다. 그들은 인형이었다. 재판장이 분명히 했다.

"난 기각할 거요. 그 테이프는 내일 공판심리 개시 한 시간 전까지 내 손에 들어와야 됩니다. 듣고 증거로 적당한지 판단하겠소. 만약 그때까지 테이프를 제출하지 않는다면 거기 든 내용에 상관없이 나는 증거를 인정하지 않겠소. 내일 아침까지요. 오늘 공판이 끝나고 나서 내 자택으로 그걸 들고 찾아와도 좋아요. 전화하시오."

재판장은 메모지에 자기 휴대전화기 전화번호를 휘갈겨주었다. 대석이 받았다. 공손히 두 손을 내밀어. 두 손을 내밀어 결박되었다. 빠져나갈 길이 없었다. 모든 게 물거품이 됐다. 재판장이 폭탄을 자기 법정에 들일 이유는 없어 보였다.

나는 법원 주차장의 은밀한 구석을 찾았다. 체면과 체통을 지킬 필요가 없는 곳. 눈과 귀로부터 자유로운 곳. 주차장을 둘러싼 우거진 사시나무 잎사귀의 빈틈없는 그림자에 섞여들어 사방을 둘러봤다. 사람은 아무도 없었다. 아무도 없어야 했다. 거기서 나는 분에 떨었다. 바람 맞은 사시나무와 함께 떨었다. 한참 허공을 욕보인 후 나는 전화를 걸었다. 연결음이 네 번 울렸다. 준형이 전화를 받았다. 나는 말했다.

"어떻습니까. 회사에서 귀여움 좀 받았나요?"

"화났군요."

"특종을 따셨어요. 그것도 독점으로요. 뭐 인센티브라도 있겠죠? 함께 나눕시다."

"미안해요. 하지만 아무 일 없을 거예요. 걱정 말아요."

"아무 일 없을 거라고요? 무책임하군요. 이제 법정증거로 쓰기는 어렵게 됐습니다."

"무슨 일 있었어요?"

"재판장이 녹음물을 미리 제출해서 검증받으라더군요. 안 그러면 증거를 기각하겠답니다."

"미안해요. 어제 이 교수님은 괜찮을 거라고 하셨는데."

"그 사람이 괜찮다고 해서 기사를 썼다고요? 제가 이 사건의 변호삽니다. 제 뜻을 따랐어야죠."

그녀는 대답하지 않았다. 나는 단단하게 말했다.

"내가 어제 분명히 요구했던 걸로 기억하는데요."

"저는 대답하지 않았던 걸로 기억해요. 기사를 쓰지 않겠다고는."

"인쇄 들어가기 전에 전화해서 제 뜻을 물을 수도 있었잖습니까."

"왜 그러지 않았는지 아시잖아요. 우리는 결정을 내렸어요. 변호사님은 변호사로서, 저는 언론인으로서. 제가 그때 가서 윤 변호사님 뜻을 묻는 게 무슨 의미가 있지요?"

"의미가 있지요. 당신은 날 속였어요. 난 당신을 믿었고. 이건 사기입니다."

"윤 변호사님은 그렇게 생각하실 수도 있겠네요. 하지만 저는 윤 변호사님을 위해 기사를 쓴 건 아니에요. 저는 이게 윤 변호사님만의 사건이라고 생각하지도 않고, 법정만의 사건이라고 생각하지도 않아요."

"점점 화나게 하는군요. 자기가 내뱉은 말이 무슨 뜻인지는 압니까? 이건 법정의 사건이에요. 이건 내 사건이에요. 법정에서 박재호 씨를 살릴 수 있는 건 오직 변호사뿐이라고요."

"이제 진짜 변호사답게 말하는군요. 정말이에요? 언론의 도움이 없었다면 거기까지 갈 수 있었겠어요? 제 도움은 의미가 없었나요? 제가 처음 찾아갔을 때 변호사님은 경찰이 박재호 씨의 아들을 죽였다는 사실을 믿으려고도 하지 않았어요."

"이제 언론 따위 필요 없습니다. 특히 당신 같은 삼류는. 나는 법정에서 일하는 변호사입니다. 당신이 하는 짓은 역겨워요."

그녀는 한동안 대꾸하지 않았다. 고통스러워하는 걸 알았다. 나는 무엇을 느꼈는가. 나는 이걸로는 부족하다고 느꼈다. 그 순간 나는 그녀를 원망하고 증오했다. 그녀의 목소리. 촛불처럼 아슬아슬한 목소리. 그것은 태연의 장막에 몸을 서툴게 가리고 20킬로미터 저편에서 출발했지만 그녀의 호흡은 그렇지 못했다. 상처는 또렷이 증거되었다. 그래도 이걸로는 부족했다. 그녀의 말은 부들부들 떨렸다.

"박재호 씨한테 뭘 해줬는데요. 그 잘난 법정의 정의가 말이에요. 뭘 해줬냐고요. 전에도 말했잖아요. 저는 법을 믿지 않아요. 법을 믿지 않을 뿐이에요. 제가 역겹다고요? 그게 고결하신 변호사님께서 법 바깥의 세상을 바라보는 시각인가요. 처음부터 그랬던 거예요?"

"며칠만 기다렸으면 됐잖아요. 그냥 미안하다고 말하기가 그렇게 힘든 겁니까?"

"처음부터 미안하다고 말했잖아요. 미안해요. 미안해요. 정말 미안하게 됐어요. 이렇게 될 줄은 몰랐어요. 미안해요. 죽도록 미안해요."

"그만둡시다. 미안하단 말로는 안 되나 봅니다. 그냥 내 일에 관심 꺼줘요. 전화해서 묻지도 말고, 제 사건 근처를 얼쩡대지도 말아요. 특종은 혼자 힘으로 캐란 말입니다. 신경 꺼달라고요. 알아들었죠?"

그녀는 말했다. 나는 듣지 못했다. 전화를 끊었다. 혼란스러웠다. 나는 변호사였다. 예리하게 갈고 닦은 논리의 날로 상대를 위협하고 설복시키는 직업. 잘못은 그녀가 했다. 내가 그녀에게 한 말은 다 옳았다. 그녀와 내가 법정에 선다면 배심원들은 만장일치로 내 손을 들어줄 게 틀림없다. 내가 옳았다. 그런데 충분하지가 않았다. 내가 죄책감을 느꼈다. 내가 그녀에게. 가슴이 시리고 먹먹할 정도의 죄였다. 법정에서 선고받은 패배의 느낌이었다. 그래서 도저히 인정할 수가 없었다.

1의7.
압수수색
押收搜索

식사는 했어? 변호사석에 앉으니 대석이 물어온다. 나는 대답했다. 응. 식사는 못했다. 머릿속이 흐느적거렸다. 준형에게 전화하는 게 아니었다. 재판관들이 들어왔다. 모두 자리에서 일어서 주십시오!

나는 자리에서 일어나 작은 목소리로 대석에게 말했다.

"다음 증인이 문희성이지?"

"응."

"형이 신문할래?"

앉아주십시오!

대석이 자리에 앉아 물었다. 왜?

판사가 심리 재개를 선언했다. "다음은 변호인 측 증인 문희성에 대한 신문이 있겠습니다. 증인은 들어오세요."

나는 대답하지 않았다. 문희성이 들어왔다. 그가 선서했다. 대석이 물었다. 왜 그래, 괜찮아? 나는 대답하지 않았다. 판사가 말했다.

변호인 신문하세요. 대석이 일어섰다. 그는 내 허벅지를 두 번 두드리고 문희성을 향해 걸어갔다.

"증인은 당시 진압작전에 참여하셨죠?"

"네."

"역할은 뭐였습니까?"

"현장 바깥에서 상황을 통제하는 역할이었습니다."

"그날 작전 목표는 뭐였습니까?"

"모든 수단을 다해서 19시 00분까지 시위를 제압하는 것이었습니다."

"모든 수단을 다해서요?"

"네."

"그 모든 수단에 폭력적 수단도 포함이 되나요?"

"부득이한 경우에는 폭력도 허용됩니다."

"그 부득이한 경우의 판단은 누가합니까?"

"현장에 투입된 병력 개개인이 내립니다."

"진압 상황을 무전으로 전부 들었죠?"

"네."

"그 무전을 작전참여 인원이 전부 들을 수 있었습니까?"

"네. 공용주파수로 무전이 이루어졌습니다."

"박신우가 다친 당시 무전으로 그 내용을 들었습니까?"

"네."

"뭐라고 들었습니까?"

"사고가 났다고 했습니다. 철거민 한 명이 혼수상태에 빠졌다고요."

"그 무전을 누가 발신했습니까?"

"그건 잘 모르겠습니다."

"무전 내용 중에 누가 철거민을 혼수상태에 빠뜨렸다거나 하는 내용도 있었나요?"

"그런 내용은 없었습니다."

"무전 발신자의 목소리는 어땠습니까?"

"겁에 질려 있었습니다."

"증인의 경험으로 볼 때 그 무전내용으로 미루어 누가 철거민을 혼수상태에 빠뜨렸는지 말할 수 있겠습니까?"

검사는 외쳤다. "이의 있습니다! 유도신문입니다."

판사가 대답했다. "인정합니다. 증인은 대답해서는 안 됩니다."

대석은 어깨를 으쓱거렸다. "좋습니다. 다른 질문을 하죠. 그 무전 이후 어떤 일이 일어났습니까?"

"서울지방경찰청장이 무전에 개입했습니다. 그리고 누가 때렸냐고 물어봤습니다."

"그래서요?"

"그 이후로는 듣지 못했습니다."

"왜죠?"

"갑자기 공개 무전 채널이 닫혔습니다. 그 이후에는 비공개로 무전이 이루어진 것 같습니다."

"그럴 필요가 있었나요? 왜 그랬죠?"

"그건 상급자의 판단이었으므로 제가 알 수 없습니다."

"그 이후에 증인에게 어떤 명령이 내려왔나요?"

"무선전화로 경찰서장이 저한테 연락했습니다."

"뭐라고 하던가요?"

"철거용역들한테 사건 현장을 정리시키라고 했습니다."

"경찰이 아니라 철거용역들한테요?"

"네."

"경찰이 철거용역들한테도 명령을 내리나요?"

"공식적으로는 그렇지 않습니다. 하지만 사실상 그 사람들이 협력해줍니다."

"철거용역들은 우리가 흔히 말하는 조폭, 즉 조직폭력단원이 맞지요?"

"네."

"경찰은 조폭을 검거하고 그들의 폭력행위를 방지해야 할 의무가 있을 텐데요. 왜 그들을 놔뒀나요?"

"그들과 협조하라는 명령이 내려왔습니다."

"누가 그 명령을 내렸습니까?"

"저는 서장을 통해 명령을 받습니다."

"현장을 경찰이 정리하지 않고 철거용역들에게 시킨 이유는 뭡니까?"

"상급자의 판단이라 잘 모르겠습니다."

"추측해볼 수 있겠습니까?"

검사는 다시 외쳤다. "이의 있습니다! 의견을 구하고 있습니다."

판사가 대답했다. "인정합니다. 변호인은 주의해주세요. 증인은 대답하지 마세요."

대석은 한숨을 내쉬었다. "다른 각도에서 묻겠습니다. 살인폭행 현장을 즉시 정리하는 게 일반적인 업무방식입니까?"

"아니요."

"일반적으로는 어떻게 합니까?"

"현장을 보존합니다."

"왜죠?"

"증거가 나올 수도 있기 때문입니다."

"그렇다면 현장을 즉시 정리해버리면 증거 수집이 곤란해지지 않겠습니까?"

"그렇습니다. 실제로 그렇게 됐고요."

"그 후 증인은 경찰을 그만뒀죠?"

"네."

"그만둔 이유가 뭡니까?"

"양심의 가책 때문입니다."

"양심의 가책이요? 왜 양심의 가책을 받았죠?"

"범죄인지보고서를 쓰라는 지시를 받았습니다. 거짓말로 써내라는 명령이었습니다."

"어떤 거짓말이죠?"

"철거용역들이 박신우를 폭행했다고 써내라 했습니다."

"그게 왜 거짓말이죠?"

"저는 그에 관해 보지도 못했고, 듣지도 못했기 때문입니다."

"그 명령은 누가 했죠?"

"서장입니다."

"이상입니다."

판사가 말했다. "검사 측 반대신문하시죠."

검사는 문희성에게 걸어갔다. 증인은 눈빛으로 적의를 드러냈다. 그건 문희성이 법정의 아마추어였기 때문이다. 검사는 프로였다.

그녀는 사근사근하게 말을 걸었다.

"안녕하세요?"

"안녕하십니까, 검사님."

"증인의 직업에 대해 자세히 묻겠습니다. 전직 경찰이라고 하셨는데, 그럼 현재 직업은 뭐지요?"

문희성은 머뭇거렸다.

"제가 조사한 바로 증인은 현재 형사사건브로커 일을 하고 있습니다. 맞습니까?"

문희성은 머뭇거렸다.

"맞습니까?"

"맞습니다."

"형사사건브로커란 형사사건 정보를 변호사에게 팔아 수수료를 챙기는 일이죠?"

"그렇습니다."

"그게 전직 경찰공무원으로 절대로 해서는 안 되는 불법이라는 건 알고 있죠?"

내가 일어설 차례였다. "이의 있습니다. 검사는 지금 증인을 모욕하고 있습니다."

"인정합니다. 검사는 신문에 필요한 사항만 물어보세요."

"저는 지금 증인이 이 법정에서 진술하는 목적과 관련된 사항을 밝히려고 합니다. 재판장님, 부디 추가적인 질문을 허락해주시기 바랍니다."

"조심히 질문하세요. 증인의 인격을 침해하지 않는 선에서."

이민정은 웃으며 고개를 끄덕였다. 그리고 증인에게 돌아갔다.

"증인은 사건정보를 몇 건이나 변호사들에게 중매했습니까?"

"정확히 모르겠습니다."

"대략 어느 정도죠?"

"거의 못했습니다."

"다섯 건 이내인가요?"

"아마 그럴 겁니다."

"결국 돈을 많이 벌지는 못했겠군요."

"네."

"총 수입이 얼마나 됐죠?"

"잘 모르겠습니다. 계산 안 해봐서."

"그것만으로 생활이 될 정도였나요?"

"퇴직금이 있어서 그런 대로 괜찮았습니다."

"계속 사건중개 업무를 했다면 생활이 되었을까요?"

"그건 모르겠습니다."

검사는 배심원석을 향해 고개를 살짝 돌리고 끄덕거렸다. 알 만하다는 듯이. 똑똑히 기억난다. 문희성의 말들. 나한테는 수임 사건 수를 두 배로 늘려주겠다고 했다. 검사는 덮쳤다.

"증인은 증언의 대가로 변호인에게 돈을 받았습니까?"

진지한 어조. 그녀의 눈썹이 치켜 올라갔다. 증언의 대가로 돈을 받으면 불법이라는 것처럼 말하고 있었다. 효과는 곧바로 나타났다. 문희성은 한눈에 봐도 당황해서 허우적대는 동작으로 내 쪽을 바라봤다. 그의 눈빛은 애처롭게 물어왔다. 그게 불법이었나요? 나는 할 일을 했다. "이의 있습니다!"

판사는 고개를 저었다. "기각합니다. 증인은 대답하세요."

문희성은 돌이 다 됐다. 검사는 다시 캐물었다.

"대답하세요. 증언의 대가로 돈을 받았나요?"

"네."

"얼마 받았죠?"

문희성은 창백했다. 검사는 이미 알고 있는 내용을 묻는 게 틀림 없었다. 그녀는 내 통장잔고까지 알고 있을 터였다. 별 소용이 없을 거라고 예감하면서 나는 일어섰다.

"이의 있습니다. 재판장님, 사건과 전혀 관련 없는 질문입니다."

검사가 내 말을 받았다. "재판장님, 저는 증인이 변호인으로부터 사회통념상 허용될 수 없을 정도의 증언 대가를 받았다는 제보를 입수했습니다."

"변호인은 그만 앉으세요. 변호인은 같은 사항에 대해 이의를 두 번 제기할 수 없습니다. 검사는 계속하세요."

검사는 내 쪽을 흘끗 봤다. 눈이 웃고 있었다.

"제가 물었습니다. 변호인으로부터 돈을 얼마나 받았나요?"

문희성은 결국 입을 열었다. 나는 느꼈다. 익숙한 느낌. 깨어나야 할 때가 임박한 악몽의 느낌.

"천만 원입니다."

방청석이 술렁였다. 배심원들의 입이 벌어졌다. 그들은 손으로 입을 가려야 했다. 검사는 가만히 서 있었지만 법정의 눈들이 증인을 계속 신문하고 있었다. 검사는 자신의 침묵을 죄다 활용하고서 물었다.

"놀랍습니다. 귀가 의심스럽네요. 얼마라고요?"

중복 신문이다. 나는 이의를 제기할 힘이 없었다.

"천만 원입니다."

"천만 원. 천만 원이요. 통상의 증언 대가가 아니군요?"

"저는 잘 모릅니다. 증언은 이번이 처음입니다."

"우리 법과 법원은 그런 돈을 받고 증언하기로 약정하는 행위를 반사회적 계약이라고 부릅니다. 경찰인데 그것도 모릅니까?"

"저는 변호사가 아니라 경찰이었습니다."

"그 돈을 받은 게 증인이 여기서 진술하는 이유인가요?"

"꼭 그렇게 말할 수는 없습니다."

"돈 때문에 증언하는 게 아니라고요?"

"그게 유일한 이유는 아닙니다."

"그럼 다른 이유는 뭐죠?"

"제가 본 사실을 말하는 것입니다."

"증인이 본 사실을 말하기 위해서? 증인은 현장에 없었다고 하지 않았나요? 뭘 봤죠?"

"말을 실수했습니다. 제가 들은 사실을 말하는 것입니다."

"그래요? 경찰이 박신우를 죽였다는 사실을 들었나요?"

"아니요. 하지만 정황을 알았습니다."

"정황을 알았다고요? 현장 바깥에서요?"

"네."

"그게 전부입니까?"

"네."

"그럼 증인은 정확히 보거나 들은 바가 없이 정황을 알았다는 이유로 천만 원을 받고 증언하고 있군요. 그 돈을 안 받았어도 증언을 했겠습니까?"

증인은 대답하지 못했다. 검사는 여유를 부렸다.

"그 질문은 넘기죠. 하지만 돈을 받은 게 여기서 증언하는 주된 이유라고는 해도 되겠죠?"

문희성은 무뎌진 질문에 차라리 고마워하는 것 같았다. 그는 기어들어가는 소리로 재빨리 대답했다. "네."

"통상 이상의 대가를 받고 위증하는 건 중대한 불법입니다. 증인은 이제 신중하게 대답하세요. 아까 정황을 알아서 증언했다고 했죠?"

"네."

"증인은 정황에 대한 자신의 기억을 100퍼센트 확신하나요?"

"제 생각으론 그런 것 같습니다."

"증인은 생각이 아닌 사실을 말하기 위해 이 법정에 섰습니다. 기억 이상을 말한다면 그것 또한 위증입니다. 다시 묻습니다. 증인은 정황에 대한 자기 기억을 100퍼센트 확신하나요?"

문희성은 완전히 겁먹었다. 그는 지금 덤불 없는 벌판에 홀로 남겨진 초식동물이었다. 그의 기억은 백지로 물들었다. 대가. 위증. 처벌. 그의 머리는 그것만을 생각했다. 그는 자기 앞에 산맥처럼 우뚝 선 아름다운 포식자를 무서워하기 시작했다. 이 땅의 모든 생물처럼 그도 살 길을 찾았다.

"아니요, 그렇다곤 할 수 없습니다."

"증인이 증언한 것이라고는 무전으로 들은 정황밖에 없지만, 사실은 그 정황에 대한 기억조차 100퍼센트 확신할 수는 없다는 거죠?"

"그런 듯합니다. 100퍼센트라고는 말하지 못하겠습니다."

"좋습니다. 아까 증인이 대답하지 않은 질문을 다시 묻겠습니다.

만약 증인이 여전히 경찰이고, 천만 원도 받지 않았다면, 지금 여기서 증언하고 있을까요?"

그는 우물쭈물 거렸다. 하지만 결국 자신을 위했다. "아닐 것 같습니다."

검사는 배심원들을 향해 의기양양하게 돌아섰다. 그리고 자신을 향한 신뢰와 증인을 향한 불신을 모조리 확인했다. 그녀는 말했다. "이상입니다."

판사가 말했다. "변호인은 반대신문할 겁니까?"

"아니요."

대석이 대답했다. 우리가 천만 원을 줬다. 배심원들을 돌이켜 설득하는 건 불가능하다. 문희성은 버려야 했다.

"배심원들은 질문 있습니까?" 응답이 없었다.

"그럼 증인은 이만 나가봐도 좋습니다."

문희성은 놀란 토끼처럼 증인석에서 뛰쳐나와 법정에서 사라졌다. 나는 이민정의 영악함과 유능함에 떨었다. 그녀는 우리가 야심차게 준비한 가장 강력한 증인을 순식간에 파렴치한으로 만들었다. 문희성은 앞으로 죽을 때까지 증인석에 서지 않으려 할 것이다. 대단한 여자였다. 그녀는 방청객들을 사로잡았다. 그녀는 배심원들을 사로잡았다. 그녀는 증인을 산 채로 잡았다. 내가 변호인석에 있지 않았다면 어땠을까. 그녀에 대한 숭배를 거부할 수 있었을까. 그런데 끝이 아니었다. 그녀는 쐐기를 박을 심산이었다.

"재판장님, 문희성에 대한 반대증인을 먼저 신문하도록 허용해주시기 바랍니다."

"그렇게 합시다. 다음 증인으로 검찰 측 증인 강형조 경관을 들어오게 하죠."

강형조가 들어와 선서했다. 평범한 체격, 평범한 인상의 남자였다. 증인으로서는 최고의 인상이다. 검사가 다시 나갔다.

"증인은 서대문 경찰서 반장이죠?"

"네."

"문희성과의 관계는 어떻게 되죠?"

"문희성은 10년 가까이 제 부하였습니다."

"문희성 씨는 어떤 사람인가요?"

대석이 항의했다. "이의 있습니다. 의견을 묻고 있습니다."

재판장은 대답했다. "기각합니다. 문희성 증인의 증언력을 다투기 위한 증인이므로 의견진술을 허용합니다."

검사는 말했다. "자, 대답해주세요."

"무난한 사람이었습니다. 재직기간 동안 제가 본 바로는 업무능력이나 도덕성 모두 무난했습니다. 특별히 뛰어나거나 떨어지는 부분은 없었다고 생각합니다."

그 대답은 배심원들의 호감을 샀다. 효율적인 증언이었다. 그는 검사와 신문사항을 미리 맞춰보면서 불필요한 공격적 발언을 삼갈 것을 요구받았을 터다. 이의를 제기한 대석만 바보가 됐다.

"문희성이 경찰을 그만두기 전에 특이사항이 있었나요?"

"빚을 졌다고 했습니다."

"빚이요?"

"네."

"그 이유도 압니까?"

"외가 쪽 사업에 보증을 잘못 섰다고 들었습니다."

"그 후 경찰을 그만두고 사건브로커가 됐고요."

"네."

"문희성 씨가 사건중개를 위해 증인에게 도움을 구했습니까?"

"네."

"몇 차례나요?"

"이틀에 한 번 꼴로 전화가 왔습니다."

"그래서 도와줬나요?"

"인간적으로 몇 차례 도와줬지만, 저한테도 문제가 될 수 있기 때문에 나중엔 거절했습니다."

"거절한 후 문희성 씨 반응은요?"

"처음엔 살린다고 생각하고 도와달라고 애걸했습니다. 그러다가 나중엔 박재호 사건과 관련해 증언을 해버리겠다고 협박했습니다."

"박재호 사건에 대해 증언하겠다고 협박하면서, 형사사건정보를 요구했다고요?"

"네, 그렇습니다."

"그래서 어떻게 했습니까?"

"서장님께 사실을 있는 그대로 말씀드렸습니다."

"경찰서장의 반응은요?"

"문희성은 현장에 있지도 않았는데 뭘 증언하겠냐면서 무시하라고 하셨습니다."

"그래서 어떻게 하셨죠?"

"그냥 그 이후 걸려오는 문희성의 전화를 무시하고 받지 않았습니다."

"마지막에 걸려온 전화가 언제죠?"

"두세 달 정도 전이었던 걸로 기억합니다."

"그렇군요. 그리고 문희성을 오늘 법정에서 처음 보는 거고요."

"네."

"증인은 문희성의 업무내용을 파악하고 있나요?"

"네."

"얼마나 파악하고 있죠?"

"전부라고 보면 됩니다. 제가 그 사람 직속상관이었으니까요."

"혹시 문희성이 가짜 범죄보고서 작성이나 박재호 사건의 절차상 하자 있는 처리 등을 명령받았다는 이야기를 들은 바 있습니까?"

"아니요. 전혀 못 들었습니다."

"이상입니다."

문희성은 끝장났다. 그는 깊이 매장되었다. 천만 원과 함께. 나는 후회했다. 대석의 말을 들을걸. 문희성은 위험한 증인이었다. 그러나 나는 문희성을 믿었다. 놀라운 사실은, 내가 강형조 역시 믿게 됐다는 것이다. 그는 거짓말을 하는 것 같지 않았다. 나에게 그렇게 보인다면 배심원들에게도 그렇게 보일 터. 하지만 그는 거짓말을 하는 거라야 했다. 그렇지 않다면 문희성이 거짓말을 한 거니까. 대체 왜? 갑자기 세상 모든 게 의심스러워졌다. 홍재덕, 이민정, 이승준, 문희성, 강형조, 이준형, 경찰과 검찰, 정부와 언론, 그리고 국가. 내가 아는 모든 인간과 권력이 이 사건에 연루되어 있는 것만 같았다. 용의자들이 많아질수록 커가는 것은 한 가지 의문이었다. 그걸 직시하기가 두렵고 어려웠다. 내가 길을 잘못 든 건 아닌가. 정말 음모가 있긴 있었던 걸까. 오컴의 면도날. 보다 간단한 가정이 옳다.

한 가지 간단한 가정이 있었다. 그보다 간단할 수가 없는 가정. 그 가정을 따르면 단 한 명만 의심하면 됐다. 가정: 박재호는 거짓말을 했다.

박재호는 내 옆에 앉아 있었다. 그는 말이 없었다. 표정이 없었다.

공판이 끝나고 법정을 나와 휴대전화기를 켰다. 부재 중 전화 네 통. 모두 사무실에서 걸려왔다. 사무실로 전화를 걸었다. 비서가 받자마자 외쳤다.

"빨리 와요!"

"무슨 일이야?"

"빨리 사무실로 오세요. 여기 검사랑 경찰이 들이닥쳤어요."

"뭐라고?"

"압수수색이래요. 빨리 오세요. 무서워요."

검사는 전에 만난 적이 있었다. 법정에서. 조구환을 기소했던 검사였다. 그는 보자마자 내 코앞으로 영장을 내밀었다.

"법원이 발부한 압수수색영장입니다. 읽어보시지요."

"근거가 뭡니까?"

"거기 다 쓰여 있습니다만. 나는 조구환을 수사 중이요."

"근데 왜 여길 쳐들어옵니까? 조구환한테 가세요."

"얼마 전에 이미 다녀왔지요. 조구환은 탈세 혐의를 받고 있습니다. 그 사람 조직의 수입장부서류가 어딘가로 빼돌려졌어요. 조구환이 몇몇 변호사와 회계사에게 서류의 관리 및 보관을 분산하여 맡겼다는 제보가 있었습니다. 조구환이 여기도 찾아왔었지요?"

"전 그 사람 변호사가 아닙니다. 단 한 차례 형사변호를 맡았을 뿐이라고요."

"그야 수색해보면 알겠지. 앉아서 기다리시죠."

집행관은 세 명이었다. 그들은 파괴적인 기세로 사무실을 뒤졌다. 한 명이 필통까지 뒤엎었다. 대석이 항의했다.

"이거 봐요. 필통은 왜 뒤집니까? 거기엔 장부 같은 게 안 들어 갑니다. 크기를 좀 보세요."

그는 대답을 못하고 검사를 쳐다봤다. 검사가 우리 쪽으로 성큼 성큼 걸어왔다. 자신이 동행한 이유를 보여주려고.

"수색방식은 제가 정합니다. 물품은 원상태로 정리해드리고 가겠 습니다. 그냥 앉아 계시죠?"

15분이 지났다. 그들은 소송서류와 고객기록은 건드리지 않았다. 아무리 영장에 의한 압수수색이라 해도 변호사의 소송관련기록 은 건드리지 못한다. 그것은 법이 몇 겹씩 감싸 보호하고 있다. 만 약 장부가 정말 나에게 있다면 저기 꽂아 두면 되었을 터다. 대석 이 내 귀에 대고 속삭였다. 녹음테이프.

홍재덕의 얼굴을 떠올렸다. 낡고 탁한 목소리는 잊을 수 없었지 만, 얼굴은 희미하기만 했다. 오늘 법정에서는 그를 볼 수 없었다. 그는 오늘 뭘 하고 있었나. 깨달았다. 이놈들은 장부를 찾는 게 아 니야. 원하는 건 하나야. 오직 하나.

오늘 아침 기사를 읽고 머리를 짜냈을까. 하지만 대응이 너무 빨 랐다. 너무 빨랐다. 필요한 과정들. 홍재덕과 동료 검사의 모의. 영 장 신청. 영장 발급. 기습. 그게 한나절에 다 이루어졌다고? 어쩌면 기사를 읽기 전부터 일이 시작됐을지도 몰라. 그들이 알고 있었다면. 어제 저녁 김수만이 왔을 때부터 알고 있었다면. 그렇다면 사무실이 도청되고 있는 것이다. 하지만 그건 말도 안 돼. 그러면. 그러면 지금 이 세상에서 말이 되는 건 뭐지?

집행관이 대석이 사용하는 집무실 책상의 잠긴 서랍 열쇠를 요구했다. 대석은 거부했다. 그는 서랍을 뜯어냈다. 그는 찾아냈다. 그가 검사를 불렀다. 검사가 달려갔다. 검사는 우리 쪽을 힐끗 봤다. 검사는 방문을 닫았다. 대석의 방이었다.

검사는 5분 후 문을 열고 나왔다. 한 손에 녹음기가 들려 있었다.

"이 물품을 압수하겠습니다."

나와 대석은 동시에 자리를 박차고 일어났다. 대석이 따졌다.

"지금 뭐하시는 겁니까? 그건 조구환과 아무런 관련이 없는 자료입니다."

"그 판단은 피수색자인 당신들이 하는 게 아니요. 나는 법원이 발급한 영장을 가지고 있소."

"영장을 다시 봅시다. 압수물건 목록에 녹음기는 없었는데. 변호사의 업무상 자료는 압수할 수 없습니다. 형소법이나 다시 읽어보세요."

검사는 위엄을 갖춰 대답했다.

"영장발급판사는 변호사 사무실에서 발견되는 조구환과 관련된 자료를 포괄적으로 판단하여 압수할 수 있는 권한을 나한테 부여했소. 그러니 내가 판단하겠소. 이것을 압수하겠다고."

"젠장, 그건 공판 중인 소송의 증거물입니다."

"그렇다면 여기 있지 않겠지. 소송증거는 법원에 있어야 하는 거 아니요?"

"사건 담당 재판장은 오늘 중으로 그걸 자택으로 가져오라고 명령했습니다."

"아, 그 유명한 박재호 사건 말이군. 그건 27부 재판장의 명령이겠지. 내가 가진 건 12부 재판장이 발급한 영장이오. 배타적 효력이 있는 영장. 그 이야기는 두 재판장끼리 하게 둡시다. 우리가 신경 쓸 문제가 아니오."

검사는 녹음기를 주머니에 집어넣었다. 그리고 집행관들에게 철수를 명령했다. 치워놓고 가겠다고 하고서 그냥 내뺄 계획이었다. 순간 몸이 움직이려 했다. 검사는 키가 170도 안 돼 보였다. 이놈을 덮쳐서 빼앗을까. 불가능했다. 그는 힘이 셌다. 그는 이 방에 들이닥친 사법경찰관 셋을 합한 것만큼 힘이 셌다. 권력이라고 불리는 힘. 그 힘의 한없는 크기가 뼈저리게 느껴졌다.

그는 인사도 없이 출구로 걸어갔다. 나는 외쳤다.

"돌았습니까?"

검사는 몸을 돌았다. "뭐라고? 다시 말해봐요."

"돌았습니까? 지금 무슨 짓을 하는지 압니까? 이건 불법입니다. 명백한 불법입니다. 심각한 불법입니다. 그걸 가지고 이 사무실을 나가는 즉시 당신을 고소하겠습니다."

검사는 웃었다. "검사를 고소하시겠다? 누구한테? 검찰 말고도 고소를 받는 기관이 있나?"

"다시 경고합니다. 당신이 그걸 가지고 이 사무실을 나가는 즉시 민형사상의 소송을 제기하겠습니다."

검사는 웃음을 멈추지 않았다. 아무것도 두려워하지 않았다. 나에겐 그를 두려워하게 만들 힘이 없었다. 내가 가진 건 말 뿐이었다. 힘을 가진 건 그였다.

"하시오. 그럼 법정에서 봅시다. 소송이라니, 그게 우리들이 늘 하는 일 아닙니까."

검사는 나갔다. 사무실에 혼돈이 남았다. 쓰러진 필통. 흩어진 종이. 부서진 서랍. 사라진 증거. 만연한 공포. 공포. 비서가 손으로 입을 가리고 흐느꼈다. 그녀는 왜 우는가. 울음소리가 비현실적으로 들렸다. 모든 게 그랬다. 모든 게.

1의8.
공판기일 제3일
公判期日 第 三日

법에 내재하는 사실성과 타당성의 긴장은,
법이론과 올바른 판결에의 요구 사이의 긴장으로 나타난다.
_위르겐 하버마스, 「사실성과 타당성」

이민정은 동그란 무릎을 드러내는 치마정장을 입고 왔다. 법정의 새 날이다. 검사가 치마를 입는 날. 그러나 나는 보지 않았다. 나는 홍재덕을 노려봐야 했다. 홍재덕은 나를 보지 않았다. 나는 그의 눈을 확인하고 싶었다. 그가 무슨 짓을 저질렀는지 확인하고 싶었다. 그는 기회를 주지 않았다. 그는 나에게 단 한 번도 시선을 주지 않았다.

모두 일어서 주십시오!
재판관들이 들어왔다.
"이제 공판 마지막 날이군요. 배심원 여러분들이 모두 피곤하리라 생각됩니다. 마지막 날이니 끝까지 최선을 다해 귀 기울여주시길 바랍니다. 그럼 심리를 개시합니다. 증인 신문을 계속하겠습니다. 이번 증인은 오성건설 사장 박명진입니다."

박명진이 들어왔다. 생각보다 나이가 젊었다. 40대 중반으로 자기 직위답게 생긴 남자였다. 소매의 커프스부터 광을 낸 구두까지 흠잡을 데가 없이 말끔한 사람. 판사는 신원을 확인하고 선서를 시켰다.

"그럼 변호인께서는 증인신문을 시작하시죠."

나는 오성건설과 재개발 조합 사이 계약서를 들고 가 말없이 증인에게 넘겼다. 내 손에는 한 장짜리 서류가 더 남아 있었다. 증인은 서류를 훑어봤다. 실은 제목만 보면 됐다. 나는 말했다.

"옷차림이 멋집니다."

"감사합니다."

"보고 계신 게 증인의 회사 오성건설과 아현동 재개발조합 사이 체결한 건축공사계약서가 맞죠?"

"네, 맞습니다."

"붉은 펜으로 밑줄 그은 부분을 읽어주십시오."

"시공이전 을(乙)이 약정된 기간 내 건축을 완공할 가망이 없음이 객관적으로 명백할 때, 갑(甲)은 계약을 해제할 수 있다."

"여기서 갑은 누구고, 을은 누군지 설명해주세요."

"갑은 재개발조합이고, 을은 저희 회사입니다."

"즉, 약정된 기간 내 건축이 완공할 가망이 없어 보일 때 재개발조합은 오성건설과의 계약을 해제할 수 있다는 내용이죠?"

"네."

"약정된 기간이 언제입니까?"

"2010년 연내입니다. 하지만 이건 형식적 조항이지 실제로 계약이 해제되는 경우는 거의 없다고 봐도 됩니다."

"정말입니까?"

"네. 계약을 해제해서 조합에게 무슨 득이 되겠습니까?"

"그럼 이것도 봐주시죠."

나는 손에 남은 한 장을 내밀었다. 재개발조합이 오성건설에 보낸 내용증명문서.

"이게 뭔지 설명해주시겠습니까?"

"재개발 조합이 회사에 보낸 내용증명문서입니다."

"어떤 내용이죠?"

"1개월 이내 시공에 들어가지 못하면 계약을 해제하겠다는 경고군요."

"아까는 계약해제가 형식적 조항이라고 하시지 않았습니까?"

"이건 회사를 독촉하기 위한 압박수단에 지나지 않습니다. 저희는 이런 문서를 많이 받습니다. 실제로 계약이 해제되는 경우는 없다고 보면 됩니다."

"이 문서를 회사가 수령한 때가 언제죠?"

"잘 기억이 안 납니다."

"거기 우체국 소인이 찍혀 있습니다. 확인하시죠."

"1월 8일이군요."

"30일 후면 언젭니까?"

"대략 2월 8일 정도겠네요."

"박신우와 김희택이 죽은 사고가 일어난 강제 철거는 2월 5일에 일어났고요. 그렇죠?"

"정확한 날짜는 모르지만, 그런 것 같네요."

"오성건설은 철거를 반대하는 세입자를 몰아내기 위해 용역을 고용했죠?"

"정확히 몰아내기 위한 것은 아니지만, 어쨌든 맞습니다."

"그 철거용역은 조직폭력배들이고요."

"조직폭력배인 줄은 몰랐습니다. 우리는 법인으로 등록된 정식 철거용역회사와 계약을 체결했습니다."

"그래서 폭력배인 줄 몰랐다. 혹시 폭력단이 운영하지 않는 철거 용역회사도 있습니까?"

"그런 건 잘 모릅니다."

"그런데 철거민 이주를 담당한 그 조직폭력배들은 8개월이나 임 무를 수행하지 못했군요. 이유가 뭡니까?"

"철거민들이 불법적 폭력을 행사했다고 들었습니다."

"그래요? 용역폭력배들은 합법적 폭력을 행사했고요?"

"그건 모릅니다. 저는 현장에 가본 적도 없습니다."

"회사 대표가 건축지에 가본 적이 없단 말입니까?"

"이주 협상이 이루어지는 동안에는 그렇습니다."

"좋습니다. 사건 이전, 이주협상이 이루어지는 8개월간 경찰에 의한 철거민 진압이 또 있었던가요?"

"없었던 걸로 압니다."

"그럼 2월 5일이 경찰이 진압에 참여한 첫날이군요."

"네."

"그 첫날, 경찰은 아무런 교섭 없이 진압을 강행했습니다. 그리고 사건이 터졌고요."

"교섭에 관한 건 제가 모르는 일입니다."

나는 그의 말꼬리를 자르며 기습했다.

"특정 정부기관에 경찰력의 투입을 요구하는 로비를 했습니까?"

"전혀요. 전혀 그런 일이 없습니다."

"그럼 계약해제시한인 2월 8일을 3일 앞두고, 경찰이 우연히 진압에 동원됐단 말입니까?"

"그렇게 됐네요. 하지만 정말 우연입니다."

"석연찮은 우연이군요. 증인 회사의 무리한 건축사업 강행으로 어린 학생이 죽었습니다. 저기 피고인은 그 죽은 학생의 아버지입니다. 혹시 피고인에게 할 말이 있습니까?"

"면목 없게 됐습니다. 유감을 표합니다."

"유감이요? 그게 답니까?"

검사가 끼어들었다. "이의 있습니다!"

"인정합니다. 변호인은 증인의 유죄가 아니라 피고인의 무죄를 입증하기 위해 법정에 섰음을 명심하세요."

"네, 이상입니다."

"검사는 반대신문하세요."

검사와 나는 자리를 바꾸었다. 검사와 증인은 눈인사를 나누었다. 원래 아는 사이라는 인상을 강하게 받았다. 어쩌면. 재벌가 며느리와 다른 재벌계열사 사장. 충분히 가능한 일이다.

"증인의 건설회사는 시공능력 기준으로 볼 때 어느 정도 규모의 회사죠?"

"현재 업계 3위입니다."

"큰 회사군요. 그럼 재건축사업의 경험도 상당하겠군요?"

"물론입니다."

"지금까지 재건축공사를 몇 건 정도 수주했나요?"

"2000년 후로만 열 건이 넘습니다."

"그중 몇 건이나 세입자들이 재개발에 반대했죠?"

"전부입니다."

"전부요?"

"네, 저희는 세입자들의 반대와 현장점거 역시 건축공정의 하나로 여기고 있습니다."

"그러면 그중 몇 건이나 경찰력이 투입됐죠?"

"절반 이상인 걸로 압니다."

"절반 이상이요. 그럼 그때마다 정부기관에 로비를 펼쳤나요?"

"단 한 번도 그런 적은 없습니다."

"알겠습니다. 이번에 8개월이나 철거민들과 이주협상을 하다가 경찰이 진압작전을 펼치게 됐는데요, 진작 경찰이 진압하지 않은 이유는 뭐죠?"

"저희 건축사업은 민간공사입니다. 그래서 세입자와 거주자들을 예우하는 차원에서 불법적 문제까지도 가급적 합의로 해결하려고 합니다. 경찰이 물리력으로 강제진압하면 이번처럼 불미스러운 사고가 발생할 수도 있기 때문이지요. 경찰력의 요청은 최후수단입니다."

"경찰력의 요청은 어떤 식으로 이루어집니까?"

"평범한 진정 형식으로 요청합니다."

"그러면 경찰력 투입을 위해 굳이 로비 같은 게 필요치 않겠군요."

"로비 같은 건 생각해본 적도 없습니다."

"이상입니다."

판사가 말했다. "변호인은 더 물을 게 있습니까?"

"아니요, 없습니다."

"배심원들은 질문 있습니까?" 응답이 없었다.

"증인은 나가도 됩니다. 다음 증인으로 서울지방경찰청장을 모시 겠습니다."

법원의 강제소환은 고위직공무원들의 심기를 불편하게 한다. 그 들에게 법을 내려다볼 만큼 자신이 충분히 높지 않다는 사실을 일 깨우기 때문이다. 구체적으로, 그들은 사법부의 애송이들이 법관이 라는 이유로 자신의 신변에 대한 명령을 내리게 되는 구도를 받아 들이기 힘들어한다. 그러나 경찰청장은 상황에 익숙했다. 그에게는 사건과 사고 자체가 업무였다. 그는 덤덤한 표정으로 걸어 들어왔 다. 신원확인. 선서. 그리고 내가 앞으로 나가 물었다.

"증인은 사건 당일 실시간으로 무전을 듣고 지시를 내렸죠?"

"아닙니다."

"아니라고요?"

"일선현장 업무는 관할서장이 담당합니다. 저는 사후보고를 받 습니다."

"하지만 무전으로 청장의 목소리를 들었다는 증인이 있습니다."

"당시 촛불시위 통제 때문에 정신이 하나도 없었습니다. 지부업 무는 담당자에게 일임했습니다. 제가 무전에 참여한 건 사고가 발 생했다는 긴급보고를 받은 후부터입니다."

"박신우가 혼수상태에 빠진 사고죠. 그때 누가 때렸냐고 물어보 셨죠?"

"네."

"그리고 대답을 듣기 전에 무전채널을 비공개로 바꾸라고 지시했고요."

"아닙니다."

"하지만 다른 증인은 그렇게 증언했는데요."

"아마 관할서장이 지시했을 겁니다. 저는 무전이 공개였는지 비공개였는지 같은 건 전혀 몰랐습니다."

"관할서장이 지시했다면 그 이유는 뭡니까?"

"아마 다수의 경관들이 듣기에 적합하지 않다고 생각했을 겁니다. 사기저하의 우려가 있으니까요."

"그래서 비공개 무전으로 들었을 때 박신우를 혼수상태에 빠뜨린 게 누구라고 하덥니까?"

"철거용역원들이 구타했다고 들었습니다."

"이후 사건현장을 깨끗이 정리하라는 지시를 내렸습니까?"

"아닙니다."

"하지만 현장은 정리되었습니다. 그럼 누구의 지시입니까?"

"모릅니다. 저는 현장업무에까지 관여하지 않습니다. 그리고 경찰 내에서 현장을 정리하라는 지시를 내린 사람은 없었음을 확인했습니다."

"그러니까 철거용역 깡패들이 경찰진압현장에서 사람을 혼수상태에 빠뜨린 것도 모자라, 현장까지 깨끗이 치우고 사라졌다는 말이 되네요. 그게 가능한 일입니까?"

"폭력방지에 최선을 다하지 못한 점, 국민 앞에 송구스럽게 생각합니다."

국민. 저 말을 들을 때마다 두드러기가 난다. 어떤 문장에서 보통명사로 국민이란 단어가 쓰일 때, 그것을 허공이란 단어로 바꿔도

의미가 성립한다는 것을 나는 열네 살 때 발견했다. 허공 앞에 송구스럽게 생각합니다.

"그날 강제진압 투입을 결정한 건 증인이 맞죠?"

"그렇습니다."

"모든 수단을 다하여 19시 00분까지 작전을 종료하라고 지시했죠?"

"네."

"그 이유는 뭡니까?"

"야간진압시 사고 우려가 있기 때문입니다."

"그렇습니까. 사고 우려가 있는 야간까지 가지 않아 그나마 다행이었군요. '모든 수단을 다해서'란 정확히 어떤 뜻입니까?"

"사람을 죽이게 둬도 된단 뜻은 아닙니다. 현장진압업무는 경관들 개개인의 합리적 판단에 맡기고 있습니다."

"그럼 누군가 합리적 판단을 못한 거군요. 결국 박신우의 사망 역시 그 모든 수단을 강구한 결과가 아닙니까?"

검사가 말했다. "이의 있습니다." "인정합니다."

"알겠습니다. 서울지경 전경투입작전시행규칙에 따르면 전경 투입 전에 교섭이 있었어야 했습니다. 왜 교섭을 생략했죠?"

"긴급을 요하는 상황은 예외로 다룬다는 부칙이 있습니다."

"그럼 당시 상황이 긴급을 요했다는 겁니까? 어떤 긴급한 사정이 있었습니까?"

"시민들의 위험이 예상되는 상황이었습니다."

"어떤 위험이 예상됐습니까?"

"솔직히 위험은 명백했지 않습니까?"

"저는 모르겠는데요. 정확히 어떤 종류의 위험이었습니까?"

"여러 가지 위험입니다."

"여러 가지는 위험의 종류가 아닙니다. 정확한 위험내용을 설명해주세요."

청장은 머리를 굴렸다. 나는 슬쩍 손을 내밀었다.

"주요하게는 재산권 침해가 아닙니까?"

"그것도 포함됩니다."

"재산권 침해라는 긴급 상황을 막기 위해 교섭 없이 병력을 투입했다. 그렇다면 모든 철거반대 시위는 항상 재산권을 침해할 텐데요. 이번에 특별히 작전수칙을 어겨야 했던 이유는 뭡니까?"

"이번이 특별했다고는 생각하지 않습니다."

"혹시 빠른 진압을 요구하는 외압이 있었습니까?"

"아니요, 없었습니다."

"구체적으로 묻겠습니다. 청와대 인사가 진압을 요청 혹은 부탁했습니까?"

"그건 말도 안 되는 소립니다."

"왜 말이 안 됩니까? 청와대에서 경찰 업무에 관여하지 않습니까?"

"그렇습니다."

"전혀요?"

"네. 인사 외에 경찰업무는 독립적입니다."

"정말입니까?"

검사가 다시 끼어들었다. "이의 있습니다."

판사가 말했다. "인정합니다. 변호인은 중복신문을 주의하세요."

나는 히든카드를 들었다. 박경철 의원에게 받은 이메일 사본. 검사에게 노출하고 싶지 않아 미리 증거로 제출하지 않았다. 증인 신문을 위한 참고자료이므로 이 사건의 증거로 미리 신청할 필요는 없었다.

"알겠습니다. 그럼 이걸 좀 봐주시죠. 뭔지 알아보시겠습니까?"

몇 줄 읽고 그는 사색이 됐다. 그는 몸이 드러내는 것과는 전혀 다른 말을 했다.

"잘 모르겠습니다. 처음 봅니다."

"청와대에서 경찰청에 보낸 이메일 사본이 맞죠?"

"처음 봅니다. 잘 모르겠습니다."

"밑줄 그은 메일의 내용을 한번 읽어주시죠."

검사가 벌떡 일어섰다. "이의 있습니다! 신빙성을 확인할 수 없는 자료입니다. 출처 확인을 요청합니다."

판사가 말했다. "인정합니다. 변호인은 먼저 자료출처를 밝혀주세요."

"내부고발자를 통해 넘겨받았습니다. 고발자 보호를 위해 출처를 밝힐 수는 없습니다. 이 문서의 증거력은 재판장님이 사후 판단해주시기 바랍니다. 일단 내용을 읽도록 하겠습니다."

재판장은 대답이 없었다. 나는 긍정으로 이해했다.

"자, 증인은 밑줄 그은 부분을 읽어주세요."

증인은 질색을 하고 더듬더듬 읽어나갔다.

"흉악범죄자들에 대한 보도자료로 언론의 보도방향을 유도할 것. 박재호 사건에 대해 일체 공식적으로 언급하지 말 것."

"이메일 사본에 따르면 청와대에서 경찰청에 보도지침을 내렸습니다. 아까 청와대에서 경찰업무에 관여하지 않는다고 하셨는데요."

"이게 사실이라고 해도 말 그대로 지침일 뿐입니다. 명령과는 다릅니다. 저희가 따라야 할 의무가 없습니다."

"청와대에서 경찰청으로 공식적인 메일이 갔는데도요?"

"그렇습니다."

"그럼 지침이 아닌 외압이란 어떤 경우를 말합니까? 한번 예를 들어주시죠."

그는 대답하지 못했다.

"어쨌든 좋습니다. 경찰이 언론에 박재호 사건에 대해 보도협조를 몇 번이나 했죠?"

"제 관장업무를 벗어나는 내용입니다."

"그럴 리가 없을 텐데요, 서울지방경찰청장님."

"저는 잘 모르겠습니다."

"제가 조사한 바로 한 차례입니다. 한 차례. 전국의 모든 언론이 몇 달간 이 사건을 헤드라인으로 두들겼는데 경찰은 사건 발생 3일이 지나서 단 한 차례 수사결과를 발표했을 뿐입니다. 그렇죠?"

"그랬나 봅니다. 하지만 경찰은 언론기관이 아닙니다."

"증인은 민창학이란 사람을 압니까?"

"아니요."

"이 사건 직후 경찰이 체포한 강간미수범입니다. 살인에 비하면 잡범이죠. 경찰이 민창학에 대한 수사 결과를 발표한 건 몇 차례인지 압니까?"

"아니요."

"일곱 번입니다. 경찰은 언론기관이 아니죠?"

"그랬습니까."

"이상입니다."

나는 들어갔다. 판사가 말했다. "검사는 반대신문하세요."

검사가 대답했다. "아니요. 생략하겠습니다. 개인적으로는 경찰청장이 피고인의 폭행치사사건과 어떤 관련이 있어 이곳에서 증언하고 있는지 그 이유조차 이해하지 못하겠습니다."

"배심원들은 질문 있습니까?"

재판장 좌측의 여판사가 말했다. "잠깐만요, 재판장님. 그전에 제가 증인에게 하나 묻고 싶습니다."

"아, 죄송합니다. 물어보세요."

마이크는 하나였다. 재판장 앞에만 놓여 있었다. 발언권을 주기 위해 재판장은 마이크를 여판사 앞으로 밀어주려고 했다. 그러나 선이 짧아서 닿지 않았다. 사실은 어떤 해설보다 의미심장했다. 여판사는 일어서 몸소 마이크로 다가갔다.

"증인은 조금 전에 증언했지요? 무전이 비공개였는지 공개였는지 전혀 몰랐다고요."

"네."

"무전을 공개에서 비공개로 바꾸려면 어떻게 합니까?"

"주파수를 특정하게 암호화된 채널로 바꾸는 걸로 압니다."

"그러면 공개채널에서 비공개채널로 무전을 전환하려면 무전주파수를 바꾸는 조작 같은 게 필요하겠군요."

"그러겠지요."

"증인은 공개주파수로 누가 때렸냐고 물어봤고, 그 후 비공개주파수로 대답을 받았습니다. 그동안 주파수 채널을 바꾸는 조작이 필요했을 텐데, 그런데도 비공개로 대화하고 있었다는 걸 몰랐습니까?"

"기술적인 건 잘 모릅니다."

"알겠습니다."

증인은 뒤늦게 허겁지겁 덧붙였다.

"아, 맞습니다. 무전기는 제 손으로 안 다룹니다. 그건 부하직원이 해줍니다."

재판장은 마이크를 다시 제 앞으로 끌어왔다. "좋습니다. 배심원들 질문 있습니까?"

4번 배심원이 손을 들었다. 서기가 그의 질문지를 받아 재판장에게 넘겨주었다. 재판장이 질문지를 보았다. 얼굴빛이 달라졌다. 그는 4번 배심원에게 물었다. "이게 확실합니까?"

4번 배심원이 대답했다. "네, 제가 사실 그쪽 일에 관여하고 있기 때문에 확실합니다."

"그럼 4번 배심원이 제출한 질문지를 그대로 읽겠습니다."

재판장은 읽기 전에 청장을 봤다. 청장은 침을 삼켰다.

"올해 2월초에는 서울 시내에 촛불집회가 없었다. 증인은 촛불집회를 통제하느라 사건 현장에 무전지시를 내릴 시간이 없었다고 증언하였다. 사건 당일 증인이 통제 관리한 촛불집회는 어디에서 있었는가?"

증인은 한참 침묵했다. 재판장이 다시 물었다.

"증인은 의견이 없습니까?"

"제가 착각했을 수도 있습니다. 다른 일로 바빴나 봅니다."

"무전에 처음부터 참여하지 않은 건 확실합니까?"

"확실합니다."

"알겠습니다. 증인은 나가도 됩니다. 휴정하겠습니다. 식사들 하시고 오후 2시에 뵙죠."

청장은 내 입에서 나오지 않은 말들로 박살이 난 채 기어나갔다. 나는 4번 배심원과 여판사에게 마음 깊이 감사를 표시했다.

대석에게 전화를 걸었다. 받질 않았다. 한 번 더 걸었다. 받질 않았다. 욕이 절로 나왔다. 나는 주민과 함께 법원 앞에 있는 한식당으로 들어갔다. 찌개전골을 주문했다. 전골이 끓기 전에 대석의 전화가 왔다. 나는 소리쳤다.

"왜 이렇게 안 받아! 조구환하고 접촉했어?"

"응."

"녹음물 사본 있대?"

"내 조카들은 컴퓨터 게임파일도 복사해놓던데. 이런 중요한 자료에 사본이 없을 거라고 생각했다니. 홍재덕의 지능지수가 의심스럽구나."

"구했구나, 그렇지?"

"괜히 홍재덕의 죄만 더 무거워진 셈이지. 지금 차 타고 가고 있어. 기다려."

"사랑해."

"다른 소식이 있어."

"뭔데."

"어제 검찰이 김수만 씨에게 출국금지명령을 내렸어. 홍재덕이 단단히 화가 났나 보지. 김수만 씨를 잡아서 어떻게 하겠다는 건지."

"김수만, 안됐군. 좀 미안한 걸. 하지만 우리 탓은 아니잖아."

"우리 탓이 아니라 홍재덕 덕이지. 사람을 막다른 골목으로 몰아붙이는 건 결코 좋은 방법이 아냐. 사냥할 줄도 모르는 놈."

"말을 똑바로 해. 무슨 뜻이야."

"이제 외국으로 나갈 수 없으니, 우리 김수만 씨가 살 길은 이 재판에서 무죄를 입증하는 것밖에 없다는 뜻이지."

"증언하겠대?"

"지금 내 차 뒷자리에 앉아계시는 걸. 금방 도착할 거야."

나는 얼어붙었다. 주민이 반찬을 집은 젓가락을 입에 넣고 나를 멀뚱히 쳐다봤다.

"천천히 와. 사고 나면 안 돼. 절대로!"

전골이 끓고 있었다. 주민이 물었다. 무슨 일입니까? 나는 먼저 국자를 전골에 들이밀었다. 오후 공판만 아니었으면 한 병 주문하고 싶었다. 축배를 들고 싶었다.

오후 심리가 시작되기 전에 대석이 법정에 들어왔다. 몇 분 후 검사들이 들어왔다. 대석의 시선은 노골적으로 치마 아래 이민정의 다리를 누볐다.

"맙소사. 머리가 아니라 몸으로 뭘 해보겠다는 거군. 저 여자 뭐야, 대체?"

이민정이 대석 쪽을 보았다. 대석은 다리에서 황급히 시선을 거두어들였다. 그녀는 미소 지었다.

"웃는군. 아직까지는."

대석이 마주 보고 미소 지었다.

"식사 잘 하셨습니까. 이제 마지막으로 변호인 측 참고인을 모시도록 하겠습니다. 그럼……."

"재판장님!" 대석이 감히 재판장의 말허리를 자르고 일어났다.

"그 전에 남은 한 명의 증인을 신문하겠습니다."

재판장은 어리둥절한 표정이었다. 표정은 곧 사태를 파악하고 바뀌었다. "김수만 씨 말입니까? 김수만 씨가 지금 법원 안에 있습니까?"

"그렇습니다."

검사가 자리에서 벌떡 일어났다. 이민정이 아니었다. 홍재덕이 일어났다. 그는 공판이 시작된 후 처음으로 강력하게 자신의 주장을 내세웠다.

"이이이이이의 있습니다! 김수만은 현재 수배 중인 자입니다."

대석이 나를 보며 입모양으로만 말했다. 이이이이이의. 그가 일어서 홍재덕에게 답변했다. 얼굴 가득히 웃으며.

"그게 무슨 상관입니까? 누구나 증인이 될 수 있습니다. 교도소에 수감 중인 자도 증인이 될 수 있는데요. 준비절차에서 저희가 이미 신청했던 증인입니다."

"경찰이 수배 중인 자를 변호인들이 은닉했습니다. 이는 불법입니다."

"아니요, 저도 막 찾아냈습니다. 제가 오전 공판에 못 나온 이유가 그겁니다. 걱정 마십시오. 공판이 끝난 후 경찰에 신병을 인도하겠습니다. 죄가 있다면 재판을 받게 될 겁니다. 그전에 저희가 김수만의 무죄를 증명하겠지만요."

홍재덕은 필사적이었다. "재판장님, 사건의 공동피고인입니다. 증인 적격이 없습니다. 기각해주십시오."

재판장은 바보가 아니었다.

"그 이야기는 공판준비절차에서 끝난 걸로 압니다. 준비절차에서 검사 측도 동의한 증인이니 부르도록 하겠습니다."

김수만이 법정에 들어왔다. 그는 증인석에 앉아 맹렬하게 홍재덕을 쏘아봤다. 홍재덕은 얼굴이 빨개졌다. 땀을 흘렸다. 법정은 쾌적했다. 재판장이 물었다.

"증인의 이름은 어떻게 됩니까?"

"김수만입니다."

"생년월일은 어떻게 됩니까?"

"1968년 11월 12일입니다."

"직업은요?"

"깡패입니다."

"그건 직업이 아닙니다. 공식적인 직함을 말하세요."

"철거용역 회사 부장입니다."

"거주지 주소를 말하세요."

"서울특별시 관악구 봉천10동 24 다시 101번지 103호입니다."

"증인석에서 위증을 할 경우 중한 처벌을 받게 됩니다. 증인은 사실만을 말하되 기억나는 대로만 말하세요. 그럼 선서하세요."

김수만은 선서서를 받아 읽었다.

"저는 양심에 따라 숨김과 보탬 없이 사실 그대로 말하고, 만일 거짓말이 있으면 위증의 벌을 받기로 맹세합니다."

"변호인은 신문하세요."

이것은 복식시합이었다. 변호인석에는 나와 대석이, 맞은편 검사석에는 홍재덕과 이민정이 자리했다. 홍재덕은 두 팔로 검사석을 짚어 기대고 있었다. 시합의 균형이 무너졌다. 2대 1의 구도. 이제 홍재덕은 이민정의 짐이 될 뿐이다. 내가 서브하면 확실해질 터다. 나는 김수만 앞에 섰다.

"증인은 철거용역조직원으로서 사건당일 현장에 들어갔죠?"

"네."

"거기서 박신우를 봤습니까?"

"어린 학생을 보긴 했습니다."

"구타했습니까?"

"근처도 안 갔습니다."

"하지만 검찰의 피의자신문에서는 증인이 구타해 죽게 했다고 자백하지 않았습니까?"

"거짓말이었습니다."

"왜 그런 거짓말을 했습니까?"

"검사가 거짓말을 해달라고 했습니다."

홍재덕이 땅을 차고 일어났다. "이의 있습니다!" 법정은 조용히 그를 응시했다. 이민정은 당황했다. 판사들도 당황했다. 재판장이 말했다. "무엇에 대한 어떤 이의입니까?"

홍재덕은 말을 못했다. 재판장이 말했다. "이의를 기각합니다."

"계속하겠습니다. 증인은 때리지도 않은 사람을 때려 죽였다고 진술하라는 검사의 부탁을 받았단 겁니까?"

"네."

"그런 이상한 부탁을 들어준 이유는 뭐죠?"

"검사가 조직 어르신을 위협했습니다. 희생양을 내놓지 않으면 조직을 일망타진하겠다고요. 어르신이 저한테 뒤집어쓰라고 하셨습니다."

"다른 조건은 없었나요?"

"검사는 제가 거짓 자백하면 3년 이하로 구형해주고, 집행유예가 나오도록 애쓰겠다고 했습니다."

"양형거래라는 거지요. 중대한 불법입니다. 그런데 증인이 때리지 않았다면 누가 박신우를 때렸습니까? 혹시 현장에서 봤습니까?"

"진압경찰 한 명이 학생한테 손을 물렸습니다. 그러자 여러 명이 달려들어 학생을 무차별적으로 구타했습니다. 죽었다는 이야기는 나중에 들었고요."

"혹시 검사도 그 사실을 알았습니까?"

"네. 그것 때문에 나라 전체가 곤란에 처했다고 했습니다. 저보고 나라를 살린다고 생각하라 했습니다."

"그 검사가 누굽니까?"

김수만은 손가락을 들어 한 곳을 가리켰다. 손끝에서 레이저 빔이 나오는 듯했다. 법정 안의 모든 사람들이 그것의 도달지점을 보았다. 이민정도 고개를 돌려 보았다. 불법을 저지른 검사의 입술이 부들부들 떨렸다. 홍재덕의 입술이 부들부들 떨렸다. 김수만은 말했다.

"바로 저기 저 사람입니다."

나는 그가 손가락을 내릴 때까지 기다렸다.

"이 사건의 수사검사인 홍재덕 씨 말이지요?"

"그렇습니다."

"이상입니다."

나는 녹음물에 대해서는 언급하지 않았다. 그건 정교한 전략이었다. 스매시를 내리꽂기 위해 기다려야 했다. 그러려면 일단 상대가 공을 한 번 받아야 한다. 판사가 말했다. "검사는 반대신문하세요."

이민정이 홍재덕의 귀에 대고 말을 했다. 홍재덕이 고개를 끄덕였다. 그가 걸어 나왔다. 땅을 짚고 선 것만도 대단했다. 홍재덕은 한참 입을 열지 않았다. 아드레날린 과다로 머리가 잘 안돌아가는 거다. 결국 입을 열었을 때 그는 멍청한 질문을 하고 말았다. 자기를 망가뜨릴 질문. 금속을 긁는 목소리만이 평소와 같았다. 평생에 걸친 거짓말에 갈리고 닳았을 목소리만이.

"만약 정말 그런 일이 있었다면 지금 와서 이러는 이유가 뭡니까?"

"지금 와서 이러는 이유가 뭐냐고요?"

"네."

"지금 그걸 말이라고 합니까?"

홍재덕은 입을 다물었다. 증인이 검사를 신문하고 있었다. 판사가 끼어들었다.

"증인은 질문에 대답하세요."

김수만은 홍재덕을 쏘아보았다.

"당신이 약속을 어기고 조직을 끝장냈기 때문이오. 그리고 나한테 출국금지를 내렸기 때문이오. 나는 어제까지만 해도 외국으로 도망칠 생각이었는데."

홍재덕은 먹힐 리 없는 협박으로 대응했다.

"증인은 선서했습니다. 거짓말하면 처벌받는다는 사실을 압니까?"

"그러니까 지금 거짓말을 안 하고 진실을 말하는 거 아니오!"

홍재덕은 아무 말 없이 그냥 자리로 들어갔다. 판사가 말했다.

"변호인은 더 신문하겠습니까?"

"아닙니다."

"배심원들은 질문 있습니까?"

다시 4번 배심원이 손을 들었다. 재판장이 말했다. "아, 4번 배심원."

손이 또 올라갔다. 3번 배심원. 손이 또 올라갔다. 손이 또 올라갔다. 손이 또 올라갔다. 아홉 명 중 다섯 명의 배심원이 손을 들었다. 재판장이 말했다. "서기는 배심원들의 질문지를 걷어오세요."

재판장은 배심원들이 써낸 질문지를 하나하나 넘겨 읽었다. 그의 표정이 굳어갔다. 그는 마이크를 껐다. 양쪽의 두 젊은 판사들의 머리를 모이게 했다. 세 재판관이 속닥거렸다. 1분이 지났다. 재판장이 고개를 끄덕였다.

"배심원들의 질문이 다 똑같은데 엄밀히 말해 절차적으로 적절한 질문은 아닙니다. 질문이 증인이 아닌 홍재덕 검사에게 묻는 것이기 때문입니다. 하지만 사건과 밀접한 관련이 있으므로 질문을 수용하여 대표로 1번 배심원의 질문지를 읽도록 하겠습니다."

판사는 한숨 돌리고 종이에 쓰인 것을 읽었다.

"수사검사 홍재덕은 증인에게 거짓진술을 요구하고 양형거래를 제안했습니까?"

홍재덕은 살아 있는 사람 같지 않았다. 그래도 그는 살아 있는 사람의 선택을 해야 했다. 이제 미룰 수가 없었다. 빠른 추론이 필요했다. 녹음물의 사본이 존재하는가, 아닌가. 인정할 것인가, 부인할 것인가. 그는 비교적 현명하게 대처했다.

"저는 여기서 대답할 의무가 없습니다. 답변을 거부하겠습니다."

홍재덕은 그 말을 남기고 일어서 법정을 빠져나갔다. 놀라운 일이 뒤따랐다. 법정 뒤를 가득 채우고 숨죽여 지켜보던 기자들이 썰물처럼 빠져나가기 시작했다. 법정이 소란해졌다. 재판장이 소리쳤다. 엄숙하세요!

다시 내 차례가 왔다. 나는 일어섰다. 그리고 양복주머니에서 엑스칼리버를 뽑았다.

"재판장님, 증인 김수만은 당시 홍재덕 검사가 양형거래를 제안한 현장에서 소형 녹음기로 대화를 녹음했습니다. 바로 이것입니다. 여기에 모든 것이 녹음되어 있습니다. 증거로 제출합니다."

다시 법정이 소란해졌다. 뒷문으로 나가던 기자들의 무리가 방향을 바꿔 밀물처럼 법정 안으로 다시 몰려들었다. 재판장은 다시 외쳤다. 엄숙을 지키세요! 법정정리는 질서를 통제해주세요!

이민정 검사가 일어섰다. "이의 있습니다. 합법적으로 수집된 증거인지, 증거능력이 있기나 한지, 전혀 확인되지 않은 증거입니다. 배심원들의 판단력에 악영향을 미칠 수 있습니다. 재판장님은 증거신청을 물리쳐 주십시오."

판사가 말했다. "나는 변호인에게 주의를 주었습니다. 녹음물은 공판 전에 검증받지 않으면 증거로 인정하지 않겠다고요. 기억 안 납니까?"

"물론 기억하고 있습니다. 저는 명령에 따라 어제 저녁 녹음물을 들고 재판장님을 찾아뵈려 했습니다만 그럴 수가 없었습니다. 검찰이 사무실을 수색하여 녹음물을 압수해갔기 때문입니다."

"그럼 변호인의 손에 들린 건 뭡니까? 사본입니까? 조작의 위험이 있으므로 사본의 경우에는 원본과 같은 증거력을 인정할 수 없습니다."

그건 시대에 뒤처진 똑똑함이었다. 재판장은 아날로그 시대의 법률을 들이밀었다. 나는 우리 시대의 문명 위에 서서 대답했다.

"이게 원본입니다. 검사 측이 압수한 것이 사본이고요."

그건 거짓말이다. 나도 잘 모른다. 원본일 수도, 사본일 수도 있다. 사본일 수도, 원본일 수도 있다. 소리는 녹음기에 디지털 방식으로 녹음된다. 무엇이 원본인지 누가 알겠는가. 어떻게 확인하겠는가. 원본이 있기나 한가. 원본은 홍재덕이다. 원본은 죄악과 불법이다. 재판장은 찡그렸다. 그는 한참 동안 답변을 안 했다.

배심원들은 김수만의 증언을 다 들었다. 기자들은 김수만의 증언을 다 들었다. 방청객들은 김수만의 증언을 다 들었다. 그리고 여기 그 증언의 진실여부를 확인할 방법이 있다. 이 녹음테이프. 아니 이전 시대의 법률 규정이 아닌 우리 시대의 기술용어로 표현하자면 이 메모리에. 틀기만 하면 된다. 혹은 기각하기만 하면 된다. 선택은 완전히 재판장의 재량이었다. 그러나 나는 알았다. 이제 재판장은 감당할 수가 없었다. 그는 말했다.

"좋소, 틀어봅시다. 서기는 저걸 재생할 기기를 준비할 수 있겠습니까?"

내가 말했다. "그럴 필요 없습니다, 재판장님. 저희가 준비했습니다."

"친절하시군. 서기에게 주세요."

나는 메모리를 장착한 소형재생기를 서기에게 넘겼다. 서기는 법정 중앙의 테이블 위에 그것을 내려놓고 스피커 근처에 마이크를 붙여댔다. 모두 숨을 죽였다. 그 순간 법정은 진공이었다. 아무것도 없었다. 진실이 시작되기 전까지는. 그것은 곧 시작되었다.

잡음. 마이크가 옷깃에 닿아 지직거리는 소리. 똑똑. 문을 두드리는 소리. 끼익. 문이 열리는 소리. 따각. 따각. 발걸음 소리. 하나, 둘, 셋, 넷, 다섯. 적막. 적막. 적막. 그리고 낡고 탁한 소리. 방금 전에 모두가 들은 한 사람의 목소리. 홍재덕이 말했다.

반갑소, 거기 앉아요. 이름이 김수만 씨?

네.

얘기는 다 들었소?

네.

경찰 애새끼들이 사고를 치는 바람에 나라가 곤경에 처했소. 지금 나라를 돕고 계신 거요.

제가 죽였다고 진술하면 어떻게 됩니까?

살인이 아닌 폭행치사로 기소할 거요. 3년 이하로 구형하고 법정에서 허술하게 연기해주겠소. 운이 좀 따라야겠지만, 폭행치사에도 심심찮게 집행유예가 나옵니다.

오야와 조직에 대한 수사는 면해주시는 거죠?

그러다마다. 내 앞으로도 뒤를 잘 봐주리다.

믿어도 되겠습니까?

난 검사요.

믿어도 된단 뜻입니까?

몇 번을 말해야 되나. 하시겠소?

하겠습니다.

그럼 신문조서를 작성해봅시다. 아 참, 명심하시오.

뭘 말입니까?

이런 말 어디서 하면.

압니다.

확실히 알아둬야지. 세상 빛 못 보도록 해줄 거야. 알았어?

그럴 거면 여기 오지도 않았습니다.

마음에 들어. 그럼 신문 조서를 쓰자고. 내가 물으면 답변하면
돼. 말 맞추는 셈하고 실제처럼 써보자고. 김수만 씨, 박신우를 폭
행하셨나요?

네.

어떻게 폭행했죠?

　　　●

결코 우리에게 도움이 안 되는 일이 일어났다. 가장 적극적인 4
번 배심원이었다. 촛불시위 운운할 때 박재호의 편이라는 건 눈치
를 챘다. 그는 입을 잘 가누지 못했다. 모두가 듣도록 말해버렸다.

저 개새끼.

재판장은 단호하게 대처했다. "4번 배심원은 당장 퇴정해주세요.
배심원 자격을 박탈합니다. 4번 배심원의 자격은 예비배심원으로
대체하겠습니다."

법정정리가 배심원석으로 다가갔다. 4번 배심원은 순순히 따라
나갔다. 나는 쫓겨나는 배심원의 등을 보며 속으로 온갖 욕설을 퍼
부었다. 때려죽일 놈. 멍청한 놈. 생각 없는 놈. 그가 할 일은 따로

있었다. 그는 끝까지 남아 우리에게 평결 표를 줬어야 했다.

서기가 녹음기를 껐다. 법정은 엄숙했다. 김수만 혼자 실실 웃고 있었다. 판사가 말했다. "검사는 이 증거에 대한 의견이 있습니까?"

"없습니다."

"그럼 여기까지 하겠습니다. 증인은 나가봐도 됩니다. 마지막으로 변호인 측 참고인 모십시다. 들어오게 하세요."

피해자인 죽은 김희택의 아버지가 들어왔다. 절차가 다 끝나고 판사가 나에게 말했다.

"변호인 먼저 하시죠."

나는 걸어 나갔다. 4번 배심원이 남긴 충격이 채 가시지 않았다. 저 개새끼. 법정을 나설 때 그의 표정을 잊을 수가 없다. 그 으스대는 얼굴. 이 법정에서 자신만이 정의롭고, 자신만이 솔직하고, 자신만이 실천주의자라고 공표하는 확신에 찬 얼굴. 정의의 진짜 적은 불의가 아니라 무지와 무능이다. 역사를 통틀어 그래 왔다. 집중이 안 됐다.

"참고인은 김희택 씨의 아버지 되시죠?"

"네."

"사건 당일 아드님이 진압작전에 대해 뭐라고 얘기한 게 있습니까?"

"아니요."

"피고인이 아드님을 죽였다는 사실을 알지요?"

"네."

"피고인을 처벌하길 원하십니까?"

"그렇지 않습니다."

"그 이유는 뭐지요?"

"전 아들을 잃었습니다. 저분 역시 아들을 잃었다고 들었습니다. 그거면 충분합니다."

"이상 저는 짧게 마치겠습니다. 마지막으로 참고인께서 피고인 박재호 씨에게 하고 싶은 말이 있다면 하십시오."

그가 입을 열어 말을 하기까지는 한참이 필요했다.

"아들이 죽고 나서 저는 오래도록 생각했습니다. 누가 아들을 죽였는가, 그게 아니라 왜 아들이 죽었는가를요. 저는 누가 아들을 죽였는지 알았기 때문에 그걸 궁금해할 필요가 없었습니다. 박재호 씨는 그럴 수가 없었을 것입니다. 박재호 씨는 누가 아들을 죽였는지 알지 못했습니다. 같은 아버지 된 자로서 그 슬픔과 분노에 공감합니다. 저는 믿습니다. 박재호 씨가 제 아들을 죽이게 된 건 피치 못할 상황에서의 실수였을 거라고요. 저는 박재호 씨가 처벌받길 바라지 않습니다. 배심원 여러분이 선처해주셨으면 좋겠습니다."

마음을 정결하게 씻어내리는 말이었다. 나는 깊이 감동받았다. 나라면 그처럼 말할 수 있었을까. 그건 나의 물음이었고, 배심원들의 물음이었고, 법정 안의 모든 사람들의 물음이었다. 그의 말은 스무 개의 증거만큼 강력했다.

판사가 말했다. "검사 측도 질문 있으면 하세요."

이민정이 걸어 나왔다. 그녀가 만회할 마지막 기회였다.

"참고인은 피고인의 처벌을 원하지 않는다고 하셨죠?"

"네."

"피고인이 정당방위를 주장하고 있다는 사실을 아시나요?"

"네. 압니다."

"그게 뭘 의미하는지도 혹시 아시나요?"

그는 잠시 생각에 빠졌다. "질문을 이해하지 못하겠습니다."

"피고인의 정당방위가 성립하려면 참고인의 아들이 위법행위를 했어야 합니다. 즉 참고인의 아들이 피고인의 아들을 위법하게 폭행해서 사망에 이르게 했을 경우에만 피고인의 정당방위가 성립한단 말이죠."

검사는 놓치지 않고 핵심을 찔렀다. 참고인의 표정이 변했다. 나는 마음을 졸였다. 전혀 대비하지 않았다. 대비할 수가 없었다. 그를 내 참고인으로 이곳에 앉히려면.

"변호인이 그 사실을 알려줬는지 궁금했습니다. 참고인께서는 아드님이 피고인의 아들 박신우를 때려죽였다고 생각하나요?"

"저는 제 아들이 누구를 죽였다고는 생각하지 않습니다. 제 아들이기 때문입니다. 하지만 저는 현장에 없었습니다. 거기에서 실제로 어떤 일이 있었는지는 모릅니다."

"그 말인즉슨, 참고인의 아들 김희택 씨가 피고인의 아들 박신우를 죽였을 수도 있다는 뜻인가요?"

그녀는 선을 넘어섰다. 나는 일어섰다. "이의 있습니다. 현장에 없었던 참고인에게는 부적절한 질문입니다."

"기각합니다. 참고인의 입장번복을 가져올 만한 질문이므로 허용하겠습니다."

가학적인 질문이다. 이민정은 아버지에게 죽은 아들을 향한 부정과 다른 아버지에 대한 동정을 저울질하라고 강요하고 있었다. 참고인은 저울의 눈금을 보기는커녕 저울에 가진 것을 올릴 수조차 없었다. 검사가 생각한 대로였다. 참고인의 눈가에 눈물이 맺혔다. 나는 죄책감을 느꼈다. 검사는 무리는 하지 않았다.

"죄송합니다. 대답은 안 하셔도 괜찮습니다. 하지만 참고인께서는 마음속으로 잘 생각해보세요. 자기 아들을 살인자라고 주장하는 변호사와 피고인의 편을 드는 게 과연 올바른 동정의 방식인지, 아들을 죽인 자의 입에 아들의 죽음을 욕보이며 그저 이용당하는 것은 아닌지를요."

검사는 돌아서 자기 자리로 돌아갔다. 방금 그 말은 참고인이 아니라 배심원들을 겨냥한 것이었다. 그녀는 이것이 술수에 지나지 않음을 주장했다. 부정하지는 못하겠다. 그녀의 지적은 예리했다. 우리의 약점 깊숙이 파고들었다. 그녀는 그 정도면 원한 바를 얻었다고 여겼다. 나도 그렇게 여겼다. 참고인의 역할은 거기까지였다. 재판장도 그렇게 여겼다. 재판장은 다음 순서를 진행하기 위해 입을 뗐다. 그때 공판이 시작된 후로 가장 놀라운 용기가 법정에 펼쳐졌다. 그것은 법 따위는 까마득히 넘어섰고 심지어 인간마저도 넘어선 용기였다. 나를 포함해서, 누구도 여기서 그런 일이 일어날 거라고는 상상하지 못했다.

김희택의 아버지는 두 눈에서 흐르는 눈물을 닦아내고 검사의 등을 향해 소리쳤다. 울먹이고 있었다.

네, 그렇습니다. 제 아들이 그 아이를 죽였을지도 모른다고 생각합니다. 그리고 아마 그랬을 거라고 생각합니다. 이제 만족합니까?

말을 마치자 증인은 귀에 들리는 울음소리를 냈다. 아들을 기리는 그 울음은 세상에 유일무이한 슬픈 울림을 가졌다. 그 유일한 울림을 이해하는 또 한 명의 아버지가 공명했다. 내 옆에서. 박재호가 흐느꼈다. 그는 목 놓아 울 수는 없었다. 피고인이었으므로. 서러움을 가둔 목젖이 꺽꺽댔다.

두 아버지의 울음을 지켜보는 법정은 숙연했다. 재판장조차 감히 제지할 엄두를 내지 못했다. 7번 배심원이었다. 여자 배심원. 그녀가 손수건을 꺼내 얼굴을 파묻었다. 검사도 그걸 봤다. 검사는 고개를 돌려버렸다. 반대로 배심원들은 고개를 돌려 검사를 봤다. 그들은 아버지를 생각했다. 더러는 아들을 생각했다. 그들은 세상의 아버지를 가해한 여자를 절대로 용서하지 못했다. 뿜어 나오는 분노로 검사를 도륙했다. 여신과 같던 그녀의 껍데기는 마른 허물처럼 땅바닥에 흩어졌다. 그녀는 이제 사냥되어 마땅한 마녀였다. 판사가 말했다.

"참고인께서는 나가셔도 좋습니다. 정리는 참고인이 나가시는 걸 도와주기 바랍니다."

법정정리가 참고인에게 다가갔다. 부축은 필요 없었다. 그가 잃은 건 다리가 아니라 아들이다. 참고인은 팔을 뿌리치고 당당히 자기 발로 걸었다. 이민정은 고개를 숙여 숨었다. 그녀는 범죄를 저질렀다. 그녀는 죽은 아들의 아버지를 절벽으로 몰아세웠다. 그녀는 예상했다. 아버지는 예상대로 행동하지 않았다. 아버지는 뒤돌아보지 않았다. 대신 아들의 이름을 껴안고 절벽에서 용감하게 뛰어내렸다. 돌이킬 수 없었다. 배심원들은 똑똑히 보았다.

참고인이 법정을 나갔다. 판사가 말했다. 이제 최후진술이 있겠습니다.

1의9.
최후진술
最後陳述

자연법과 일치하지 않는 인정법이 있다면.
그것은 올바른 이성과도 일치하지 않는다.
이때 법은 더 이상 법이 아니라 법의 타락이다.
_토마스 아퀴나스, 「신학대전」

"피고인은 정당방위를 주장했습니다. 처벌을 면해달라고 요구했습니다. 사실 그것만이 이 재판의 유일한 쟁점이라고 할 수 있습니다."

이민정은 금세 평정심을 되찾았다. 차분한 목소리로 배심원들에게 말했다.

"진압과정에 적법 절차의 위배가 있었느냐. 국가가 개입한 음모가 있었느냐. 그럴지도 모르지요. 변호인은 그것을 증명하는 데 주력했습니다. 불미스러운 일이 있었습니다. 개탄스러운 일이죠. 검사로서 오늘만큼 법정에 서는 게 부끄러운 적은 없었던 것 같네요. 하지만 그것이 바로 변호인이 노린 점입니다. 변호인은 정작 피고인의 정당방위에 대해서는 거의 언급하지 않았습니다. 왜일까요? 바로 변호인 스스로도 정당방위가 성립하지 않음을 알고 있기 때문이죠. 그들은 감정에 호소하는 변론을 펼쳤습니다."

그녀는 배심원 하나하나의 시선에 차례대로 응답해주고서 말을 이어갔다.

"이 재판이 왜 열린 거지요? 배심원 여러분은 왜 이곳에 오셨지요? 저는 배심원 여러분들께 이 사건의 유일한 쟁점, 즉 정당방위가 성립하느냐, 안 하느냐 그 하나만을 판단해주시기를 부탁드리겠습니다. 그게 이 재판의 목적이니까요. 우리 법은 정당방위의 성립을 엄격하게 제한합니다. 단지 누군가를 구하기 위해 사람을 죽였다는 사실만으로는 정당방위가 성립하지 않습니다. 설령 그게 아들이라고 해도요. 정당방위가 성립하려면 박재호 씨가 아들을 구하기 위해서 반드시 사람을 죽여야만 하는 상황에 처했어야 합니다. 여러분은 스스로에게 질문해보세요. 박재호 씨에게 다른 방법은 없었는가? 꼭 전경 김희택의 뒤통수를 내리쳐 죽였어야만 아들을 구할 수 있었는가? 만약 그렇다고 대답할 수 없다면 여러분은 정당방위의 성립을 인정하여서는 안 됩니다."

그녀는 잘하고 있었다. 지나칠 정도로 잘하고 있었다.

"추가적으로 말하고 싶은 건 변호인들이 이 사건으로 국민참여재판을 신청하고 언론에 대대적인 선전을 했다는 사실입니다. 100원의 금액으로 국가배상까지 청구했습니다. 변호인들은 피해자 김희택 씨의 유족을 인질로 잡고 그들에게 2차 피해를 가했습니다. 인질이 된 유족들의 이성을 흔들었습니다. 피해자 아버지의 건전한 연민의 마음을 이용해 아들을 죽인 자를 옹호하게 만들었습니다. 여러분은 피해자 아버지의 참고인 진술을 들으셨죠? 감동적이었습니다. 저도 감동받았습니다. 하지만 스톡홀름증후군이라고 하여 인질이 가해자의 명분에 오히려 동조하는 건 일반적인 현상입니다. 결코 바람직한 현상이라고 말할 수는 없지요. 배심원 여러분만큼은 사건에 거리를 두고 냉철한 법률의 눈으로 사안을 바라봐주시길 다시 한 번 간곡히 부탁드립니다."

그녀는 고개를 돌려 변호인석을 한번 바라봤다. 배심원들의 시선이 끌려왔다.

"저들은 건설사 사장, 경찰청장 등을 증인으로 신청했습니다. 그 덕분에 하루면 끝날 재판이 사흘 동안 이루어졌습니다. 왜? 뭘 증명하기 위해서였나요? 여러분은 아시겠지요. 아무것도 증명하지 않기 위해서였습니다. 정당방위성립 여부에 관한 논점을 회피하고 여러분의 감정을 자극하여 이성적 판단을 흐리기 위해서였습니다. 박재호 씨의 처지는 분명히 딱하지만, 그렇다 하여도 변호인들의 변론방식은 파렴치한 것입니다. 그들은 배심제도를 우롱하고 악용했습니다."

무리였다. 방금 것은 감점이다.

"이제 피고인에게 어떤 형이 적정한지에 대해 살펴보도록 하겠습니다. 특수공무방해치사를 규정한 형법 제144조 2항에 따르면 피고인은 무기 또는 5년 이상의 징역에 처해져야 합니다. 그것이 법률의 규정입니다. 또한 형법 257조에 따르면 사람에게 중상해를 입히기만 해도 최대 10년의 징역에 처하라고 규정하고 있습니다. 당연히 사람을 죽인 자, 그것도 공무 중인 경찰을 죽인 자가 사람에 중상해를 입힌 자보다 더 가벼운 형을 받아서는 형평에 어긋난다 할 것입니다. 배심원 여러분의 평결은 이 사건 뿐만 아니라 공권력 침해에 대한 다른 판결에도 앞으로 영향을 끼치게 됩니다. 배심원 여러분의 평결이 다른 범죄자들에게 두고두고 악용될 수 있다는 것을 잊으시면 안 됩니다. 이와 같은 상황을 참고하시어, 배심원들께서는 피고인 박재호에게 무기징역의 형을 선고해주시기 바랍니다."

법정은 입을 닫았다. 설마 했지만. 그녀는 무기징역을 구형했다. 그럼 박재호의 죄질이 연쇄살인범과 같다는 말인가. 판사가 말을 받았다. "이상 검사의 최후진술이었습니다. 검사의 구형은 무기징역입니다. 이제 변호인 측 최후진술해 주세요."

최후진술은 대석의 몫이었다. 주민과 나는 그에게 서른 번은 주의를 주었다. 매력적이되 오만하게는 보이지 말 것. 대석은 평소에도 오만하게 보였다. 주민은 대석에게 소크라테스의 재판 이야기를 해주었다.

신성모독죄로 아테네 법정에 제소되었을 때 소크라테스는 역사에 남은 달변으로 자신을 고발한 자를 반대신문했다. 재판이 막바지에 이르렀을 때는 소크라테스를 고발한 행위가 되레 범죄로 여겨졌다. 배심원은 500명이었다. 500명이 생각했다. 소크라테스는 아테네에 꼭 필요한 현인이라고. 그래서 소크라테스는 자만했다. 그는 최후진술에서 주장했다. 배심원 여러분! 저에게 합당한 판결은 사형이 아니라, 아테네 영빈관이 대접하는 만찬입니다. 그게 기소된 피고인의 주장이었다. 그 터무니없는 오만에 소크라테스의 편이었던 배심원들이 다 달아났다. 소크라테스는 사형을 선고받았다.

그 이야기를 듣고 대석은 말했다. 소크라테스는 아테네에서 가장 못생긴 사람이었다던데요. 그게 유죄의 이유였을 겁니다.

주민이 대답했다. 바로 그런 말투를 조심하셔야 됩니다.

"배심원 여러분은 가족이 위급한 상황에 처하게 된다면 어떻게 대처하시겠습니까?"

대석은 질문으로 시작했다.

"저는 여러분이 가족을 구하기 위해 최선을 다할 것이라고 믿습니다. 그 최선이란 게 뭘까요? 검사가 원용한 복잡한 법률들을 머릿속으로 재어보고 행동한다는 뜻인가요? 아니죠. 여러분은 가족을 구할 수 있는 가장 확실한 방법을 사용할 겁니다. 그게 가장 위험한 방법이라 해도 말입니다. 그리고 그 상황에서 여러분은 그게 가장 위험한 방법이라는 사실을 상기할 여유조차 없을 겁니다."

대석은 박재호 근처로 걸어가 섰다.

"피고인 박재호도 그랬습니다. 박재호 씨가 그 상황에서 전경 김희택을 죽여야겠다, 혹은 부상만 입혀야겠다, 그런 생각을 했을까요? 누가 그렇게 말할 수 있겠습니까? 아닙니다. 박재호 씨의 머릿속과 눈 속에는 오직 혼수상태에 빠진 아들만이 있었습니다. 경찰의 구타로 인해 정신을 잃은 아들 말입니다. 박재호 씨는 단지 아들을 구하려고 했습니다. 그것 하나만 생각했습니다. 검사의 주장과 달리 김희택 씨를 죽인 건 우발적 사고였습니다. 피고인 박재호는 여러분과 똑같은 평범한 사람입니다. 여러분과 똑같은 사고방식을 가진 사람입니다. 그에게는 범죄경력이 없습니다. 피고인 박재호가 아들의 위기를 기회 삼아 계산적으로 경찰을 죽였을 리 있겠습니까?"

반격할 차례였다. 이번엔 대석이 고개를 돌려 검사를 바라보았다. 배심원들은 다시 그쪽으로 끌려갔다.

"배심원 여러분들이 아는 사실을 하나 말해보겠습니다. 우리가 눈과 귀로 확인한 사실을요. 검사는 오늘 아침까지만 해도 피고인의 아들 박신우를 죽인 게 철거용역 김수만이라고 주장했습니다.

모두 기억나시죠? 그때까지 검사가 정당방위의 성립을 부정한 이유는 뭐였던가요? 경찰진압은 합법했고, 피고인의 아들을 죽인 사람은 경찰이 아니라는 게 그 이유였습니다. 그런데 최후진술에서는 정당방위를 부정하는 이유가 바뀌었습니다. 숨길 수 없는 사실이 드러났기 때문이죠. 검사는 이제 피고인이 피해자의 뒤통수를 때렸다는 이야기만을 되뇌고 있습니다. 아마 검사는 뒤통수 문제 말고는 할 말이 안 남았을 겁니다. 검사의 주장 중 사실로 남은 건 죽은 김희택이 뒤통수를 맞았다는 것밖에 없으니까요."

그는 말을 하며 은근슬쩍 걸음을 옮겼다. 이제 대석과 이민정은 배심원들의 시야에 함께 들어갔다. 치이즈. 평소의 대석이었다면 그렇게 말했을 거다.

"검사는 단지 피고인의 죄를 증명하려고 거짓말을 한 게 아니었습니다. 검사는 국가의 죄를 감추려고 거짓말을 했습니다. 그걸 위해 박신우 군을 희생양으로 삼았고, 그의 아버지 피고인 박재호 씨를 희생양으로 삼았고, 철거용역 김수만을 희생양으로 삼았습니다. 저희 변론이 파렴치하다고요? 그 단어가 삶에서 딱 한 번만 쓸 수 있는 것이라면 저는 아껴 둔 그 단어를 지금 사용하겠습니다. 검찰의 기소행위는 파렴치했습니다. 거기에는 음모가 있었습니다. 검찰이 적극적으로 그 음모에 가담했습니다. 공권력의 남용을 숨기기 위해서요. 정도를 벗어난 그 힘이 통제되지 않는다면 앞으로 배심원 여러분과 여러분의 가족이 또 다른 피해자가 될 수도 있습니다."

그는 다시 배심원석 가까이로 걸어갔다. 코앞까지 다가갔다. 이 순간을 위해 향수까지 세심하게 골랐다.

"우리 변호인들은 지난 6개월 가까이 수임료를 받지 않고 피고인 박재호 씨를 변호해왔습니다. 그건 10년 가까운 제 변호사 경력에서 처음 있는 일입니다. 왜일까요? 피고인이 뭐가 그렇게 특별했을까요? 그건 저희에게 피고인이 처벌받아서는 안 된다는 확신이 있었기 때문입니다. 이 사건에 피고인의 미래뿐 아니라 법의 미래가 달렸다고 생각했기 때문입니다. 저는 정당방위로 위법성을 조각하여 피고인의 처벌을 면해줄 것을 배심원 여러분께 청합니다. 저는 그게 법이 규정하는 바이며 법이 적용되어야 하는 바라는 확신을 가지고 있습니다. 그 확신이 옳았는지 틀렸는지, 그 판단은 이제 배심원 여러분의 몫입니다."

대석은 마지막으로 덧붙였다.

"더불어 다음과 같은 사정도 참작해주십시오. 피고인 박재호 씨는 범죄전력이 없고, 아들을 잃었고, 철거로 집과 일자리도 잃었습니다. 그는 국가의 무자비한 횡포로 올 한 해 이루 말할 수 없는 고통을 받았습니다. 이제 피고인의 삶에서 남은 마지막 희망은 배심원 여러분들의 결정을 통해 정의의 생존을 목도하는 것뿐입니다."

말을 마친 대석의 얼굴은 정직하고 당당해 보였다. 그는 단 한 번도 말을 더듬거나 실수하지 않았다. 훤칠한 키에 감색 정장도 잘 어울렸다. 배심원들은 그의 매력에서 헤어나지 못할 것 같았다. 배심원들의 눈에는 그가 틀린 말을 모르는 사람으로 보였을 터다. 배심원들의 눈에는 그가 대한민국 최고의 변호사로 보였을 터다. 그래서는 안 되는데 미소가 나오려 했다. 헌 기억들이 때를 만나 꾸물거린다. 이제 먼지를 털어내도 되겠다. 나는 대학의 연극 동아리에서 대석을 만났다. 그는 잘생긴 왕자 오이디푸스 역을 맡아 관객들에게 운명의 잔인함을 외쳤다. 오이디푸스는 운명에 굴복하지 않겠다며 두 눈을 도려냈다. 여대생 몇 명이 눈을 적셨다. 극이 끝나고 관객들이 찾아와 그에게 대학을 졸업하면 꼭 배우의 길을 걸으라고 말했다. 그는 모두의 기대를 저버리고 변호사가 됐다. 그는 세속의 길을 걸었다. 이제 신이 그를 배우가 아닌 변호사의 길로 인도한 이유를 알았다. 그는 오늘 하루를 위해 변호사가 됐다. 오늘 하루를 위해. 지금 이 순간을 위해.

재판장이 말했다. "재판을 마치기 전에 피고인은 하고 싶은 이야기가 있습니까?"

박재호가 자리에서 조용히 일어났다. 그는 말했다.

"순간의 잘못이었습니다. 김희택 씨를 죽일 생각은 없었습니다. 후회가 됩니다. 오랜 시간 후회했습니다. 그 사람을 때리지 않았어야 한다고 후회하는 게 아닙니다. ……저는 좀 더 빨리 뛰어들어야 했습니다. 좀 더 빨리 뛰어들었다면 아들을 살릴 수 있었을 텐데. 죽은 김희택 씨한테는 미안합니다. 하지만 제 머릿속에는 그 생각뿐입니다. 배심원 여러분들의 결정에 제 거취를 맡기겠습니다."

위험한 말이었다. 그러나 말릴 수 없는 말이었다. 이제 주사위는 다 던져졌다. 판사가 말했다.

"이상 최후진술까지 들었습니다. 그러면 배심원 여러분께 적용법 원칙들을 설명해드리겠습니다. 먼저 무죄추정의 원칙입니다. 유무죄의 판단이 곤란할 때 여러분은 이 원칙에 따라 피고인의 무죄를 추정하셔야 합니다. 모든 입증책임은 검사에게 있습니다. 심지어 피고인이 실제로 어떤 죄를 저질렀다 해도, 검사가 합리적 의심이 없을 만큼 입증을 못했다고 여겨진다면 피고인은 여전히 무죄입니다."

354

배심원들이 고개를 끄덕였다. 판사는 계속했다.

"다음 원칙은 증거 재판주의입니다. 배심원 여러분은 오로지 법정에 제출된 증거로만 피고인의 죄를 판단하셔야 합니다. 검사와 변호인의 진술은 여러분의 판단을 돕기 위한 의견일 뿐입니다. 제시된 증거 위에서만 판단하십시오. 충돌하고 양립할 수 없는 두 가지 사실을 지지하는 서로 다른 증거가 있을 수도 있습니다. 보다 가치 높은 증거가 무엇인지, 어떤 증거를 받아들이고 어떤 증거를 배제할지는 여러분들이 스스로 판단하셔야 합니다."

판사는 마지막으로 선언했다.

"이제 평의절차에 들어갑니다. 평결은 반드시 만장일치에 도달하도록 애써주십시오. 만장일치가 안 될 경우 만장일치에 도달할 때까지 다시 평의해주시길 부탁드리겠습니다. 다수결은 부득이한 경우에 부치겠습니다. 만장일치는 어렵습니다. 하지만 만장일치에 이르기 위한 토론과 설득 그 자체가 배심원 여러분을 실체적 진실로 인도하는 과정이 될 것입니다. 평의 절차에서 법률적 의견이 필요할 때는 배심원 대표께서 재판부에 도움을 요청하십시오. 자, 그럼 평의절차에 들어가겠습니다. 평의에 제한된 시간은 없습니다."

평의가 시작되었다. 배심원들이 법정을 나가 평의 회의실로 갔다. 방청객들은 쉬러 나갔다. 대석과 나는 변호사 대기실로 내려갔다. 사무관이 평의는 보통 30분 정도 걸린다고 했다. 피로가 쓰나미처럼 몰려왔다. 나는 고시생처럼 책상에 이마를 박고 엎드렸다가 깜빡 잠이 들었다. 다시 눈을 떴다. 시계를 보았다. 두 시간 가까이 지났다. 나는 황급히 대기실 바깥으로 뛰어나갔다. 복도에서 대석과 주민이 소리 죽여 대화를 나누고 있었다. 대석은 나를 보고 고개를 가로저었다. 불안했다. 나는 다시 대법정으로 올라갔다. 사무관이 복도에서 법대생으로 보이는 젊은 방청객들과 어울려 놀고 있었다. 나는 사무관을 불러냈다.

"시간이 더 걸릴까요?"

"그건 모르겠습니다."

"오래 걸리는군요. 이렇게 오래 걸릴 거라곤 생각하지 않았는데요."

"배심원들이 재판부의 도움을 세 차례나 요청했습니다. 한두 배심원만 의견이 다를 때는 금방 끝나는데, 의견이 팽팽하게 갈리나 봅니다. 재판장님께서 특별히 만장일치를 요구하셔서요."

"결국 다수결에 들어갈 것 같나요?"

"그걸 저한테 여쭈시면 제가 뭐라 대답할 수 있겠습니까. 재판장님께서는 만장일치를 강력하게 요구하십니다. 제가 아는 건 그것밖에 없습니다."

반드시 만장일치에 도달해야 한다면 누군가는 어쩔 수 없이 의견을 굽혀야 한다. 그렇다면 연장자가 평의를 주도할 가능성이 높다. 그게 우리에게 도움이 될까. 생각은 소용이 없었다.

박재호는 법정에 남아 있었다. 그 옆에 다가가 앉았다.

"힘드시죠."

그는 내가 옆에 앉았는지도 모르는 것 같았다.

"무슨 생각하십니까?"

그는 그제야 잠에서 깨듯 퍼떡 고개를 들고 나를 쳐다봤다.

"변호사님이 오셨군요. 평결이 나왔나요?"

"아직 멀었나 봐요."

"그렇군요. 신우를 생각하는 중이었습니다. 민생살림에서 화장까지 대신해 서해에 뿌렸다는데 저는 못 가봐서요."

그는 다시 생각에 빠져들었다. 그는 자신이 있을 공간을 정했다. 그는 법정을 벗어나 아들이 재로 가라앉은 바다를 열었다. 자신의 운명을 정하는 판결을 앞둔 때에 아버지는 아들에게 가 있는 것이다. 그는 세상으로부터 격리된 것이 아니었다. 그는 아들로부터 격리되었다. 그는 아버지였다. 나도 한 사람의 아들이었다. 그 아들은 자유의 몸으로 오래도록 아버지를 찾지 않았다. 나는 박재호의 옆에서 피할 수 없이 아버지를 마주 보게 됐다. 아버지. 돌아가신 내 아버지.

1의10.
평의
評議

다음 사실들은 자명하다:
모든 인간은 평등하게 창조되었다는 것.
모든 인간은 양도불가능하며 확고한 권리들을 부여받았다는 것.
그 권리들 중에는 생명, 자유, 행복의 추구가 속해 있다는 것.
_미국 독립선언문

1997년. 겨울은 더럽게 추웠다. 그때 나는 변호사가 아니었다. 나는 고민 없이 법대에 진학하여 의미 없이 법대를 졸업했고, 중견 건설 회사에 들어가면서 똑같은 짓을 반복하고 있었다. 회사는 자금난에 처해 있었고, 부도설이 떠돌았다. 일도, 벌이도 만족스럽지 않았다. 나는 작은 빌라에서 나이 든 형, 그리고 아버지와 함께 살았다. 그 집 역시 마음에 들지 않았다. 돈이라고 할 만한 걸 버는 사람은 나뿐이었다.

아침이면 집 앞의 가파른 언덕길 위로 늘 살얼음이 깔렸다. 해가 오르면 습한 빌딩 그늘이 동네 전체를 깔고 드러누웠다. 골판지에 배를 댄 아이들이 킬킬대며 골목 아래까지 미끄럼을 탔고, 언 길에 소금을 뿌리러 나온 어른들이 수다를 떨었다.

나는 주행거리가 20만 킬로미터에 육박하는 중고 소나타2를 타고 주 6일 반을 회사에 나갔다. 출근길에 집 앞 언덕길에서 미끄러져 전봇대를 들이박기 전까지는. 보닛 앞면이 반원을 그리며 우그러들었다. 코트주머니에 두 손을 쑤셔 넣은 뻣뻣한 자세로 버스가 제발 사거리 좌측을 돌아 나타나주기를 기다리는 동안, 나는 겨울이 지나가는 자리에 눌러앉은 선조와 조국을 저주하게 됐다. 얼어 죽을 사계절의 나라. 그해부터 쭉 겨울이 싫었다.

퇴근하면 가방만 내려놓고 안방에 들렀다. 아버지는 저녁이 되면 안방바닥에 펼쳐 둔 전기장판으로 기어들어갔다. 그는 거기서 항상 괜찮다고 대답했다. 나는 항상 오늘은 좀 어떠냐고 물었다. 가을부터 둥지 속 새끼 새처럼 전기장판을 못 벗어나던 아버지는 끝내 그 위에서 눈을 감았다. 나는 잠결에 형의 절규를 듣고 알았다. 내가 달려갔을 때 형은 남겨진 육신을 끌어안고 악을 쓰고 있었다. 아버지가 거둔 고양이. 그것이 창틀에 앉아 호기심 어린 눈으로 죽음을 내려봤다.

전기장판은 코드가 뽑혀 있었다. 차갑게 식어 있었다. 영안실에 들른 조문객들에게 형은 전기장판 코드가 뽑혔다고 말하고 또 울었다. 나는 형의 어깨에 손을 얹었다. 아버지가 돌아가신 건 형 탓도, 전기장판 탓도 아니야. 형은 날 와락 부둥켜안고 목을 놓았다. 거기에 이모가 가세해 우리 둘을 껴안고 곡을 했다. 5년 넘게 연락 한 번 없던 여자였다. 난 흐느끼는 소리를 냈지만, 그 자리에서 눈물을 쏟아내진 못했다. 눈물이 안 나왔다.

아버지는 어머니 옆에 묻혔다. 장례식을 마치고 집으로 돌아오자마자 누렇게 뜬 전기장판을 내버렸다. 형은 말이 없었다. 두세 시간 눈을 붙였다. 잠에서 깬 뒤 집을 나와 택시를 잡았고, 청량리역에서 속초행 기차를 탔고, 속초에서 울릉도로 떠나는 배에 올랐다. 누구와도 연락 없이 섬에서 이틀을 보냈다. 성인봉에서 내려다본 동쪽바다는 사막처럼 건조했다.

아버지는 20년 동안 철물점을 운영했다. 여섯 정권이 바뀌었다. 그동안 그의 삶은 발전과 성취가 없었다. 그는 실망 한 번 해본 적 없이 그저 현상유지에도 고마워했다. 그런 태도는 교회가 길러줬다. 비슷한 부류가 모이는 교회에 매주 두 번 나가고, 재발하는 암을 세 번 이겨내고, 교인들에게 기적과 축복을 증거하면서도, 매일 아들만큼은 자신과 다르게 살게 해달라고 신께 기도하는 사람이었다. 아버지였다.

그는 그렇게 생각하지 않았겠지만, 내 삶이 아버지와 같은 길로 들어선 지도 좀 된 때였다. 햇살을 받아 모래처럼 부수어지는 동쪽바다 앞에서 난 그게 얼마나 슬픈 일인지 깨달았다. 그래서는 안 되는 거였다.

회사에서 잘렸다. 형은 서울을 떠났다. 나는 가족을 완전히 털어냈다. 자유가 생겼다. 대석을 만나 조언을 구했다. 나는 신림동 고시촌에 방을 얻었다. 모든 세입자가 고시생인 3층 건물이었다. 주인은 아침과 밤 각각 두 시간만 난방과 온수를 틀어줬다. 방바닥은 얼음처럼 차가웠다. 내가 장만한 첫 번째 살림은 전기장판이었다. 겨울밤들이 그곳에서 빠르게 지나갔다. 간유리에 스미는 일그러진 불빛은 밤을 하나 넘길 때마다 더 멀고 더 희미해졌다. 내게는 이미 세상 전체가 그와 같았다.

그때가 스물여덟이었다. 겨울이 그해 절정에 도달한 밤, 나는 전기장판 위에 누워 뜬 눈으로 천장을 응시하면서 오래도록 내 아빠를 생각했다. 얼마 전까지는 그 사람도 전기장판 위에 누워 있었다. 거기서 그의 시간은 죽을 날을 향해 달렸다. 나는 물 한 컵 달라고 부탁하는 시든 목소리를 떠올렸고, 무덤 속에서 살점을 조금씩 잃어가고 있을 마른 몸을 상상했다. 어느 순간 눈물이 흘러내렸다. 장례식까지 흐르지 않던 눈물이. 멈출 수가 없었다. 가슴으로부터 올라오는 통증. 영원히 끝나지 않을 밤. 나를 덮친 그 밤을 도저히 극복할 수 없을 것 같았다. 우리 시대와 이전 시대의 모든 사람들이 한 번씩은 겪은 것처럼, 나는 아버지를 잃었을 뿐이었다. 그들 모두가 이런 아픔을 간직한 채 태연하게 세상을 살아왔던가. 그렇다면 세상 위 모든 사람들을 존경하며 살아가리라. 통증은 더 심해졌다.

눈을 뜨니 날이 밝았다. 밤은 통증을 이고 사라졌다. 창문을 열어보니 공기가 매우 차가웠다. 오늘은 어제와 조금도 다르지 않았다. 나는 그 방에서 6년을 살았다. 그리고 사법고시를 통과했다.

대석이 허겁지겁 법정으로 들어왔다. 배심원들이 줄지어 법정에 들어왔다. 방청객들이 쏟아져 법정에 들어왔다. 재판관들이 법정에 들어왔다. 재판장의 손에 평결서가 들렸다. 지금 이 순간 세상에서 가장 중요한 말이 거기 적혔다. 재판장이 말했다.

"배심원들이 고심하여 만장일치의 평결에 이르렀습니다. 피고인은 일어나주세요. 지금부터 2009고합 66호, 특수공무집행방해치사 사건의 판결을 선고하겠습니다. 제가 받은 평결서에는 다음과 같이 쓰여 있습니다."

1의11.
선고
宣告

"이 사건의 배심원들은 피해자 김희택에 대한 피고인 박재호의 특수공무집행방해치사를 인정한다. 이 사건의 배심원들은 피고인 박재호의 특수공무집행방해치사에 대한 정당방위성립을 인정한다. 이 사건의 배심원들은 사건 당시 정황과 증거, 그리고 피고인의 처지를 고려하여 만장일치로 다음과 같이 평결한다. 피고인 박재호가 행한 범행의 위법성을 조각하여 처벌을 면하기로 한다."

"그러나 재판부의 판결은 배심의 평결에 구속되지 않으므로, 본 재판장은 피고인의 범죄사실과 폭행정도의 과잉을 살펴 정당방위성립을 부정하겠습니다. 다만 피고인의 불운한 처지와 수사과정의 절차상 하자로 입은 피해 등을 참작하여, 형법 144조 2항 특수공무방해치사죄를 적용하되 형의 가중사유를 배제하여 징역 실형 3년의 형을 선고하는 바입니다."

"판결에 불복할 경우 피고인은 1주일 이내 고등법원에 항소할 수 있습니다. 또한 피고인이 항소할 것이 명백하기에, 실형의 선고에도 불구하고 재판부는 특별히 항소 접수까지 구속은 면하도록 결정합니다. 그럼 이상으로 2009고합 66호, 특수공무집행방해치사 사건의 공판을 마치겠습니다."

1의12.
기자회견
記者會見

정의가 지연되었다면 정의는 거부되었다.
_윌리엄 글래드스톤(前 영국 수상)

법은 명령이다.
하지만 좋은 법은 좋은 명령이다.
_아리스토텔레스,「정치학」

아홉 명의 배심원들이 사흘간 세상에서 격리된 채 공판에 참여했다. 아홉 명의 배심원들이 평결에 도달했다. 그들은 박재호를 살리기로 했다. 단 한 명의 재판장이 평결을 뒤엎었다. 그의 단 한 마디 의견이 법률적으로 우월했다. 3일간 계속된 공판, 3일간 이루어진 아홉 명의 고민이 한순간에 재판장 앞의 어리광으로 전락했다. 재판장은 3년의 실형을 선고했다.

재판장은 항소시한 동안, 즉 일주일간 박재호의 구속을 면하는 매너를 보여주었다. 항소의 길을 직접 열어주겠다는 암묵적 의사표시였다. 배심평결을 뒤엎은 건 미안하지만, 나는 겨우 하급심 재판장이니만큼 정치적으로 위험한 판결의 선고는 못하겠다는 뜻의 몸짓이었다. 대법관쯤 되는 법의 화신들에게 이 이야기를 호소하면 통할 수도 있어 보인다는 귀띔이었다. 하지만 그 정도 호의로는 면피할 수 없다. 결코 그럴 수는 없는 것이다.

"배심원 여러분들 모두 수고하셨습니다."

그게 만장일치로 모인 뜻을 물거품으로 만든 자의 말이었다. 그는 덧붙였다.

이상으로 재판을 마치겠습니다. 모두 이제 집으로 돌아가셔도 됩니다.

수고하셨습니다.

박재호가 말했다. 자리를 일어서는 사람들의 소란 속에서 그 말은 들릴락 말락 했다. 나는 아무 말도 하지 못했다. 우리는 아무 말도 하지 않았다. 사람들이 법정 안을 완전히 비울 때까지 우리는 아무 말도 없이 기다렸다. 그리고 셋이서 패잔병처럼 나란히 걸어 나왔다.

해가 누웠다. 세상은 낮과 밤의 경계로 붉게 물들었다. 하루 두 번 오는 그 절묘한 순간. 이제 세상을 밤에게 내줄 때이다. 약속했던 대로 형사법원 정문 앞에서 기자들이 기다렸다. 약속은 실수였다. 그 약속을 할 때에는 승소소감을 말하는 광경 외에는 상상이 미치지 않았다. 이제 무슨 말을 하는가. 부채꼴의 입구 계단을 빼곡히 둘러싸고 벌써부터 섬광을 터뜨리는 저 무리는 하나의 커다란 아가리 같았다. 우리는 제물이 되어 그 앞까지 어렵게 걸어 나갔다. 질문들이 던져졌다. 대석이 대답했다. 그는 재판부가 법의 정신을 저버렸다는 말만 연거푸 했다. 텔레비전을 통해 법원을 기어 나오는 다른 변호사의 입으로도 그 말을 많이 들었다. 가소로운 말이다. 패배한 변호사들의 입에서만 나오는 말이므로. 법의 정신을 대체 누가 정하느냐. 그 말을 들을 때마다 나는 생각해왔다. 이

제 안다. 그건 변호사의 머릿속이 하얗게 비었을 때 기계적으로 입이 움직인 결과일 뿐이다. 그건 당장 이 자리를 떠나고 싶다는 뜻일 뿐이다.

기자들이 박재호에게 물었다. 판결에 대해 어떻게 생각하십니까? 그는 준비한 것처럼 매끄럽게 대답했다. 상관없습니다. 제가 원한 건 국가에 대한 유죄판결이었습니다. 제가 받은 건 저에 대한 유죄판결일 뿐이고요.

박재호가 말하는 동안 나는 고개를 두리번거렸다. 준형은 안 보였다. 이 중요한 자리에 얼씬도 하지 않았다. 이번엔 그녀가 내 뜻을 따랐다.

법원의 소송관련우편물 겉봉에는, 주차장이 혼잡하니 반드시 대중교통을 이용하라는 충고가 적혀 있다. 판검사와 변호사를 제외한 나머지는 그 말을 곧이곧대로 받아들이고 대중교통을 이용해 법원을 오간다. 이제 특수공무집행방해치사죄로 실형을 선고받은 박재호는 대중교통을 타고 돌아가야 했다. 형사법원에서 지하철역까지는 100미터가 넘게 떨어져 있다. 그 100미터는 카메라와 질문으로 둘러싸인 지옥 같은 터널이 될 것이다. 지금까지 그 문제를 생각해보지 않았다. 그를 그렇게 보낼 수는 없었다.

"집으로 가십니까? 태워다 드리겠습니다."

박재호는 대답하지 않았다. 그는 이빨을 드러내고 웃었다. 카메라들이 놓치지 않고 그 장면을 담아냈다. 웃음소리는 저녁공기를 타고 허무하게 번져나가며 노을과 같은 색으로 물들었다.

"내 집이 어딘데요."

내 생각이 짧았다. 박재호는 더 말했다. 구치소에서 세상으로 나와 보니 아들은 죽고 집은 사라졌구려. 나는 유명해졌는데.

민생살림의 사무국장과 통화했다. 민생살림에서 박재호를 위한 임시거처를 마련하기로 했다. 내 차 뒷좌석에 박재호를 태우고 출발했다. 나눌 말이 별로 없었다. 오늘이 지나면 말을 나눌 기회도 없다. 내가 먼저 말을 걸었다.

"항소하셔야죠."

"항소하면 다시 나를 구속하겠지요?"

"그럴 겁니다."

"얼마나 걸릴 거 같습니까?"

"상고해서 대법원까지 간다면 1년은 생각하셔야 됩니다."

"차라리 포기하고 빨리 3년을 사는 게 나을 수도 있겠소."

"그런 소리 마세요. 판결 자체만으로도 의미가 있습니다."

"어찌되든 또 오래 못나오겠군요."

차는 신호등 앞에 섰다. 횡단보도로 사람들이 지나갔다. 그들은 각기 다른 곳으로, 각기 같은 곳으로 갔다. 그들은 각자의 집으로 갔다. 백미러로 뒷좌석을 보았다. 박재호는 허리를 숙이고 두 손으로 이마를 감싸 쥐고 있었다. 그는 그 자세로 말했다.

"내년 신우의 기일이 돌아옵니다. 그때도 난 갈 수 없을 테지요."

"자식의 기일은 따로 지내는 게 아닙니다."

"장례도 못 지켜봤는데. 한 번은 가야 하는데. 나를 기다릴 텐데. 얼마나 서럽겠소."

"할 말이 없습니다."

"그날 대신 좀 가주겠소? 안부나 좀 전해주시오."

367

그건 사람들이 변호사에게 하는 부탁이 아니다. 재판이 끝났기에 나는 이제 그의 변호사도 아니다. 신호등이 파란 불로 바뀌었다. 단 몇 초였다. 경적소리가 요란했다. 나에게 강요하고 있었다. 부탁과 강요의 가운데 내가 있었다. 나는 움직이지 않았다. 떠오르는 몇 가지 격한 말들이 가슴에 뿌리를 박으려 했다. 나는 최선의 자제력을 발휘해 그 모든 말들을 물리쳤다. 꼬리가 없이 이어지는 경적소리는 이제 나에 대한 징벌이었다. 나는 떠밀리듯 차를 움직였다. 짧게 대답했다.

"가겠습니다."

그와 나눈 마지막 대화였다.

기산일로부터 6개월 후

3.
국정조사
國政調査

공평함은 정의에 속하는 것이나 어떤 경우에는 정의보다 낫다.
물론 공평함이 무조건적인 정의보다 낮지는 않지만,
적어도 정의에 대한 무조건적인 규정으로부터 생기는 과오보단 낫다.
_아리스토텔레스, 「니코마코스 윤리학」

그해 겨울은 더럽게 추웠다. 11월초에 맨땅이 된서리로 뒤덮이더니
그달 말부터는 눈이 다 내렸다.

국가배상청구소송에서 패소했다. 예정된 일이라 놀라진 않았다.
결국 나는 다시 변호사였다. 뜸하던 사무실이 바빠졌다. 언론의 보
도 덕에 사무실을 찾는 사람들이 늘었다. 많은 사건. 그 사건들을
항상 이기거나 졌다. 이제 나는 패배에 의미를 두지 않고 승리를
기념하지 않게 됐다. 연수원을 다니던 시절은 유년의 기억만큼 멀
었다. 나는 변호사였다.

언론은 꽤 오래 사건을 다루었다. 여론이 회오리쳤다. 홍재덕은
검사를 사임했다. 야당이 국정조사권을 발동했다. 텔레비전에서 박
경철 의원이 내 소송자료를 오른손에 쥐고 흔들며 고함을 치는 모

습을 봤다. 법무부장관, 청와대 홍보수석비서관, 검찰총장, 경찰청장, 서울지방경찰청장, 서대문경찰서장이 차례로 소환되었다. 익은 벼처럼 고개들이 땅에 떨어졌다. 그들 모두 박살이 났다. 그들 모두 경질되었다. 대통령의 지지율이 끝을 모르고 곤두박질쳤다. 대규모 인사개편이 단행됐다. 청와대 수석비서관급 공무원 전원이 잘려나갔다. 오성건설 사장은 불법적인 로비활동을 펼친 혐의로 구속됐다. 한 신문이 폭풍이 정부를 휩쓸고 지나갔다고 썼다. 야당은 신이 났다. 그들이 사법개혁 포럼에 나를 초청했다. 나는 거절했다.

겨울이 다 가기 전에 언론은 잠잠해졌다. 우리는 박재호 사건의 항소 변론을 민변이 꾸린 변호인단에 넘겼다. 고등법원에서 박재호의 선고형량은 1년 6개월까지 줄었다. 민변의 변호인단은 상고했다. 결국 사건은 대법원에 도착했다. 그 일은 거의 기사로 다루어지지 않았다. 언제 무슨 일이 있었냐는 듯 세상은 전과 다른 축으로 돌고 있었다. 또 사건들이 터졌다. 끊임없이 사건들이 터졌다. 나는 잊혀졌다. 박재호도 잊혀졌다.

오랜만에 주민의 전화를 받았다. 박재호 사건이 대법원에 갔다면서요.

네.

염만수 교수님이 물밑에서 대법관 후보로 거론되고 있어요. 다음 주에 대법원장이 대통령에 추천서를 쓴답니다. 학자 출신으로는 처음이에요.

나는 할 말이 없었다. 그 말을 하려고 전화했습니까? 그렇게 통겨 묻기엔 내가 그를 너무 좋아했다.

염 교수님과 대화하다가 들었습니다. 윤 변호사님이 공부를 더 하고 싶어 하신다고 말씀하시던데요. 정말입니까?

지나간 이야기죠. 이 나이에 무슨 공부를 더 합니까.

연수원 전에 석사까지 수료하셨다고 들었는데요.

명예학위나 다름없지요. 다들 그러지 않습니까.

전문박사과정을 밟으시겠다면 변호사 업무에 지장이 없도록 배려해드릴 수 있어요. 로스쿨 개원하면서 우리 대학에도 현직 변호사인 학자가 필요합니다.

하하, 그 대학에 제가 필요하다고요.

벌써 변호사님 사건판례를 평석한 논문도 나오고 있는 걸요.

사건판례를 평석한 거지 사건변호사를 평석한 건 아니지요. 어쨌든 생각해보지요.

짧게 생각하세요. 어려운 결정도 아니잖아요.

*

새해의 새 달, 나는 새로 변호사 사회의 일원이 된 동료를 만났다. 그가 법원 근처 식당으로 나를 불러냈다. 많이 망설였다. 결국 그 자리에 갔다. 그는 먼저 나를 기다렸다. 그는 웃으며 나를 맞았다.

오랜만이요. 낡고 탁한 목소리. 잊기 어려운 목소리. 나는 홍재덕에게 답례했다.

오랜만입니다. 부르셔서 놀랐습니다.

개업인사 좀 하려 불렀어요. 윤 변호사 사무실이 근처기에.

이야기는 들었습니다.

한번 놀러 와요. 100미터 안쪽인데. 자주 봅시다.

그는 그렇게 말하고 웃었다. 내 혀까지 느껴지도록 웃음이 썼다. 나는 대답했다.

죄송하다고 말씀드릴 수 없어 유감입니다. 이해해주십시오.

내가 옷을 벗어 괴로워할 거 같은가? 전관예우기간이라 벌이가 아주 좋아요. 진작 옷 벗을 걸 하는 생각이 들 정도로.

나는 입을 다물었다. 물론 농담이요. 오랜 시간을 두고 그는 말을 이었다.

나도 죄책감을 느꼈어. 처음 기소할 때부터. 이제 그 짐을 벗어던질 수 있어 차라리 홀가분하군.

잘됐군요. 박재호 씨는 그리 홀가분해 보이지 않았습니다.

윤 변호사. 나를 증오하고 있나?

잘 모르겠습니다.

자네 변론은 아주 훌륭했다고 말해주고 싶어. 언젠가 자네와 법정에서 한 번 붙을 수 있으면 좋겠어. 재미있을 것 같아.

네.

지금부터 내가 하는 이야기를 믿지 않아도 돼. 언론에는 항변하지 않은 이야기야. 그들은 믿어주지도 않겠지. 음모는 없었네. 모든 게 내 뜻이었어. 난 소신에 따라 판단하고 행동했어.

검사님 말이 사실이길 바랍니다.

이런. 이제 검사가 아니지. 생각해봤나? 국가라는 거대한 조직이 몇 백 년이고 유지되는 게 놀랍지 않나? 어떤 사람이 희생하고 어떤 사람이 노력하기 때문이야. 경찰의 수사기록을 넘겨받자마자 나는 문제를 알았지. 난 판단을 해야 했어. 무엇이 더 소중한가. 무엇을 지켜야 하는가. 윤 변호사는 상상했겠지. 하늘 높은 곳에서 내 행동을 지시하는 무시무시한 전화가 걸려오는 장면을. 상상한 것과는 달리 내가 기소를 결정하는 데 어떤 외압도 없었네. 그렇게는 나를 움직일 수 없어. 나는 국가에 그런 식으로 복종하지 않아. 내가 국가에 복종하는 방식은 더 깊은 곳에서부터 작용하지. 나한테 이 나라는 종교일세. 다시 말하지만 어떤 외압도 없었어. 모든 판단은 내가 내렸네.

알겠습니다.

윤 변호사를 부른 이유는 하나야. 난 박재호한테 도의적인 책임을 느끼네. 그 사람은 내가 권력 앞에 신념을 꺾고 굴복한 개라고 믿고 살아가도 돼. 내가 그 사람한테 주는 일종의 사죄의 선물이라고 하세. 하지만 고민해봤네. 그래도 윤 변호사에게는 이 이야기를 다 해야만 한다는 생각이 들더군. 왜냐하면 박재호와는 달리 윤 변호사한텐 그런 착각을 누릴 권리가 없거든.

그를 마주 보기만 해도 힘이 소모되었다. 가슴 끝으로부터 턱 끝까지 창연한 슬픔이 밀려 올라왔다. 순수한 슬픔. 세상을 하나의 색으로 물들이는 순수한 슬픔이었다. 내 앞에는 변호사가 앉아 있었다. 나는 변호사였다. 나는 소리 없이 세상의 변호사들에게 물었다. 변호사들은 왜 변호사가 되었는가.

그는 거듭 말했다.

알아들었냐는 말이야. 자네는 그런 착각을 누릴 권리가 없어. 자네는 결코 그럴 권리가 없어.

식당에서 나오니 하늘은 잿빛이었다. 눈이 올지 비가 올지 알기 힘들었다. 한순간 뒤에 일어날 일을 알기 힘들었다. 진실은 수줍음을 탄다. 그녀는 변호사에게 알몸을 다 드러내는 법이 없다. 모두가 조금씩은 거짓말을 한다. 피고인, 증인, 검사, 변호사 모두가. 변호사의 일이란 참 낭패스럽다. 변호사는 상대의 눈을 본다. 변호사는 말 이면의 것들을 읽으려 한다. 그게 부질없는 짓이란 걸 항상 겪으면서도.

식당에서 나는 홍재덕의 눈을 마주 보았다. 그의 눈 안에는 권력도, 야망도, 위선도 없었다. 나는 거기에서 깊은 상처에 시달리는 늙은 남자를 볼 수 있었을 뿐이었다. 그의 말이 진실인지 확인할 길은 없었다. 거짓이라고 확인할 길도 없었다.

3의2.
기일
`忌日

저는 감히 이렇게 하겠습니다.
진실. 감히 진실을 말하겠습니다.
왜냐하면 재판을 담당한 사법부가 만천하에 진실을 밝히지 않는다면
제가 진실을 밝히겠다고 약속했기 때문입니다.
제 의무는 말(言)입니다.
저는 역사의 공범이 되고 싶지 않습니다.
만일 공범이 된다면 제가 앞으로 보낼 밤들은,
가장 잔혹한 고문으로 저지르지도 않은 죄를 속죄한
저 무고한 이의 혼이 떠도는 시간이 될 것이기에.
_에밀 졸라, 「나는 고발한다」

바다는 넓고 거칠었다. 두 개의 발자국이 차가운 모랫길을 따라 촘촘히 남았다. 파도가 이어진 자취의 허리를 베물어 가고 흰 거품을 남겼다. 그 아이는 이곳에 수학여행을 한 번 왔다. 처음이자 마지막으로 바다를 보았다. 그래서 이곳에 뿌려졌다.

민생살림의 사무국장은 친절했다. 박재호의 부탁을 이야기하자 선뜻 동행하였다. 나는 여기 올 의무가 없었다. 그는 여기 올 이유도 없었다. 두 사람이 죽은 자를 기린다. 물 위의 무덤. 죽은 자는 세상 곳곳에 스몄다. 바다의 농도는 변함이 없다.

또 눈이 내렸다. 눈이 지난 것을 다 덮었다. 지나온 어느 나라, 어느 세월에도 없던 설레는 평화가 세상을 덮었다. 나는 귀 기울여 대지의 고백을 들었다. 내 마음 속 첫 풍경. 세상은 묵념의 가장자

리에 놓였다. 내 마음은 밖에서는 눈길, 안에서는 어둠이었다. 온 겨울 떠돈 위대한 적막 속에서 세상은 낯설었다.*

사무국장은 사진을 한 장 가져왔다. 박재호 씨에게 받았습니다. 장례 때 썼지요. 꽤 잘생겼지요?

나는 보았다. 어린 소년이 웃는다. 나는 단숨에 사실 앞에 내팽 겨졌다.

수백 장의 문서. 수천 시간의 회의. 사흘간의 공판. 나는 무수히 박신우의 이름을 쓰고 외쳤다. 그와 그 아버지의 이름을 대리하여 이 땅의 정의를 구했다. 박신우. 내가 아는 건 이름이다. 내가 부르 는 이름에는 얼굴이 없었다. 나는 아직 그의 얼굴을 알지 못했다. 그의 얼굴을 알지 못한다는 사실조차 알지 못했다. 궁금해본 적이 없었다. 그는 추상화된 갑을관계의 일면이었다. 그게 내가 아는 정 의의 기작이었다.

소년은 언젠가에 죽었으나 나에게는 살아 있는 인간이었던 적이 없었다. 나는 사망의 효과를 알았으나 그 고통을 떠올리지 못했다.

서울로 올라오는 차 안에서 사무국장에게서 박재호 사건의 경과 를 들었다. 그는 대법원의 무죄 판결을 확신했다. 첫째로 형량이 줄 고 있는 게 그 증거였다. 둘째로 형량이 줄어드는 데도 검찰이 상 고 없이 입을 다문 게 그 증거였다. 나는 말을 아꼈다. 간단한 문제 는 아니었다. 사실심은 고등법원에서 끝난다. 대법원에서는 하급심 의 사실판단에 대한 반론의 여지가 거의 없다. 대법관들은 하급심 의 법률 판단의 적부만을 심사한다. 그래서 대법원이 하급심의 판결을 뒤집는다면 그것은 새 법의 공포와 같다. 모든 하급심 법관들이 대법원의 판결로부터 앞으로 적용해야 할 법의 새 방향을 숙지하는 까닭이다. 대세를 거부하는 판결들은 모조리 대법원에서 뒤집히게 된다. 새 패러다임. 새 시대. 내용과 관계없이 사건은 뉴스의 한 면을 장식하는 국면에 들어선다. 법학자들이 분주하게 법학 교과서의 개정을 준비하는 수순을 밟는다. 마지막으로, 그런 일은 거의 일어나지 않는다.

시민단체가 연대해서 기금을 마련했습니다. 다행히 언론에 알려진 사건이라 꽤 큰돈이 모였어요. 박재호 씨가 석방되면 다시 작은 식당을 차릴 수 있는 돈입니다.

네.

결국 그녀가 옳았다. 내가 틀렸다. 나는 법을 믿었다. 그녀는 법을 믿지 않았다. 보상도, 복수도 법이 해주지 않았다. 많은 기사들이 쓰였다. 그녀가 기사를 썼다. 나는 고발한다. 법이 침묵하는 동안 사람들이 목이 쉬도록 외쳤다. 법은 사람 위에 있었다. 그건 법이 사람 위에만 있을 수 있다는 뜻이었다. 사람들이 이겼다. 법이 졌다.

사무실 앞에 도착했다. 차를 세웠다. 나는 충동적으로 전화를 걸었다.

여보세요.

윤 변호사입니다.

네? 누구라고요?

윤 변호사입니다. 오랜만입니다, 이준형 기자님.

아.

요즘 어떻게 지내요?

똑같죠. 윤 변호사님은요?

저도요.

별다른 일 없어요? 유명해지셨잖아요.

사건이 늘긴 했습니다. 많이는 아니고요. 이주민 교수가 저보고 공부나 좀 더 하라고 하데요. 박사과정을 밟으라고요. 많이 무식해 보였나 봅니다.

할 거예요?

모르겠어요. 이 나이에 박사학위를 받고 강사나 하고 있으면 결혼이나 하겠습니까.

어머. 결혼 생각이 아직 남아 있었나요? 포기하신 줄 알았는데.

그런 농담은 조심해주세요. 사실이라도 상처 받습니다.

충분히 매력적인 사람이에요.

그녀는 웃으며 덧붙였다. 오해는 마시고요.

제가 전화한 이유가 있어요.

뭔데요?

사과하고 싶어서요. 그때.

그녀는 대답하지 않았다.

진심으로 한 말이 아니었습니다. 이 기자님이 옳았어요. 사과드리고 싶어요.

그녀는 대답하지 않았다.

죄송합니다. 이런 말 하긴 많이 늦었죠?

그녀는 한참 후에 입을 열었다.

저녁에 식사 같이할래요?

네.

올리브 퀼트에 다시 가보죠. 이번엔 저도 스테이크를 먹어보게요.

하하.

그때 정말 웃겼어요. 기자를 잠깐 만나면서 무슨 스테이크를 먹어요. 기업 대표이사들도 안 그래요.

무리했습니다. 당시엔 정말 궁핍했는데.

말릴 수가 없었어요. 그때는 초면이라.

몇 시가 좋겠어요?

7시. 아니 8시 이후요. 취재가 있어요. 너무 늦으면 그냥 내일 볼까요?

아무 문제없어요. 그냥 끝나는 시간에 전화 줘요. 기다릴 테니까.

나는 서둘러 대답했다.

봄이 온다.

태양이 창궐하고 계절이 마땅한 권리를 나눈다.

새들은 날의 오름을 노래하고 바람은 보아야 할 시절을 이르되, 지구의 땅과 물 위 사람들을 제하고는 결코 法의 이름을 빌리지는 아니하리라.(끝)

부록

우리는 개인의 삶을 사는 것이 아니다.
시대와 역사를 사는 것이다.
_노무현(前 대한민국 대통령, 변호사)

0. 용어

소수의견: 대법원 등의 합의체 재판부에서 판결을 도출하는 다수 법관의 의견에 반하는 법관의 의견.

기산일: 법률적 사건의 시기를 정함에 있어 그 기준이 되는 날.

1 **공소시효:** 형사소송법상 검사가 피고인의 죄에 대한 공소를 제기할 수 있는 기간.

살인교사: 살인을 사주하는 죄.

형사소송법, 형소법: 형사사건의 수사 및 재판의 절차를 규정한 법률.

기소: 공소의 제기.

면소: 소송조건의 흠결로 공소권이 소멸하는 경우, 법원이 실체심리를 하지 않고 형식적으로 공소권이 없다고 내리는 판결.

법정최고형: 법이 정한 해당 죄목의 최대 형량.

2 **판례:** 법원의 판결 예.

법률공단: 대한법률구조공단.

법무법인: 변호사법의 규정에 따라, 통산 경력 10년 이상의 변호사를 포함한 5명 이상의 변호사들을 구성원으로 하는 법인.

사내변호사: 기업에 전속된 변호사.

민변: 민주사회를 위한 변호사 모임.

2의2 **국선전담변호인:** 법원이 선임하는 국선변호인 중에서도 국선변호업무만을 전담하는 변호사.

복대리: 대리인이 대리권을 다시 제 3자에게 위임하는 것.

기소편의주의: 기소판단을 검사의 재량에 맡기는 제도. 대한민국 형

사소송법의 입장.

폭행치사: 형법 제 262조 규정. 폭행 과실의 결과로 사람을 죽인 죄. 죽일 고의가 없었다는 점에서 살인과 구별됨.

존속상해: 형법 제 257조 2항 규정. 자기 또는 배우자 직계존속의 신체를 상해하는 죄.

2의3 **재정신청:** 형사소송법 제 260조 규정. 검찰의 불기소 처분 통지를 받은 고소권자가 관할 고등법원에 검사가 내린 판단의 당부에 대한 심판을 신청하는 제도.

공법: 공익 등을 규율하는 법. 헌법, 형법, 국제법, 절차법 등.

채권각론: 채권법 중 계약과 사무관리, 부당이득, 불법행위 등을 다루는 분야.

공익소송위원회: 민변 하위 분과위원회.

기소불행사: 검사가 기소권을 행사하지 않는 것.

기소남용: 형식적으로 적법하나 실질적으로는 부당한 검사의 공소권 행사. 소추재량을 일탈한 공소제기, 차별적 공소제기 등.

기피신청: 형사소송법 제 18조 규정. 변호인, 검사 등이 사건 담당 재판관의 기피를 신청하는 제도.

제척: 형사소송법 17조 규정. 법이 정한 조건에 해당하는 때 법관의 직무집행 자격을 배제하는 제도.

항고: 판결 외 재판부의 결정 등에 대한 상소.

제소전 화해: 민사소송법 제 385조 규정. 민사상 다툼에 대하여 법원에 화해를 신청하는 제도. 성립된 화해는 판결과 동일한 효력을 가짐.

2의4 **국정감조사법:** 국정감사 및 조사에 관한 법률.

해제: 계약의 효력을 소급적으로 소멸시키는 법률행위.

국가배상청구소송: 국가배상법의 규정에 따라 국가를 상대로 하여 손해배상을 청구하는 소송.

프로보노: pro bono publico. 공익성 무료변론.

2의5 **기판력:** 소송당사자와 법원을 구속하는 확정된 재판의 효력.

과실상계: 법원이 배상금액의 산정에 있어 청구권자의 과실을 참작하는 것.

2의6 **국민참여재판:** 국민의 형사재판 참여에 관한 법률에 따른 배심재판.

2의7 **강제구인:** 피고인 또는 피의자를 법원 기타 장소에 인치하는 강제처분.

2의8 **무죄추정의 원칙:** 헌법 제 27조 4항 규정. 유죄판결 확정 전까지 형사 피고인의 무죄를 추정하는 형사소송 원칙.

무이유부 기피,
이유부 기피: 국민참여재판법 제 28조 및 제 20조 규정. 배심선정에 있어 검사 또는 변호사가 선정된 배심원의 기피를 신청하는 제도. 무이유부 기피는 기피 이유를 제시하지 않는 대신 검사, 변호인이 각각 (배심정원-1)/2 명까지만 신청할 수 있다.

2의9 **긴급체포:** 형사소송법 제 200조의 3 규정. 긴급을 요하는 상황에서 검사 또는 경찰관이 영장 없이 피의자를 체포하는 것.

2의10 **국가배상심의회,**
국가배상신청: 검찰 및 지자체에 설치된 배상심의기구, 또 그에 배상심의를 신청하는 것. 민사상의 배상청구소송과 구별.

2의11 준비기일: 재판준비절차 중 법원에 출석하는 날.

쌍방대리: 어떤 법률행위에 대해 대리인이 당사자 쌍방을 대리하는 것.

증인적격: 법률이 정한 바를 충족하는 증인의 자격.

1의2 변호사징계위원회: 변호사법 제 92조 규정. 대한변호사협회 산하의 변호사에 대한 징계를 심의하는 기구. 법무부에 도 별도의 변호사징계위원회가 있음.

1의4 모두진술: 공판의 개시시에 검사와 피고인이 공소사실과 그에 대한 의견을 밝히는 절차.

1의5 양형거래: 검사가 재량을 남용하여 피고인의 기소죄목, 형량을 조정 해주는 조건으로 제시하는 거래.

집행유예: 법원이 정상을 참작하여 피고인에게 선고된 형의 집행을 유예하는 제도.

녹취록: 녹음물의 내용을 문자로 기록한 서류.

1의7 압수수색: 검사의 청구 혹은 직권에 따라 법원이 발부한 영장에 따 라 현장을 수색하고 물품을 압수하는 행위.

반사회적 계약: 반사회 질서의 법률행위. 민법 103조가 규정한 불법. 선량한 풍속 기타 사회질서에 위반한 사항을 내용으 로 하는 법률행위.

오컴의 면도날: 영국의 철학자 윌리엄 오컴이 주창한 경제성 원리. 영국 경험철학과 현대 과학의 근간이 되는 철학적 사 고방식. 같은 결과를 설명하는 서로 다른 가정이 있 다면 보다 단순한 가정을 취하는 것이 옳다.

1의8 증거능력: 형사소송에서 법원이 인정하는 증거의 자격.

1의9 최후진술: 형사소송법 303조 규정. 공판기일의 최후에 이루어지는 진술. 검사 다음 피고인 측의 순서로 함.

1의10 평의: 배심재판에서 평결에 도달하기 위한 배심원들의 회의.
평결: 배심재판에서 배심원들이 내린 사건 처분에 대한 종국결정. 판사의 결정인 판결과 구별. 국민참여재판법 46조 5항에 따라 법원의 판결은 배심의 평결에 구속되지 않는다.

3 전관예우: 법원이 판검사 출신 변호사가 맡은 사건에 대하여 암묵적으로 일정기간 유리한 판결을 내려주는 것.

0의2 도해

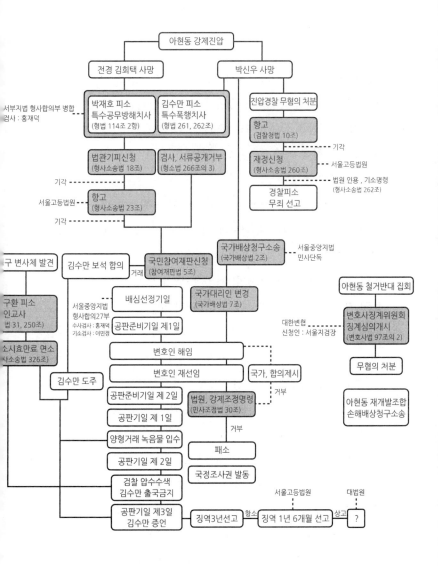

0의3. 문헌, 법령 및 판례

사건의 법적 태양(態樣)은 다음의 판례와 법리 및 사실에 근거한다.

p.11. 살인교사의 공소시효: 구형사소송법 제 249조 참조.

2007년 개정 이전의 형사소송법에 따르면 살인교사의 공소시효는 15년이다. 현행법은 살인교사의 공소시효를 25년으로 규정하고 있다. 형법 제 1조 1항에 따라 공소시효 계산에는 행위 당시 법률이 적용된다.

p.42. 김수만의 폭행치사.

김수만의 죄목에는 폭력행위 등 처벌에 관한 법률이 적용되는 것이 법리적으로 보다 정합하나, 검사와 김수만 사이 양형거래의 결과로 검사가 형량이 작은 폭행치사로 기소하였다고 설정하였다.

p.55. 법관기피신청: 형사소송법 제 18조 내지 23조 참조.

p.56. 재정신청: 형사소송법 제 260조 내지 262조 참조.

법원이 재정신청을 인용한 사례가 여전히 드물기 때문에, 재정신청의 법리적 가능태에 대해서는 이론의 여지가 있다. 소설 속 사건의 경우 검찰이 동일 사건에 대해 김수만을 기소했는데도 변호인이 진압경찰에 대한 기소 재정신청을 하는 게 가능한가, 또 그것이 법원에서 용인된다면 김수만에 대한 기존의 공소가 유효하게 잔존할 것인가에 대한 문제 제기가 있었다. 그러나 재정신청을 거쳐도 검사의 재량 일탈이 통제되지 않는 사법현실의 단편을 보이고자 설정을 유지하였다. 참고로, 2008년 형사소송법 개정 이후 검찰은 법원이 재정 결정한 사건의 대략 절반에 대하여 피고인에게 무죄를 구형하였다.

p.57. 검사의 소송서류 교부 불허: 형사소송법 제 266조 3내지 4 참조.

용산 참사 사건에서 실제로 검찰은 위 조항에 근거하여 변호인의 자료 열람을 거부했다. 2009년 9월 24일 정동영 의원은 위 조항에 대한 수정을 포함한 형사소송법 일부개정안을 발의했다.

p.58 . 제소 전 화해: 민사소송법 제 385조 내지 386조 참조.

p.68. 검찰의 전두환 수사: 대법원 1997.4.17. 선고 96도3376 판결 참조.

1994년, 검찰은 12·12사태 주도자들을 수사하고 국가혼란 우려를 이유로 기소유예 처분을 내렸다. 1995년 7월, 검찰은 5·18시민학살 주도자들을 수사하여 공소권 없음을 이유로 불기소 처분을 내렸다. 검찰이 발표한 논고는 엄청난 논란을 불러 일으켰다. 그해 말 5·18특별법이 제정되었고, 이 법에 따라 기소가 이루어져 다음 해 전두환은 사형, 노태우는 징역 22년형을 선고받았다. 대법원에서는 전두환은 무기징역, 노태우는 징역 17년형이 확정되었다. 1997년 12월 19일, 김대중이 대통령에 당선됐다. 바로 다음 날인 12월 20일, 김영삼과 김대중이 회동하여 두 전직 대통령의 사면에 합의했다.

p.77. 국정감조사법 8조.

'감사 또는 조사는 개인의 사생활을 침해하거나 계속 중인 재판 또는 수사 중인 사건의 소추에 관여할 목적으로 행사되어서는 아니 된다.'

p.77. 경찰에 대한 청와대의 언론보도 지시.

2009년 2월 3일 청와대 국민소통비서관실 행정관이 경찰청 홍보담당관에게 용산 참사를 무마시키기 위해 연쇄 살인 사건을 활용하라는 이메일을 보냈고, 민주당 국회의원 김유정이 이 사실을 폭로했다.

p.78. 재개발사업의 수익과 규모: 용산참사 공개토론회 자료집 7쪽 참조. 해당 자료에 따르면 용산 재개발지역의 사업규모는 28조 원, 삼성물산의 시공이익은 1조4천억 원이다.

p.85. 법원의 재정신청 용인 통계: 이재상,「신형사소송법」pp.358-359. 인용된 통계는 형사소송법 개정 이전의 것이다.

p.96. 100원 소송.

2008년 지율스님은 왜곡기사를 게재한 조선일보에 정정 보도 게재 불이행시 매일 10원을 배상할 것을 청구하는 소송을 제기해 승소했다.

p.100. 국민참여재판 요건: 국민의 형사재판 참여에 관한 법률 제 9조 1항 2호 참조.

p.106. 국민참여재판 신청일: 대법원 2009.10.23. 자 2009모1032 결정 참조.

국민참여재판법 제 8조는 피고인은 공소장 부본을 송달받은 후 7일 이내에 국민참여재판 신청에 대한 의사를 밝혀야 한다고 규정하고 있다. 그러나 대법원은 7일 이내 의사확인서를 제출하지 않은 피고인이라 하여도 제1 공판기일 전까지는 국민참여재판을 신청할 수 있다고 보았다.

p.125. 국민참여재판 배심 질문표: 국민의 형사재판 참여에 관한 규칙 제 17조 참조.

소설에 나온 배심원 질문표는 제 국민참여규칙 제 17조와 국민참여재판법 제 17조 내지 20조의 규정을 토대로 하였으며, 실제 개별 법원이 사용하는 배심원 질문표의 내용과는 상이할 수 있다.

p.128. 배심선정기일.

재판실무상 질문지가 사용되는 배심선정기일은 일반적으로 공판법정에서 병행되나, 소설에서는 이야기의 흐름을 고려하여 기일을 분리하였다. 이는 절차의 착오 혹은 훼손에는 해당하지 않는다.

p.135. 일몰 후 집회금지: 헌재 2009.09.24, 2008헌가25 결정 참조.

2009년 9월, 헌법재판소는 일몰 후 집회를 금지한 집회 및 시위에 관한 법률 제 10조에 헌법 불합치 결정을 내렸다.

p.151. 삼풍백화점 붕괴와 사법연수원생.

실제 사고 피해자 중에는 사법연수원생이 없었다.

p.153. 국가배상소송과 국가배상심의회에의 배상신청: 국가배상법 제 9조 내지 15조 참조.

국가배상심의회의 배상심의는 행정상의 국가배상절차로, 민사소송에 해당하는 국가배상소송과는 별도의 사안이다.

p.162. 증언의 대가: 대법원 99.4.13. 선고 98다52483 판결 참조.

대법원은 증언을 조건으로 통상 용인될 수 있는 수준을 넘어서는 대가를 약정하는 경우 그 약정은 민법 103조에 따라 효력이 없다고 보았다.

p.169. 법무법인의 쌍방대리: 변호사법 제 31조 2항 참고.

2008년 변호사법 31조가 개정되어 법무법인의 경우에도 쌍방대리를 할 수 없게 되었다.

p.177. 60명의 증인.

용산 참사 사건에서 검찰은 실제로 60명의 증인을 신청하였고, 법원은 검찰의 증인신청을 기각하는 대신 소송지연을 이유로 변호인의 국민참여재판 신청을 기각하였다.

p.178. 공범 아닌 공동피고인의 증인 적격: 대법원 2008.6.26. 선고 2008도3300 판결, 대법원 1982.9.14. 선고 82도1000 판결 참조.

대법원은 공범인 공동피고인의 경우 증인적격이 없고, 공범 아닌 공동피고인의 경우 증인적격이 있다고 보았다.

p.179. 전·현직 경찰공무원의 증인 적격: 형사소송법 제 147조 참조.

p.181. 배심원의 격리숙박: 국민의 형사재판 참여에 관한 법률 제 53조 참조.

pp.206-215. 변호사징계위원회의 구성과 징계심의의 절차 및 요건, 그

리고 징계심의에서 지방검찰청검사장의 권한에 대해서는 변호사법 제 90조 내지 108조 참조.

p.269. 거짓 증언 요구와 양형거래.

2006년, 검찰은 제이유 로비 사건 수사 중 피의자에게 위증을 요구하면서 양형거래를 제안하였다. 피의자는 이를 녹음하였고, 이 녹음물은 사건의 다른 피고인을 통해 폭로되었다.

p.283. 유도신문: 형사소송규칙 제 75조 내지 76조 참조.

p.341. 배심원의 해임: 국민의 형사재판 참여에 관한 법률 제 32조 참조.

p.376~377.

(*) 표시된 문단은 고은 作「 눈길」의 시문을 개작한 것이다.

말

1990년대 초까지 SOFA 대상 미국인 범죄자에 대한 검찰의 기소율은 전체 사건의 1퍼센트를 맴돌았다. 헌정 이래 지금까지 구속 기소된 SOFA 대상 미국인 범죄자는 단 한 명이다. 단 한 명.
반면, 1990년대 초까지 검찰은 자국민 피고인의 70퍼센트 이상을 구속 기소했다.

1980년 5월 18일, 광주에서는 군인들의 총에 최소 3천 명 이상의 시민이 사상했다. 1995년, 검찰은 군사정권 수뇌의 혐의를 수사하여 불기소 처분했다. 성공한 쿠데타는 처벌할 수 없다, 성공하면 그것은 새로운 질서다. 검찰 보고서는 주장했다. 보고서에는 옐리네크, 켈젠, 라드부르흐의 법철학이 근거로 제시됐다. 덕분에 법대생들이 법철학 강좌를 수강할 때는 해마다 주어지는 과제로 검찰 보고서를 읽고 반박문을 써낸다.

2009년, 경찰은 서울시 용산구의 재개발사업 부지를 점거한 지역 세입자들을 진압했다. 화재가 일어났다. 여섯 명이 사망했다. 검찰은 현장을 살아남아 빠져나온 세입자들을 기소했다. 화재의 원인은 밝혀지지 않았다. 죽은 자들의 몸은 부검되었고, 산 자들의 몸은 철창에 던져졌다. 산 자들은 실형을 선고받았다.

그 어떤 창조적인 상상력으로도 현실을 따라잡을 수가 없다. 유감이다.

소설을 퇴고하던 날, 알 수 없는 이유로 원고파일이 손상되었다. 워드
프로세서 제작사인 '한글과 컴퓨터'는 복원이 기술적으로 불가능하니
포기하라 했다. 복원업체 여섯 군데를 찾아갔다. 그들은 복원이 기술
적으로 불가능하니 포기하라 했다. 백업파일이 없었다. 나는 포기했다.
처음부터 다시 쓸 생각은 없었다. 그때는 앞으로 글을 쓸 생각이 없었
다. 사정을 듣고 한국 멘사의 김강석 님, 최윤주 님이 파일을 가져갔다.
며칠 후, 나는 리버스 엔지니어링으로 손상된 파일의 대부분을 복원
했다는 연락을 받았다. 그날, 내가 걸을 길과 내가 쌓을 경력이 달라졌
다. 언제나 그렇다. 내가 내 미래를 위해 스스로 하는 일은 거의 없다.
나는 나를 둘러싼 것과 그보다 조금 더 많은 세상의 것들에 반응하는
존재일 뿐이다. 김강석 님과 최윤주 님께 고마운 마음을 전한다. 결과
적으로 그들은 이 책의 공저자이다.

지옥을 완성하는 것은 언제나 살아남은 자들이다

이정현(문학평론가)

1

2009년 1월, 용산에서 우리는 지옥을 목격했다. 아니다, 정확하게 말하자. 용산에서 우리가 목격한 죽음은 하나의 풍경일 뿐 지옥이라고 부를 수 없다. 지옥을 완성하는 것은, 언제나 살아남은 자들이기 때문이다. 살아남은 자들은 진실을 '입장의 차이'라고 명명한다. 바라보는 위치에 따라서 사실(fact)은 다르게 보이지 않는가. 중요한 것은 무엇이 실제로 일어난 것처럼 보여야 하는가의 문제이다. 우리가 딛고 사는 세계에서 해석은 늘 강자들의 몫이었다. 진실의 상대성은 법률과 국가의 이름으로 오용되어왔다. 용산에서 죽은 자들은 말이 없다. 죽은 자들의 침묵 위로 산 자들의 입장을 대변하는 '말'이 쌓인다. 누구도 책임지지 않고, 사과도 없는, 오로지 변명을 통해서 스스로의 안위만을 챙기는 자들의 말. 항변의 행위는 범죄와 소요로 해석되고, 누가 죽었든지 도시 재개발은 죽은 자의 수보다 많은, 산 자들의 이익 때문에 강행될 것이다. 사람들은 쉽게 망각한다. 철거 후에 새롭게 들어서는 신식 건물과 거리를 보면 생각이 달라질 것이라고, 국가와 기업은 당당하게 말한다. 우리 역시 태연하기에 더욱 잔혹한 그 말을 쉽게 망각한다. 망각 속에서 파생되는 사회적 무의식은 견고하게 굳어진다. 이렇듯 지옥을 완성하는 것은 살아남은 자들의 계산과 망각이다. 그리고 죽음은 계속된다.

2

손아람의 소설 「소수의견」은 용산을 직접적으로 거론하지 않는다. 그러나 이 소설은 용산을 떠오르게 한다. 이것은 나의 의지가 아니다. 지금도 무분별한 삽질과 망치질이 계속되는, 그리고 약자들의 목소리가 '소수의견'으로 묵살되는 지금-여기의 현실이 어쩔 수 없이 글을 초입부터 용산을 거론하게 만들었다. 소설은 은평구 기초공사 현장의 건설업자들이 오래 방치된 시체를 '발굴'하면서 시작된다. 변호사인 '나'는 공소시효의 만기를 계산하며 살인을 교사한 범죄조직의 두목을 변호한다. '나'는 자신이 '말장난'을 하고 있다는 사실을 이미 알고 있다.

> 법전이 죽음의 경건함에 대해서는 말하거나 가르쳐주지 않았으므로, 우리는 그저 공소시효의 성립을 두고 추상적인 논리와 숫자를 다뤘다. 그게 법률가의 직무였으므로 우리에게는 거리낌이 없었다. 네 자리 숫자를 말하는 동안 나는 세상 위에 누군가의 죽음이 있었음을 기억하지 못했다.(12쪽)

'나'가 조직폭력배의 두목을 변호하는 이유는 용역깡패와 경찰의 진압에 맞서다가 죽은 철거민 때문이다. 16세에 불과한 어린 아들이 전경의 곤봉에 맞아 쓰러지자 아버지는 울분을 참지 못하고 전경을 우발적으로 살해한다. 경찰은 책임을 회피하기 위해서 용역깡패에게 혐의를 뒤집어씌우고 전경을 살해한 철거민을 기소한다. 국선 변호사인 '나'는 이 사건을 맡으면서 '언어'로 직조된 미로 속을 방황한다. 과연 진실은 무엇인가. 소설은 처음부터 끝까지 범죄를 조작하려는 자와 그것을 밝히려는 자의 집요한 논쟁으로 가득하다. 타락한 검사들, 암묵적으로 조속한 해결을 종용하는 권력자들, 개발 이익을 기대하는 지역주민들은 진실을 원하지 않는다. 그들이 원하는 것은 단지 흔들리지 않는, 견고한 삶이다. 소수의 고통은 외면한 채 흔들리지 않는 삶을 희구하는 그들의 바람은 철거민을 변호하는 '나'를 계속 궁지로 몰아간다. 진실은 권력을 쥔 자와 가진 자의 해석에 의해서 달라진다는 사실은 누구나 알고 있는 상식이지 않은가. 이 상식을 엎기 위해서는 세 가지가 필요하다. "국민의 법감정에 기반한 강력한 여론의 지지", "유능한 변호사", 그리고 "시대의 변화"(105쪽). 현실을 생각한다면 요원하지만 소설은 정의의 승리를 표방하는 법정드라마의 공식을 충실하게 따라간다. 철거민을 살해한 부하에게 지시를 내린 퇴직 경찰이 순순히 고백하는가 하면, 어려운 변호를 도우려는 사법연수원 교수와 서울대 법학과 교수가 등장한다. 일간지의 기자 준형도 '나'의 곁에서 밀착취재로 여론의 관심을 모으는 데 일조한다. 위기마다 등장하는 '선한 의지를 지닌 사람들'과 이어지는 고백들로 인하여 '나'는 어렵사리 승리를 거둔다. 그러나 중요한 것은 긴장감 넘치는 공방 끝에 승리한 '나'의 무용담이 아니다.

소설 속에 등장하는 '선한 사람들이 이룩한 승리' 또한 하나의 풍경에 불과하다. 경찰의 죄를 덮기 위해 폭력배를 회유한 검사는 검찰을 나와서 '전관예우' 속에서 성공적인 변호사 생활을 하며, '나' 또한 철거민의 억울한 죽음을 밝히기 위해서 폭력 조직의 두목을 변호한다. 억울한 죽음의 실체를 밝혔음에도 불구하고 은평구를 비롯한 뉴타운 공사는 계속된다. 누군가는 개발 이익을 챙기며 행복한 미소를 지으며 안정된 삶을 꿈꿀 것이고, 또 다른 철거민은 죽거나 쫓겨날 것이다. 극적인 승리 뒤에 '나'는 용역깡패를 회유했던 검사와 마주한다. 검사는 '나'에게 미소를 지으며 말한다.

> 내가 옷을 벗어 괴로워할 거 같은가? 전관예우기간이라 벌이가 아
> 주 좋아요. 진작 옷 벗을 걸 하는 생각이 들 정도로.(417쪽)

세속의 슬픔은 격렬한 행위와 극적인 풍경 속에 존재하지 않는다. "정의의 진짜 적은 불의가 아니라 무지와 무능"(383쪽)이기 때문이다. 무지는 공포를 낳고, 공포는 불안을 낳는다. 이 악순환은 침묵과 망각으로 이어진다. 눈을 뜨고 세상을 응시하면 맞서야 할 불의가 너무나 많기에, 사람들은 차라리 외면을 택하는 것이리라. 그리고 외면과 침묵은 사회적 무의식으로 진화한다. 이것을 마주한 기자 준형은 이렇게 토로한다.

> "나 이 나라가 무서워요. 내가 아는 시대와 내가 사는 시대가 같지
> 않았다면. 그럼 어디부터 다시 시작해야 하는 거죠?"(208쪽)

이 항변은 소설 전체를 관통하면서 새로운 질문들을 낳는다. 세속의 슬픔은 이토록 견고할진대, 정의와 진실을 묻는 것은 어떤 의미가 있는 것인가. 빠른 속도로 세속에 적응하며 질문을 던지지 않는 것이 낫지 않은가. 선한 의지는 과연 "알량한 환상"(93쪽)에 불과한 것인가. 환멸이 일상화된 현실에서 이러한 질문들은 남루할 따름이다.

3

「소수의견」은 현실을 반영하고 있지만, 현실과 동일시되지 않는다. 환멸과 망각, 침묵과 외면 속에서 우리 사회의 소수의견들은 지금도 숱하게 사장되고 있지 않은가. 「소수의견」에서 그려지는 '정의의 승리'는 작가의 환상에 불과하다. 그러나 현실과 동떨어진 법정드라마로 전락할 위험을 지녔던 이 소설은 현실과 충돌하면서, 새로운 의미로 다가온다. 소설의 배경이 용산이 아닌 이유는 여기서 드러난다. 용산에서 진실은 존재하지 않았기 때문이다. 프레드릭 제임슨(Fredric Jameson)이 언급했듯이, 텍스트는 현실의 모순에 대한 상상적 해결이다. 여기서 "해결"을 "저항"으로 바꿔서 이해해도 무방할 것이다. 저항은 현실의 모순을 해결하기 위한 전 단계이므로. 손아람의 「소수의견」은 법정이라는 무대를 이용하여 용산에서 벌어진 폭력과 은폐를 조롱하는 훌륭한 풍자극이다. 독자들은 이 소설을 읽으며 소설 속의 승리가 현실에서는 불가능하다는 사실에 분노할 것이며, 이 분노는 진실을 조작을 용인하며 흔들리지 않는 삶을 꿈꾸는 우리의 무지와 나태를 일깨우는 데 일조할 것이다.

지난해 가을, 명동에서 행해진 '용산 사건에 관한 국민 법정'에 참여하면서 명동에 늘어선 수많은 전경들을 목도한 바 있다. 현실적인 힘이 없는 그 법정을 감시하기 위해서 권력자들은 엄청난 인원을 동원했다. 그것이야말로 그들이 자신들의 패배를 자인한 증거가 아닐까. 타락한 권력자들은 상징과 은유를, 무엇보다도 글쓰기를 두려워하기 마련이다. 그러므로 우리는 글을 통해서 타락한 현실을, 무엇보다도 무뎌지는 스스로를 자극해야 한다.

"기척 없이 뿌려진 무수히 많은 질문들. 기억은 시간 속으로 제각기 흩어졌지만 질문들의 몸통은 결국 하나였다. 어떻게 사는가, 어떻게 살아야 하는가, 어떻게 살고 싶은가의 문제." (93쪽)

어떻게 살아야 하는가. 어떻게 살고 싶은가. 우리의 삶이란 이 질문에 답을 얻기 위한 과정이 아닐까. 소수의견이 존중받는 사회를 만드는 것은 국가나 법률과 같은 체계의 역할이 아니다. 「소수의견」에 등장하는 선한 사람들의 의지를 현실로 연결하는 것은 결국 당신과 나의 몫이지 않겠는가. 그러기 위해서 우리는 기억해야 한다. 가련한 죽음과 진실의 은폐를, 그리고 그것을 묵인한 나태와 계산들을 말이다. 과거를 기억하지 않는 자는 현실이라는 지옥에서만 머물게 되므로.